BLT 여행자들

BLT 여행자들

윤인서 장편소설

예옥

차례

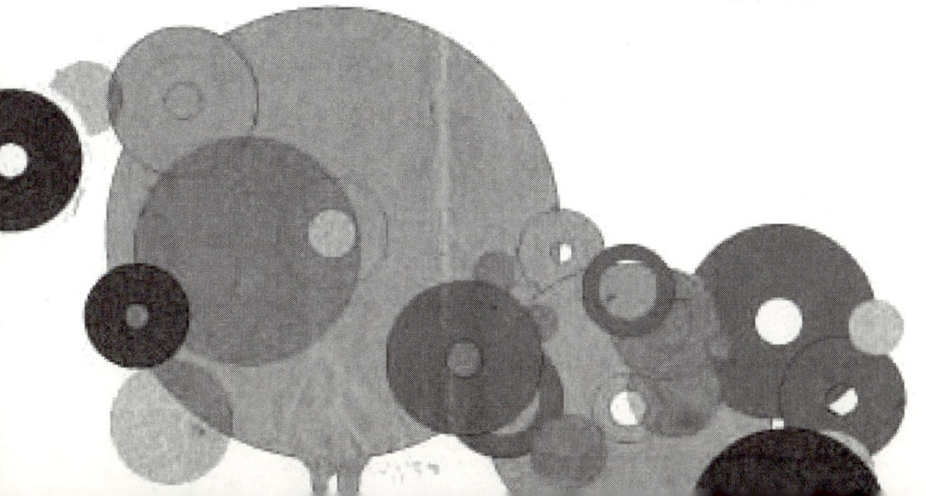

프롤로그

　세계대전이 마침내 종지부를 찍고 대륙의 지도에 새로운 국경선을 그렸다. 다국적 연합국이 비밀협정에 의해 땅을 나누어 가졌기 때문이다. 약소국들은 그들과 대응할 카드를 찾느라 고심했지만 불평등조약에 서명할 수밖에 없었다.

　대륙 끝에 달린 쿠스카 반도는 통일된 지 반세기가 지났다. 그 반세기 동안 불안한 정쟁이 계속되었다. 다국적 연합군은 쿠스카 반도의 혼란을 내심 반겼다. 반도의 세력들은 자신들의 잇속을 채우는데 급급했다.

　반도에 안이라는 사람이 등장했다. 그는 칠십이 넘은 노회한 학자출신으로 대중에게 알려지지 않은 인물이었다. 그는 반도의 남쪽 작은 섬에서 태어났다. 대학교수로 일할 당시 자신의 고향에 세우려는 핵재처리공장 건설을 반대했다. 그는 섬과 반도를 잇는 다리를 폭파해 핵폐기물 반입을 막고 자치독립 국가를 선포했다. 물론 정부의 강력한 제지로 무산됐지만 대중들에게 그를 각인시킬 좋은 기회가 되었다.

대중들은 더 이상 피 냄새를 맡기 싫어했고 정치를 불신했다. 얀은 내란음모죄로 복역하다 감형되어 야인생활을 하고 있었다. 대중들은 시간이 지나자 문득 얀을 떠올렸다. 그의 강력한 리더십과 진정성이 그리워지기 시작한 것이다.

눈치 빠른 정권은 얀을 영입했다. 키가 작고 마른 얀은 늘 같은 옷을 입고 속사포 같은 빠른 연설로 대중들을 사로잡았다. 눈빛이 너무 예리해서 과녁에 꽂히는 듯했고 짧게 자른 흰 머리는 지혜의 상징 같았다. 그는 세계의 흐름을 예고하고 반도의 미래를 제시했다. 얀은 지난 세기의 몇몇 전설적인 인물들과 오버랩되고 대중들은 최면에 빠져들었다. 얀은 지지기반을 넓혀갔다. 정권은 그를 너무 과소평가했다. 그는 권력을 스펀지처럼 빨아들였다. 반도의 미래와 평화를 위해 그는 누구든지 만날 수 있다고 했다. 하루에 백 사람을 만나는 캠페인을 벌이기도 했다. 얀이 사람을 만나 악수를 하고 포옹하는 사진이 반도 전체를 도배하다시피 했다. 얀은 마침내 수상이 되었다.

하지만 얀의 기반은 취약했다. 대중적인 인기밖에 없었다. 실질적인 권력을 유지할 힘이 없었다. 권력에서 밀려난 자들은 사사건건 트집을 잡고 시비를 걸었다. 언제 또 쿠데타가 일어날 지 몰랐다. 변방에 뿌리를 내린 군벌세력들은 개인 군대까지 가지고 있었다.

얀과 측근들은 부심했다. 은밀히 밀사를 대륙으로 보냈다. 얀은 대륙에게 대담한 제안을 했다. 그 대담한 제안은 처음엔 받아들여지지 않았지만 곧 두 나라 대표가 비밀리 만나 BLT-087P라는 무려 백 페이지에 달하는 경제협력프로젝트에 사인을 했다. BLT-087P라는 경제협력프로젝트는 반도의 87도 이후의 땅을 대륙에게 백 년간 빌려주고 그 대가로 종전 이후 재건에 필요한 자금을 지원받는다는 내용이었다.

사실 대륙의 속사정은 복잡했다. 정전 협정 이후 여러 자치주가 독립 국가를 선언하고 나섰다. 대륙은 거대한 연합정부를 원했지만 거센 저항에 부딪쳐 또 다른 전쟁의 수렁에 빠질 우려가 있었다. 대륙은 용광로처럼 부글부글 끓고 있었다. 민족주의자들과 전쟁광들, 무정부주의자들, 반전운동가들, 종말론자들, 폭도들, 집시들, 범죄자들, 돌아갈 곳이 없는 난민들과 포로들, 대도시는 슬럼화되고 무기를 소지하지 않고는 거리로 나설 수가 없었다. 공권력이 미치지 않는 대륙의 구석구석에서 폭동과 약탈이 비일비재하게 일어났다.

얀 수상의 제안은 이런 문제들을 일거에 쓸어버릴 해결책이 될 수 있었다. 쿠스카 반도 북쪽 사막에 거대한 난민촌을 만들어 모두 이주시켜 대륙과 완전히 격리시킬 목적이었다.

두 나라는 세계 평화와 공영을 위해 조성된 국제개발기금으로 쿠스카 반도에 파라다이스 난민촌을 건설한다는 공동 성명을 발표했다. 사람들은 귓등으로 흘려들었다.

반도는 대륙의 서쪽 끝에 사발모양으로 붙어 있었다. 펭귄의 아랫입술이라는 별명도 가지고 있었다. 역사적으로 두 나라는 끊임없는 마찰을 일으키고 사이가 좋지 않았다. 세계대전이 일어나기 전에는 두 나라 사이 해협은 어족자원이 풍부하고 평화로운 곳이었다. 지금은 해협의 밑바닥에 핵 잠수함들이 묻혀 있다. 무기 쓰레기장으로 죽은 바다가 되었다.

반도의 북쪽 사막은 광대한 불모지 땅으로 대대로 반정부군의 피난처이자 온상이 되었던 곳이다. 얀 수상도 흡족했다. 하나는 막대한 이익을 거머쥔 것이고 다른 하나는 자신의 정적들을 대륙의 연방군 손에 넘긴 것이다.

북쪽 해안을 따라 난민촌이 건설되기 시작했다. 바다를 가운데 두고 대륙과 인접한 우니 시는 난민촌 건설의 거점도시로 때아닌 호황을 누리게 되었다. 난민촌 건설을 위한 물자와 사람들이 항구에 속속 도착했다. 생선 썩은 냄새가 진동하던 쇠락한 항구 도시에 갑자기 활기가 넘쳤다. 사람들이 북적거리고 물자가 넘쳐났다. 커다란 배가 연이어 접안을 기다리고 생계가 막막했던 어부들은 하역인부가 되었다. 항구의 시설이 커지고 새로운 건물과 상점들이 생겨났다. 번화가가 등장하고 투자자들이 몰려 돈이 될 만한 사업을 찾아 나섰다. 반도 전체를 도배하다시피 한 얀 수상의 얼굴 위로 파라다이스 건설 인력 모집 광고가 나붙었다.

어느 날 우니 시에 대형 군함이 정박했다. 군함에서 푸른 줄무늬 옷을 입은 험상궂게 생긴 알머리 사내들이 쇠사슬에 묶여 줄줄이 내렸다. 그들은 배 밖으로 나오자 눈이 부신지 인상을 찌푸렸다. 창살이 달린 수십 대의 버스가 그들을 기다리고 있었다. 그들 주위를 기관단총을 든 완전 무장한 군인들이 지키고 있었다.

죄수들을 태운 버스는 열을 지어 황무지와 거친 모래사막을 달렸다. 죄수들은 창살 밖으로 모래 둔덕에 세워진 거대한 광고판을 보았다. 광고판에는 챙 넓은 모자를 쓴 여자가 머리카락을 휘날리며 흰색 방갈로가 끝없이 펼쳐진 해안을 아스라이 바라보고 있었다. 죄수들 중 누군가 휘파람을 불었고 누군가는 파라다이스에 오신 걸 환영한다는 문구를 읽었다. 얼마나 달렸을까. 바람의 냄새가 달라졌다. 누더기로 만든 천막촌이 보이기 시작했다. 맨발에 검게 탄 아이들이 불룩한 배를 내밀고 천막촌 앞에 서서 무심한 눈으로 지나는 버스 행렬을 보고 있었다. 죄수보다 먼저 도착한 난민들이었다. 누더기 천막촌은 오랫동안 죄수들 시야에서 사라지지 않았다.

죄수를 실은 버스가 높은 담장 안으로 사라졌다. 산등성이 높은 첨탑에는 군인들이 보초를 서고 있었다. 죄수들은 해초가 자라는 무른 땅에 도착했다. 죄수들의 발자국이 불가사리 군단처럼 바닷가에 찍혔다. 그들에겐 난민촌 기초 공사를 위한 중노동이 기다리고 있었다.

난민촌 공사는 오랫동안 진행되었다. 수많은 차질과 방해가 있었지만 점점 그 모습이 갖추어져갔다. 대륙의 연방 정부는 각지에 흩어져 있던 교도소와 정치범 수용소를 옮기고, 떠돌이 난민들도 이주시켰다. 그곳을 관리하기 위한 군대도 파견했다. 대륙은 마치 대청소가 된 듯했다. 막바지 완공을 위한 물자와 자금도 아낌없이 대주었다. 얀 수상도 가만히 있을 수가 없었다. 수도 번에서 우니 시까지 도로를 개통하고 다시 우니 시에서 난민촌까지 도로를 닦기로 했다.

얀의 정적들은 대륙과의 경제협력을 반대했다. 돈을 받고 땅을 팔아 버린 격이라고 연일 비난했다. 반도의 유구한 역사와 순순한 혈통은 전과자와 게릴라, 매춘부, 집시, 사이비 종교 집단, 전쟁난민들로 더럽혀질 거라고, 유전자 변종이 태어날 거라고 맹렬히 비난했다.

얀은 BLT 라인업이라는 이상한 법을 공표했다. 법의 내용은 급변하는 주변 정세에 민첩하게 대응하고 우리의 자존을 극대화하기 위해 대외 관계에 매진한다는 골자였다. 세부 사항으로 이 법을 거부하거나 방해하는 자들은 징역이나 사형에 처할 수 있다고 작게 써 넣었다. 이 법으로도 처리할 수 없는 자들은 아무도 모르게 살해되었다.

여행자들

　도로는 사막을 끝없이 질러나갔다. 아무리 달려도 풀 한 포기 나무 한 그루 보이지 않았다. 모래바람 사이로 둔덕 같은 낮은 산이 나타났다 사라졌다. 사막에서 일곱 번의 핵 실험이 있었다. 호수가 사라지고 숲은 덤불로 변해버렸다. 가끔 핵실험이 있던 날처럼 정적이 모든 것을 삼키고 칼날 같은 빛이 사막에 떨어졌다. 그리곤 천지를 뒤흔드는 굉음과 함께 폭우가 쏟아졌다. 이곳은 생명의 땅이라고 할 수가 없었다. 땅 속 깊은 곳에서 뭔가 치를 떨었다.

　낡은 버스 한 대가 폭우를 뚫고 달려오고 있었다. 일주일에 한 번 수도 번에서 우니 시까지 가는 정기노선 버스였다. 승객은 모두 여섯 명이었다. 버스 안에는 소음에 가까운 음악이 흘러나오고 있었는데 폭우 소리에 섞여 들리지 않았다. 차창으로 작살 같은 빛이 계속 지나갔다.

　버스 앞쪽에는 막심과 브루노이어가 앉아 있었다. 번개가 칠 때마다 막심은 놀란 브루노이어를 감싸 안았다. 기사는 폭우에 아랑곳하지 않고 달렸다. 그는 빗소리에 들리지 않는 노래를 따라 불렀다.

버스 중간에는 쌍둥이 더먼 형제가 타고 있었다. 쌍둥이 형제라곤 해도 얼굴과 체격이 달랐다. 한 사람은 큰 키에 마른 편이고 다른 한 남자는 키가 작고 뚱뚱했다. 뚱뚱한 남자가 동생 같았다. 그는 쉬지 않고 과자를 먹고 있었는데 입가에 과자부스러기 천지였다. 쌍둥이 형제 몇 좌석 뒤로 동그란 은테 안경을 쓴 중년 남자가 앉아 있었다. 그는 성서를 읽고 있는 듯 보였지만 굉음이 들릴 때마다 놀란 가슴을 진정시키는 용도로 쓰는 것 같았다. 그의 이름은 올더스였다. 그리고 가장 뒷자리에 노파가 안절부절못하며 기사의 뒤통수를 쳐다보고 있었다.

"휴게소에 세워줘!"

노파는 기사를 향해 큰 소리를 질렀다. 기사는 알아듣지 못하는 것 같았다. 아니면 듣고도 모르는 척하는 것인지. 기사는 힐긋 룸미러로 노파를 올려보았다. 버스 앞 유리창은 한 치 앞도 내다 볼 수 없었다. 마치 폭포 속에 들어온 것 같았다. 기사는 오랜 경험과 감에 의지해 운전을 하고 있었다. 다시 노파의 목소리가 들려왔다. 기사는 무전으로 회사와 연락을 취하려고 했지만 잘 되지 않았다. 폭우가 그치길 기다릴 수밖에 없는 노릇이었다.

참다 못한 노파가 기사 바로 뒤까지 달려와 와락 소리 질렀다.

"잠시 쉬었다 가는 게 좋을 걸. 그렇지 않으면 악마의 아가리에 네 목을 넣을 거야."

기사는 한숨을 내쉬고 차를 세워 유압장치의 문을 열었다. 문을 열자마자 세찬 빗소리가 쏟아져 들어왔다. 대낮인데도 밖은 캄캄했고 빗소리가 괴물처럼 달려들었다. 노파는 주춤 뒤로 물러났다. 무의식중 기사 옆에 걸린 우산 하나를 집어 들었지만 밖으로 나갈 수 없었다. 발 디딜 곳 없는 물바다였다.

기사는 자리에서 일어나 노파가 앉았던 맨 뒷자리 시트를 젖혀 주었다. 비상용 화장실이었다. 진즉에 알려줄 일이지. 노파가 소변을 보는 와중에 버스는 출발했다. 노파의 소변이 사막의 빗줄기 속으로 떨어졌다.

막심은 창백한 브루노이어의 손을 잡았다.

"조금만 참아요. 곧 비가 그칠 거고 우리가 원하던 곳에 도착할 거요."

"괜찮아요. 난 어린애가 아니에요. 난 당신을 걱정하고 있어요."

브루노이어는 웃으며 막심의 외투를 여며주었다. 빗줄기는 쉽게 수그러들지 않았다. 이러다 물이 불어나면 버스가 떠내려갈 것도 같았다. 그런 일이 일어나도 브루노이어는 막심과 같이 있다면 두려울 것이 없다고 생각했다.

이제 밖은 완전히 어두워졌다. 라이트 불빛에 잡힌 밖의 모습은 승객들의 마음을 졸이게 하기에 충분했다. 폭우는 미친 듯이 버스의 지붕을 두드렸다. 승객들은 두려움을 외면하려는 듯 지루한 얼굴로 애써 눈을 감았다.

그런 평온도 잠시, 요동치던 버스가 날아오르는 듯하더니 쿵 하고 떨어졌다. 뚱보 더먼의 무릎에 있던 과자 봉지와 올더스가 손에 들고 있던 성서가 버스 통로 바닥으로 굴러 떨어지고 노파는 비명을 지르며 엉덩방아를 찧었다. 막심과 브루노이어도 몸이 쏠려 앞자리 등받이와 부딪쳤다.

버스는 유실된 도로 밑으로 떨어져 진창에 처박힌 것 같았다. 버스의 공회전 소리가 들렸다. 그러면 그럴수록 버스의 후미가 들어 올려졌다. 기사는 우비를 입고 폭우 속으로 나갔다가 곧 돌아왔다. 그는 승객들을 돌아보며 빈 손바닥을 위로 하고 어깨를 살짝 들어 올렸다 내리며 말했다.

"차가 꼼짝할 수가 없어요. 아무래도 오늘 밤을 여기서 보내야 할 것 같네요. 내일 우리를 도와주러 사람들이 올 겁니다. 이곳을 운행하다 보면 이런 일이 자주 생겨요. 걱정들 마시고. 제가 담요 한 장씩과 먹을 걸 나눠드릴게요."

승객들은 당황한 표정이었다.

"지금 당장 연락해서 도와달라고 해요."

누군가 소리를 질렀다.

기사는 말도 안 된다는 듯 고개를 젓고 대답 없이 운전석에 앉았다. 사람들은 이 상황에서 그런 말이 부질없는 헛소리에 불과하다는 걸 잘 알고 있었다.

"계속 차에 있어야 한다고?"

뒤늦게 노파가 소리를 질렀다.

"차가 진창에 빠졌대요."

뚱보가 노파를 돌아보며 말했다.

노파는 합죽한 입을 삐죽거리며 내 그럴 줄 알았다며 중얼거렸다.

기사가 승객들에게 담요와 먹을거리가 담긴 봉지를 나누어주었다. 사람들은 담요를 덮고 봉지에서 음료수와 비스킷을 꺼냈다. 두려운 얼굴들은 점점 진정되어 갔다. 잘 들어보면 지붕을 세차게 때리는 빗소리가 약해지고 있었다.

올더스는 낮게 코를 골며 잠이 들었다. 그는 우니 시로 가는 버스표를 사고 나서부터 거의 잠을 자지 못했다. 가슴이 벅차올라 흥분이 가라앉지 않았다. 잠들었던 올더스가 다시 눈을 떴다. 시간은 조금밖에 지나가지 않았다. 그는 다시 눈을 감았다. 그는 가끔 시간이 절름발이같이 느리게 흘러간다고 생각했다.

막심과 브루노이어는 담요를 덮고 서로에게 기대었다. 브루노이어는 버스 밖을 응시하며 작게 혼잣말을 했다.

"이게 꿈이었으면 좋겠어."

버스 실내는 어두컴컴했다. 약한 조명이 사람들의 얼굴에 그림자를 만들었다. 억지로 잠을 청했지만 잠들 수 없는 밤이 지나고 있었다. 사람들은 뒤척이고 부스럭거리며 과자를 먹고 음료수를 마셨다. 가끔 노파가 잠꼬대처럼 알아들을 수 없는 말을 내뱉었지만 누구도 반응하지 않았다.

승객들이 깜박 눈을 붙인 사이 거짓말처럼 비가 그쳐 있었다. 하늘엔 동그란 달도 떠 있었다. 브루노이어는 막심을 흔들었다. 사막에 강물처럼 흐르던 빗물이 모두 사라지고 촉촉한 대지가 나타났다. 대지는 투명하게 빛나고 있었다.

"기사 말이 맞네요."

"이제 당신 아무 걱정 말고 푹 자도 돼요. 내일은 모든 게 순조로울 거야."

"전 당신이 걱정돼요. 어젯밤 당신이 밤새 뒤척이는 걸 봤어요."

브루노이어는 막심의 뺨을 어루만졌다.

"그럼 당신도 못 잤다는 거잖아."

"아뇨, 따뜻하게 푹 잠들었어요."

두 사람은 담요 안에서 손을 꼭 잡았다. 브루노이어는 막심과 함께 있어 행복했다. 그의 모든 것은 자신의 모든 것과 같았다.

수도 번에서 출발한 버스는 중간 기착지 피아로에 오후 늦게 도착했다. 승객들은 버스 회사와 계약된 호텔에서 하룻밤을 투숙한 후 다시 우니 시로 출발하게 되어 있었다. 피아로는 쿠스카 반도의 가운데 위치한 고대도시로 교통의 요충지였다. 반도를 동서남북으로 가르는 모든 기차와 버스 노선이 이곳을 통과했다. 전쟁이 끝나고 세계는 에너지와 연료에 민감해졌다. 그것은 사람들의 생활 방식에도 영향을 미쳤다. 사람들은 백 년, 이백 년, 그보다 더 전으로 돌아가는 삶의 방식을 택했다. 피아로는 시간이 혼재된 도시였다.

피아로의 역사 주변에는 크고 작은 호텔과 식당, 여행자들을 위한 숙소가 많았다. 역사 앞에는 시장이 있고, 시장은 기차 레일을 따라 길게 이어졌다. 역사와 시장 주변에는 사람들이 몰려 있었다. 사람들은 정신없이 움직이고 차를 타기 위해 달렸다. 짐꾼들은 등에 가득 짐을 지고 손님을 바삐 따라갔다. 짐꾼들 중에는 낙타와 노새의 교배종인 울마를 데리고 일하는 사람도 있었다. 울마는 짐을 나르거나 때론 관광객을 태우고 비좁은 길을 느릿느릿 걸어 다녔다.

막심과 브루노이어는 호텔의 이 인용 엘리베이터에 몸을 실었다. 호텔은 침대와 욕실 밖에 없는 작은 공간이었다. 막심은 코트를 벗어 벽걸이에 걸고 창문을 열었다. 멀리 거대 무덤 위로 붉은 석양이 눈에 들어왔다. 그리고 호텔과 거대 무덤 사이로 시장의 좁은 골목길과 역사의 지붕이 내려다보였다.

두 사람은 침대에 나란히 누웠다. 그리고 서로를 바라보며 미소 지었다.

"우린 도망자 같아요. 누가 쫓아올 것 같아요."

"그런 일은 없을 거요."

"그런데 왠지 불안해요. 내가 당신을 불행하게 하면 어쩌죠?"

"지쳐서 그래요. 우린 행복할 권리가 있어요."

막심은 안쓰럽다는 듯 브루노이어의 이마에 키스를 했다.

"하지만 마음속에서 이상한 소리가 들려요. 꿈이었으면 좋겠다는 말, 그 말이 나도 모르게 자꾸 떠올라요."

"사람은 누구도 완벽하지 않아요. 누구든 크고 작은 함정을 가지고

있어요. 자신을 깊게 들여다보면 볼수록 우린 용기를 잃게 돼요. 배고
프지 않아요? 우리도 시장 구경 합시다.”

브루노이어는 잠시 이대로 있자고 했다. 두 사람은 가만히 껴안고
밖의 소리를 들었다. 호텔은 난방을 하지 않아 싸늘했다. 브루노이어
는 어디선가 바람이 들어온다고 생각했다. 파도소리도 들리는 것 같았
다. 그리고 누군가의 눈을 바라보며 했던 말이 떠올랐다. 꿈이었으면
좋겠어. 브루노이어는 잠이 깨 몸을 일으켰다.

두 사람은 호텔 밖으로 나왔다. 피아로는 치안이 불안한 도시라며
호텔에서 멀리 나가지 말라고 버스기사가 말했다. 호텔 주변에 마땅한
식당이 보이지 않았다. 이곳에서 길을 잃으면 낭패였다. 미로같은 시
장 골목길은 끝도 없이 이어졌다 시장 골목길로 들어섰다. 막심은 주
변의 특징을 기억하며 골목길을 돌아나갔다.

고대도시 피아로는 노예들의 탈출을 막으려고 미로를 만들었는데
왕조가 몰락한 이후로 시장이 만들어지기 전까지 이곳은 도굴꾼들의
거주지였다고 한다.

작은 광장에 들어섰다. 땅바닥에 왕조 무덤에서 나왔다는 토산품이
나 장신구, 유물들을 늘어놓고 파는 잡상인들이 눈에 띄었다. 두 사람
에게 잡상인들이 몰려들었다. 막심과 브루노이어는 그들을 뒤로하고
광장을 둘러싼 상점들 사이의 작은 식당으로 들어갔다. 식당은 입구부
터 애잔한 음악이 흘러나왔다.

식당 안에는 수염이 가득한 남자가 이곳 전통 악기인 두 줄짜리 기

타를 치고 있었다. 음식메뉴는 세 가지밖에 없었다. 콩과 채소를 곁들인 양고기 구이를 주문했다. 식당엔 그들 말고도 손님이 한 사람 더 있었다. 여행 중으로 보이는 젊은 남자였다. 식사를 마친 듯 보이는 젊은 남자는 식탁에 지도를 펼치고 들여다보고 있었다. 그러다 여러 나라 말의 낙서가 가득한 흙벽에 기대 고민하는 얼굴이 되었다. 다시 지도 위로 고개를 숙여 손가락으로 한곳을 오랫동안 짚더니 결심한 듯 일어나 커다란 배낭을 메고 식당을 나갔다.

주문한 음식이 나왔다. 걸쭉한 소스에 채소와 콩 양고기가 잠겨 있었다. 그런대로 음식 맛이 괜찮았다. 두 줄짜리 기타를 치던 남자가 두 사람에게 다가왔다. 두 줄짜리 기타라고는 믿기지 않을 정도로 다채롭고 감미로운 연주를 들려주었다. 막심은 그에게 지폐 한 장을 건네주었다. 배가 고팠던 두 사람은 식사를 빨리 끝냈다. 더 이상 기타 소리는 들리지 않았지만 식탁 가운데 촛불이 두 사람 눈 속에 비쳤다. 두 사람은 말없이 서로를 바라보았다. 막심은 브루노이어의 뺨에 흘러내린 머리카락을 귀 뒤로 넘겨주었다.

"막심, 당신과 처음 식사하던 때가 기억이 나요. 당신도 기억하죠?"

막심은 고개를 끄덕였다. 브루노이어는 그때도 당신을 좋아하고 있었는지 모른다고 말하려다 그만 두었다. 과거보다 지금 이 순간이 더 중요하다고 생각했다. 브루노이어의 얼굴이 잠시 어두워졌다. 과거의 시간이란 막심이 호텔 방에서 말한 것처럼 자신에겐 큰 함정이었다. 두 사람은 천천히 일어나 식당 밖으로 나왔다. 기타를 치던 남자가 따라 나와 색종이로 만든 보물 지도를 선물로 주었다.

호텔로 돌아갈 시간이었다. 하늘엔 어둠이 짙게 깔리고 멀리 유적지의 거대한 무덤은 어디서도 보이지 않았다. 돌아오는 골목길에서 전통 복장에 긴 칼을 허리에 찬 남자들을 만났다. 시장 밤길을 지키는 야경꾼들이었다. 그들은 어서 집으로 돌아가라고 지나치는 사람들마다 험상궂은 얼굴을 들이댔다.

아침부터 맹렬한 태양빛이 쏟아졌다. 역사의 화물 터미널마다 구릿빛 피부의 남자들이 하나라도 더 짐을 받기 위해 몸싸움을 벌였다. 그 사이로 울마의 울음소리가 들렸다. 자동차의 경적소리도 어제보다 더 시끄러웠다. 밤새 그 많은 사람들이 어디서 있다 왔는지 역사 주변은 북새통을 이루었다.

약속 시간보다 일찍 호텔을 나선 막심과 브루노이어는 타고 왔던 버스가 있는 곳으로 갔다. 기사는 보이지 않았다. 얼룩무늬 군복을 입은 두 남자가 버스 앞에서 기다리고 있었다. 두 남자의 얼굴은 똑같이 생겼는데 키와 덩치가 달랐다. 한 사람은 키가 크고 마른 편인데 다른 남자는 키가 작고 뚱뚱했다.

뚱뚱한 남자는 아침을 안 먹었는지 빵을 먹고 있었다. 그는 브루노이어를 보고 눈이 휘둥그레졌다. 태어나서 이렇게 아름다운 부인을 처음 보았기 때문이다. 그는 브루노이어를 똑바로 쳐다볼 수도 없었다. 괜히 수줍어져 들고 있던 빵을 뒤로 숨기기까지 했다.

얼마 지나지 않아 새로 승객이 나타났다. 양복 차림의 중년 남자가 서류가방을 들고 대기 중인 버스 앞으로 다가왔다. 그는 왜소한 체격에 동그란 은테 안경을 쓰고 경직된 인상이었다. 남자는 조급한지 자주 시계를 보았다. 출발시간에 기사가 나타나 승객들은 모두 차에 올랐다. 손님은 모두 다섯 명이었다. 버스는 정차 중인 수많은 차들을 뚫고 서서히 움직였다.

버스 옆구리를 두드리며 따라오는 사람이 있었다. 기사는 무시하고 달리려고 했지만 차를 두드리는 사람은 집요하게 따라붙었다. 버스가 멈췄다. 하는 수 없이 문을 열어주었다. 웬 노파가 차 안으로 얼굴을 들이밀었다. 노파는 낑낑대며 자신의 짐을 차에 올리고 차표를 보여달라는 기사의 말을 무시하고 맨 뒷자리로 가 털썩 주저앉았다.

버스는 피아로의 복잡한 역사를 빠져나와 붉은 광야를 달렸다. 이제 우니 시까지 달리는 일만 남았다. 앞으로 꼬박 이틀이 걸리는 여정이었다. 기사의 머리 위로 두 대의 텔레비전 모니터가 달려 있었다. 대륙 본토 방송을 보여주는 모니터와 반도의 국영방송을 보여주는 모니터였다. 텔레비전은 모두 꺼져 있었다. 대륙의 방송을 보려면 돈을 내야 했고 다른 모니터에는 얀 수상의 얼굴밖에 나오지 않았다.

사막의 능선 위로 태양이 떠올랐다. 태양의 반원은 지평선에 오랫동안 걸려 있었다. 모래사막에 신기루가 등장했다. 보라색의 아지랑이가 만들어낸 호수였다. 호수는 잔잔한 물결을 일으키고 빛을 받아 반짝거리며 수면 위로 창공의 구름이 둥둥 떠 있는 것처럼 보이기도 했다. 호수는 바다처럼 점점 넓어지더니 옅어지고 태양이 허공으로 높이 떠오르자 이윽고 사라졌다. 그리고 간밤의 상처들을 고스란히 드러냈다.

부스스한 얼굴의 승객들은 버스 밖으로 나와 주변을 두리번거렸다. 그들은 막막한 모래 바다에 고립되었다는 것과 비스듬히 처박힌 버스를 돌아보고 멍한 표정을 지었다. 남자들은 기사와 같이 삽을 들고 바퀴가 묻힌 모래 둔덕을 파 내려갔지만 소용이 없었다. 모래 둔덕이 무너지며 바퀴가 계속 내려앉을 뿐이었다. 기사는 회사와 무전으로 연락해 구조 요청을 했고 도와줄 차가 올 거라며 사람들을 안심시켰다.

승객들 중에는 버스 안에 자신들의 해골이 나뒹구는 상상을 하거나 음식과 물이 떨어져 인육을 먹거나 독수리에게 눈이 파 먹히는 상상을 하는 사람도 있을지 모르지만 버스가 만들어준 그늘에서 자리를 펴고 앉거나 피크닉 의자에 길게 누워 태양빛을 즐겼다.

하지만 시간이 지나자 사막의 습기가 증발되고 찜통이 되기 시작했다. 사람들은 버스에 올라탔다. 기사가 미지근한 에어컨 바람을 틀어 주었다. 사람들은 땀을 흘리며 겉옷을 벗었다.

멀리서 연기를 매달고 오는 차가 보였다. 버스회사 로고가 박힌 트럭이었다. 누군가 상상에서 깨어나 살았다고 소리쳤다. 버스와 트럭이 연결되었다. 트럭은 힘 좋게 헛발질하는 버스를 모래 구덩이에서 천천히 꺼냈다. 사람들은 박수를 쳤다. 트럭은 돌아가고 버스는 이제 남은 일정대로 달리기만 하면 되었다. 사람들은 지쳐 의자에 기대 잠들었다. 사람들의 말소리는 들리지 않았다. 기사가 듣고 있는 나지막한 노랫소리뿐이었다.

여자는 문득 눈을 떴다. 흰 가운을 입은 사람들이 침대에 누워 있는 여자를 에워싸고 그녀의 갈색 눈동자를 살폈다. 사람들은 그녀를 제대로 보기 위해 눈을 크게 뜨고 깜박거렸다. 그녀의 이마를 짚고 체온을 재고 혀를 내밀어보라고 했다. 그들은 여자의 작은 움직임과 변화에도 민감하게 반응했다. 그녀가 주사를 맞으며 찡그리자 그들도 같이 찡그렸다. 흰 가운 포켓에 펜을 가득 꽂은 남자가 그녀의 눈동자를 벌려 빛을 쏘았다. 그녀는 눈이 부셔 사람들을 제대로 볼 수가 없었다. 안개 속에서 사람들의 말소리가 들렸다.

"완벽합니다. 아무 이상 없어요."

그들은 서로 악수를 하며 자축하는 분위기였다.

흰 가운의 사람들은 갓 태어난 아기처럼 그녀를 취급했다. 그녀의 몸에는 기계장치와 연결된 온갖 줄이 주렁주렁 달려 있었다. 그들은 기계장치를 유심히 살피고 차트에 숫자를 적었다. 그녀가 마음대로 움직일 수 있는 것은 눈꺼풀과 손가락과 발가락뿐이었다. 시트의 감촉을 느끼고 자신의 몸과 연결된 호스를 가만히 만져보기도 했다. 그러다 주사를 맞으면 평온하게 잠들었다 깨어났다. 자신에 대해 생각할 시간이 없었다.

어느 날부터인가 그녀의 심장 박동과 뇌파를 측정하는 기계음이 사라지고 몸에 주렁주렁 달려 있던 줄들도 없어졌다. 그녀는 몸이 가벼워졌음을 느꼈다. 하지만 온종일 잠들었다 깨어나는 것은 변하지 않았다. 얼마나 시간이 지났을까 환한 햇살이 비치는 병실에서 여자는 문득 눈을 떴다.

"건강하게 깨어나신 걸 축하드립니다."

여자는 꽃다발을 선물 받았다. 갈색 눈동자는 안개가 걷힌 듯 모든 것을 또렷하게 볼 수 있었다. 여자는 얼굴을 숙이고 꽃다발의 냄새를 맡았다. 누군가 성공적으로 수술이 끝났다는 말을 했다. 기억나는 것은 없지만 큰 수술을 받아 이제야 깨어나는 거라고 생각했다. 하지만 자신을 아는 일은 수수께끼 같았다.

흰 가운의 사람들 틈에서 회색빛 머리카락의 남자가 그녀의 뺨에 입을 맞추고 브루노이어라고 불러주었다. 여자는 자신의 이름이 브루노이어라는 것을 처음 알았다. 사람들은 그를 원장님이라고 불렀다. 어느 날 단둘이 있을 때 남자는 그녀의 남편이며 이곳 대학병원 원장이라고 소개했다. 회색빛 머리카락의 남자는 그녀의 기억이 불완전하다고 설명하고 기억을 다 회복하려면 시간이 오래 걸릴지도 모른다며 슬픈 눈으로 말했다. 자신을 그냥 브룩스라고 불러 달라고 했다.

원장은 그녀에게 결혼사진과 가족사진을 보여주고 같이 찍었던 사진들도 하나하나 설명해 주었다. 여행 갔던 곳의 사진, 애완견을 안고 찍은 사진, 실험실에서 같이 일했던 사진, 원장은 마치 브루노이어에게 과거 시간을 만들어주려는 듯했다. 브루노이어와 원장 브룩스는 같은 의과대학에서 만나 동료에서 연인 사이로 발전해 결혼했다는 것이다.

브루노이어의 남편은 병실에 올 때마다 그녀의 기억을 떠올리게 하기 위해 여러 가지 것들을 가지고 와 그것에 얽힌 일화들을 말해 주었다. 그녀는 두각을 나타내는 유능한 학생이었으며 대학을 졸업한 이후 대학부설 연구소에 들어가 실험과 연구에 몰두했다고 했다. 브루노이어는 그런 말들이 실감나지 않았다.

"그런데 제게 무슨 일이 있어났던 거지요?"

원장은 품속에서 여러번 접은 신문 한 장을 꺼내 보여 주었다. 비행기 추락사고의 기사였다. 기사에는 비행기에서 살아남은 단 세 사람의 명단이 나와 있었다. 브루노이어는 살아남은 세 사람 중 하나였다.

"당신은 그때 산악지대로 샘플을 채취하려고 가던 길이었어. 산악 원주민들의 희귀병을 연구하고 있었거든. 당신이 탄 비행기가 바다로 추락했지. 당신은 운이 좋아 살아남았지만 중상을 입었어. 언제 끊어질지 모르는 실낱같은 생명이 붙어 있었어. 난 최선을 다했어. 그때를 생각하면 내겐 악몽이지. 너무나 고통스러운 시간들이었어. 하지만 지금 당신이 이렇게 깨어나니 얼마나 좋은지 몰라."

원장은 주름진 미간을 지그시 눌렀다.

"이제 당신을 집으로 데려갈 수 있을 것 같아. 다시 예전처럼 돌아갈 거요."

브루노이어는 남편의 말에 깊은 감동을 받았다. 하지만 아무것도 떠오르지 않는다고, 당신이 아무리 설명해줘도 모든 게 뿌연 안개 속에

잠겨 있다고 말할 수가 없었다. 그리고 시간이 지나면 그를 사랑하게
될 거라고 믿었다.

　남편은 병실에 들려 그녀를 휠체어에 태우고 병원을 둘러싼 숲길을
산책시켜 주었다. 그럴때면 그는 브루노이어에게 두터운 외투를 입혀
주고 모자도 씌워 주었다. 병원 밖 공기는 좋지 않았다. 늘 매캐한 냄
새가 나고 안개가 껴 있었다. 그래도 답답한 병실이 싫어 그가 오는 시
간을 기다렸다. 남편은 산책길에 그녀를 마주보며 흰 가운 주머니에서
납작한 상자 하나를 꺼내 건네주었다.

　"열어봐요."

　"뭔데요?"

　브루노이어는 조심스럽게 상자를 열었다. 그녀가 놀라 손으로 입을
막았다. 광채가 눈부신 블루 다이아몬드 목걸이였다. 너무 아름다워
요. 브루노이어는 남편의 목을 끌어안고 볼에 입을 맞추었다.

　"오늘이 당신의 서른다섯 번째 생일이야. 축하해. 당신이 내게 준 선
물에 비하면 약소하지만 이걸 구하느라고 애를 먹었어. 이 도시에서
가장 아름답고 행복한 여자로 만들어주고 싶었거든."

　"고마워요. 브룩스."

　"지금 머릿속은 회오리바람이 부는 것 같을 거야. 기다려 봐요. 나와
같이 했던 빛나는 순간들이 하나도 빠짐없이 떠오를 테니까. 우리가
얼마나 사랑했는지 알게 될 거요. 난 초조하게 그때를 기다려요. 당신
이 날 바라보던 눈길, 목소리, 밤마다 꿈을 꾸고 있어."

브루노이어와 브룩스는 키스를 했다.

얼마 후 브루노이어는 병원에서 퇴원해 브룩스의 집으로 가게 되었다. 브룩스의 집은 대학 병원에서 떨어진 한적한 곳으로 메마른 숲 가운데 저택이 있었다. 차를 타고 가는 내내 도시의 풍경은 누런 안개에 잠긴 높은 빌딩과 그 사이를 바쁘게 걷는 사람들 모습뿐이었다.

브룩스의 집에는 식사와 청소 일을 하는 가정부 한 사람이 있었다. 가정부가 두 사람을 맞아 들였다. 가정부는 브루노이어를 보고 놀라는 얼굴이었다. 가정부가 차려준 식사를 하고 브룩스는 자신의 서재로 들어갔다. 가정부가 브루노이어를 방으로 안내해 주었다. 잘 꾸며진 방이었다. 주인이 방금 자리를 비운 듯 온기가 그대로 남아 있는 것 같았다. 침대는 정갈했고 옷장엔 옷이 가득했으며 작은 장식장 위에는 브루노이어의 어렸을 때 사진부터 성인이 된 이후 사진까지 차례대로 걸려 있었다. 말을 탄 사진도 있었고 댄스파티에서 여자 친구들과 어울려 찍은 사진도 있었다. 연구 업적으로 받은 상도 여러 개 보였다. 화장대에 놓인 빗에는 머리카락이 그대로 달라붙어 있었다.

브룩스는 늘 서재에서 잠이 들고 아침이면 일찍 병원으로 출근했다. 브루노이어는 가정부에게 요리를 배우고 집안일을 거들었다. 브룩스는 그녀에게 아직 외출은 안 된다고 말했다. 가정부를 따라 물건을 사는 일도 허락하지 않았다.

늦은 저녁 돌아온 브룩스는 프로젝트 연구 성과를 밤새도록 토론하던 때가 그립다는 말을 했다. 미완성으로 남은 그 프로젝트를 같이 완성하고 싶다는 말도 했다. 브루노이어는 가슴이 아팠다. 그가 없는 긴 시간 동안 그녀가 찾아낸 일기장에 적힌 모든 것을 외우려고 읽고 또 읽었다. 하지만 떠오른 것은 아무것도 없었다. 차마 브룩스에게 그런 말을 할 수 없었다. 그의 사랑을 받기 위해서 그녀의 지난 시간을 외우고 또 외워 머릿속에 가득 채우려고 노력했다. 하지만 아무리 그래도 훌륭한 병리학자는 될 수 없을 것 같았다.

브룩스와 브루노이어는 같은 동료이면서 선의의 경쟁자이기도 했으며 영적인 동반자이기도 했다. 하지만 브루노이어는 그의 가짜 아내 같았으며 그를 속이고 있다는 생각이 들었다. 그녀는 자신이 공부했던 책들을 펼쳐보았지만 어떤 느낌도 받을 수가 없었다. 브루노이어는 열정적으로 자신의 일에 매진하던 앞날이 촉망받던 학자였던 것이다.

브루노이어는 브룩스의 집에서 이방인처럼 느껴졌다. 시간이 지날수록 브룩스와 멀어지는 것 같았다. 그토록 채우려고 했던 시공간의 여백들은 더욱더 그녀를 미궁 속으로 몰아넣었다. 그것은 애초부터 맞출 수 없는 퍼즐 같은 것들이었다.

브룩스는 집에 들어오지 않는 날도 많았다. 집에 오더라도 서재에 틀어박혀 나오지 않았다. 그는 브루노이어와 눈이 마주치면 굳게 입을 다물었다.

브루노이어는 아무도 몰래 집 밖으로 나가 가지만 앙상히 남은 메마른 숲길을 걸었다. 그곳은 높은 담장의 저택들이 띄엄띄엄 몰려 있는 곳이었다. 집과 멀어지기 위해 자동차 소리가 들리는 곳을 향해 한참을 걸었다. 숲은 가시나무처럼 그녀를 찔렀다. 길이 사라지고 뒤돌아보니 저택들의 높은 담장도 보이지 않았다. 브루노이어는 순간 당황했다.

너무 멀리 와버린 것이다. 그녀는 되돌아가려다 여러 개의 눈빛들을 발견했다. 들고양이들이었다. 들고양이들은 전부터 그녀를 주시하고 있었던 모양이다. 그녀와 눈이 마주치자 꼬리를 높이 세우고 정지된 듯 움직이지 않았다. 그녀가 움직이자 그들도 따라 움직였다. 브루노이어는 정신없이 숲을 헤쳐 달렸다. 고양이들도 재빠르게 따라왔다. 대로변이 나타났다. 차들이 무서운 속도로 달리고 대로 저편에 마켓과 휴게소가 보였다. 들고양이들은 차도를 따라 어슬렁거리고 브루노이어는 도로를 건너려고 차도로 뛰어들었다.

그녀는 쉽게 도로를 건널 수 없었다. 차들은 속도를 줄이지 않고 내달렸다. 경적을 울리거나 라이트를 번쩍거렸다. 갑자기 차 한 대가 그녀 앞에 멈춰 그녀를 낚아채듯 차에 태웠다. 브룩스였다. 브룩스는 집에 돌아오던 중에 도로 변에 올라서 어쩔 줄 몰라 하는 브루노이어를 보게 된 것이다.

"밖에 나가지 말라고 했는데 당신은 점점 나를 실망시키고 있어."

"바람을 쐬고 싶었어요. 그런데 들고양이들이 따라와서 놀라 달아나다 당신을 만난 거예요."

브루노이어는 자신의 마음을 브룩스에게 설명하고 싶었다. 브룩스는 눈길 한번 주지 않고 차가운 목소리로 말했다.

"당신 몸이 다 회복된 것은 아니야. 병균이나 바이러스에 오염되면 어떻게 될지 장담할 수 없어."

브루노이어는 가정부에게 감시당하는 것 같았다. 그녀는 외로웠다. 늘 혼자 식사하고 하릴없이 시간을 보냈다. 더 이상 일기장을 읽거나 의학서적을 뒤적이는 일은 없었다. 브룩스는 집에 돌아오면 조용히 자기 방에 들어가 나오지 않았다. 그녀에게 말을 거는 일은 거의 없었다.

어느 날 브루노이어는 서재의 열린 문틈으로 브룩스의 목소리를 들었다. 안녕, 브루노이어 하루를 어떻게 지냈어, 라고 말하고 있었다. 브룩스는 애정이 담뿍 어린 시선으로 실험관 속의 뇌와 이야기를 나누고 있었다.

브루노이어는 그 자리에서 기절을 했다.

브루노이어는 남편에게 부모님 묘지에 가보고 싶다고 했다. 혹시 그곳에 가면 잃어버린 기억들을 되찾을지도 모른다고 설득했다. 브룩스는 그녀를 공원묘지로 데려갔다. 공원묘지 앞에서 브룩스의 친구를 소개 받았다. 그는 남편의 오랜 친구로 같은 병원에서 일하는 의사라고 했다. 남편은 오늘 중요한 약속이 있어 같이 시간을 보낼 수가 없다는 것이다. 막심입니다. 남편의 친구가 먼저 손을 내밀었다. 두 사람은 가볍게 손을 잡았다 놓았다.

브룩스가 떠나고 두 사람은 뿌리가 발등처럼 굽어 올라온 나무 기둥들 사이를 걸었다. 수도 번의 공기는 언제나 매캐하고 축축했다. 묘지는 안으로 들어갈수록 을씨년스러웠다. 나무들은 거의 밑동만 남았고 파헤쳐진 묘지도 여럿 보였다. 영혼의 안식처라는 말이 무색했다. 막심은 작은 묘역 앞에 섰다.

"여깁니다."

브루노이어는 손에 든 흰 꽃다발을 묘비 위에 내려놓고 부모님의 이름을 읽었다. 묘비는 거칠고 마른 잡풀더미 속에 파묻혀 있었는데 어떤 감정도 얼굴도 떠올려지지 않았다. 차가운 묘비를 만지려다가 말았다. 두 사람은 말이 없었다. 막심은 잘 보면 브룩스와 형제처럼 닮아 있었다. 말이 없는 것도 신중한 것도 비슷했다. 하지만 그는 브룩스와 다르게 입가에 부드러운 미소를 가지고 있었다.

"일찍 돌아가셨네요. 이들이 정말 제 부모가 맞아요?"

브루노이어는 막심을 돌아보며 물었다. 그는 그렇다고 고개를 끄덕였다. 브루노이어는 작게 숨을 내쉬었다. 황사바람이 묘지를 덮쳤다. 그녀는 날아가려는 모자를 꽉 잡았다.

"그만 돌아가요."

"밖에 나오셨는데 점심 먹고 들어가요."

"남편이 그러라고 시키던 가요?"

"아닙니다. 우리 셋이 자주 가던 레스토랑이 있어요. 그곳으로 가요. 저도 오랜만에 그곳에 가보고 싶네요."

수도 번은 교통지옥이었다. 늘 차들이 밀려다녔다. 도심의 후미진 벽마다 페인트로 덧칠 된 반정부 구호와 말쑥한 건물 외벽을 장식한 얀 수상의 대형 사진이 동시에 차창을 지나갔다. 빗방울이 떨어지다 말았다. 사람들은 비가 그쳐도 우산을 접지 않았다. 낙진 때문이었다. 막심은 도심을 가로질러 시 외곽의 아담한 레스토랑에 도착했다.

브루노이어는 모자와 외투를 벗고 자리에 앉았다. 그녀의 야윈 목에 브룩스가 선물한 블루 다이아몬드 목걸이가 무겁게 걸려 있었다. 사람들은 그녀의 다이아몬드 목걸이를 힐끔거렸다. 그녀가 메뉴를 고르지 못하자 막심은 평소 그녀가 즐겨 먹던 생선 요리와 샐러드를 시켰다.

"셋이 의과대학 다닐 때 이야기 좀 해봐요. 듣고 싶어요."

브루노이어는 막심의 눈을 바라보고 물었다.

"우린 서로 잘 어울려 다녔어요. 당신은 늘 브룩스와 나를 비교하고 놀리길 좋아했죠. 의과대학을 졸업한 후 연구 분야가 달라 헤어지긴 했어도 우리는 자주 만나려고 노력했고 곧 브룩스와 당신이 결혼을 했죠."

"당신도 속으로 저를 좋아했었나요?"

막심은 갑작스런 브루노이어의 질문에 당황했다.

브루노이어의 일기장에는 막심이 자신을 좋아하는 감정을 숨기고 괴로워하고 있다고 적혀 있었다. 막심은 바로 대답하지 않았다.

"그런 마음이 있었죠. 당신은 매사에 열정적이고 밝은 사람이었어요. 많은 사람들의 사랑을 받기에 충분하죠. 하지만 당신은 브룩스를 택했어요. 그리고 사고가 나기 전까지 더없이 행복했어요."

"언젠지는 모르지만 당신과 브룩스, 번갈아 춤을 추었던 기억이 나요. 제가 그때 무슨 드레스를 입었는지 아세요?"

브루노이어는 두 손으로 턱을 괴고 물 잔을 내려다보며 물었다.

"살구색 실크 드레스 맞나요? 남학생들이 당신과 춤을 추려고 줄을 섰을 걸요."

"맞아요. 그때 살구색 드레스에 진주 목걸이를 하고 검은 에나멜 구두를 신었어요. 술에 취해서 남자들보다 친구인 마치와 열심히 춤을 추었어요. 그러다 연못에 빠졌어요. 그해 수영대회에 나가려고 했는데 감기에 걸려서 출전하지 못했죠."

"기억을 되찾은 거예요? 그럴 줄 알았어요. 브룩스가 이제 안심하겠군요."

"아니요. 그렇지 않아요. 난 일기와 사진첩을 매일 들여다봐요. 그녀에 관한 건 어떤 것도 빠뜨리지 않고 알고 있어요. 뭐든지 물어보세요. 다 대답해드릴게요. 브루노이어는 운동을 좋아하고 산책을 즐겼어요. 브룩스와 같은 연구소에서 일할 때 동지로서 그를 존경하고 연구 성과가 사람들에게 되돌아가길 갈망했어요. 그 점에서 브룩스와 의견 차이가 있었죠. 브룩스는 연구 업적에만 몰두했거든요. 한때 두 남자 사이에서 갈등한 적도 있어요. 당신을 야망이 없다고 걱정했어요. 전 일기장과 사진 속의 내가 아주 낯설어요. 떠오르는 것이 아무것도 없어요. 막심, 당신 눈은 거짓말을 못해요. 당신들이 알고 있던 브루노이어는 오래전에 죽었잖아요. 그런데 왜 나를 브루노이어라고 부르는 거죠? 말해주세요. 제발, 내가 누군지 말해줘요."

브루노이어의 눈에 눈물이 그렁그렁 맺혀 있었다.

막심은 대답하지 않고 창문으로 얼굴을 돌렸다. 진실이 형벌처럼 느껴졌다.

브룩스의 개인 연구실에는 사람의 뇌가 유리 상자 속에 들어 있었다. 뇌는 산소와 영양을 공급받는 생명 유지 장치를 달고 뇌파를 보내고 있었다. 뇌파는 다시 영상으로 만들어져 스크린에 옮겨졌다. 육체를 가지고 있지 않지만 뇌파는 생명의 신호였다.

뇌의 주인은 칠년 전에 죽은 브룩스 부인의 것이었다. 브룩스는 부인의 몸에서 유일하게 살아 있는 뇌를 꺼내 전극을 연결하고 뇌파를 잡아내는데 성공했다. 그리고 뇌가 죽지 않게 최적의 환경을 유지했다. 브룩스는 부인이 죽었다고 생각하지 않았다. 그는 실낱같은 희망을 버리지 않았다.

뇌파가 스크린으로 보내온 영상은 늘 쓸쓸한 해안가였다. 그곳은 브룩스와 브루노이어의 추억의 장소였다. 날씨는 쌀쌀했고 바람은 심하게 불었다. 그들은 모포를 깔고 해안가에 비스듬히 앉아 있었다. 영상 속의 두 사람은 머리카락이 얼굴에 달라붙어 있었다. 모포 위에는 준비해온 포도주와 유리잔 두 개, 샌드위치와 과일이 든 바구니가 있었다. 그들은 잔을 기울여 포도주를 마시고 멀리 수평선을 바라보며 서로를 깊이 껴안았다. 바다 저쪽에 반짝이는 등대가 보였다. 등대 불빛은 저 멀리 바다 너머로 신호를 보내는 듯 깜박거렸다. 브루노이어는 브룩스의 얼굴에 달라붙은 머리카락을 만지며 그의 눈을 들여다보았다. 그의 눈 속에도 등대의 불빛이 보였다.

“브룩스, 등대가 신호를 보내고 있어요. 우리한테 보내는 건가요? 아니면 배가 오는지도 몰라요.”

두 사람은 거대한 함선이나 선박이 다가오는 기운을 느꼈다. 해안의 모포 위 두 사람은 어스름 속에 잠겨 있었지만 두 사람은 밀어를 속삭였다.

“마치 꿈을 꾸고 있는 것 같아. 이 꿈에서 깨어나고 싶지 않아.”

바람은 점점 심해지고 두 사람은 외투 속에 한 몸이 되어 등대의 불빛을 바라보며 배가 나타나길 기다렸다. 그러다 등대 불빛이 사라졌다.

사방은 칠흑 같은 어둠이고 그녀도 사라졌다. 브룩스는 검은 돌풍 속에 혼자 서 있었다. 유리 상자 속에 브루노이어의 뇌파 신호가 사라진 것이다. 브룩스는 깊은 절망에 빠졌다. 그는 불법적인 연구에 몰두하기 시작했다. 인간복제 실험은 법으로 금지되어 있었다. 그는 브루노이어의 염색체와 유전자를 가지고 그녀와 똑같은 사람을 만들려고 했다. 비밀리 진행된 실험은 셀 수도 없는 실패가 이어지고 중단이 된 적도 여러 번 있었다. 그의 끈질긴 집념은 마침내 성과를 이루고 인큐베이터 속에 복제된 브루노이어를 얻게 되었다. 인큐베이터는 시간 변형 가속기와 결합해 그녀를 하루가 다르게 성장시켰다. 그리고 타이밍은 그녀가 숨을 거두었을 당시 나이가 되자 멈춰 버렸다.

막심은 친구 브룩스의 실험을 처음부터 반대했다. 대학당국은 브룩스의 불법적인 실험을 묵인하고 있었지만 시간이 흐를수록 점점 더 큰 부담을 안게 된 것도 사실이었다. 잘못하면 인간 복제 실험의 중단을 선언했던 모든 과학자들의 명예는 땅에 떨어지고 브룩스는 모든 걸 잃게 될 수도 있었다. 실험으로 외모는 같은 사람을 만들었지만 시간의 축약된 기억들과 생각은 똑같이 복제 할 수 없었다.

막심은 브루노이어와 헤어지고 브룩스의 연구실로 그를 찾아갔다. 그는 또 다른 실험을 준비하고 있었다.

"브룩스 내 말 좀 들어봐. 오늘 브루노이어를 만나 보니까 자신에 대해 의구심을 품고 있어. 전혀 행복해 보이지 않았어. 이건 바보짓이야. 누구한테도 이득이 되질 않아. 자넨 나보다 더 현명한 사람이 아닌가. 그녀는 당신이 만들어낸 생명체야. 갓 태어난 아기 같은 존재라고 무슨 이유로 그녀에게 고통을 주는 건지 알 수가 없네. 네 목표를 이뤘잖아. 네가 얼마나 브루노이어를 사랑했는지 난 알아. 그녀를 예전처럼 사랑해 줄 수는 없는 건가?"

"그녀는 내게 의미 없는 낯선 여자야. 실패작일 뿐이지. 나는 그녀의 육체를 살려내는 것이 아니라 그녀의 존재를 되살리고 싶었던 거야. 그녀 없는 삶이 얼마나 허망한지 넌 상상할 수도 없을 거야. 내 존재의 반이 무너졌거든. 돌아가. 더 이상 할 말 없어."

"집착이 만들어낸 망상일 뿐이지. 넌 훌륭한 과학자야. 시간 낭비는 이것으로 충분해. 이제 눈을 떠. 그녀를 어쩔 셈이야?"

"제자리로 돌려 놔야지. 없었던 것으로."

브루노이어는 브룩스의 서재로 들어가 투명 유리관에 잠긴 뇌를 한

참이나 들여다보았다. 뇌를 바라보는 브룩스의 눈은 한없이 애잔하고 부드러웠다. 뇌는 작고 거무튀튀했다. 이것과 밀어를 속삭이는 브룩스를 이해할 수 없었다. 그녀를 바라보는 눈길을 빼앗은 것이 이것이라니 믿을 수 없었다. 브루노이어는 뇌를 꺼내 손수건 위에 올렸다. 그리고 서랍에서 칼을 꺼내 뇌를 반으로 잘랐다. 반쪽이 된 뇌에서 노란 물이 흘러나왔다. 안에는 아무것도 없었다. 역한 냄새가 났다. 브루노이어는 뇌를 계속 잘랐다. 작게 잘려진 뇌는 쉽게 짓물렀다. 브룩스가 비명을 지르며 다가와 칼을 빼앗을 때까지 브루노이어는 뇌를 자르고 또 잘랐다. 브룩스는 실성한 사람처럼 그녀에게 소리를 질렀다. 브루노이어는 브룩스의 집을 뛰쳐나와 정신없이 메마른 숲을 달려 도로를 건너 버스에 올라타려는 사람들 틈에 끼어들었다. 어디로 가려는 건지 알수 없었다. 무조건 브룩스에게서 도망치고 싶었다.

사람을 가득 태운 버스는 강물 위를 지나 도심의 화려한 불빛들이 일렁거릴 즈음 검문소에 멈췄다. 군인들이 올라와 신분증을 검사했다. 신분증이 없는 사람들은 모두 내렸다. 브루노이어도 그들과 같이 끌려 내렸다. 그녀는 불법 이민자들의 수용소에 갇혀 하룻밤을 보냈다. 세상은 브룩스의 집보다 크고 무서웠다.

다음 날 이른 아침 막심은 이민자 수용소에서 그녀를 발견해 집으로 데려왔다. 브루노이어는 그를 보자마자 와락 눈물이 났다. 브룩스의 집으로 돌아가지 않겠다고 이곳에 있게 해달라고 간절한 눈빛으로 말했다.

수렁을 빠져나온 버스는 대지를 하염없이 달렸다. 태양은 대지를 뜨겁게 달구고 에어컨은 미지근한 바람을 토해냈다. 올더스는 손수건으로 연신 흐르는 땀을 닦았다. 그래도 넥타이를 풀거나 상의를 벗지 않았다. 도로에서 마주치는 차는 한 대도 없었다. 이곳은 연방군의 관할 구역이었다. 갑자기 나타나 버스를 세우고 사람들을 검문할 수도 있었다. 올더스는 세 개의 총을 몸에 숨기고 있었다. 그들에게 몸수색을 당해 들키는 날이면 차에서 끌려내려 앞날을 예측할 수 없었다.

올더스는 퇴역군인이었다. 그는 크고 작은 전쟁에 참전했다. 최전선에서 특등사수로서 불같이 싸웠다. 훈장도 여러 번 받고 부상도 여러 번 입었었다. 마지막으로 큰 부상을 입고 고향으로 돌아갔을 때만 해도 그는 자부심이 넘쳤었다. 하지만 올더스는 고향으로 돌아와 밤마다 자신이 살해한 사람들의 환청에 시달렸다. 그는 오랫동안 잠을 자지 못했다. 잠을 자기 위해 신의 자비를 구했다. 신음과 비명 가운데 천사의 말이 들렸다. 용서받으려면 자신을 욕되게 한 놈들을 처단해야 한다고, 그래야 편히 잠을 잘 수 있다고 말하고 있었다.

그는 종전 기념 파티에서 옛 상관을 쏘려다 실패했다. 부대에도 난입해 총을 버리고 집으로 돌아가라고 병사들을 위협했다. 그는 얼마 전 피아로 부근 정신병원에서 탈출했다.

올더스는 노파가 바닥에 떨어뜨린 카드 석 장을 주워들었다. 카드 한 장은 빨간 모자를 쓴 광대가 외발 자전거를 타는 그림이었고 다른 한 장은 피 묻은 낫이 볏짚에 꽂혀 있는 그림이었다. 그리고 나머지 한 장은 왕의 카드였다. 나쁘지 않은 징조였다.

노파가 소변이 마렵다고 또 아우성을 쳤다. 기사는 뙤약볕 아래 차를 세웠다. 허둥지둥 차에서 내린 노파는 모래 언덕 아래 쪼그리고 앉아 볼일을 보았다. 다시 버스로 돌아온 노파는 통로를 지나다가 브루노이어의 목에 걸린 블루 다이아몬드 목걸이를 보게 되었다. 노파의 눈이 휘둥그레졌다. 브루노이어와 눈이 마주치자 합죽한 입을 늘려 미소 지었다. 노파는 브루노이어 곁에 있는 막심을 힐긋 쳐다보았다.

노파의 이름은 셀 수도 없이 많았다. 최근 이름은 옥산나였다. 물론 가짜이름이었다. 그녀는 결혼을 한 적도 아이를 낳은 적도 없었다. 변방의 소수 민족 출신인 그녀는 대도시에 흘러들어 어렸을 적부터 청소와 빨래 일을 했다. 그녀에게도 두어 번 행운의 기회가 찾아 왔었다.

첫 번째는 신흥종교 교주의 집에서 일할 때였다. 교주는 군중들 뒤에서 일하고 있는 노파를 뜬금없이 불렀다. 노파는 교주가 부르는 소리에 놀라 군중들 앞으로 나아갔다. 교주는 노파에게 나이를 묻고는 대답을 기다릴 새도 없이 맙소사, 하고는 두 팔을 하늘로 뻗었다. 그리고 큰 소리로 좌중을 둘러보며 말했다.

"천 살이라고 합니다."

사람들은 말도 안 되는 소리라며 웃다가 교주의 부릅뜬 눈을 보고 입을 다물었다.

"내가 물으면 진실만을 얘기할 수밖에 없다. 이 여인은 신의 목소리로 자신의 나이를 말한 것이다.”

사람들은 자신들의 섣부른 판단에 고개를 조아리고 교주의 말에 귀를 기울였다.

노파는 어리둥절했다. 교주는 분명 자신의 나이를 듣고도 무시하고 천 살이라고 선언해 버렸다. 교주는 신도들의 불신을 나무랐다. 교주가 노파에게 정중하게 허리를 굽히자 신도들도 따라 허리를 굽혔다. 그리고 그들의 기도문을 읽었다. 교주는 노파에게 신이 깃들어 있다고 추켜세웠다. 사람들은 모두 노파에게 무릎을 꿇었다. 노파는 자신의 나이가 아리송했고 지난 시간들이 모호해졌다. 정말 교주의 말대로 천 살이 된 것 같았다. 그때부터 노파는 교주가 시키는 대로 커튼 안에 앉아 있기만 하면 되었다. 사람들은 노파 앞에 돈과 재물을 가져다 놓고 영생불멸의 소원을 빌었다. 교주는 노파가 사람들 마음을 들여다볼 수 있어 배신자를 가려낸다고 신도들을 겁주었다.

신흥종교 집단은 도시마다 바벨탑을 건설해 세를 과시하려고 했다. 교주는 대규모 집회를 열어 바벨탑을 세울 자금을 모았다. 신도들에게 영생권을 팔았다. 세상 종말이 왔을 때 바벨탑은 특급열차가 되고 열차의 티켓을 사지 않으면 지구를 탈출할 수 없다고 사람들을 설득했다. 신흥종교 집단들은 오랜 세계대전으로 피폐해진 사람들의 마음을 이용해 갖가지 물건들을 팔았다. 몸에 지니고 있으면 신의 보호를 받을 수 있다고 유혹했다.

하지만 바벨탑 건립은 무산되었다. 정부가 막고 나섰으며 교주는 측근에 의해 살해되었다. 그의 자리는 이인자가 차지했다. 교당에 홀로 남은 노파는 그동안 몰래 훔쳐 모아 둔 돈자루를 들고 그곳을 떠났다.

돈을 다 써버리자 두 번째 기회가 왔다. 당시 반도가 내전을 겪고 있을 때였다. 노파는 내전의 주도 세력인 장군의 집에서 일을 하고 있었다. 노파는 저택의 굴뚝과 차고 청소를 담당했다. 주인 가족을 늘 먼발치서만 볼 수 있었다. 질투가 날 정도로 부유하고 행복한 모습이었다. 반도는 한 치 앞을 내다볼 수 없을 정도로 혼미했다. 자고 일어나면 정권이 뒤바뀌는 날들도 있었다. 혼란한 정국에 장군도 예외일 수 없었다. 그가 내란죄로 체포되자 가족들은 집을 몰수당하고 내쫓기는 신세가 되었다. 저택에서 일하는 사람들도 모두 떠나고 갈 곳 없는 노파만 혼자 남았다. 노파는 장군의 가족들과 가까이 지낼 수 있었다. 장군의 가족들은 노파를 의지하게 되었다. 가족들이 저택을 떠나게 되는 마지막 날 밤 저택에 큰 불이 났다. 누구의 소행인지 몰라도 노파는 가족들의 값비싼 보석과 물건을 훔쳐 달아났다.

노파는 훔친 물건과 보석을 팔아 허름한 호텔에 처박혀 헤지스를 피웠다. 헤지스는 고급 아편용 담배였다. 도시의 뒷골목에는 싸구려 헤지스를 파는 가게들이 많았다. 돈이 생기자 노파는 그런 것들은 거들떠보지 않고 고급 헤지스를 대주는 사람에게 은밀히 연락을 했다.

헤지스의 연기가 가득 피어오르던 호텔 방에서 노파는 교주가 되었다. 호화로운 옷과 보석으로 치장한 노파는 사람들에게 영생권을 팔고 있었다. 사람들은 머리를 조아리고 그녀에게 금은보화를 바쳤다. 노파는 바벨탑 꼭대기에서 심판관처럼 앉아 사람들을 다스렸다. 죄인들에게 재갈을 물려 노파가 탄 마차를 끌게 했다. 노파는 그들의 머리 위로 채찍을 휘둘렀다. 하지만 이 꿈을 지속시키기엔 헤지스가 늘 부족했다. 노파는 곧 빈털터리가 되어 다시 청소부가 되었다. 그러다 사람들의 지갑을 훔쳐 치안대에 구속되는 불상사를 겪었다. 감옥에서 혹독한 겨울을 보내고 나오자마자 파라다이스로 불리는 신천지로 가기로 결정했다.

브룩스는 막심을 불러 브루노이어를 돌려보내 줄 것을 요구했다. 막심은 그의 말을 들어줄 수가 없었다.

"그녀는 자넬 두려워 해. 네 마음이 변하기 전까진 나도 마찬가지고."

"불법적인 실험을 은폐시키려고 하는 게 아니야. 그녀는 우리가 생각하는 것보다 완전하지 않을 수 있어. 더 지켜봐야 하는지도 모른다고."

"그런 뜻이 아니잖아. 넌 단지 그녀를 실험의 대상물로 보고 있어. 우리가 어떻게 그녀를 규정하든 그녀는 자신을 정확히 인식하고 있어. 책임질 게 아니라면 그녀를 놔 주게."

"내 편이 돼줄 줄 알았는데. 실망스러워. 아직도 브루노이어를 사랑해?"

막심의 눈빛이 흔들렸다.

"그녀는 충분히 자신의 가치를 찾아갈 줄 아는 여자야. 네가 그녀를 함부로 생각한다면 내 감정이 떳떳해 질 수 있겠지."

"막심, 난 누구도 상처주기 싫어. 그녀를 돌려보내 주게."

"하지만 그녀는 지금 너무 불행해. 그럴 수 없어."

막심은 그녀를 공원묘지에서 처음 봤을 때 전혀 다른 사람이라는 것을 느낄 수 있었다. 비록 외모는 똑같았지만 예전의 브루노이어라고 생각할 수 없었다. 막심은 감정이 회귀하고 있었다. 어떤 관계도 맺지 않았을 때의 첫 느낌이 찾아왔다. 친구의 부인이란 생각은 전혀 들지 않았다. 하지만 그는 감정에 휘둘릴 사람이 아니었다.

브루노이어는 막심의 곁에서 평온을 되찾았다. 그를 위해 요리를 하고 집 안을 돌보고 때때로 책을 읽고 그와 같이 산책을 했다. 그녀는 이런 일상들이 계속되길 간절히 바랐다.

어느 날 막심의 집에 외부인이 침입했다. 그들은 브루노이어를 데려가려고 온 사람들이었다. 전에도 막심은 미행을 당하고 신변에 위협을 느꼈었다. 브루노이어는 막심과 떨어지지 않으려고 비명을 질렀다. 막심은 그들에게 시간을 달라고 했다. 제 발로 갈 테니, 내 버려둬. 그는 브루노이어를 막아서고 그들과 격투라도 벌일 기세였다.

침입자들이 돌아가고 두 사람은 방 안에 우두커니 앉아 있었다. 브루노이어는 막심의 침묵이 두려웠다. 그의 마음속 혼란을 덜어주고 싶었다.

"아무래도 돌아가야 할 것 같아요. 당신에게 난 짐만 될 뿐이에요.

당신에게 해가 될 순 없어요."

"그렇지 않아요."

막심은 그녀 앞으로 와 두 손을 꼭 잡았다.

"난 이 도시를 떠날 꿈을 꿨어요. 당신이 내게 먼저 기회를 준 거야. 그들이 다시 오기 전에 떠납시다. 그럼 어쩜 브룩스가 우릴 포기할지도 몰라요."

"막심 박사님이 이곳에 남긴 것들은 어떡하고요?"

"이제 의미 없는 것들이 되어버렸소."

막심과 브루노이어는 이른 새벽 수도 번의 버스 터미널에 나타났다. 막심은 아직 문도 열지 않은 매표소의 문을 두드려 우니 시로 가는 버스 표 두 장을 샀다. 대합실 의자엔 부랑자들이 웅크리고 자고 있었다. 긴 외투에 숄을 두른 브루노이어는 파리한 낯빛으로 앉아 있었다. 두 사람은 상기된 얼굴이었다. 막심은 그녀의 찬 손을 잡았다.

아직 차 시간이 남아 있었다. 텅 빈 승강장을 바라보며 두 사람은 뜨거운 차를 마셨다. 브루노이어는 어디로 가는 거냐고 처음으로 물었다. 막심은 대륙으로 들어가 작은 병원을 만들 거라고 말했다. 당신은 잘할 수 있을 거예요. 브루노이어의 말에 막심은 힘 있게 고개를 끄덕였다.

승강장에 버스가 들어섰다. 기사가 내려 두 사람의 가방을 짐칸에 실어주었다. 승객은 두 사람밖에 없었다. 버스가 천천히 터미널을 빠져나와 수도 번의 새벽 안개 속을 달렸다.

"정말 떠나는 거네요. 참, 이걸 두고 온 다는 걸 깜박 잊어버렸어요."
브루노이어는 목걸이가 걸린 가슴에 손을 갖다 댔다.

버스 통로는 쓰레기통으로 변했다. 과자봉지와 깡통이 굴러다녔다. 더먼의 뚱보에게서 나온 것들이었다. 뚱보는 입이 찢어지게 하품을 했지만 정신은 말똥말똥했다. 배가 고팠기 때문이다. 기사는 잠깐 눈을 붙이려고 차를 세웠다. 뚱보는 부스럭거리며 주머니에서 먹을 것을 찾았다. 더 이상 먹을 것이 없었다. 뚱보는 입맛을 다셨다. 사람들은 모두 잠이 들고 자기 혼자 깨어 있는 것 같았다. 그러자 더욱 배가 고파졌다. 형도 눈을 감고 고개를 기울이고 있었다.

뚱보는 거무스레한 창밖으로 고개를 돌렸다. 그는 깜짝 놀라 입을 다물지 못했다. 버스를 둘러싸고 작은 설치류들이 기립해 서 있는 것이었다. 수백 마리는 되는 것 같았다. 왜들 저러고 있는 거지. 그들 눈에서 푸른 인광이 흘러나왔다. 혹시 우리를 잡아먹으려고 기다리고 있는 것은 아니야. 뚱보는 겁에 질려 형을 깨우려고 했다. 형은 눈을 뜨지 않고 배가 고파도 조금만 참으라는 말만 했다. 놈들이 조금씩 버스로 다가오고 있는 것 같았다. 놈들이 버스에 달라붙어 안으로 들어오려고 긁어대는 소리가 들리는 것 같았다. 뚱보는 부르르 떨며 괴성을 질렀다.

형이 뚱보를 흔들었다. 무슨 일이야. 뚱보는 눈을 뜨자마자 창밖으로 고개를 돌렸다. 놈들은 하나도 없었다. 검은 민둥산에 허허벌판이었다. 형, 이상한 놈들이 우릴 둘러싸고 있었어. 우릴 노리고 있었다고. 꿈을 꾼 거야. 그런 놈들이 있다면 네가 먼저 먹어치울 걸. 아니야, 내가 진짜 봤어. 그는 아기처럼 떼를 썼다.

버스는 다시 달렸다. 라이트를 켜고 줄지어 달리는 트레일러들과 마주쳤다. 트레일러는 BLT로 물자를 실어 나르는 중이었다. 트레일러를 뒤따라오던 군용트럭이 먼발치서 버스를 세웠다. 무장한 군인들이 버스 안으로 들어왔다. 군인들은 기사와 몇 마디 말을 나누고 승객들을 둘러보더니 더먼 형제 앞으로 갔다. 더먼 형제에게 여행증명서를 요구했다. 형은 옷 속에서 여행증명서를 꺼내 보였다.

"우니 시엔 왜 가는 거지?"

"BLT에 가려고 지원했어요."

군인들은 여행증명서에 붙어 있던 인력송출회사의 서류를 대충 훑어보았다. 군인들은 검문하다 보면 이런 사람들을 수도 없이 만나 더 이상 캐묻지 않았다. 승객들 중에서 문제를 일으킬만한 사람은 없어 보였다. 군인들은 뒷걸음질치며 승객들 하나하나를 노려보았다. 기사는 우니 시에 가까워질수록 검문이 심해진다고 말했다.

"그리고 여러분들에게 알려드릴 게 있습니다. 우니 시는 치안이 좋질 않아요. 특히 여행자들에겐 최악이죠. 물가가 터무니없이 비싸고 범죄자들과 부랑자들의 천국이에요. 호텔은 가격이 비싸고 불친절한데다 음식도 형편없어요. 저 같으면 차라리 사막에서 야영을 하고 말죠. 그래서 저희 버스 회사가 추천하는 호텔이 있어요. 우니 시에서 조금 떨어져 있어 불편하기는 하지만 값도 저렴하고 반도의 돈도 쓸 수 있고 사막의 아름다운 풍경도 아침마다 감상하실 수 있는 호텔이 있습니다. 그곳에 묶은 손님들은 대체로 만족하십니다. 우니 시로 가는 손님들은 거기를 종착역으로 생각하십니다. 혹시 다른 의견 있으신 분은?”

기사는 룸미러로 승객들의 반응을 살폈다. 기사의 말에 반기를 드는 사람은 없어 보였다.

“그럼 다 같이 그 호텔에 묶는 걸로 알겠습니다. 다음날 우니 시로 들어가는 분은 제가 따로 모셔다드릴 겁니다. 절대 후회하지 않으실 거예요. 그래야 제가 욕을 덜 먹죠.”

더먼 형제는 같이 일을 하던 친구가 수도 번에서 돈을 많이 벌었다는 소문을 들었다. 더먼 형제는 용병으로 팔려왔지만 집단 농장에서 일을 했다. 옥수수와 밀을 경작하는 일이었다. 일만 고되고 임금도 제때 나오지 않았다. 더먼 형제는 더 넓은 세상으로 나가고 싶어 용병 생활을 그만두고 친구를 만나기 위해 수도 번으로 향했다. 그들은 도시의 뒷골목을 뒤져 친구가 일한다는 술집을 찾았다. 오전 시간이라 영업은 하지 않았지만 문은 열려 있었다. 문을 밀고 들어서자 전면에 사각 링이 나타났다. 사각 링 주변은 아수라장이었다. 간밤에 큰 싸움이 벌어진 것 같았다. 의자와 테이블은 부서지고 깨진 술병과 신발, 집기들이 나동그라져 있었다. 더먼 형제는 큰 소리로 친구의 이름을 불렀다. 반응이 없다 잠시 후 머리가 산발한 남자가 부스스한 모습으로 나타났다. 친구였다.

"누군데 날 불러?"

친구는 사람을 알아보지 못했다.

"나야, 더먼."

"더먼? 같이 군대 생활을 한 더먼을 말하는 거야?"

"그래."

친구는 키 큰 더먼을 얼싸안았다.

"이제 기억나. 여긴 자네 쌍둥이 동생인가?"

"응."

친구는 뚱보 더먼도 세게 안아주었다.

"그런데 내가 여기 있는 줄은 어떻게 알았어?"

"네가 성공했다는 말 듣고 찾아왔지. 너처럼 되고 싶어서 말이야."

친구는 수북한 머리를 긁적였다.

"성공은 무슨 성공, 아무튼 만나서 반갑다."

더먼 형제는 비로소 친구의 수세미 같은 머리카락 사이로 통통 부은 두 눈과 상처투성이 얼굴을 제대로 볼 수 있었다.

"우리도 같이 일을 했으면 좋겠다."

"너희들이? 내가 무슨 일을 하는지 알아?"

"뭔데?"

뚱보 더먼은 눈을 반짝이며 물었다.

친구는 더먼 형제를 사각 링 안으로 데리고 올라갔다.

"레슬러야. 검투사라고 불리기도 하지. 이곳이 얼마나 무서운 곳인지 모를 거야. 냉정한 세계지. 어제 큰 게임이 있었어. 아주 격렬한 싸움이었지. 물론 내가 이겼지만. 내 전적은 7승 5패 2무승부야. 겨우 열네 번째 게임을 마쳤을 뿐이지만."

"돈은 많이 벌었어?"

"벌긴? 내가 버나 사장이 벌지."

친구는 말을 할 때마다 턱이 아픈지 인상을 썼다.

"우리도 할 수 있을까?"

"나한텐 권한이 없어. 사장이 결정권자야. 아침을 먹으러 식당에 갔는데 잠시 기다려 봐. 옷 갈아입고 나올게."

사장은 더먼 형제를 흥미롭게 바라보았다. 잘만 포장하면 물건이 될 수 있겠다고 말했다. 뚱보는 사장이 마음에 들지 않았다. 그는 아주 고압적인 사람이었다. 일체 질문을 하지 못하게 했고 대답이 마음에 안 들면 포크와 나이프를 든 손으로 테이블을 내리쳤다. 사장은 친구에게 당장 내일부터 이들을 훈련시키라고 말했다. 뚱보는 배에서 계속 꼬르륵 소리가 났다. 친구는 같이 청소를 해주면 아침밥을 사주겠다고 했다.

그날 밤 친구가 링에 서는 것을 볼 수 있었다. 친구는 검투사 복장을 하고 링에 나타났다. 상대는 파란 삼각 팬츠에 롱부츠를 신은 대머리였다. 대머리는 친구보다 덩치가 훨씬 컸다. 대머리는 해머로 친구의 방패를 사정없이 공격했다. 방패는 점점 찌그러지고 친구는 이렇다 할 공격도 하지 못하고 수세에 몰렸다. 종이 울리고 다시 두 번째 라운드가 시작되었다. 대머리는 해머를 풍차처럼 돌리고 친구의 머리통을 단번에 날려버릴 기세였다. 친구의 방패가 종잇장처럼 구겨지고 이제 의지할 것은 칼밖에 없었다. 해머와 칼의 대결이었다. 해머와 칼이 부딪쳐 불꽃이 튀었다. 두 사람은 팽팽히 힘을 겨루고 콧김을 내뿜었다. 대머리에게서 고약한 냄새가 났다. 친구는 버티다 한쪽 무릎을 꿇었다. 순간 사람들의 함성에 천장은 내려앉을 것 같았다. 빨리 승부가 나길 원했다. 친구는 구부렸던 한쪽 무릎을 펴고 힘의 균형을 잡았다. 두 사람의 흰자위가 번득댔다. 대머리의 이마에 땀이 비 오듯 흘렀다. 땀이 눈에 들어가 눈이 쓰라리는지 한 손으로 눈을 훔쳤다. 친구는 이 순간을 놓칠 이유가 없었다. 친구는 얼굴로 그를 받았다. 대머리는 코를 잡으며 링 위로 쓰러졌다. 코뼈가 부러져 피가 흘러내렸다. 친구는 대머리의 몸에 올라타 칼로 목을 찌르는 시늉을 했다. 대머리 벤치에서 수건을 던졌다. 기권이었다. 친구는 목의 힘줄을 닭볏처럼 세우고 괴성을 질렀다. 친구에게 돈을 건 사람들은 펄쩍펄쩍 뛰고 대머리에게 돈을 건 사람들은 인상이 험악해졌다. 주심은 친구의 손을 번쩍 치켜들어주었다.

　더먼 형제는 복식조로 싸우기로 했다. 그들은 체육관에서 줄넘기와 무거운 역기 드는 것부터 시작했다. 그리고 백 킬로그램이 넘는 모래 인형과 씨름을 했다. 인형을 들어 바닥에 내다 꽂는 연습을 했다. 친구는 몇 가지 기술을 가르쳐주었다. 더먼 형제의 몸에 멍이 가실 날이 없었다. 하지만 매일 배가 고팠다. 뚱보는 도망가자고 매일 밤 형을 졸랐다. 형은 이것을 이겨내야 돈도 벌고 결혼할 수 있다고 동생을 달랬다. 사장은 매일 체육관에 들러 그들이 언제쯤 링에 설 수 있을지 물었다.

버스는 대형 광고판 하나를 지났다. 광고판에는 하얀 백사장에 방갈로가 늘어서고 파도에 발을 담그고 서 있는 여자가 아스라이 바다 끝을 보고 있었다. 바다의 수평선에는 파라다이스 BLT라고 쓰여 있었다.

사장은 더먼 형제에게 타이거 브라더스라는 이름을 지어 주었다. 그들에게 호랑이 가면을 던져주었다. 사장은 타이거 형제를 살인병기라고 과장했다. 타이거 형제의 사진이 냄새나는 골목마다 붙여졌다. 결전의 날이 다가왔다. 객석은 바로 링 앞까지 밀려들었다. 대만원이었다. 극적 효과를 주기 위해 링 주위를 가시철조망으로 둘렀다.

타이거 형제는 우레 같은 함성에 심장이 마구 뛰었다. 지금이라도 도망가는 게 상책 같았다. 그러다 사장한테 잡히면 끝장이었다. 상대는 악명 높은 크레이지 보이스 형제였다. 그들은 노란 머리카락을 등 뒤로 늘어뜨리고 짙은 화장을 했는데 그 몰골이 꿈에 볼까 무서울 정도였다. 그들은 손톱도 길게 기르고 송곳니를 뾰족하게 갈았다. 그들의 주된 무기는 인정사정 볼 것 없는 반칙이었다.

두 복식 팀은 링 중앙에 서서 관중들의 환호를 받았다. 휘슬도 불지

않았는데 노란 머리카락 형제가 뚱보의 몸에 상처를 입혔다. 가시철망
에는 관중들이 던져 깨진 술병의 유리조각들이 박혀 있었다.

더먼의 형이 큰 키를 휘청거리며 링 가운데로 나왔다. 크레이지 보
이스의 한 명도 노란 머리카락을 풀어헤치고 귀신 같은 얼굴로 혀를
날름거리며 다가왔다. 노란 머리카락은 타이거의 어설픈 공격을 피해
가며 날카로운 손톱으로 등과 팔, 목을 할퀴었다. 그는 팬츠 속에 숨긴
흉기를 꺼내 심판이 보지 못하는 사이 타이거를 구석으로 끌고 가 머
리를 공격했다. 벌써 티이거의 머리에서 홍건한 피가 흘러내렸다. 관
중들은 피를 보자 사납게 소리를 질렀다. 심판이 다가와 흉기를 뺏으
려고 했지만 노란 머리카락은 빈 손을 내다보였다. 다시 심판이 돌아
서자 타이거를 공격했다. 타이거의 얼굴에서 피가 줄줄 흘러내렸다.
타이거는 동생에게 기어가며 손을 뻗었지만 소용이 없었다. 관중들은
홍분해서 어서 끝장내라고 소리치고 있었다. 심판이 관중들의 소란을
진정시키려고 하는 사이 타이거는 크레이지 보이스의 먹잇감이 되고
있었다.

안절부절못하던 뚱보는 형이 죽는다고 고래고래 소리를 질렀다. 형
의 몸부림도 거의 멈췄는데 두 놈은 작당해서 계속 형을 때리고 있었
다. 뚱보는 더 이상 참을 수가 없었다. 뚱보 타이거는 정말 화가 났다.
달려 나온 뚱보 타이거를 보고 미소를 지은 노란 머리카락이 달려들었
다. 그리고 마구 손톱자국을 남겼다. 뚱보 타이거 가면의 뚫린 구멍으
로 광채가 빛났다. 타이거는 두 크레이지 보이스의 노란 머리카락을

양 손에 둘둘 감았다. 머리카락을 감은 양손을 위로 치켜들고 빙빙 돌기 시작했다. 관객의 함성에 지붕이 내려앉을 것 같았다.

일찍 자리를 뜨려던 사장이 도로 자리에 앉았다. 사장은 아무도 모르게 크레이지 보이스에게 큰돈을 걸었다. 뚱보 타이거는 친구에게 배운 기술을 떠올렸다. 풍차 돌리기였다. 두 발을 떡하니 버티고 서서 자신을 팽이라고 생각하고 돈다. (친구가 그렇게 말했다.) 누군가 팽이를 채찍질하듯 점점 더 빨리 돈다. (친구가 그렇게 가르쳐 주었다.) 가장 빠른 속도일 때 손에 든 것을 놔버린다.

빠르게 빙빙 돌던 타이거는 손에 든 것을 멀리 던지듯 놓아버렸다. 두 크레이지 보이스는 가시철망을 뚫고 관중 앞으로 곤두박질쳤다. 그들은 유리파편 속에 나뒹굴며 일어서질 못했다. 게임이 끝났다. 적막이 일 초쯤 흘렀다. 들것이 노란 머리카락들을 싣고 사라졌다. 뚱보 타이거 손엔 노란 머리카락이 붕대처럼 둘둘 감겨 있었다. 이보다 더한 클라이맥스는 없었다. 심판이 타이거 형제의 승리를 알려주려 했지만 뚱보는 형을 부축하고 링을 내려오려고 했다. 어서 빨리 빛과 함성에 갇힌 이곳을 벗어나고 싶었다.

큰돈을 잃은 사장은 길길이 날뛰며 그 바보들을 잡아오라고 명령했다. 친구는 더먼 형제를 지하통로로 피신시켰다. 그곳은 부랑자들이 모여 사는 곳이었다. 더먼 형제는 부랑자들과 어울려 지내며 음식을 얻어먹고 도시 지하통로를 옮겨 다니며 지냈다. 형제는 우연히 광고지 하나를 보았다. 그것은 미래의 파라다이스가 될 BLT의 건설인력을 모집한다는 구인광고였다. 형제는 인력 송출 회사를 찾아갔다.

간혹 빗방울이 떨어졌다. 폭우가 떨어질 기미는 없었다. 검은 말을 탄 남자들이 버스를 따라오고 있었다. 기사는 개의치 않는 눈치였다. 이곳을 지날 때면 저들을 볼 수 있는데 해를 끼치는 일은 없다고 말했다. 버스는 마지막 고비를 넘기듯 달렸다. 기사는 운이 좋은 편이라고 생각했다. 운행하다 보면 떼강도를 만나기도 하고 버스를 탈취하려고 목에 칼을 대는 놈들도 있었다. 군인들은 버스를 막아서고 통행세를 요구하기도 했다. 폭우를 만나 모래수렁에 빠진 것을 제외하면 순조로운 운행이었다.

기사는 선글라스를 썼다. 사막에는 여러 가지 색깔이 공존했다. 지평선 가까이 붉은색은 하늘로 올라갈수록 블루와 그린으로 번졌다. 해가 지면 대지는 멍든 것처럼 주황과 보라가 검푸르게 변해 장막 안으로 사라진다. 그리고 장막 위로 꼭 여민 단추 같은 별들이 나타난다. 지금 기사의 선글라스에는 사막의 모든 색이 용암처럼 이글거렸다.

드디어 종착역인 호텔이 눈에 들어왔다. 호텔은 지는 태양의 역광을 받으며 도도한 자태를 드러냈다. 사람들은 차창에 달라붙었다. 호텔 꼭대기에 철자가 빠진 간판이 삐죽 솟아 있었다. H-ave-s day H-tel.

앙카

　연료 충전소 지붕에서 마당으로 뻗어 내려온 줄마다 빛바랜 윈드 플라워가 가득 매달려 있었다. 윈드 플라워는 바람에 쉼 없이 빙빙 돌아갔다. 플라스틱의 은색 꽃술들은 햇빛을 받아 파닥파닥 빛을 뿌렸다. 땅바닥에도 윈드 플라워의 그림자가 지고 그 위로 은색 꽃술의 잔해가 떨어졌다. 연료 충전기 앞에는 낡은 소파 하나가 놓여 있었다. 소파는 칼로 두어 군데 깊이 가른 듯 안의 스프링과 충전재가 보일 듯했다. 소파는 사막을 가로지르는 도로와 마주하고 있었다.

　돌풍이 몰아쳤다. 윈드 플라워는 줄이 끊어질 듯 사납게 흔들리고 간판이 쓰러졌다. 덤불더미가 충전소 안으로 밀려 들어왔다. 소파에 누군가 앉아 있었다. 앙카였다. 돌풍에 붉은 머리카락이 들쑤셔지고 치마가 부풀어 올랐다. 앙카는 모래바람에 맞서 도로 멀리까지 시선을 주었다. 모래바람은 사정없이 그녀의 얼굴과 목덜미를 때렸다. 돌풍은 당장 앙카의 숨을 멎게 하고 허공으로 끌어올릴 것 같았다. 앙카는 풍

선처럼 부푼 치마를 가랑이 사이로 몰아 쥐고 소파와 하나 된 듯 웅크
렸다.

　여자의 울음소리가 모래 폭풍 사이로 떠돌았다.

　노인은 여자아이 셋을 찬찬히 살폈다. 세 번째 여자아이가 가장 마
음에 들었다. 고집도 세보이고 야생마 같은 눈빛을 가진 아이였다. 아
이들의 부모는 큰아이를 팔고 싶어 했지만 노인은 막내를 택했다. 노
인은 흥정을 시작했다. 손가락 다섯을 펴보였지만 아이의 부모는 고개
를 절레절레 흔들었다. 그들은 손가락 여덟 개를 보여 주었다. 노인은
정색을 하고 통역에게 다섯 이상은 절대 안된다며 아이를 데려가 입히
고 먹이고 일을 제대로 할 때까지 돈이 계속 들어간다고 말했다. 통역
은 아이 부모에게 노인의 말을 전했지만 노인 뜻대로 되지 않았다. 아
이 부모는 아이들을 데리고 떠나려고 했다. 통역은 부부가 일곱 이상
이 아니면 어떤 딸도 팔지 않겠다고 말했다는 것이다.

　노인은 부부를 바라보며 마지못해 손가락 일곱을 폈다. 거래는 성사
되었다. 부부가 약속 장소인 선착장으로 아이를 데려왔다. 그들은 눈
물을 보이지 않았다. 여자아이는 배에 올라타고 숲을 향해 손을 흔들
었다. 원주민 여자아이들은 부모와 떨어지지 않겠다고 떼를 쓰거나 울
지 않았다. 노인은 비싼 값에 여자아이를 샀다는 생각에 속이 상했다.
노인과 여자아이를 태운 나룻배는 사람 키만 한 수초 사이를 지나 섬
을 빠져나왔다.

　노인은 여객선을 타기 위해 부두로 나섰다. 이 섬에서는 결혼증명서가 없으면 여자와 여행할 수 없었다. 바닷가에 늘어선 낡은 건물들에는 결혼증명사진을 찍어주는 곳이 많았다. 노인과 여자아이는 건물 한 곳에 들어가 결혼증명사진을 찍었다. 여자아이는 드레스를 입혀 성숙하게 화장을 시키고 노인도 턱시도 재킷을 입었다. 서류에 사진을 붙이고 여자아이 대신 사인을 했다. 아이의 이름을 몰랐지만 앙카라고 썼다. 관공서에 들려 비용을 지불하고 사진 위에 큰 도장을 받았다. 이제 배 시간만 기다리면 되었다.

　여자아이는 자기보다 큰 신발과 옷을 입고 노인 뒤를 비틀비틀 따라다녔다. 시간은 점심때가 한참이나 지나 있었다. 배가 고팠다. 아이는 배가 고프다는 말을 하지 않았다. 배가 출발하려면 두 시간이나 남아 있었다. 부둣가에는 앙카와 비슷한 행색을 한 여자아이들이 많았다. 반도로 팔려가는 아이들이었다. 노인은 딱딱한 빵과 물을 꺼내 앙카에게 주었다. 앙카는 빵을 물에 적셔 부드러워질 때까지 기다렸다. 배 시간이 다가왔다. 사람들이 여객선 주위로 몰려들었다. 사람들이 배를 향해 달리기 시작했다. 노인은 앙카의 손을 잡고 뛰기 시작했다. 두 사람은 사람들 틈에 밀려 배에 올라타 구석진 자리 하나를 차지했다. 배에 탄 여자아이들은 서로를 힐끔거렸다. 앙카의 눈자위가 부엉이처럼 까매지고 빨갛게 칠한 입술도 지저분하게 번졌다. 손에 든 빵은 흐물흐물 녹고 있었다.

　여객선은 다섯 시간이 지나 반도의 남쪽 항구에 도착했다. 날은 어두워져 있었다. 날씨가 좋질 않았다. 비바람이 몰아치고 파도가 항구의 가로등을 덮쳐 높이 솟구쳤다 밀려갔다. 노인은 여자아이를 화물터미널로 데려갔다. 그곳에 노인의 차가 있었다. 노인은 차를 덮은 방수포를 벗겨냈다. 탱크로리 두 개를 매달은 유조차였다. 노인은 여자아이와 짐을 유조차에 실었다. 유조차는 얼음 깨지는 소리를 내며 화물터미널을 빠져나와 밤길을 달렸다. 눈을 비비던 여자아이는 곧 잠이 들었다.

얼마나 시간이 흘렀을까. 여자아이는 눈을 떴다. 유조차는 평원 한가운데를 달리고 있었다. 아이는 차를 따라오는 달을 보고 있었다. 섬과 아주 멀리 떨어져 있다는 것을 아는 눈빛이었다. 노인은 졸지 않기 위해 눈을 부릅떴다. 문을 열어 바람이 들어오게 했다. 바람이 노인의 메마른 수염과 머리카락을 흔들었다. 노인은 여자아이에게 아무런 말도 하지 않았다. 딱 한번 결혼증명서에 아이 대신 사인을 할 때 말을 했었다.

"네 이름은 앙카다. 잘 기억해둬. 이제부터 내가 하는 말을 하나도 빠짐없이 모두 기억해둬야 한다."

유조차가 얼음 깨지는 소리를 내며 멈췄다. 노인은 지도를 꺼내 무릎에 펴고 손가락으로 파란 선을 따라갔다. 그는 고심하는 눈치였다. 그는 지도를 접고 빵을 꺼내 여자아이에게 주고 자신도 우물거리며 빵을 씹었다. 여자아이는 노인을 따라했다. 물렁해질 때까지 빵을 오래 씹었다.

유조차는 속도를 내서 달렸다. 목적지가 확실해진 것 같았다. 둥그스름한 고원이 지나가고 계단식 밭과 산 전체에 꽂힌 풍력 발전기의 흰 날개도 지나갔다. 간혹 유조차 옆으로 달리는 차들을 볼 수 있었다. 휴게소를 여러 번 지나치기는 했지만 들른 적은 없었다. 노인은 속도를 줄이며 자신이 지도를 따라 잘 가고 있는지 확인했다. 그는 만족스런 표정을 지으며 노래 같은 것을 부르기도 했다. 중얼거림에 가까운 것이지만 지루함을 잊게 하기엔 충분한 것 같았다. 노인은 여자아이 같은 건 까맣게 잊은 얼굴이었다. 아이는 혼자 널브러져 잠이 들었다 깼다 했다.

여자아이는 자리에서 몸을 일으켰다. 노인은 차 안에 없었다. 밖은 어슴푸레한 그림자들이 산처럼 쌓여 있었다. 서늘한 바람이 불고 있었다. 아이는 자신의 몸을 두 팔로 감쌌다. 노인은 산처럼 쌓인 그림자 앞에서 서성대고 있었다. 차 문이 열리고 노인은 여자아이를 끌어내렸다. 노인은 손전등을 들고 그림자 하나하나를 두드렸다. 그러다 소리가 다르면 표시를 해놓았다.

이곳은 전쟁 중에 버려진 비행기 무덤이었다. 비행기와 헬기, 탱크와 전차, 각종 화기들이 평원 한복판에 고철더미처럼 버려져 있었다. 노인은 이곳 연료통에서 쓰다만 기름을 찾고 있었다. 칠도 벗겨지고 총탄 구멍이 나고 바퀴도 사라진 헬기와 비행기에서 기름을 채취할 수 있었다. 폐유지만 쓸모가 있었다. 노인은 연료통을 두드려 소리만 듣고도 기름이 있는지 없는지 알 수 있었다. 그는 신속하게 움직였다. 하루에 두 번 군인들이 순찰을 돌기 때문이었다.

노인은 유조차 뒤에서 긴 호스를 끌어다 앙카에게 들려주었다.

"이걸 들고 날 따라와 절대 호스를 놓치면 안 된다."

노인은 표시된 연료통에 호스를 집어넣어 기름을 빨아올렸다. 밤공기 속에 윙하는 소리가 울렸다. 호스를 잡고 있는 아이는 몸이 흔들렸다. 호스는 아이가 들기에는 길고 무거웠다. 아이는 무서운 노인의 목소리에 호스를 놓치지 않으려고 가슴에 꼭 끌어안았다. 작업은 계속되었다. 호스는 유조차에서 점점 멀리 풀려나갔다. 서른 대 가량의 비행기와 전차, 헬기에서 기름을 빼냈다. 군인들이 오기 전에 돌아가야 할 시간이다. 노인과 아이는 길게 풀린 호스를 되감아 유조차 뒤에 실었다.

차에 올라탄 노인은 채취한 기름의 양을 확인했다. 물론 탱크 하나를 가득 채우지 못했지만 이만하면 나쁠 것도 없었다. 여자아이를 비싸게 산 것을 만회할 정도는 되었다. 여자아이 옷은 더럽혀져 있었고 심한 기름 냄새가 났다. 유조차는 선회하며 무기 무덤을 빠져나왔다. 탱크로리 두 대에 연결된 부분이 꺾일 때마다 얼음 깨지는 소리가 났다.

"너도 이곳을 잘 기억해둬. 다시 올 지도 모르니까."

노인은 다 커버린 앙카와 익숙한 솜씨로 기름을 채취하는 상상을 하고 흡족한 미소를 지었다. 노인에게 시간이란 늘 빠른 속도로 흐르게 되어 있었다.

노인이 가지고 있는 지도는 그에게 보물 1호나 다름없었다. 헤지고 너덜너덜한 지도 안에는 대륙과 반도 전체에 매설된 송유관이 표시되어 있었다. 모든 송유관에 기름이 흐른다고 장담할 수는 없었다. 송유관은 거의 폐쇄되었다. 기름은 이제 정부가 직접 관리하고 필요한 곳에만 공급했다.

노인은 한 곳에 더 들리고 싶었다. 하지만 어린 아이를 데리고 일을 하기엔 역부족이었다. 언제 또 이곳을 지나가게 될지 알 수 없는 노릇이었다. 기회는 언제나 한번 뿐이라고 생각했다. 유조차는 불빛들이 몰려 있는 곳으로 달리기 시작했다. 노인은 졸고 있는 앙카를 흔들었다.

"어서 일어나 게으름뱅이야. 네가 할 일이 있다."

도시의 화려한 불빛들이 강을 따라 이어지고 있었다. 유조차 옆으로 차들이 질주해나갔다. 유조차는 강을 건너 도시로 들어가지 않았다.

"난 냄새만 맡아도 그곳에 가까이 왔다는 걸 알아. 이곳엔 엄청난 기름이 저 강물처럼 매일 흐르고 있어."

유조차는 도시와 멀어지더니 난데없이 긴 터널을 지나 산 아래 차를 세웠다. 노인은 앞장서서 걸었다. 분화구처럼 움푹 파이고 갈대가 무성한 곳이 나타났다. 표지판 하나가 땅에 꽂혀 있었는데 해골 그림과 함께 이곳에 접근하는 자는 무조건 참수한다고 쓰여 있었다. 노인은 갈대밭을 헤치고 안으로 들어가 땅에 바짝 얼굴을 붙였다. 그리고 들고 있던 삽을 땅에 꽂았다.

노인과 아이는 삽으로 땅을 파기 시작했다. 땅을 파던 아이가 풀썩 쓰러졌다. 노인은 아이를 일으켜 세워 뺨을 때렸다. 노인은 단호한 목소리로 말했다.

"넌 날 도와줘야 돼."

깊게 파지 않았는데도 송유관이 드러났다. 노인은 바싹 송유관에 귀를 들이댔다. 아무 소리도 들리지 않았지만 그건 아주 빠른 속도로 기름이 흐른다는 것을 말하고 있었다. 노인은 유조차와 연결된 호스를 가지고 왔다. 고압송유관 밸브를 찾아 호스와 연결했다. 기름을 훔치는 기술을 가진 노인은 거칠 것 없이 움직였다. 고무장갑을 낀 노인이 밸브를 열었다. 빠른 속도로 흐르던 기름이 순식간에 노인의 탱크로리로 이동했다. 아주 위험한 순간이었다. 노인의 도수 높은 안경알에 땀이 떨어졌다. 노인은 일이 제대로 진행되고 있는지 보기 위해 탱크로리로 달려갔다. 계기판의 바늘이 순식간에 올라가고 있었다. 아이는 괴물 같은 소리를 내며 움직이는 송유관을 보았다. 마치 송유관에서 괴물이 튀어나올 것 같았다. 그때 밸브와 호스 사이의 연결 부분이 벌어지며 하늘로 검은 기름이 솟구쳐 올랐다. 강한 압력으로 흐르던 기름을 호스가 제대로 감당하지 못했기 때문이다. 노인은 소리 지르며 달려갔다.

"막아, 막으란 말이야."

앙카는 어쩔 줄 모르다 기름이 솟구쳐 오르는 밸브와 호스 사이를 두 손으로 막았다. 한 줄로 높게 치솟던 기름은 앙카의 손가락 때문에 여러 개의 줄기로 갈라졌다. 노인은 거칠게 앙카를 밀어내고 벌어졌던 구멍을 꼭 맞게 밀어붙였다. 그 사이 노인의 안경과 얼굴은 기름 범벅이 되고 분수처럼 뿜어 올랐던 기름 줄기가 잦아들었다.

노인은 누가 오는지 주변을 살폈다. 탱크가 가득 채워질 때까지 작업은 계속되었다. 마침내 만선이 되었다. 노인은 일이 끝나자 성호를 그었다. 그리고 아이를 데리고 개울가에 가서 몸을 씻었다. 아이는 노인이 준 셔츠를 입었다. 앙카는 어른이 된 기분이었다.

유조차는 지평선이 사라진 은빛 사막을 달리기 시작했다. 길도 없는 길이 계속 이어졌다.아이는 하늘에 뜬 별이 섬에서 본 별과 똑같은데 아주 멀리 떠나와 있다는 생각을 했다.

"이제 집에 다 왔다."

노인은 섬을 떠난 지 닷새 만에 검은 돌집으로 돌아왔다. 앙카는 멀리서부터 검은 돌집을 응시했다. 아무것도 없는 강렬한 태양빛에 작은 흑점 같은 돌집이었다. 돌집 앞으로 연료 충전기 두 대가 놓여 있었다. 돌집 처마와 충전기 사이에는 줄에 걸린 바람개비꽃이 빙빙 돌고 있었다.

노인은 자물쇠를 열고 돌집 안으로 들어갔다. 집을 비운 동안 방문객은 없었던 모양이었다. 모든 게 떠날 때의 그대로였다. 노인은 창문과 덧문을 열었다. 어두웠던 실내가 갑자기 밝아졌다. 아이는 우두커니 서 있었다. 낡은 소파 하나와 식탁이 놓인 작은 주방, 이 층으로 올라가는 나무계단이 보였다. 노인이 수도꼭지를 틀었지만 물은 한 방울도 나오지 않았다.

노인은 앙카를 밖으로 데리고 나가 손가락으로 마주 보이는 돌산을 가리키며 말했다.

"물을 긷는 일은 이제부터 네 일이다. 저곳으로 가서 물을 길어 와."

노인은 양가죽 포대를 안겨주며 아이를 내쫓듯이 등을 떠밀었다.

앙카는 땅에 끌릴 듯한 양가죽 포대를 어깨에 메고 터벅터벅 걸었다. 앙카는 물이 있다는 돌산이 얼마나 멀리 있는지 알지 못했다. 아무리 걸어도 돌산과 가까워지지 않았다. 사나운 모래바람이 그녀를 덮쳤다. 흙더미를 뒤집어쓴 것 같았다. 머리카락 사이사이, 속눈썹과 콧잔등, 목덜미에 미세한 모래 입자가 달라붙었다. 그녀는 땅만 보며 걸었다. 그러다 얼마나 돌산과 가까워졌는지 보기 위해 고개를 들었다.

아까부터 앙카를 지켜보는 사람들이 있었다. 군인들이었다. 누런 얼룩무늬 전투복을 입은 군인들이 앙카에게 말을 걸었다. 반도 북부 사막지대는 대륙의 연방군 수중에 있었다. 그들은 C-4 구역의 저수조를 지키고 있었다. 대륙은 사막에서 물을 찾기 위해 여기저기 땅을 뚫었다. 마침내 이곳에서 수백 킬로미터 떨어져 있는 산맥에서 흘러내리는 지류를 발견하고 여러 개의 수조를 만들어 관리했다. 군인들은 앙카에게 노인의 딸이냐고 물었는데 앙카는 알아듣지 못했다. 군인들은 노인을 잘 알고 있었고 양가죽 포대가 눈에 익었기 때문이다.

군인들은 앙카를 물 긷는 곳까지 데려다 주었다. 지하 수로와 연결된 수조의 쇠뚜껑을 열자 물이 보였다. 군인 하나가 도르래에 양가죽 포대를 걸어 수조 안으로 내려 보냈다. 도르래를 돌리자 물이 가득 든 양가죽 포대가 축 처져 올라왔다. 군인이 양가죽 포대를 앙카의 어깨에 걸쳐주었다. 앙카는 주저앉을 듯 휘청거렸다. 물이 주르륵 밖으로 쏟아졌다. 군인이 도와주겠다고 했지만 힘겹게 한 발 한 발 앞으로 내딛었다. 수조를 지키는 초소를 뒤로 하고 검은 돌집이 나타날 때까지 하염없이 걸었다.

양가죽 포대에 물이 반밖에 차지 않은 것을 보자 노인은 불같이 화를 냈다.

"물은 기름하고 똑같아 다시 물을 질질 흘리고 돌아오는 날에는 매를 맞을 줄 알아."

앙카는 노인에게 물 쓰는 법과 불 쓰는 법을 배웠다. 노인은 물과 불을 금처럼 아껴 써야 한다고 입버릇처럼 말했다. 하루 일정량의 식사를 하고 비상식량을 비축하는 것도 배웠다. 돌집 주방 찬장에는 일 년치 비상식량이 들어 있었다. 통조림들이었다. 개중에는 유통기한이 훨씬 지난 것들도 많았는데 노인은 전쟁이 끝날 때까지 먹을 양이라고 말했다. 노인은 앙카가 몰래 통조림을 먹을까봐 자주 개수를 세어 보았다.

앙카는 노인이 말할 때는 도수 높은 안경 너머로 그의 눈을 두려움 없이 똑바로 쳐다봐야 한다는 걸 알았다. 만약 딴청을 피우거나 눈을 맞추지 않으면 매를 맞았다.

훔쳐온 기름은 돌집의 지하 탱크에 저장했다. 기름 넣으러 오는 차는 많지 않았다. 어쩌다 군용차량이 들려 기름을 넣었다.

앙카는 이틀에 한 번 C-4에 물을 길러 갔다. 물탱크 초소의 군인들이 앙카에게 말을 걸거나 과자나 사탕을 주기도 했다. 그녀는 시간이 지날수록 빠른 걸음으로 물을 흘리지 않고 다닐 수 있게 되었다. 가끔 그녀의 머리 위로 굉음을 내며 전투기 편대가 지나가고 모래바람을 일으키며 헬기에서 상자들이 뚝뚝 떨어지는 것을 보았다. 초소를 지키는 군인들은 옷을 벗고 공을 차거나 해먹에 누워 낮잠을 자기도 했다. 노인은 전쟁이 끝나면 수조를 지키는 군인들이 돌아갈 거라고 말했다.

전쟁이 막바지로 치닫고 있다고 했지만 사막은 언제나 적막했다. 세상은 아무 일도 없이 평화롭게 지내고 있는 것 같았다. 앙카는 하루가 다르게 자랐다. 섬 원주민 후예답게 어깨가 벌어지고 팔과 다리에 근육이 붙고 키가 컸다. 붉은 머리카락과 햇볕에 그을린 구릿빛 피부는 흑진주처럼 매끄러웠다. 물을 길러 갈 때마다 군인들의 마음을 흔들어 놓았다. 군인들은 그녀가 나타나면 휘파람을 불었다. 그녀는 군인들에게 눈길 한번 주지 않고 수조의 쇠뚜껑을 가볍게 들어 올리고 도르래에 양가죽 포대를 걸어 가뿐하게 물을 길어 올렸다. 군인들은 함부로 그녀를 건드리지 못했다. 그녀가 얼마나 사나운지 잘 알고 있었다.

노인이 돌집을 비우고 사람을 만나고 돌아온 날 비축해놓은 기름을 팔기 위해 여행을 떠나기로 결정했다. 여행을 떠나기 전 앙카에게 가르쳐 줄 것이 너무 많았다. 차에 연료를 넣어주는 방법과 돈을 세는 방법을 가르쳐 주었다. 기름을 넣으러 오는 차가 한 대도 없다고 장담할 수는 없었다. 돈은 물고기 같아서 한번 놓친 물고기는 다시 잡기 어려운 법이다. 돈을 내지 않고 줄행랑치는 놈들도 있을 수가 있었다. 노인은 잠시 생각하더니 총 한 자루를 가지고 왔다. 그리고 깡통에 돌을 올려 놓고 총 쏘는 방법을 가르쳐주었다. 노인은 다섯 손가락이 넘게 돈을 떼먹고 도망가는 놈은 머리를 쏘고 손가락 넷과 셋은 팔과 다리를 쏘고 하나둘이면 발을 맞추라고 했다. 그리고 몇 번씩 되물어보았다. 노인은 낡은 소파를 꺼내 돌집 앞에 놔 주었다. 이제 겨우 안심이 되었다.

노인은 밤마다 전 재산을 계산하는 버릇이 있었다. 혹시 앙카가 훔쳐 가지 않는지 의심했다. 노인의 방에는 커다란 금고가 있었다. 앙카는 밤마다 노인이 금고 안의 것들을 바닥에 늘어놓고는 지폐와 동전을 세고 종이에 적는 소리를 들었다. 그것은 종교의식과 비슷했다. 신음하며 격정적으로 숨을 몰아쉬다 안도와 평안의 세계로 돌아오는 과정이었다. 노인은 금고 열쇠에 입을 맞추고 잠자리에 들었다.

딱 한번 노인이 자는 앙카의 방문을 연 적이 있었다. 노인은 자는 앙카의 모습을 내려다보았다. 노인의 손이 앙카의 얼굴에 닿기 전 목에 건 금고 열쇠가 앙카의 입술에 닿았다. 앙카는 눈을 떴다. 노인의 당황한 얼굴과 마주쳤다. 앙카가 소리를 질러대자 노인은 입을 막으려고 했다. 그녀는 입술에 닿은 열쇠 줄을 덥석 물어 입속에 넣었다. 노인의 얼굴이 앙카의 코앞으로 달려왔다. 얼마나 독이 올랐는지 노인을 쏘아보는 눈빛이 어둠 속에서 매섭게 빛났다. 열쇠와 함께 노인도 통째로 삼킬 기세였다.

"다신 안 그럴 거야. 하늘에 대고 맹세하지. 네 머리 위에 기어 다니는 거미를 잡아주려고 한 거야."

노인은 가슴에다 성호를 그었다.

앙카는 발딱 일어나 바닥에다 열쇠를 뱉었다. 노인도 자리에서 튕겨 일어나 열쇠 위로 떨어졌다. 노인은 자기 방으로 달려가 앙카를 때리곤 하던 혁대를 가지러 갔다. 앙카는 그새 이 층 방에서 뛰어내려 사막을 맨발로 달렸다.

노인이 기름을 팔러 여행을 떠나는 날이 되었다. 노인은 그동안 가르친 것들을 다짐받았다. 만약 도망치는 날에는 섬으로 쫓아가 고스란히 돈을 받아올 거라고 윽박질렀다. 앙카는 노인의 말을 귀담아 듣지 않았다. 유조차 운전석에 앉은 노인은 도수 높은 안경 위에 선글라스를 이중으로 썼다. 무척 햇볕이 강한 날씨였다. 지열이 아지랑이처럼 피어올랐다. 두 개의 탱크로리를 매단 유조차는 얼음 깨지는 소리를 내며 돌집을 출발했다. 지평선에 달라붙어 달리던 유조차가 시야에서 사라지자 세상의 모든 소리가 사라진 듯 적막했다.

앙카는 노인이 일러준대로 총을 곁에 두고 소파에 앉았다. 연료충전기 위로 태양이 쏟아져 내릴 듯했다. 앙카의 목덜미와 콧잔등에도 땀이 맺혔다. 충전소에 기름을 넣으러 오는 차는 없었다. 앙카는 혼자 살아남아 세상을 지키는 기분이었다.

앙카는 모래바닥에 그림을 그렸다. 까마득한 얼굴들을 그리고 야자나무와 배를 그렸다. 그리고 밤하늘에서 본 전투기를 그렸다. 앙카는 사병들이 바지 멜빵을 느슨하게 풀고 하늘을 쳐다보며 수통의 물을 마시는 모습을 여러 번 보았다. 앙카에게 전투기는 사병의 수통과 비슷했고 한 번도 오지 않는 소나기와 비슷했다. 그리고 끝도없는 사막의 바다에 사다리를 내려줘 다른 곳으로 데려다 줄 것 같았다.

군인들을 태운 군용트럭이 돌집 앞에 멈췄다. 앙카는 충전기 노즐을 잡아당겨 연료통에 기름을 넣어주었다. 군인들은 앙카에게 한시도 눈을 떼지 않았다. 그녀의 붉은 머리카락은 태양을 닮았고 굴곡진 몸매는 원시와 야성의 태를 물씬 드러냈다. 앙카는 여자가 되었다. 앙카는 기름을 가득 채워주고 돈을 받았다. 그들은 사막에서 철수해 고향으로 돌아간다고 했다. 군인들은 앙카에게 손을 흔들고 손 키스를 날렸다. 노인의 말대로 전쟁이 끝나는 모양이었다.

노인이 일주일 만에 돌아왔다. 그는 트룰로스라는 아들을 데리고 왔다. 트룰로스와 노인은 쌍둥이처럼 닮아 있었다. 다른 것이 있다면 트룰로스의 구레나룻뿐이었다. 세 사람이 저녁 식탁에 앉았다. 평소와 다르게 많은 통조림이 식탁에 올랐다. 노인은 아들을 만나 꿈만 같다며 숨겨둔 술을 꺼내 트룰로스와 나누어 마셨다. 두 사람은 연거푸 잔을 비우고, 곧 술병이 바닥났다. 술에 취한 트룰로스는 앙카를 음흉한 눈길로 훔쳐보았다.

노인이 아들에게 보여 줄 것이 있다며 이 층으로 올라가자 트룰로스는 앙카에게 다가와 머리카락을 만지며 냄새를 맡았다. 앙카는 이를 앙 물고 짐승 같은 소리를 냈다. 트룰로스는 한 손으로 앙카의 목을 잡았다. 앙카는 그의 손목을 힘주어 떼어냈다. 트룰로스 입에서 욕이 튀어나왔다. 이 층에서 노인이 내려오고 있었다. 두 사람은 서로에게서 물러났다.

노인은 이 층에서 가져온 것을 식탁 위에 펼쳤다. 설계도면이었다.

"뭐야 이건?"

"이곳에 호텔을 지을 거다."

"아무것도 없는 허허벌판에 호텔을 짓는다고 제정신이야 아버지?"

"앞을 내다봐야지. 전쟁이 곧 끝날 거다. 사막 북쪽에 거대한 난민촌이 들어선다는 말이 있어. 앞으로 여긴 황금의 땅이 될 거야. 이 앞으로 도로가 지나간다는 걸 확인했다. 우니 시에서 난민촌까지 가는 도로지."

"아버진 갈수록 이상해져."

"정신 차리고 내 말 잘 들어. 앞으로 십 년은 이곳이 붐빌 거야. 세상의 모든 쓰레기들이 이곳으로 몰려들 테니까. 우니 시에 사람들이 몰려들어 서로 눈치를 보고 있어. 왜 그러겠어. 전쟁이 끝나면 후속 처리를 해야 돼. 쓰레기들을 치워야 한단 말이지. 그것을 하기엔 여기가 최적의 장소야. 우리 앞을 지나지 않고는 어느 누구도 난민촌으로 들어갈 수 없어."

"그래서 호텔을 짓겠다는 거야. 돈은 있어?"

"돈 걱정은 하지 마라. 내게도 다 생각이 있으니까."

트룰로스는 아버지의 말을 듣고 얼굴이 밝아졌다.

"그렇게 돈이 많아?"

트룰로스는 은근한 목소리로 아버지를 떠보았다.

"물론 지금은 많이 부족하지, 하지만 머리를 써야지 머리를. 돈을 빌려줄 데를 알아보고 있어. 우니 시에 대륙의 은행들이 들어올 거야. 그건 자본가들이 상륙한다는 얘기지. 그들은 하이에나처럼 돈을 투자할 곳을 찾고 있어. 하지만 아직까지는 이 모든 얘기가 비밀이다. 내 말이 새어나가면 경쟁 상대가 나타날 수 있어. 서로 헐값에 땅을 불하받아 호텔을 짓겠다고 나서면 곤란하니까."

"아버지 이야기는 신빙성이 없어. 차라리 그 돈으로 우니 시에 나가 장사를 하는 게 나아. 비밀이라고? 저 여자가 우리 이야기를 다 들었는데?"

트룰로스는 턱 끝으로 계단 끝에 앉아 있는 앙카를 가리켰다.

"신경 쓰지 마. 짐승 같은 아이니까."

"아닌 거 같은데, 날 뜯어먹을 것처럼 쳐다봤다고. 아버진 늘 여자를 잘못 골라. 우리 엄마도 그렇고. 이게 어디 사람이 먹을 음식이야. 빵은 망치로 써도 되겠다."

노인은 앙카에게 일 층에 아들의 잠자리를 만들어주라고 했다. 앙카는 트룰로스에게 담요 하나를 던져 주었다. 노인은 호텔 설계도면을 들고 이 층으로 올라갔다. 목에 건 열쇠로 금고 문을 열어 설계도면을 제자리에 넣어두고 언제나 그랬듯이 지폐와 동전을 꺼내 세기 시작했다. 계산은 틀림이 없었다. 노인은 심장을 졸이며 절정의 순간을 맛보았다. 방문을 걸어 잠그고 열쇠에 입을 맞추었다.

앙카는 전투기 한 대가 지나가는 굉음을 들었다. 유리창이 흔들렸다. 전투기를 따라 달리고 싶은데 아래층 불청객 때문에 꼼짝할 수가 없었다.

일 층에 혼자 남은 트룰로스는 부엌과 마루를 뒤지기 시작했다. 술을 찾는지 돈을 찾는지 그가 찾는 것은 어떤 것도 나오지 않았다. 노인은 젊은 시절 웨이트리스와 사랑에 빠져 트룰로스를 낳았다. 하지만 노인은 말없이 모자 곁을 떠났다. 웨이트리스는 아들에게 아버지의 유조차 번호를 알려주었고 트룰로스도 곧 어머니와 이별했다. 그는 나쁜 아이들과 어울리며 사춘기를 보내고 성인이 되어서는 인생을 아무렇게나 허비했다. 아버지를 만나자 자신의 삶을 보상받고 싶어 했다. 당장 이 층으로 달려 올라가 돈을 찾아 이곳을 떠나고 싶었다.

앙카는 계단으로 올라오는 트룰로스의 발소리를 들었다. 노인의 방문을 열려고 문고리를 비트는 소리도 들었다. 노인의 방문은 열리지 않았다. 앙카는 총을 찾아 침대 곁에 두었다. 앙카의 방문이 슬며시 열리고 트룰로스가 나타났다. 앙카는 침대에 앉아 기다렸다는 듯이 그의 가랑이 사이를 총으로 겨누었다. 그는 놀라서 몇 발짝 뒤로 물러나다 계단으로 굴러 떨어졌다. 아무도 그를 일으켜주는 사람이 없었다.

유조차가 돌집 앞에 대기하고 있었다. 호텔을 짓기 위해 더 많은 돈이 필요했다. 아침 식탁에서 노인은 아들에게 실핏줄처럼 매설된 송유관 지도를 보여주었다. 그들은 기름을 훔치러 가기로 했다.

노인은 총에 실탄을 채워 주었다.

"집을 잘 지켜야 한다. 이번엔 시간이 오래 걸릴지도 몰라. 내가 한 말들을 잊으면 안 돼."

"아버진 저 여자를 믿어? 우리가 돌아올 때쯤이면 돈과 기름을 가지고 도망칠 게 뻔해."

트룰로스의 볼멘소리를 노인은 들은 척도 하지 않았다.

유조차에 올라탄 두 사람은 검은 선글라스를 썼다. 그래서인지 더욱 쌍둥이처럼 닮아 보였다. 유조차는 관절을 꺾으며 길을 나섰다. 유조차는 꽁무니에 모래 구름을 일으키며 달리다 이내 시야에서 사라졌다.

앙카는 소파에 앉았다. 졸음이 몰려왔다. 그녀가 해야 할 일들이 하나도 떠오르지 않았다. 눈을 감은 그녀의 얼굴에 바람개비꽃 그림자가 빙글빙글 돌았다. 돌풍이 몰려왔다. 줄이 끊어질듯 흔들리며 바람개비꽃 잔해가 땅으로 떨어졌다. 그녀는 환영을 보았다. 대낮인데도 라이트를 환하게 밝힌 수십 대의 화물차가 줄지어 지나가는 환영이었다. 하루 종일 충전소에 들리는 차는 없었다.

밤이 되면 저녁을 먹고 노인의 방에 들어가 금고 옆에 기대 잠들었다. 노인은 해가 뜨면 기름을 지키고 밤이 되면 금고를 지키라고 명령했다. 앙카는 어슴푸레 한 사막의 능선을 바라보았다. 가끔 그곳에서 여우들이 소리 없이 내려와 돌집의 창틀을 긁거나 주둥이로 문을 건드렸다. 앙카는 밤마다 노인이 금고를 열어 돈을 세는 건 외로움 때문일

지도 모른다는 생각이 들었다. 사막의 능선에 들짐승의 모습이 보이지 않았다. 앙카는 총을 끌어안고 금고에 기댄 채 새벽 어스름에야 겨우 잠들었다.

똑같은 날들이 지나갔다. 이제 수조에 초소를 지키는 군인들도 완전히 철수했다.

밤마다 그들이 주고 간 사탕을 먹었다. 상자에 사탕이 반으로 줄어든 날 밤, 돌집이 모래 늪에 빠지는 꿈을 꾸었고 커다란 전갈과 싸우는 꿈도 꾸었다. 자다가 눈을 뜨면 하늘에 녹슨 별들이 유리 파편처럼 흩어진 게 보였다. 녹슨 별은 대기가 맑아 하늘에 불순물들이 없을 때 보이는 우주 쓰레기들을 말하는 거였다. 대부분이 버려진 인공위성들이었다. 해가 뜨려면 아직 멀었다. 앙카는 긴 속눈썹을 끔벅거렸다. 시간은 흘러가지 않는 것 같았다. 금고 앞에 버려진 빈 사탕봉지 같았다.

C-4의 초소에서 군인들이 남긴 옷과 물건들을 가지고 왔다. 얇은 책에는 아름다운 여인들의 사진과 엽서가 숨어 있었다. 군인들의 옷을 고쳐 입고 이틀에 한번 수조에 물을 길러갔다. 그리고 세상을 지키는 단 한 사람처럼 소파에 앉아 사막을 바라보았다.

금고에 기대 눈을 끔벅이던 앙카는 떠돌이별 하나가 지평선을 향해 떨어지는 것을 보았다. 떠돌이별은 큰 소리를 내며 돌집 지붕을 지나 사막을 가로 질러 모래 둔덕에 부딪쳐 폭발했다. 돌집의 창문이 흔들렸다. 앙카는 벌떡 일어났다. 아무래도 떠돌이별 같지가 않았다. 앙카는 화염이 치솟는 곳을 향해 달렸다. 불길에 파편이 날리고 연이어 작은 폭발이 이어졌다. 앙카는 바닥에 엎드렸다. 전투기 한 대가 둔덕에 처박혀 불타고 있었다. 검은 연기가 소용돌이치며 밤하늘로 올라가고 있었다. 앙카는 불길 때문에 비행기 가까이 갈 수 없었다. 비행기 동체가 스스로 불길이 잦아들길 기다릴 수밖에 없었다.

그녀는 돌아서려고 했다. 자신이 할 수 있는 일은 아무것도 없다고 생각했다. 앙카는 불길 너머 움직이는 물체를 발견했다. 짐승 같기도 했고 사람 같기도 했다. 낙하산 자락을 끌며 기어오는 건 추락한 전투기 조종사 같았다. 그의 움직임이 멈추었다. 앙카는 조심스럽게 그에게 다가갔다. 그는 부상을 당한 것 같았다. 아직 의식을 잃지 않았지만 고통스럽게 신음하고 있었다. 그는 희미한 눈으로 앙카를 올려보았다. 조종사는 앙카가 한 번도 본적이 없는 파란 눈에 은빛 머리카락을 하고 있었다.

앙카는 그를 돌집으로 데려왔다. 그는 여러 군데 부상을 입었다. 피가 난 곳을 닦아주고 마른 입술을 적셔 주었다. 남자는 밤새 신음을 내고 알아들을 수 없는 헛소리를 했다. 앙카는 그의 옆에 쪼그리고 앉아 밤을 새웠다. 남자가 먼저 눈을 떴다. 그는 움직이려다 인상을 쓰고 식은땀을 흘렸다. 그리고 자기 옆에 엎드려 자고 있는 풍성한 붉은 머리카락 여자를 보고 어제의 기억을 끄집어냈다. 그의 파란 눈동자에 절망의 빛이 감돌았다. 살아 있어서 다행이라는 생각은 들지 않는 얼굴이었다.

앙카는 남자의 상처를 닦아주고 물과 통조림을 먹여 주었다. 그리고 그를 혼자 두고 돌집 밖으로 나가 기름을 채우러 오는 차를 기다렸다. 정오가 되면 돌집에 들어가 남자를 살폈다. 앙카는 그가 누구냐고 묻지 않았다. 그의 말을 알아들을 수 없다는 걸 알았다.

두 사람은 서로 대화하려고 애쓰지 않았다. 다행히도 남자는 중상은 아니어서 하루 이틀이 지나자 조금씩 움직일 수 있었다. 남자는 앙카가 알아듣든 말든 자기가 왜 이곳에 추락했는지 설명하려고 했다. 그는 대륙북반구 나라의 소령이고 정찰비행 중 기계 고장으로 추락했다고 말했다. 그는 가족이 있는 북반구로 돌아가야 한다고 나직하게 말했다. 앙카는 그의 말을 알아들은 것 같은 표정으로 고개를 끄덕거렸다.

앙카는 하루 물 사용량을 어기고 소령을 위해서는 아낌없이 물을 썼다. 통조림도 유통기간이 많이 지나지 않은 것을 골라 주었다. 두 사람은 말이 통하지 않아 서먹서먹했지만 불편하진 않았다. 그는 절뚝이며 열심히 몸을 움직이려고 했고 돌집 밖으로 나와 사막이 백지 같은 여백에 둘러싸여 있음을 확인했다. 소령은 앙카에게 손으로 전투기가 나는 모습을 보여주다 입으로 뺑하며 추락하는 소리를 냈다. 그는 전투기가 추락한 곳으로 가보고 싶은 모양이었다.

앙카와 소령은 전투기가 추락한 곳으로 갔다. 타다만 전투기의 시커먼 동체가 모래 사구에 처박혀 있었다. 다녀간 지 얼마 안 되는 말 발자국이 여러 개가 보였다. 소령은 비행기 동체에서 가까이 다가가 뭔가 찾는 눈치였다. 하지만 원하는 것을 발견하진 못한 것 같았다. 그는 실망스런 표정이었다. 그의 얼굴을 보자 앙카는 마음이 아팠다. 자신의 고향으로 돌아가지 못하는 마음을 알고 있었다.

밤이 되면 소령은 일 층에서, 앙카는 이 층 노인의 방에서 잠이 들었다. 그녀는 아래층에 소령이 자는 날부터 눈을 비비며 새벽까지 깨어 있는 날이 없어졌다. 누군가 같이 있다는 마음에 곤히 잠이 들었다. 하지만 언제 노인과 트룰로스가 들이닥칠지 몰라 불안했다. 그들이 돌아오면 다친 그를 내쫓아낼 게 뻔했다. 노인은 줄어든 통조림과 자신의 옷이 없어진 것을 알게 되면 불같이 화를 낼 거였다. 앙카는 소령이 다리를 끌며 밤새 서성대는 소리를 들었다.

이제 앙카는 돌집에 들어오려는 들짐승 소리, 천둥소리와 녹슨 별무리 같은 건 신경 쓰이지 않았다. 오직 소령의 발소리에만 귀를 기울였다. 소령의 파란 눈이 생각나고 그 안에 비친 자신의 모습을 궁금해했다.

앙카는 수조를 지켰던 군인들의 초소로 소령을 데려갔다. 소령은 그곳에서 고장 난 라디오를 발견했다. 뜻밖의 수확이었다. 그는 기분 좋은 얼굴로 돌아와 라디오에 매달려 송수신 장치를 만들려고 했지만 고장 난 라디오는 대륙의 주파수만 간신히 잡을 수 있었다. 라디오의 소음 속에서 사람들의 말소리와 노랫소리를 들을 수 있었다. 소령은 그나마 다행이라는 듯 앙카에게 어깨를 으쓱하며 미소를 보여주었다.

소령의 몸이 점점 회복되기 시작했다. 집안일을 거들고 앙카와 같이 연료 충전기 앞 소파에 앉아 있기도 했다. 돌풍에 쓰러진 간판을 일으켜 세우고 마당으로 밀려온 흙먼지를 쓸어내기도 했다. 침묵은 두 사람의 연결고리였다.

　대기가 빨려나간 것 같이 청명한 어느 날, 양가죽 물지게를 진 소령이 앙카의 뒤를 따라 수조로 향했다. 사막엔 아지랑이가 어른거렸다. 태양이 그의 등을 뜨겁게 내리쪼였다. 이제 그는 전투기조종사로 보이지 않았다. 은빛 머리카락은 덥수룩하고 얼굴은 수염을 깎지 않아 지저분했다. 게다가 노인의 낡은 옷을 입었다. 그는 저수조에 도착해 C-4의 뚜껑을 열고 두레박에 양가죽 포대를 걸어 물을 길어 올렸다. 그의 어깨에 물이 가득 찬 양가죽 포대가 축 늘어졌다. 양가죽 포대에서 물이 주르륵 떨어지자 앙카는 소령에게 물은 금이라며 흘리면 안 된다고, 어서 떨어진 금을 주우라고 말하려다 웃고 말았다.

　소령은 앞만 보고 묵묵히 걸었다. 앙카는 그가 힘겨워보였지만 물지게를 달라는 말은 하지 않았다. 천천히 그의 뒤를 따랐다. 갑자기 막막한 사막에 돌풍이 불어왔다. 흙먼지의 거대한 회오리바람이 그들을 덮쳤다. 두 사람은 앞으로 나아갈 수 없었다. 바람은 두 사람을 모래무덤에 파묻으려는 것 같았다. 한 치 앞도 볼 수 없었다. 두 사람은 돌풍 속에서 하나가 되어 서로를 감싸 안았다. 소령의 파란 눈이 붉은 머리카락 속의 앙카의 얼굴을 바라보았다. 주근깨 많은 볼과 오뚝한 코, 살짝 들려진 윗입술을 보았다. 앙카도 그의 눈에 비친 자신의 얼굴을 보았다. 소령은 자신도 모르게 앙카의 입술에 입을 맞추었다. 돌풍이 지나갈 때까지 두 사람은 하나가 되었다.

그날 밤 돌집 이 층에서 라디오 소리가 들렸다. 음악소리였다. 소령은 앙카를 일으켜 세워 춤을 추었고 창밖의 어둠은 진흙처럼 부드러웠다. 두 사람은 사랑을 나누었다. 세상에 남겨진 사람은 둘뿐인 것 같았다.

돌집을 떠난 노인과 트룰로스는 반도의 남쪽으로 이동했다. 송유관 기름을 훔치기 위해서였다. 각 나라의 정부는 기름을 철저히 관리하고 배급제로 운용되었다. 기름을 훔치는 사람은 즉결심판에 넘어가 사형에 처해졌다. 세계대전 중 각종 대체 연료가 개발되었지만 기름처럼 쉽게 사용될 단계는 아니었다.

노인은 나무망치로 송유관의 표면을 두드렸다. 둔중한 소리가 들렸다. 노인은 송유관에 귀를 가까이 들이댔다. 아무 소리도 들리지 않았지만 느낌으로 알 수가 있었다. 이곳에 기름이 빠른 속도로 흐르고 있다는 것을 직감했다. 송유관을 지키는 순찰이 강화되어 신속히 작업을 끝내야 했다. 노인은 모든 작업을 직접 했다. 아들은 멀리 떨어져 노인이 하는 모습을 멀뚱히 쳐다보기만 했다. 그가 할 일은 사람이 오는지 안 오는지 망을 보는 일이었다. 노인은 그에게 알려줄 것이 많았지만 자신의 작업에 몰두했다. 기름은 빠른 속도로 유조차를 채우고 노인의 콧등에 흘러내린 안경엔 김이 서렸다. 한 치의 실수도 허용되지 않았다. 시간이 얼마 남지 않았다. 기름을 채운 노인의 탱크로리는 서둘러 자리를 떠났다.

"내가 하는 걸 잘 봐둬. 내 대신 일을 하게 될 날이 올 거다."

아들은 노인의 말을 시큰둥하게 들었다. 노인의 모든 게 자기 것이 될 거라는 걸 진작부터 생각하고 있었다.

노인은 한 곳을 더 들릴 계획이었다. 도시와 가까워 위험한 곳이지만 탱크 하나만 더 채우면 돌아갈 작정이었다. 무성한 풀숲에 유조차는 얼음 깨지는 소리를 내며 멈췄다. 멀리 도시의 야경이 한눈에 내려다 보였다. 노인은 정확한 지점에 삽을 꽂고 땅을 파기 시작했다. 익숙한 솜씨로 송유관의 밸브를 열어 저장 탱크와 연결했다. 지독한 유증기가 새어나왔다. 노인은 뒤로 물러나 숨을 몰아쉬었다. 멀리 있는 트룰로스가 가까이 다가왔다. 노인은 그에게 다가오지 말라는 신호를 보냈지만 그는 점점 다가왔고 서둘러 송유관 구멍을 막으려고 했지만 유증기는 독가스처럼 분출되었다. 노인은 트룰로스 몸에서 스파크가 나며 불길이 확 번지는 것을 보았다. 순식간의 일이었다. 불이 붙은 트룰로스는 바닥에 나뒹굴었다. 노인은 트룰로스에게 달려가 흙을 끼얹고 옷을 벗어 불을 꺼주려고 했다. 송유관 주변은 벌써 불타고 있었다. 이러다 큰 폭발이 일어날 수 있었다. 빨리 이곳을 떠나는 게 상책이었다. 화상을 입은 트룰로스는 짐승처럼 비명을 질렀다. 아들을 유조차에 태운 노인은 밤길을 정신없이 달렸다. 멀리 불길이 치솟는 게 보였다. 그는 어디로 갈지 결정할 수 없었다. 벌써 정부군의 차가 여러 대 따라오고 있었다. 스피커에서 서지 않으면 발포한다는 명령이 흘러나왔다. 노인은 유조차를 도로 한편에 세우고 두 손을 위로 치켜들고 밖으로 나왔다.

　노인과 아들은 구속되어 즉결 심판의 날을 기다렸다. 순회 판사가 아직 오지 않고 있었다.

　화상을 입은 트룰로스의 얼굴은 더 고약하고 심술궂게 변해 있었다. 노인은 순회 판사가 오기 전에 손을 써야 했다. 기름을 훔친 죄수들은 순회 판사가 신속하게 공개처형의 절차를 밟았다. 순회 판사란 군인 임의대로 재판을 하는 것을 막기 위한 제도였다.

　노인은 자신들을 도와줄 사람을 물색했다. 간신히 줄이 닿아 한 남자를 감옥에서 만날 수 있었다. 한 남자가 늦은 밤 감옥으로 노인을 찾아왔다. 그는 변호사로 중형을 언도 받은, 구제할 수 없는 사람들을 살리는 변호사라고 소문난 사람이었다.

　"돈은 얼마든지 들어도 상관없으니, 순회 판사와 연이 닿는 사람을 알아봐줘. 두 사람의 목숨이 달린 문제야."

　노인은 간절한 눈빛으로 말했다.

　"순회 판사가 이틀 뒤에 이곳에 도착한다고 합니다. 불행스런 소식은 그가 고집불통이라는 겁니다. 마음을 단단히 먹고 최악의 상황을 고려해야 할 겁니다. 얼마 전 정부에서 가혹한 처벌을 하라는 지시가 떨어졌다고 하더군요. 그 첫 번째 케이스가 될지 우려됩니다."

　변호사는 나지막한 목소리로 말했다.

　노인은 변호사의 손을 꽉 잡았다.

　"나 좀 살려주게. 자네 손에 우리 운명이 달려 있어. 돈 같은 건 상관

말고."

"희망을 걸 수는 없지만 최선을 다해 보죠."

변호사는 노인에게 꽉 잡힌 손을 빼낼 수가 없었다.

변호사는 시간이 많지 않았다. 순회 판사는 수도승처럼 사는 사람이었다. 주변에 그를 아는 사람이 없었다. 그는 안정된 도시 생활을 버리고 순회판사를 자청한 사람이었다. 변호사는 그의 성격을 면밀히 분석했다. 그가 한때 이색적인 주장을 했다는 걸 알아냈다. 그는 죄수들을 감옥에 가두는 수감생활을 반대했다. 경제적으로 비용이 많이 들고 갱생 효과도 없다고 주장했다. 그는 그 대안으로 태형을 제안했다. 즉각적이고 일정부분 효과가 있다는 글을 발표한 적도 있었다. 그의 공개 태형은 비난을 받았지만 그는 자신의 생각을 수정하지 않았다.

변호사는 판사가 있다는 식당으로 들어갔다. 판사는 식사를 하며 내일 재판할 사건에 대해 꼼꼼히 서류를 들여다보고 있었다. 식당에 손님은 거의 없었다. 변호사는 그를 지켜보다 판사에게 다가가 자리에 앉아도 되느냐고 물었다. 판사는 식당의 빈자리들을 둘러보고 의아한 눈으로 변호사를 올려보았다.

"왜 하필이면 이 자리에 합석하려는 거요?"

"판사님, 제 무례를 용서하십시오."

"제게 무슨 볼일이라도 있습니까? 전 지금 식사 중입니다."

변호사는 슬그머니 의자를 빼 판사 옆에 앉았다.

"잘 알고 있습니다. 오늘 제 의뢰인이 판사님에게 사형을 언도 받을 것 같습니다. 부자가 기름을 훔치다가 걸렸으니까요.”

“그것 때문에 당신과 대화를 나눌 일은 없습니다. 나라의 재산을 훔친 뻔뻔한 놈들입니다. 게다가 상습범들이지요. 내 판결에 대해선 내가 결정할 일입니다. 여길 나가주시오.”

“판사님이 처형시키려는 자는 세상을 다 산 노인네입니다. 그 아들은 또 어떻고요. 기름을 훔치려다 얼굴에 화상을 입어 고약하게 변했습니다. 아버지를 만난 지 이 주 만에 벌어진 일이지요. 그는 고아처럼 수용시설에서 자랐답니다. 판사님도 불우한 환경에서 자란 아이들이 어떤 길로 빠지는지 잘 아시지요. 그는 그저 아버지의 일을 따라했을 뿐입니다. 모든 벌은 엄격하게 집행되어야 마땅합니다. 하지만 전쟁 중 수많은 사람들이 목숨을 잃었습니다. 더 이상의 죽음은 의미가 없습니다. 전쟁이 끝나가는 마당에 노인이 숨겨 놓은 많은 재산과 기름이 누구의 손에 들어갈지를 생각하십시오. 부자의 목숨을 보존케 하고 재산을 몰수해 나라에 귀속시키는 게 더 현명한 처사일 것입니다. 그는 대륙과 흥정할 수 있는 몇 안 되는 사람 중 하나입니다. 부디 태형으로 감해 주시길 간청 드립니다. 저들이 수치심과 고통으로 치를 떨며 벌을 달게 받게 허락하여 주시길 간절히 바랍니다. 그럼 백골난망으로 판사님 발에 입을 맞추고 다시는 기름을 훔치는 일 따위는 하지 않을 겁니다.”

판사는 서류에 주었던 눈길을 거두고 변호사를 지그시 바라보았다.

“사람들이 나를 매수당한 부패한 판사로 볼 텐데.”

“절대 그렇지 않습니다. 판사님의 소신대로 판결했다고 할 것입니다.”

“난 생명을 거두거나 살리는 신이 아니오. 법의 심판자일 뿐이지.”

“바로 그렇게 하시면 됩니다. 제 의뢰인들은 만인들 앞에 엉덩이를 보이고 부들부들 떨며 형틀에 매달릴 겁니다. 매를 맞다가 오줌을 싸거나 변을 볼지도 몰라요. 그런 일들은 흔히 일어나지요. 살이 터지고 비명을 지를 겁니다. 수치심에 얼굴이 달아오르겠지요. 살려달라고 애원할 겁니다. 그들은 죗값을 치르고 순결한 아이로 다시 태어날 겁니다.”

판사는 큰 소리로 웃었다.

“당신을 미친놈이라고 불러도 되겠소. 당신 의뢰인에게 돌아가 전하시오. 내일 처형 장소로 기저귀를 차고 오라고 말이오.”

변호사는 머리를 조아리고 판사의 손등에 입맞춤했다.

다음 날 군인들과 죄수, 민간인들이 지켜보는 가운데 노인과 트룰로스는 형틀에 묶여 하의가 벗겨졌다. 군인 하나가 판결문을 읽어 내려갔다.

“중죄를 저지른 그대들은 사형되어야 마땅하나 한 사람은 고령인 점과 또 한 사람은 불우한 어린 시절을 보낸 점을 참작하고 두 사람 모두 각고의 반성이 있다고 보기에 훔친 기름과 유조차를 나라에 귀속시키고 태형으로 감한다. 노인은 나이가 많아 태형의 삼십 프로를 아들에게 양도한다.”

트룰로스는 고래고래 소리를 질렀다.

형틀 옆에 나무 몽둥이가 쌓여 있었다. 집행이 시작되었다. 두 사람의 엉덩이 맨살에 몽둥이가 떨어졌다. 엉덩이 살은 순식간에 터져 피가 나고 검붉게 변했다. 형무소 마당에 매 맞는 소리가 오래도록 이어졌다. 간혹 의사가 와서 혈압을 재고 눈꺼풀을 뒤집어보기도 했다. 입회한 변호사는 의뢰인의 매 맞는 숫자를 세고 있었다.

노인과 트룰로스는 태형을 마치고 병원차에 실려 형무소를 떠났다.

앙카와 소령은 나란히 소파에 앉아 지평선에 걸린 태양이 무채색으로 흩어지는 것을 보았다. 그래도 뜨거운 열기는 한동안 지속되었다. 두 사람은 고개를 숙여 바닥에 그림을 그렸다. 앙카는 그의 말을 알아듣지는 못해도 그림은 이해할 수 있었다.

"내가 살던 곳은 백야라는 현상이 있어. 몇날 며칠을 밤이 없이 지내는 거지. 어떻게 보면 이곳과 비슷하지. 사람들은 조용하고 추워 집에 갇혀 있는 날이 많거든. 우울한 얼굴을 한 사람들이 긴 외투를 걸치고 거리를 활보해. 이곳이 사막이 듯 그곳은 빙하로 덮여 있어. 얼음으로 집을 짓거나 호텔을 짓는 사람도 있지. 난 가끔 아이들의 썰매를 밀어주러 강으로 갔어. 그곳의 작은 얼음구멍에서 큰 물고기를 낚기도 했거든."

소령은 모랫바닥에 동그란 얼음 구멍을 그리고 그 옆에 달려 올라오는 큰 물고기의 그림을 그렸다. 그는 갑자기 눈시울이 붉어졌다. 가족들이 보고 싶었기 때문이다. 그는 라디오에 귀를 기울이는 시간이 많아졌다. 작은 소리에도 놀라 밖으로 나가 허공에 두 손을 휘적거렸다. 구조대가 자신을 구하러 올 거라는 희망은 부질없어 보였다.

앙카는 노인과 아들이 돌아오기 전에 소령을 보내야 한다는 생각을 했다. 앙카는 그가 혼자 있고 싶어 한다는 걸 알았다. 앙카는 가슴이 아팠다. 마음속에 사막보다 넓은 세상이 있다는 걸 처음 알았다. 그건 모두 외로움의 땅이었다.

더위에 지친 소령은 하루에 한 번 양가죽 포대를 거꾸로 매달아 몸을 씻었다. 그는 더 이상 C-4로 물을 길러 가지 않았다. 언제부턴가 그는 해먹에 늘어져 잠을 잤다. 잠든 그의 모습은 요람에서 자는 아기 같았다. 앙카는 그의 은빛 머리카락을 쓸어보고 싶었지만 참았다. 이제 앙카에게 세상은 둘로 갈라졌다. 그가 있는 세상과 그가 없는 세상이었다. 헤어질 시간이 다가오고 있음을 알았다.

충전소 마당 줄에 걸린 바람개비꽃이 빙빙 돌았다. 플라스틱 인조꽃은 다 떨어지고 앙상한 줄이 바람에 출렁거렸다. 사막을 가로지르는 차는 한 대도 없었다. 모든 것은 정지된 듯 멈춰 있었다. 태양은 정점을 찍은 듯 높이 솟아 있었다. 앙카는 눈을 가느스름하게 뜨고 능선 저 너머까지 시선을 주었다. 그녀는 붉은 머리카락을 들어 올려 목덜미의 땀을 닦았다. 콧등에도 땀이 송송 맺혀 있었다. 하지만 마음은 왠지 얼음장처럼 추웠다. 고래만한 물고기를 잡았다는 얼음웅덩이가 앙카의 가슴속에 있었다.

앙카는 노인의 금고를 열려고 했다. 아무리 해도 금고 문은 열쇠 없이는 열리지 않았다. 금고에서 돈을 꺼내 사막의 검은 말 부족에게 주고 소령을 고향에 데려다 주라고 부탁하려 했다. 앙카는 노인이 검은 말 부족과 거래를 하고 있다고 생각했다. 노인은 그들을 만나면 선물을 주었다. 노인은 적당히 검은 말 부족을 이용하고 있었다. 한 번은 그들이 다루기가 매우 까다로운 족속들이라고 투덜거린 적도 있었다.

노인과 검은 말 부족의 거주지로 간 적이 있었다. 노인과 앙카는 걸 쭉한 차 대접을 받았다. 앙카는 물을 길러 갈 때 가끔 멀리서 검은 말 부족이 자신을 지켜본다는 것을 알았다. 어쩜 검은 말 부족은 노인의 편일 수도 있었다. 돌집에 파란 눈의 군인이 왔었다는 걸 노인에게 이야기할 수도 있었다.

해먹에 누워 있던 소령이 벌떡 일어나 허공에 소리를 질렀다. 그는 라디오에서 자신을 찾고 있다는 소식을 들은 것 같았다. 그는 자신이 여기 있다고 소리를 지르다 털썩 주저앉았다. 강렬한 태양빛은 아직 그를 돌려보낼 생각이 없는 것 같았다. 그는 해먹에 돌아누워 라디오에 바싹 귀를 대고 아기처럼 손톱을 물어뜯었다.

두 사람 사이의 침묵은 더 깊어지고 길어졌다. 앙카는 해가 질 때까지 막막한 사막의 바다를 무심하게 바라보았다. 라이트를 환희 밝힌 유조차가 만선을 알리는 경적을 울리고 모래바람을 휘몰아치며 달려오는 환영을 보기도 했다. 자신이 기다리는 것이 무엇인지 갈피를 잡을 수 없었다. 노인이 돌아오면 눈에 띄게 줄어든 통조림과 생필품을 보고 자신을 닦달할 것이다. 하지만 그것보다 더 무서운 것은 소령이 있어도 혼자가 되었다는 사실이었다.

해가 지고 있었다. 돌집 위로 이상한 소리가 점점 다가오고 있었다. 앙카는 어둑신한 하늘을 올려보았다. 앙카는 그 소리가 뭔지 알 수 있었다. 헬기 소리였다. 낮게 날아오는 헬기 소리, 소령이 밖으로 나왔다. 앙카는 어둑한 하늘을 향해 총 두 방을 쏘았다. 소리는 점점 가까워지고 돌집 지붕 위로 커다란 날개를 내두르며 헬기가 나타났다. 소령은 헬기를 향해 달려가 옷을 벗어 흔들었다. 헬기는 돌집 앞에 천천히 착륙했다. 헬기에서 소령과 같은 은빛 머리카락의 남자들이 내리고 그들은 소령을 둘러싸고 서로 포옹하며 악수를 나누었다. 그들은 서둘러 돌아갈 모양이었다. 소령은 헬기에 올라타기 직전 앙카를 향해 얼굴을 돌렸다. 그리고 달려와 볼에 입을 맞추었다. 들뜬 표정의 그는 알아들을 수 없는 말만 되풀이 하고 돌아섰다. 이별의 시간이 순식간에 지나갔다. 헬기가 모래바람을 일으키며 떠올라 검은 하늘을 향해 날아갔다. 헬기의 반짝이던 불빛도 소리도 점차 사위어져 갔다.

앙카는 자리에서 움직일 줄 몰랐다. 소령이 누워 있던 해먹은 텅 비어 있고 바닥에 떨어진 라디오에선 희미한 노랫소리가 들렸다. 앙카는 그와 춤을 추었던 밤이 생각났다. 라디오를 안고 해먹에 누웠다. 갑자기 온몸에 소름이 돋았다. 하루 종일 뜨거웠던 태양이 어디로 갔는지 몸이 으슬으슬 떨렸다. 아주 추운 곳을 여행하고 돌아온 기분이었다.

앙카는 꿈을 꾼 것 같기도 했고 시간을 잃어버린 것 같기도 했다. 가슴 속에서 뭔가 끓어오르기 시작했고 밖으로 튀어나오려고 해 입을 막았다. 터져 나오려는 울음을 참았다. 하염없이 눈물이 흘러내렸다.

형무소에서 매를 맞고 풀려난 노인과 아들은 변호사에게 거액을 주고 정부에게는 유조차와 기름을 몰수당했다. 노인은 금전적으로 육체적으로 큰 손실을 입었다. 그는 다시는 기름을 훔치는 일을 하지 않기로 결심했다. 노인은 사막에 호텔 짓는 일을 더 이상 미뤄서는 안 된다는 생각을 했다. 아직도 그에겐 약간의 자금과 빼앗기지 않은 기름이 있었다. 그들은 몸을 추스를 사이도 없이 사막의 돌집으로 돌아왔다.

구닥다리 승용차 한 대가 그들을 돌집 앞에 내려주었다. 이른 새벽 시간이었다. 차에서 내리는 두 사람은 저승사자 같았다. 몰골이 말이 아니었다. 돌집 이 층에서 옅은 빛이 새어나왔다. 노인은 앙카가 떠나지 않고 충전소를 지킬 거라고 아들에게 장담했다.

노인은 돌집 문을 꽝꽝 두드렸다. 아무 소리도 들리지 않았다. 인기척도 없었다.

"거봐, 아버지 금고를 가지고 도망갔을 게 분명해."

돌집의 문이 열리고 앙카가 얼굴을 내밀었다. 앙카는 두 사람을 보고 깜짝 놀랐다. 노인은 광대뼈가 두드러지고 안경 알 하나가 깨져 있었고 트룰로스는 한쪽 얼굴이 일그러져 있었다. 게다가 악취까지 풍겼다. 두 사람은 걸음도 제대로 걷지 못했다. 그들은 앙카를 보자마자 화부터 냈다.

"왜 빨리 문을 안 열어. 네가 편안하게 있을 동안 우리가 얼마나 큰 일을 당했는지 알아. 어서 마실 것 좀 가져와."

트룰로스는 눈을 부라리며 소리를 질렀다. 노인은 이 층 방으로 올라가 금고부터 확인했다. 금고 옆에 기댄 총과 앙카의 잠자리를 보고는 금고 문을 열어 얼굴을 들이밀었다. 그 안엔 금화나 지폐 같은 것은 없었다. 설계도면 하나가 있을 뿐이었다. 노인은 방바닥에서 시끄럽게 칙칙 대는 라디오를 보고 창밖으로 던져 버렸다. 앙카는 노인이 집어 던진 라디오를 몰래 숨겼다.

노인은 앙카에게 물을 길어오라고 명령했다. 아직 해가 뜨지 않아 푸르스름한 기운이 사막에 감돌았다. 군인들이 머물렀던 초소는 뼈 대만 남아 있었다. 언뜻 수조로 향하는 발자국을 발견했다. 앙카는 서둘러 뛰었다. 혹시 소령이 돌아올지도 모른다는 생각이 스쳤기 때문이다. 발자국이 사라졌다. 앙카는 사방을 둘러보고 소리쳤다. 누구죠? 어디 있어요? 돌아온 건가요? 안개가 그녀를 둘러싸고, 신기루 같은 발자국을 숨기고 있었다. 그녀는 양가죽 포대를 떨어뜨리고 모래 사구 가운데 홀로 서 있었다. 물을 길어야 한다는 걸 잊은 것 같았다.

노인과 트룰로스는 목욕을 했다. 두 사람의 엉덩이와 허벅지에는 태형의 자국이 고스란히 남아 있었다. 두 사람은 그것에 대해 한 마디도 나누지 않았다. 트룰로스는 거울을 들고 화상으로 고약해진 자신의 얼굴을 쓰다듬었다. 그러다 인상을 쓰고 거울을 집어던졌다. 화풀이 할 상대를 찾는지 앙카의 뒤통수를 노려보다 식탁 위에 통조림과 빵을 한 손으로 쓸어버렸다.

"어디 이게 사람 먹을 음식이야. 쓰레기들이지. 우니 시에 가서 먹고 싶은 것 실컷 먹을 거야. 아버지 돈 좀 줘봐요."

노인은 아들의 말에 반응하지 않았다. 노인은 빵 냄새를 맡고는 얇게 빵을 썰기 시작했다. 얇게 썬 빵 위에 콩 조림을 얹어 입에 넣었다.

트룰로스는 못 참겠다는 듯이 방 안을 왔다 갔다 하며 으르렁거렸다.

"내 얼굴이 이 지경이 되었는데 설마 책임이 없다고 하는 건 아니지. 왜 잘 살고 있는 나를 이곳에 데려온 거야."

"네 목소리를 들으니 아침을 걸러도 될 것 같구나. 흥분 좀 가라앉히고 내말 좀 들어봐."

"무슨 말을 들어. 당장 여길 떠날 거야."

"기다려봐라. 좋은 소식이 있을 거다. 우선 며칠은 몸조리 좀 하고 우니 시로 나가 호텔 짓는데 자금을 대줄 사람을 찾아보자. 그 사람이 우리 제안을 들으면 솔깃할 거야."

"누군데?"

"아주 영향력이 있는 사람이지, 그 사람 허락 없인 사막에 움막 하나도 지을 수 없다."

"그때 불만 나지 않았으면 한 몫 단단히 챙기는 건데 생각할수록 아쉬워."

트룰로스는 앙카의 머리를 툭툭 건드렸다.

"다 너 때문에 재수가 없는 거야. 아버진 왜 이런 여자를 데리고 사는 거야. 저 눈빛 좀 봐. 나중에 큰코다칠 수가 있어."

앙카는 맹수처럼 트룰로스를 노려보았다. 트룰로스는 앙카의 목을 잡아 찬장 앞으로 내동댕이쳤다. 앙카는 트룰로스에게 달려들어 뒤에서 목을 졸랐다. 트룰로스가 몸부림쳐도 앙카는 그의 몸에서 떨어지지 않았다. 그의 목을 더 세게 졸랐다. 트룰로스는 캑캑거리며 숨을 몰아쉬었다. 그는 노인에게 도와달라고 손을 뻗었지만 노인은 식사에 열중했다. 트룰로스는 팔꿈치로 앙카의 옆구리를 가격했다. 앙카는 그의 몸에서 물러났다. 트룰로스는 빵을 썰던 칼로 앙카를 위협하며 구석으로 몰아붙였다.

"오늘 널 끝장 낼 거야."

"트룰로스, 앙카는 아버지의 부인이다. 기름 탱크 세 개 값을 주고 비싸게 산 것이야. 아버지의 재산이란 말이지. 칼 내려놔라."

트룰로스는 길길이 뛰며 밖으로 뛰쳐나갔다.

"앙카. 이리와 봐."

노인은 앙카를 불러세웠다.

"왜 통조림이 이렇게 많이 비는 거지? 누가 왔었나?"

앙카는 당황했다. 노인이 그 질문을 할지 뻔히 알면서도 대답을 준비하지 못했다.

"철수하는 군인들이 몰려왔어요. 배가 고프다고 했어요. 라디오도 그들이 준 거야."

"정말이야. 사실대로 말해야 된다."

노인은 앙카의 눈을 똑바로 쳐다보았다. 앙카도 눈길을 거두지 않고 똑바로 보았다.

"사실이야. 그들은 굶주렸고 불쌍했어."

"다시는 그런 일이 있어서는 안 돼. 지금 사람 목숨 값이 모래알보다 싸다. 선의를 베풀고 죽을 수도 있다."

"나 총 쏠 수 있어."

"내가 돌아왔으니 총을 가져와."

"앙카도 총이 필요해."

"어서 가져와."

"총은 없어. 버렸어."

앙카는 노인의 눈에 띄지 않는 곳에 총을 숨겼다. 노인도 더 이상 총을 달라고 하지 않았다. 앙카는 틈만 나면 조는 버릇이 생겼다. 밤이 되면 몸이 으슬으슬 떨려 모포를 두르고 잠이 들었다. 깜박 졸다 깨며 하늘과 땅이 뒤바뀌는 걸 보았다. 하늘의 구름은 바다에 뜬 섬이 되고 사막은 드넓은 하늘이 되었다. 태양은 작고 작은 바늘귀처럼 보였다.

우니 시에 도착한 노인과 트룰로스는 약속한 호텔로 이동했다. 몇 년 사이 우니 시는 몰라보게 달라졌다. 번화가가 조성되고 값비싼 물건을 파는 상점들이 늘어났다. 은행과 호텔 여러 곳이 성업 중이었다. 사람들이 몰려들기 시작하고 다양한 인종들이 일거리를 찾아 떠돌아다녔다. 도시의 치안은 연방군이 상주해 맡고 있었다.

노인은 우니 시 관리들 중 힘 있는 사람을 여럿 알고 있었다. 그들에게 돈을 대주고 필요한 것을 얻어냈다. 두 사람은 호텔 로비에서 사람을 기다렸다. 약속 시간보다 늦게 한 사람이 그들 앞에 나타났다. 오늘 만나기로 한 로제 장군의 부하였다. 로제 장군은 각종 이권에 개입해 막대한 이익을 챙기는 인물이었다. 얀이 집권한 이후 그는 축출당했고 살해 위협에 시달렸다. 그는 지금 우니 시에 은신하고 있었다. 그는 몰래 빼돌린 자금으로 호화로운 생활을 하고 있었다. 로제 장군의 부하를 따라 호텔 밖으로 나온 두 사람은 대기하고 있던 차에 올랐다.

차는 우니 시를 벗어나 외곽으로 한참을 달렸다. 밋밋한 산등성이와 허름한 인가들을 지나자 폐쇄된 부둣가가 나타났다. 썩어가는 배들이 보이고 끊어진 밧줄이 쇠기둥에 둘둘 말려 있었다. 로제의 부하는 두 사람을 선술집으로 데려가 구석진 방으로 안내했다. 그곳에 로제 장군이 기다리고 있었다.

방 안에는 역한 담배 냄새가 가득했다. 트룰로스는 코를 찡그렸다. 입에 담배를 문 남자가 일어나 노인을 포옹했다. 담배 연기 때문에 그의 얼굴을 잘 볼 수 없었지만 그는 검은 피부에 검은 선글라스를 쓰고 손가락마다 두툼한 반지를 끼고 있었다. 그가 먼저 입을 열었다.

"오랜만이야. 벌써 십 년이 지난 것 같아. 하나도 변한 게 없는 것 같군. 난 자네가 죽은 줄 알았어. 그런데 이쪽은 누구지?"

"내 아들일세. 트룰로스, 로제 장군님이시다. 인사드려라."

트룰로스는 엉거주춤 로제 장군에게 고개를 숙였다.

"일단 앉아. 왜 날 만나자고 했어?"

로제 장군이 다시 시가 연기를 내뿜기 시작했다.

"사막에 호텔을 지을 생각이야. 장군의 도움이 필요해. 돈을 좀 빌려주게."

노인은 호텔 설계도면을 장군 앞으로 내밀었다. 장군은 설계도면을 거들떠보지도 않았다. 그는 자신의 사업에 투자하라는 놈들을 자주 만났다. 그들은 대개가 헛꿈을 꾸는 자들이었다. 하지만 노인을 그들과 같이 취급해서는 안 될 일이었다.

"돈을 빌려주고 내가 얻게 되는 건 뭐지? 난 노인의 사업 방식이 맘에 안 들어. 내게 가짜 기름을 팔기도 했잖아."

노인은 속으로 뜨끔했지만 예상했던 질문이었다.

노인은 로제 장군 앞에 설계도면을 펼치고 한 곳을 손가락질하며 말을 했다.

"호텔 지하에 카지노를 만들 거야. 반도 북부에 대규모 난민촌을 건설할 거라는 걸 알고 있잖나? 지금 우니 시에서 그것에 필요한 사전작업을 진행 중이지. 호텔은 난민촌으로 가는 관문에 위치해 많은 사람들이 우리 호텔을 이용할게 틀림없어. 카지노는 말할 것도 없지. 황금알을 낳는 거위라고."

“대륙의 연방정부가 허락해 줄까?”

로제는 빈정대는 말투로 물었다.

“반대할 이유가 없지. 연방정부는 사람들을 난민촌으로 끌어 들이려는데 우리 사업을 망칠 이유가 없어. 오히려 도움을 줄 수도 있거든. 돈을 빌려주면 카지노 이익금의 삼십 프로를 줄게.”

로제의 검은 선글라스 너머로 그의 냉혹한 눈빛이 엿보였다. 그는 두툼한 반지를 낀 열 손가락을 깍지 껴 테이블 위에 올렸다.

“유감스럽게 노인의 말은 신빙성이 없게 들려. 내가 당신의 제안을 받아들일 거라고 생각해? 노인이 빌려달라는 돈에 비하면 삼십 프로는 아이들 푼돈에 불과해.”

“나와 오랜 거래를 해봐서 알 거 아니야? 내가 손해나는 짓을 하던가?”

“알아. 절대 안 하지.”

“6대 4는 어때. 내가 많이 양보한 거야. 그리고 기름이 좀 있어. 그것도 헐값에 넘겨주지.”

“가짜 기름은 아니고?”

“자꾸 과거 이야기로 돌아가면 거래가 성사되기 어려워. 다른 투자자를 알아볼 수도 있어. 내가 여길 먼저 온 것은 장군님과의 의리 때문이기도 하고 지난 실수를 만회하려고 한거야.”

로제 장군은 회전의자를 돌려 노인과 등지며 테이블에 있는 접시에서 별사탕을 한 움큼 집어 입에 털어 넣었다. 장군은 생각할 시간이 필요한 모양이었다. 로제는 다시 회전의자를 돌려 노인과 마주했다. 그는 언제 돈을 회수할 수 있을지 물었다. 노인은 대답했다. 생각보다 단기간에 투자금을 회수할 수 있고 이익금은 두고두고 챙길 수 있을 거라고.

로제는 노인과의 대화에서 가장 만족스러운 대답을 들었다. 하지만 으름장을 놓는 것도 잊지 않았다.

"만약 계약서대로 이행이 안 되면 두 사람은 죽은 목숨이나 마찬가지야. 나를 배신한 사업 파트너들이 어떻게 됐는지 노인도 알고 있을 거야."

노인과 로제는 계약서를 만들어 사인을 했다. 로제가 부하에게 술을 가져오라고 했다. 오늘 같은 날 술 한잔을 해야 한다고 말했다. 부하는 자주색 액체가 든 술병과 유리잔을 가지고 왔다. 노인과 아들의 유리잔에 자주색 액체를 가득 따라주었다. 술잔의 냄새를 맡고 두 사람은 코를 찡그렸다. 자주색 액체는 원유였다. 전에 노인에게 산 가짜 기름이었다.

"이걸 다 마셔야 진짜 계약이 성사 된 거네."

노인과 트룰로스는 이 상황을 벗어날 뾰족한 방법이 없었다. 노인이 먼저 가짜 기름을 한입에 털어 넣었다. 트룰로스 차례였다. 그는 코를 막고 기름을 꿀꺽꿀꺽 삼켰다. 시가를 입에 문 로제는 박수를 쳤다.

"오늘 계약 체결은 성공적이야. 호텔이 완공되면 내가 카지노의 첫 손님이 되어줄게."

노인과 트룰로스는 속이 말이 아니었다. 두 사람은 로제 장군처럼 테이블 접시에서 별사탕을 한 움큼 집어 입속에 털어 넣었다.

노인은 대륙의 지폐가 가득 든 트렁크 두 개를 받았다.

몇 달 뒤 사막에 공사가 시작되었다. 대륙에서 건너온 건설 장비와 건축 자재를 실은 대형 트레일러가 사막을 쉬지 않고 달려 검은 돌집 앞에 도착했다. 우니 시에서 모집한 인부들도 속속 도착했다. 노인은 공사를 맡은 현장 소장을 호텔 지을 곳으로 데려갔다. 돌집과 가까운 곳으로 황금빛 모래 사구가 치맛자락처럼 접힌 곳이었다. 그곳은 거칠 것 없는 무의 세계였다.

현장 소장이 난처한 표정을 지었다. 그는 쭈그리고 앉아 흙을 만졌다. 응집력이 하나도 없는 잿빛 모래였다. 현장 소장은 지반검사를 해야 한다고 노인에게 말했다.

"이곳 사막은 지반이 약해서 건축물이 기울어지거나 무너질 우려가 있어요."

현장 소장은 어려운 공사가 될지 모른다는 말을 했다. 하지만 노인은 전혀 동요하지 않았다. 그에게 호텔은 소명과 같았다.

"뿌리를 내릴 수 있게 든든한 흙을 구해다 드릴 테니 걱정 마쇼."

호텔 공사를 위해 인부들의 숙소와 창고, 화장실이 신속하게 만들어졌다. 현장소장은 지반을 검사하기 위해 긴 관을 땅에 꽂았다. 현장 소장의 우려가 현실이 되었다. 사막의 지반은 물 위에 뜬 기름처럼 유리

되어 있었다. 사막은 서쪽으로 이동하고 있었다. 그는 노인의 집념을 꺾을 수 없다는 걸 알고 있었다. 대양에 떠 있는 원유시추선 같은 원리로 호텔을 지어야 한다는 결론에 도달했다. 단단한 지반을 만들기 위해 시멘트 수십 톤이 쏟아 부어졌다. 현장소장과 노인은 공사 도중 자주 말다툼을 했다. 예상보다 공사비가 많이 들어가고 공기가 길어지고 있었기 때문이었다. 노인은 가능한 건축자재를 아끼고 공사기간을 단축하라고 다그쳤다. 더위와 돌풍에 지친 인부들을 노인은 따라다니며 시시콜콜 잔소리를 했다. 공사는 자주 중단되었고 야반도주하는 인부들도 하나둘 늘어났다. 노인의 머릿속에 자리 잡은 호텔의 모습은 좀체 나타날 기미가 보이지 않았다. 노인은 홀린 듯 한 상상에 사로잡혀 있었다. 태양빛이 황금알의 애벌레로 부화되어 사막의 모래알을 아삭아삭 갉아먹는 모습을 만화경을 통해 보고 싶었다. 그에게 만화경이란 호텔이었다.

태양이 높이 떠오르자 일하는 사람들은 그늘을 찾아 젖은 땀을 식혔다. 호텔은 더디게 한 층 한 층 올라갔다. 노인은 야간에도 작업을 독려했다. 노인의 수염은 길어지고 머리는 백발이 되었다. 노인은 C-4에서 물을 끌어오기 위해 연방군의 관리를 만났다. 매달 물 값을 지불하기로 약속했다. 노인은 호텔이 완공되면 빈털터리가 될지 모른다는 생각을 했다. 하지만 돈이 하나도 아깝지 않았다. 카지노 때문만은 아니었다. 앙카는 종일 눈코 뜰 새 없이 바빴다. 인부들의 식사를 도맡아 준비하고, 자재들을 검수하고, 공사 차량에 기름을 넣어주고 노인의 명령에 따라 임금을 나눠주고 잔심부름을 했다. 공사장 인부들은 모두 땀을 흘리고 있는데 앙카는 몸이 춥고 피부가 창백했다. 김이 솟는 커다란 가마솥 앞에서도 그녀는 으슬으슬 몸을 떨었다. 그녀는 자신의 몸에 이상이 있다고 생각했다. 앙카는 입맛도 잃어버리고 어느 날 현기증을 느끼며 피식 쓰러졌다.

앙카가 눈을 뜨자 검은 말 부족들이 자신을 내려다보고 있었다. 작은 화로에 우유가 끓고 있었고 그녀는 짐승 냄새가 나는 담요를 덮고 있었다. 부족들 사이에서 노인의 모습이 보였다. 미간에 주름이 가득 잡힌 노인은 왠지 화가 나 보였다.

부족장은 노인을 불러내 앙카가 아기를 가졌다고 이야기했다. 그들의 이야기가 길어졌다. 노인이 없을 때 잠시 머물렀던 은빛 머리카락의 소령 이야기를 하는지 몰랐다. 노인은 골똘히 생각에 잠겼지만 부족장이 노인의 고민을 풀어주었다. 아이를 낳아 사막에 바치면 모든 액운이 물러날 거라고 얘기했다. 기꺼이 사막의 후손으로 받아들일 거라고 말했다. 노인은 아기가 태어나면 부족에게 주기로 약속했다.

앙카도 자신의 몸에 생명이 자란다는 사실을 알았다. 앙카는 태어날 아기를 생각하면 세상에 두려울 것이 없었다. 트룰로스는 그녀가 아기를 가졌다는 걸 알고 더욱 미워하기 시작했다. 노인이 앙카를 대하는 태도에 변함이 없다는 게 더욱 화가 났다. 트룰로스는 자신이 찬밥 신세라고 생각했다. 자신에게 권한을 주지 않는다고 인부들과 괜한 시비를 붙고 훼방꾼 노릇을 했다.

노인은 아들에게 거금을 주고 자재를 사오라고 심부름을 시켰다. 호텔 건설에 걸림돌이 되는 아들을 멀리 보내고 싶었다. 아들이 돌아오지 않을 것이라는 것을 알고 있었다. 만약 다시 돌아온다면 돈을 다 쓰고 호텔 공사가 끝난 뒤 일 것이라고 생각했다.

호텔의 모습이 갖춰지기 시작했다. 노인의 상상 속 호텔은 현실과 부딪쳐 새롭게 수정되어 갔다. 그는 기술적인 면에서 현장소장의 말을 따를 수밖에 없었다. 노인은 호텔 옆에 물을 끌어다 야외 수영장을 만들려고 했지만 땅을 파다가 수십 구의 미라를 발견했다. 검은 말 부족장은 상서로운 징조라고 했지만 공사가 지연되고 수영장 주변에 심은 나무는 뿌리를 내리지 못하고 죽어갔다. 야외 수영장은 물도 채우지 못하고 구덩이만 파놓은 꼴이 되었다. 하지만 그가 한 가지 양보 못하는 것이 있었다. 호텔 로비 천장이었다. 그는 로비 천장을 가능한 높게 하고 천지창조 프레스코화를 그려 넣을 생각이었다. 이건 그의 오랜 꿈이었다. 현장소장은 성당을 지을 것이 아니라면 포기하라고 했다. 노인은 대륙 본토에서 화가까지 섭외해놓았다. 노인은 화가가 도착할 날을 손꼽아 기다렸다. 호텔 건설에 속도가 붙기 시작했다. 모든 공사가 마무리 과정에 접어들었다.

앙카는 늦은 밤 진통을 느꼈다. 노인은 아무도 모르게 차에 태워 검은 말 부족에게 데려갔다. 부족의 여자가 앙카의 출산을 도왔다. 앙카는 입술을 깨물고 진통을 참았다. 아기의 울음소리가 들렸다. 여자는 사내아이라고 했다. 아기를 보고 싶다고 했지만 여자는 보여주지 않았다. 앙카가 잠시 혼절했다 깨어난 사이 주위엔 아무도 없었다. 여자도 사라지고 아기도 없었다. 앙카는 밖으로 나가 아기와 여자를 찾았다. 누구도 앙카에게 대꾸해주지 않았다. 아기를 빼앗아 가면 평생을 두고 복수할 거라고 미친 듯이 소리를 질렀다.

태어난 아기는 부족장이 데려가 다른 곳으로 옮겨졌다. 앙카는 애타게 아기를 찾았지만 알려주는 사람은 없었다. 앙카는 아기를 한 번만 볼 수 있게 해달라고 애원했지만 소용없었다. 부족장은 앙카를 꾸짖었다. 아기는 네 자식이 아니다. 사막의 신이 내린 아기야. 아기가 더 큰 일을 하기 위해 널 버린 거야. 언젠가는 네게 돌아온다. 이걸 거부하면 아기에게 불길한 기운이 끼쳐. 그래도 좋으냐. 앙카는 소령이 떠난 날처럼 가슴이 미어졌다. 그녀는 울지 않기 위해 이를 악물었다. 그리고 노인에게 복종하지 않기로 결심했다.

완공을 앞둔 호텔은 아침햇살 아래 그 모습을 드러냈다. 노인은 두 손으로 입을 막고 탄성을 질렀다. 어제 끼운 유리창에 사막 전체가 만화경처럼 비쳤다. 사막 전체 모습을 유리창마다 다른 각도로 담고 있었다. 꿈꾸던 상상 속의 호텔과 다를 바 없었다. 인부들도 거의 돌아가고 내부공사만 남아 있었다.

노인은 뒷짐을 지고 호텔 로비 천장을 뚫어지게 바라보았다. 화가가 도착하지 않고 있었다. 오기로 약속한 날보다 닷새가 지났다. 화가가 배를 타고 오는 길이라는 연락을 받기는 했다. 로비 천장에 천지창조의 그림이 완성되면 호텔은 더 이상 완벽해질 수 없었다. 자신이 죽더라도 호텔은 살아남아 영혼의 안식처가 될 거라고 확신했다.

화가가 도착했다. 화가는 예민하고 까다로운 사람이었다. 그는 여행의 피로가 풀리지 않아서인지 며칠이 지나도 로비 천장은 거들떠보지도 않았다. 기다리다 지친 노인이 언제부터 작업에 들어갈 수 있느냐고 물었다. 그때서야 화가는 눈을 들어 로비 천장의 흰 여백들을 관찰했다.

화가는 사다리를 타고 올라가 천장 난간에 기대 천지창조 그림을 스케치하기 시작했다. 선은 꿈틀대는 사람의 몸이 되고 천사와 악마를 만들었다. 사람들의 나신이 하나둘 완성되었다. 화가는 고개가 아픈지도 모르고 줄에 매달려 그림을 그렸다. 물감이 새똥처럼 뚝뚝 떨어졌다.

노인은 화가의 그림 속도가 너무 느리다고 생각했다. 저 넓은 천장을 혼자서 채우려면 시간이 많이 걸릴 것 같았다. 화가는 조수를 데려와야 한다고 말했다. 그러면 또 돈이 들었다. 천장의 밑그림은 거의 완성되었다. 노인은 밑그림에 색칠만 하면 된다고 생각했다. 그 일을 할 수 있을 것 같았다. 자신의 정성이 보태지면 그 의미는 더 숭고해질 수 있는 것이다. 노인은 화가에게 은근히 자신의 뜻을 내비쳤다. 화가는 그림을 망칠 생각이냐며 펄쩍 뛰었지만 워낙 진지하게 노인이 하고 싶어 했고 천장의 그림이 예술적 가치를 지향하는 것도 아니었다. 노인의 소원을 못 들어줄 이유가 없었다.

"여긴 그림 그리기가 위험한 장소예요. 종일 천장을 바라보고 붓질을 하다 보면 목이 빠지고 어깨도 부서질 것처럼 아픕니다. 당신은 연로해 기력이 달릴 게 뻔합니다. 고소공포증은 없으세요? 만약 사고가 나면 모두 당신 책임입니다. 그래도 색칠을 하고 싶으세요?"

노인은 고개를 끄덕거렸다.

화가는 노인에게 가장 칠하기 쉬운 부분부터 색칠을 하라고 했다. 노인은 화가의 승낙을 받고 득의양양했다. 마치 화가가 된 기분이었다. 이제 천국으로 가는 길은 문제없었다. 그는 당장 옷을 갈아입고 화가와 같은 앞치마를 둘렀다. 그리고 천장을 향해 사다리를 타고 올라갔다. 밑을 내려다보니 아찔했다. 노인은 천장의 좁은 난간을 한 발 한 발 조심스럽게 내딛었다. 붓을 잡고 물감을 묻혀 천사의 옷자락을 칠했다. 노인은 가슴이 벅차올랐다. 화가와 같이 매일 사다리를 타고 올라가 천장의 작은 그림들을 색칠했다.

그날은 발가벗은 사람들이 용광로 속에서 떨어지는 부분을 칠할 차례였다. 노인은 붓을 물통에 휘젓고 화가가 준 물감을 묻힌 다음 용광로 속에 떨어져 들끓는 사람들을 칠하기 시작했다. 그들의 얼굴은 고통으로 일그러지고 회한으로 가득 찼다. 그는 조금 요령이 생기고 적응이 되는 것 같았다. 하지만 그들의 표정을 살려 색칠하기란 쉽지가 않았다. 안경에 김이 서리고 땀이 흘러내렸다. 그림을 칠하다보면 힘이 풀려 다리가 휘청거릴 때가 있었다. 노인은 가시 면류관을 쓴 긴 머리의 남자를 물감도 묻히지 않고 빈 붓으로 쓸고 있었다. 노인은 손가락을 넣어 김이 서린 안경을 닦았다. 하지만 노인은 꼼짝도 할 수 없었다. 한쪽 팔과 다리에 마비가 온 것이다. 화가를 부르려고 했지만 말이 나오지 않았다. 고요한 바람이 그의 수염을 흔들었다. 그는 천장 그림에 기대 숨을 골랐다. 잠시 쉬면 현기증이 가라앉고 팔과 다리의 마비가 풀릴 거라고 생각했다. 노인은 두려움을 진정시키려고 애를 썼다. 이제야 조금 가슴이 가라앉는 듯했다. 노인은 난간 옆으로 한 발짝 내딛으려고 벽에 기댄 등을 뗐다. 그 순간 노인은 마치 누군가 등을 떠민 것처럼 바닥으로 추락했다.

노인의 장례식과 호텔 완공식이 같은 날 치러졌다. 노인과 오랜 친분을 유지한 사막의 부족장이 노인의 시신을 거두어갔다. 시신을 날짐승에게 먹이면 영혼이 자유로워진다는 그들의 풍습을 따라 사막에 버려졌다.

호텔 투숙객들

버스는 초저녁 사막의 호텔에 도착했다. 손님들은 지친 기색으로 차에서 내려 자신의 짐을 챙겨 호텔로 들어갔다. 그들을 맞이하기 위해 나오는 사람은 아무도 없었다. 호텔은 푸른곰팡이로 부식된 고성 같았다. 누군가 유령의 성에 온 것 같다는 말을 했다. 그래도 도착했다는 것 자체가 축복이었다.

호텔 로비는 휑했다. 어두컴컴하고 초가 타는 냄새가 계속 났다. 높은 천장은 호텔을 더욱 썰렁하게 만들었는데 회오리바람이 부는 것 같았다. 기사가 접수대의 벨을 눌렀다. 접수대의 작은 문에서 맨발에 반바지 차림의 젊은 남자가 나왔다. 그는 기사와 안면이 있는 듯했고 손님의 숫자를 묻고는 키를 내주었다.

호텔 직원은 왼쪽 끝에 위치한 엘리베이터까지 손님들의 짐을 날라다주었다. 버스 승객들은 모두 6층의 방을 배정받았다. 막심과 브루노이어가 먼저 직원을 따라 엘리베이터에 몸을 실었다. 작은 엘리베이터는 느리게 움직였다. 6층 복도 끝 창문으로 어스름한 하늘이 보였다. 그 옆에 사람 키만 한 괘종시계가 서 있었다.

호텔 직원이 614호 문을 열고 흐릿한 전등의 스위치를 눌러주고 돌아갔다. 방 안의 공기는 텁텁했다. 브루노이어는 캐노피가 달린 커다란 침대에 힘없이 걸터앉았다. 막심은 창문을 조금 열었다. 그리고 욕실로 들어가 물이 나오는지 확인했다. 객실은 비교적 깨끗했다.

"생각보다 호텔이 괜찮은 것 같아. 그래도 기사 말대로 여기서 계속 머물 건지는 생각해봐야 할 것 같소."

"전 맘에 들어요. 조용하고 손님도 별로 없잖아요. 이 기둥 좀 봐요. 얼마나 정교하게 조각이 되었는지 그들은 모두 평화롭게 잠들어 있어요."

브루노이어는 침대 기둥에 조각되어 잠든 요정들을 들여다보며 말했다. 모두가 하나같이 곯아떨어져 있었다. 그들을 깨울 주술사는 캐노피 전면에 조각되어 있는 마차를 타고 있을 것 같았다.

"막심, 당신이 원하는 곳으로 가고 있는 건가요?"

브루노이어는 조심스럽게 물었다.

"지금까지 잘못된 것은 아무것도 없어요. 앞으로도 그럴 거요. 걱정하지 말아요. 당신은 여행 내내 잠을 못 잔 것 같아. 이제 푹 자도록 해요."

"당신은요? 내가 잠들면 곧 뒤를 따라와요. 꿈속에서도 당신과 동행하고 싶으니까."

두 사람은 침대 기둥의 요정들처럼 곤히 잠이 들었다.

막심과 브루노이어 옆방은 노파가 투숙했다. 노파는 방에 들어서자마자 참았던 소변을 보기 위해 화장실로 뛰어들었다.

노파는 방 안을 둘러보고 흡족한 표정을 지었다. 방은 군더더기 없이 깔끔하고 커다란 이인용 침대도 맘에 들었다. 노파는 방 안을 구석구석 살폈다. 거미줄이나 벌레가 낀 타일이 없나 살펴보았다. 나중에 트집을 잡아 방 값을 지불하지 않을 수도 있었다. 트집 잡을 만한 것은 없었다. 노파의 얼굴이 심술궂게 변했다. 호텔을 떠나는 날 방 값을 낼 생각을 하니 속이 상했다. 망망대해 같은 사막에서 도망칠 길도 없었다. 그는 갑자기 생각난 듯 트렁크를 열어 전에 훔친 루비 브로치를 찾았다. 하지만 곧 팔아치웠다는 것이 떠올랐다. 트렁크의 허접 옷들 사이로 카드 몇 벌과 수정공이 보였다.

노파는 벽에 귀를 들이댔다. 브루노이어와 막심이 자는 방이었다. 노파는 잠시 야릇한 미소를 지었다. 노파는 브루노이어의 목에 걸린 블루 다이아몬드 목걸이가 눈앞에 아른거렸다. 그렇게 큰 다이아몬드는 처음 보았다. 그것의 광채는 어떤 보석과도 비교가 안 되는 압도적인 것이었다. 어떡해서든지 손에 꼭 넣고 싶었다.

올더스의 방은 엘리베이터 앞에 있었다. 그는 방에 들어서자 창문의 커튼부터 닫았다. 그리고 우두커니 서 있다 천천히 움직여 옷을 벗었다. 양복 상의, 조끼와 셔츠, 나비넥타이를 침대 옆 탁자에 가지런히 쌓아두었다. 그는 옷을 벗는 사이마다 두 개의 총을, 하나는 겨드랑이 밑에서 나머지 하나는 양말 속에서 꺼내 옷 옆에 놓았다. 꾀죄죄한 속옷 차림의 올더스는 카펫 바닥에 엎드렸다. 기도의 시간을 가졌다. 갑자기 그의 귀에 웅장한 파이프 오르간 소리가 들렸다. 천사들의 합창 소리도 들렸다. 그는 자신이 신의 가호를 받고 있다고 생각했다.

기도가 끝난 그는 총 두 개를 만일의 사태에 대비해 하나는 베개 밑에 숨기고 다른 하나는 문 입구의 장식용 항아리에 넣어두었다. 이제야 그는 불을 끄고 잠자리에 들었다. 하지만 시간이 흘러도 잠이 오지 않았다. 점점 더 말똥말똥해졌다. 장중했던 파이프 오르간 소리는 어디로 갔는지 포탄 떨어지는 소리가 들렸다. 부상을 입고 누워 있던 야전 병원으로 돌아가 있었다. 고통스런 신음이 여기저기에서 들렸다. 생과 사의 갈림길에서 그들은 방황했다. 죽은 자의 얼굴들이 똑똑히 기억났다. 올더스는 여러 번 침상에서 팔을 뻗어 죽은 병사의 눈을 감겨주었다. 그는 이불을 뒤집어썼다. 지금 자신의 침대 옆에 죽어가는 병사들의 신음이 들리는 것 같았다. 버스를 타고 달려왔던 사막의 평원을 떠올리려 했지만 망상은 물러나지 않았다. 그는 이불 속에서 팔을 뻗어 누가 있는지 확인했다. 딱딱하게 굳은 얼굴이 만져졌다. 올더스는 두 손으로 입을 막고 비명이 새어나가지 않게 했다.

호텔 방에 들어선 뚱보는 배가 고파 잠을 이루지 못했다. 그는 로비에서 식당 간판을 보았다. 슬그머니 방을 빠져나와 일 층으로 내려갔다. 로비에는 아무도 없었다. 뚱보는 식당 간판이 있는 곳으로 발길을 돌렸다. 식당의 문을 밀고 들어갔다. 식당 안은 썰렁했다. 둥근 테이블마다 의자가 빙 둘러져 있었다. 유리창을 통해 들어온 달빛이 늘어진 테이블보를 푸르스름하게 비추었다. 주방 안을 기웃거렸지만 문은 잠겨 있었다. 어쩜 내일 아침 식사도 할 수 없을지 모른다는 불길한 생각이 들었다. 뚱보는 어깨를 늘어뜨리고 사방을 둘러보았다. 모래 바다, 말라비틀어진 나무들, 먼지를 뒤집어쓴 버스, 달빛 그림자, 온기 없는 식당, 먹을 수 있는 것은 아무것도 없었다. 그러다 그의 절망스런 표정은 순간 장난기 가득한 얼굴로 변했다. 버스에 먹다 떨어뜨린 것들이 생각났기 때문이다. 하다못해 부스러기라도 떨어져 있을 것이다. 그는 호텔 밖으로 서둘러 나갔다.

버스로 바삐 걷던 뚱보는 소스라치게 놀랐다. 오두막 앞에 웬 사람이 앉아 있었다. 귀신이나 유령인 줄 알았다. 자신을 주시하던 그림자가 몸을 일으키며 다가왔다.

"누구? 누구세요?"

뚱보는 달아나고 싶었지만 다리가 말을 듣지 않았다.

"저녁 때 오신 손님인가요?"

뜻밖의 여자 목소리가 들렸다. 여자 목소리가 빛 안으로 들어왔다. 뚱보는 주춤주춤 물러나며 목소리의 주인을 살폈다. 여자는 키가 크고 풍채가 당당했다. 대충 말아 올린 희끗한 머리카락에 숄을 두른 중년 여인이었다.

"제가 놀라게 해드렸나 봅니다. 밤에 산책을 나오셨나요?"

"아니요. 자다가 하도 배가 고파서 호텔 식당 문도 닫고, 버스에 먹을 것이 있나 가보려던 참이었어요.”

뚱보는 놀란 가슴을 진정시키며 말했다.

“우리 호텔은 식사시간 외에는 식당을 열지 않아요.”

“그런데 누구세요?”

뚱보는 더듬거리며 물었다.

중년 여인은 대답 대신 미소를 보여주며 잠시 로비에서 기다리라고 말했다. 뚱보는 아무 생각 없이 중년 여인이 하라는 대로 로비에 앉아 있었다. 사막을 건너오던 중에 보았던 버스를 둘러싸고 기립해 있던 설치류들이 생각났다. 이것도 그런 것이 아닌지, 하도 배가 고파서 귀신에 홀린 것은 아닌지 걱정이 되었다.

중년 여인이 따뜻한 빵과 스프를 가져왔다. 뚱보는 모든 의문을 버리고 허겁지겁 먹기 시작했다.

호텔 아침 식사는 간단했다. 빵과 치즈와 차뿐이었다. 호텔은 갑작스런 손님에 대비할 식재료들을 준비하지 못했다. 호텔 손님은 어제 온 버스 승객들뿐이었다. 식당 안은 휑뎅그렁했다. 어젯밤 장중했던 호텔의 이미지는 생소한 모습으로 변했다. 낡은 가구와 녹슨 촛대들, 헤지고 빛바랜 커튼, 욕실의 깨진 타일들과 수도꼭지는 가래 끓는 소리를 내다 한참 만에 물이 나왔다. 그래도 손님들 중 누구도 불평하지 않았다.

부족한 식사였지만 사람들은 만족해 보였다. 올더스를 제외하고는 잠을 잘 잔 얼굴들이었다. 오늘 따라 올더스의 나비넥타이는 그의 목을 더욱 조른 것 같았다. 어제 로비 접수대에서 본 청년은 손님들 사이를 돌아다니며 목이 긴 주전자로 차를 따라주었다. 뚱보는 부족한 식사 때문에 자꾸 주방 안을 넘겨보았다. 노파는 경멸에 찬 눈길을 뚱보에게 보냈다.

막심과 브루노이어는 천천히 아침 식사를 했다. 두 사람은 자주 창밖 풍경에 시선을 빼앗겼다. 밤새 식은 모래 바다가 달궈지기 시작했다. 모래 능선은 지평선을 따라 굽이굽이 해일처럼 넘실거렸다. 능선과 능선 사이로 푸르스름한 기운이 호수처럼 고여 있었다. 호텔 앞을 가로지르는 실개천 같은 잿빛 도로가 그 푸르스름한 곳을 지나 보일 듯 말듯 사라졌다. 식당 안으로 깊이 햇살이 들어왔다. 청년은 빛을 가리기 위해 블라인드를 내렸다. 식당은 마치 온실이 된 것 같았다. 그리고 기온이 빠르게 상승하기 시작했다.

식당 안으로 한 여인이 들어왔다. 여인의 머리 앞쪽으로 하얗게 센 머리카락이 초승달처럼 몰려 있었고 뚜렷한 이목구비에 눈은 부리부리하고 키가 컸다. 여인은 당당한 걸음걸이로 들어와 손님들에게 일일이 인사를 했다. 호텔 청년이 호텔 주인 앙카 여사라고 소개했다. 뚱보는 형을 찌르며 어젯밤 내게 스프를 가져다주신 분이라고 말했다. 앙카는 식탁에 홀로 앉아 손님들과 같은 식사를 했다.

손님들은 약속이나 한 듯 호텔 밖으로 나갔다. 문을 열고 나가자마자 덥고 습한 공기가 달려들었다. 그리고 태양빛은 인상을 찌푸렸다.

호텔 왼쪽으로 정원의 흔적이 남아 있었다. 죽은 나무들의 무덤 같았다. 그 앞의 사각 웅덩이는 모래가 반쯤 차 있었다. 오른쪽으로는 웅크리고 있는 검은 돌집이 보였다. 돌집 벽에는 구식 연료충전기 두 개가 포개져 기대 있었고 그것에 연결된 호스는 바람개비꽃이 달린 줄과 구불구불 말려 충전기 위에 올려져 있었다. 그리고 낡은 소파 하나가 눈에 띄었다.

사람들은 낯선 곳에 왔다는 것을 실감했다. 더 멀리 갈 생각을 하지 않았다. 누구도 호기심을 발동하지 않았다. 돌집 앞 버스 밑에서 기사가 빠져나왔다. 그는 땀에 흠뻑 젖어 있었다.

"식사들은 다 끝냈습니까?"

우니 시에 가실 분들은 한 시간 뒤 이곳에서 뵙겠습니다. 일찍 출발하는 게 좋아요. 저도 식사 좀 하고 씻어야죠."

손님들은 하나둘 호텔로 돌아갔다. 그들은 자신들이 왜 이곳까지 왔는지 그 이유가 생각난 듯한 얼굴이었다.

버스는 잿빛 도로를 따라 달렸다. 승객은 단 네 사람, 막심과 더먼 형제, 올더스였다. 막심은 브루노이어를 설득해 호텔에 남게 했다. 노파는 버스에 오르지 않았다. 잿빛 도로는 서쪽을 향해 뻗어 있었다. 끝도 없이 이어질 것 같은 지루한 사막 풍경은 어느새 붉은 민둥산으로 변해 있었다. 그러다 가끔 우니 시로 가는 거리를 알려주는 표지판이 보였다. 도로는 넓고 견고해지기 시작했다. 띄엄띄엄 민가들이 보이더니 높은 굴뚝에서 연기를 내뿜는 공장 지대가 지나갔다. 버스는 속도를 내기 시작했다. 버스와 마주치는 차량들이 나타났다. 대개가 군사차량과 이층 버스였다. 기사는 우니 시의 대중교통은 전차와 이층 버스라고 말하고 우니 시에서 조심해야 할 것들을 이야기했다.

"눈에 띄는 행동은 하지 마세요. 지나치게 두리번거린다거나 돈을 보여준다거나 연방 정부를 비방하는 말을 하면 안 돼요. 이곳엔 두 가지 적이 있어요. 연방정부와 강도들이에요. 이 둘만 조심하면 돼요. 내 말을 허투루 들어선 안 돼요."

드디어 우니 시 관문에 들어섰다. 바다 냄새가 나고 창밖으로 배들이 정박한 항구가 보였다. 대형 선박과 함정, 여객선, 작은 어선과 요트까지 꽉 찬 느낌이었다. 코끼리 상아 뿔 모양의 거대한 조형물이 버스 앞을 가로막았다. 이곳에서 무장한 군인들이 우니 시로 들어오는 모든 차량을 검문하고 있었다. 탱크 두 대가 보였다. 탱크 위로 몸을 내민 군인들이 오가는 차량을 내려다보고 있었다.

검문을 위해 군인들이 버스에 올라탔다. 네 사람의 여행증명서와 신분증을 확인했다. 군인들은 더먼 형제를 유심히 살폈지만 특이점을 발견하지 못했다. 더먼 형제는 별 탈 없이 무사통과했다. 여행증명서에 무수히 찍힌 도장이 그들의 신분을 증명했기 때문이다. 항구 주변의 건물마다 연방정부와 반도의 깃발이 나란히 나부꼈다. 날씨는 쾌청했다. 검문을 마친 버스는 도시 중심부를 향해 달렸다. 야트막한 산등성이에 이곳 특유의 황토색 기와지붕과 다닥다닥 붙은 거주 지역이 잠시 나타났다 사라졌다.

버스는 신호등 앞에서 멈춰 전차가 지나가길 기다렸다. 전차의 레일은 도심을 어지럽게 가로질렀다. 고층건물들마다 다국적 기업들의 로고가 붙어 있고 거리는 사람들로 분주했다. 호텔과 은행, 관공서, 상점, 레스토랑 등 번화가는 다른 도시들과 다를 바가 없었다. 자동차들은 대부분 구식 모델이었고 시내 곳곳에 버려진 차들이 그대로 방치되었다. 행인들은 신호를 무시하고 전차와 차량 행렬 사이를 무리지어 건넜다. 자동차의 경적소리가 시끄럽게 들리고 전차에 매달려가던 남자들이 뛰어내려 도망가듯 어디론가 질주했다. 무질서는 이 도시가 살아 움직인다는 징표 같았다. 사막을 지나온 네 사람은 신기한 듯 도시를 둘러보았다.

도심의 후미진 구석과 골목마다 서성대는 군인들과 삐죽 튀어나온 탱크의 포신이 보였다. 군인들이 주시하고 있는 사람들은 부랑자들이었다. 건물 벽에 기대 햇볕을 쪼이고 있는 남루한 옷차림의 사내들, 번화가 주변을 배회하며 잡다한 물건을 파는 아이들과 장애인들, 여행자들과 돈 많은 사람들을 노리는 소매치기들이 그들의 경계 대상이었다.

기사는 버스 정거장에서 승객들을 내려주었다.

"이곳 정거장에 일곱 시까지 와 주세요. 약속 시간 잊으면 안 됩니다. 여긴 통행금지 시간이 있어요. 열 시가 넘으면 도심은 완전히 폐쇄돼요."

정거장에서 내린 네 사람은 머뭇거렸다. 정거장에는 많은 사람들이 몰려 있었고 이층 버스가 올 때마다 사람들이 내달렸다. 네 사람이 함께 움직일 수는 없었다. 더먼 형제는 인력송출회사를 찾으러 가야 했고 막심과 올더스는 여객터미널로 가기로 했다. 더먼 형제는 무작정 행인에게 길을 물었다. 인력송출회사는 도심에서 그리 멀지 않은 곳에 있었다.

막심과 올더스는 사람들과 섞여 간신히 이층 버스에 올라탔다. 버스는 발 디딜 틈 없이 사람들로 꽉 찼다. 버스는 여객터미널을 거쳐 시외로 빠지는 모양 같았다. 차는 주머니 속에 사람들을 넣고 흔드는 것처럼 거칠게 달렸다. 다섯 정거장쯤 지나 막심과 올더스는 여객터미널에서 내렸다. 그곳에서 내리는 사람들이 많았는데 지독한 땀 냄새를 풍기는 사내들이었다. 부두에서 일하는 하역노동자들 같았다.

의외로 여객터미널은 한산했다. 그 앞에서 막심과 올더스는 헤어졌다.

올더스는 고개를 들어 터미널 주변을 한 바퀴 둘러보았다. 화물선에서 내린 컨테이너박스들이 광장에 블록처럼 쌓여 있고 물건을 보관하는 공터와 창고, 고만고만한 시멘트 건물들이 늘어서 있었다. 그 반면 여객터미널은 배나 사람의 그림자도 보이지 않았다. 올더스는 피로한 듯 은테 안경 안으로 손을 넣어 눈을 비볐다. 그리고 천천히 발길을 돌렸다. 인부들이나 여행자들이 묵는 값싼 숙소가 몰려 있는 언덕을 향해 올라갔다. 올더스는 기다리는 손님이 언제 올지 정해진 것이 없으니 급할 이유가 없었다. 시간은 충분했다. 그렇다고 늑장을 부려서는 안 될 일이다. 기다리는 시간들을 즐기기로 했다.

부둣가의 작은 술집에 들어갔다. 그는 독주 한 잔을 시키고 대륙의 신문을 집어 들었다. 신문에는 종전 후 끊임없이 발생하는 테러사건이 실려 있었다. 연방정부의 주동자를 색출하기 위한 작전이 시작될 거라고 했다. 그리고 신문 하단에는 세계대전을 연방정부의 승리로 이끈 두 주역이 우니 시를 방문한다는 기사가 나와 있었다. 올더스는 독주를 단숨에 비웠다. 그리고 몸을 일으켜 동전 두 개를 테이블에 올려놓았다. 그는 술집을 나와 부둣가를 하릴없이 걸었다. 통제구역까지 갔다가 되돌아왔다. 빗방울이 그의 얼굴에 떨어졌다. 하늘은 어두워지고 올더스는 시계를 보았다. 호텔의 간판들이 몰려 있는 언덕을 힐긋 돌아보았다. 오늘 저곳에서 방을 찾기에는 시간이 부족할 것 같았다. 그는 옷깃을 올리고 잠시 전율했다. 다시 비가 툭툭 떨어졌다.

막심은 여객터미널 매표소 창구에 얼굴을 수그렸다. 매표소 안에는 아무도 없었다. 터미널 대기실에도 먼지와 쓰레기만 수북했다. 막심은 매표소 유리창을 두드리며 누구 없느냐고 큰 소리로 사람을 불렀다. 관리인처럼 보이는 남자가 위층 계단에서 내려왔다.

"여기서 배표를 팔지 않습니까?"

남자는 불편한 얼굴로 막심의 말을 받았다.

"여기서 배를 탈 수 없어요. 정부의 허가를 받은 사람들만이 대륙 본토에 들어갈 수 있는데 아직 소식 못 들었소? 뱃길을 통제하고 있어요."

"언제부터 그랬죠?"

"연방 정부 놈들이 들어오고 나서부터요."

"언제 다시 여기서 여객선을 탈 수 있을까요."

"모르죠. 놈들 마음이니까."

그는 더 이상 막심과 말하기 싫다는 표정이었다.

막심은 매표소의 배 시간표를 올려다보았다. 언제까지 이곳에서 시간을 허비하게 될지 가늠할 수 없었다. 브루노이어의 얼굴이 떠올랐다. 그녀와 나란히 배 시간표를 올려다보고 있다는 착각이 들었다. 그는 터미널 밖으로 나갔다. 바람에 비가 섞여 있었다. 멀리 올더스가 걸어오는 것이 보였다.

"배표를 구했나요?"

"아니요. 뱃길을 막아놓고 민간인들을 통제하는 거 같아요. 언제쯤 뱃길이 열릴지 알 수 없어요."

막심은 그럴 줄 알았다는 듯 피식 웃었다.

"원래 자기 멋대로 하는 놈들 아닌가요. 원칙을 기대한다는 게 바보짓이죠. 해협 밑바닥에 가라앉은 핵 잠수함을 건져 올리느라 뱃길을 막은 건지도 몰라요. 아니면 놈들이 내다버린 무기들로 바다를 메워 땅을 개간하는 건지도. 정말 예측할 수 없는 놈이니까."

올더스는 막심에게 동의를 구하는 눈빛을 보냈다.

"대륙에서 어떤 일이 일어나는지 알 수 없죠. 그들에게 불리한 정보는 흘리지 않을 겁니다. 뱃길을 막은 것이 한시적인 조치인지 장기화

되는 건지 알아볼 방법이 없네요.”

“무슨 수가 있을 겁니다. 기다리는 수밖에 없어요.”

올더스는 추운 듯 몸을 움츠리며 막심의 눈빛을 살폈다. 막심은 브루노이어에게 이 상황을 설명할 생각을 했다. 실망하는 그녀의 모습이 눈앞에 생생하게 떠올랐다.

“이곳에 오래 서성대면 놈들이 수상하게 생각할지 몰라요. 돌아갑시다. 여긴 아마도 스파이들의 천국일 거요.”

올더스가 등을 돌렸다. 막심은 여객터미널 건물 뒤로 검푸른 그림자가 일렁대는 바다를 보았다. 하늘은 조금 어두워졌고, 한바탕 비가 쏟아질 것 같았다.

더먼 형제는 어렵지 않게 인력송출회사를 찾을 수 있었다. 회사가 있는 곳은 번화가의 사무실 밀집 지역이었다. 그곳에는 여러 개의 인력송출회사가 몰려 있었다. 회사들은 자기들만큼 BLT에 인력을 많이 보내는 회사는 없을 거라고 자랑했다. 좁은 골목길에는 더먼 형제처럼 서류를 들고 웅성대는 사람들이 많았다. 더먼 형제는 대기번호표를 받고 순서가 오기를 기다렸다. 반도의 각지에서 몰려온 사람들은 어떡해서든지 BLT로 가려고 했다. 안정된 일자리와 집을 준다는 말에 현혹되었다. 서류에 도장을 받은 사람들은 기쁜 표정을 감추지 않았다. 긴장한 더먼 형제는 오가는 사람들을 쳐다봤다. 뚱보는 시험을 보는 기분이었다. 면접을 볼 때 말을 더듬거릴 것 같았고 엉뚱한 대답을 할 것 같았다. 가슴이 꿍꽝거렸다. 다시는 레슬러가 되고 싶지는 않았다.

더먼 형제 차례가 되었다. 두 사람은 작은 방에 들어가 책상에 앉은 한 사내에게 서류를 내밀었다. 사내는 서류를 들여다보다 두 사람을 번갈아 보았다.

"쌍둥이야?"

"네,"

뚱보는 고개를 끄덕거렸다.

"전에는 무슨 일을 했지?"

사내는 뚱보를 똑바로 쳐다보며 물었다. 뚱보는 갑자기 말문이 막혀 무슨 말을 먼저 할지 몰랐다.

"말 할 줄 모르나?"

"아닙니다. 농장과 공장에서 오랫동안 일을 했습니다."

더먼의 형이 대답했다.

"힘은 쓸 만한 것 같은데, 바보들은 일을 배우기가 더디거든."

사내는 묘한 웃음을 흘리며 큰 인심이나 쓴다는 듯이 두 사람의 서류에 쾅쾅 도장을 찍어 주었다. 더먼 형제는 허리를 숙여 인사를 하고 밖으로 나와 서로를 부둥켜안았다. 살면서 이렇게 좋은 일은 없었던 것 같았다. 사내는 도장 밑에 출발 날짜와 시간을 적어 주었다.

더먼 형제는 공중에 붕붕 떠다니는 기분이었다. 이 도시의 주인공이 된 것 같았고 세상 누구도 부러울 것이 없었다. 사막의 호텔로 돌아가려면 아직도 세 시간이나 남아 있었다. 더럽고 헤진 옷을 입은 아이들이 행인들에게 손을 벌리며 귀찮게 따라다녔다. 거리 곳곳에는 무장한 군인들이 서 있고 검문에 불응하면 발포한다는 문구가 붙어 있었다. 더먼 형제는 번화가 상점을 구경하고 고급 식당의 쇼윈도 안을 들여다보았다. 이곳은 마치 마술사의 거리 같았다. 하지만 조금만 길을 벗어나도 구걸하는 아이들과 부랑자들이 먹잇감을 노리듯 번화가 안쪽을 바라보고 있었다.

뚱보는 들뜬 기분에 조무래기 손에 동전 하나를 떨어뜨렸다. 더먼 형제 주변으로 아이들이 몰려들었다. 더먼 형제는 아이들에게 둘러싸여 막다른 골목으로 밀려들어 갔다. 타이어가 모두 빠지고 껍데기만 남은 자동차 주변으로 얼굴에 수없이 피어싱을 한 십 대 아이들이 몰려 있었다. 아이들은 낄낄대며 마약 담배를 피우고 있었다. 그들은 더먼 형제를 보고 허기가 동한 얼굴이 되었다. 더먼 형제는 그들을 피해 돌아나가려고 했다.

"그냥 가면 안 돼지. 통행세를 내고 가야지. 우리도 여길 지나다니면 통행세를 내거든. 안 그래?"

아이들의 웃는 소리가 들렸다.

키 큰 더먼은 대꾸할 가치도 없다는 듯이 아이들을 내려다보았다.

"붙잡혀 가고 싶지 않으면 우릴 내버려둬."

단호한 목소리로 말했다. 아이들은 더 크게 웃었다.

"어디서 이런 물건들을 데려왔어? 아직 우리가 누군지 모르나 봐."

"우린 레슬러였어, 건드리지 마. 화가 나면 얼마나 무서운지 알아?"

뚱보의 말이 끝나기도 전에 요요가 날아와 뚱보의 얼굴을 때렸다. 뚱보는 너무 아파 눈물이 핑 돌 정도였다. 뚱보가 움찔대는 사이 두 번 더 요요에게 맞았다. 뚱보의 이마에서 피가 흘렀다. 뚱보는 피를 보고 흥분했다. 다시 요요를 던지는 괴상한 피어싱를 한 남자 아이의 머리통을 덥석 끌어안았다. 머리통을 겨드랑이에 끼고 호두를 깨듯 조였다. 아이는 비명을 질렀다. 아이들이 뚱보에게 달라붙어 떼어놓으려고 했지만 소용없었다. 곧 아이의 두개골이 박살날 것 같았다.

"통행세 필요 없어."

"미안하다고 사과해."

"미안, 미안해."

"우리 형에게도 사과해야지."

아이는 숨넘어갈 듯한 목소리로 미안하다고 연거푸 말했다.

작은 아이가 군인에게 달려가는 모습이 보였다. 더먼은 동생을 말렸다. 군인들이 오면 누구의 편을 들지 알 수 없었다. 빨리 이곳을 떠나는 게 상책이었다. 군인들을 향해 달려가던 아이가 더먼 형제가 골목을 나오자 딴청을 부렸다. 형제는 뒤를 돌아보지 않고 바쁜 걸음으로 아이들과 멀어졌다. 번화가의 사람들 틈 사이로 숨어버렸다.

막심은 거리에서 설탕으로 만든 꽃다발 하나를 샀다. 흰 설탕으로 만든 안개꽃 다발이었다. 안개꽃에서 달콤한 사탕 냄새가 났다. 막심과 올더스는 거리 한복판에서 얼굴이 벌겋게 달아오른 더먼 형제와 만났다. 형제는 아이들에게 당한 이야기를 했다. 버스가 오려면 한 시간이 더 남았다. 작은 찻집에 들어갔다. 콧수염을 기르고 똑같은 옷을 입은 사람들이 조그마한 잔에 뜨거운 차를 마시고 있었다. 그들의 말은 전혀 알아들을 수 없었다. 네 사람과 그들은 서로를 이방인처럼 쳐다봤다.

기사가 말한 약속시각보다 버스가 늦어지고 있었다. 기사는 밤 열 시가 넘으면 도심은 통행금지 구역이 되고 이드카드가 없는 사람은 모두 체포된다고 말했다. 우니 시 중심가를 자세히 들여다보면 녹색 줄이 바닥에 그어져 있는 것을 볼 수 있었다. 날은 어둑해지고 군인들이 눈에 띄게 많아졌다. 사람들은 서둘러 도심을 빠져나가기 위해 전차에 올라타고 이층 버스를 향해 달렸다. 아직도 버스는 오지 않았다. 잠시 머물렀던 찻집도 문을 닫았다. 올더스는 크게 하품을 하고 더먼 형제는 아직도 몽롱한 얼굴이었다. 막심은 설탕꽃 한 다발을 들고 서 있었다. 어디선가 사이렌 소리가 들렸다. 눈에 익은 버스가 보였다. 네 사람은 버스를 향해 뛰기 시작했다. 무장한 군인들이 바리케이드를 쳤다. 부랑자와 군인들 사이에서 작은 충돌이 있었다. 도시는 텅 빈 역사처럼 변해갔다.

브루노이어는 막심을 우니 시로 보내고 불안한 하루를 보냈다. 그녀는 여행으로 몸과 마음이 지쳐 있었다. 막심에게 나쁜 일이 생기지 않을까 걱정이 되었다. 브루노이어는 호텔 로비 창가에 앉아 막막한 사막의 풍경에 젖어 있었다. 노파는 그런 브루노이어를 살피고 슬며시 그녀 앞에 다가앉았다. 노파는 땀이 난 브루노이어 얼굴을 부채질 해 주며 은근한 목소리로 말했다.

"남자를 기다리는 게 여자들의 운명이지. 당신의 남편은 아주 운이 좋아 탈 없이 돌아올 거야. 걱정하지 마. 당신의 초조함이 그의 운을 나쁘게 할 수도 있지. 조심해야 돼. 아마도 선물을 사가지고 밝은 얼굴로 나타날 거야."

"그걸 어떻게 알죠?"

브루노이어의 얼굴에 화색이 돌았다.

"내 예감이 그래, 틀려본 적이 없거든. 나는 한때 유명한 점성가였어. 나를 추종하는 사람들이 많았어. 나를 신처럼 떠받들려고 했지만 내가 거부했지. 세상엔 신이 되고 싶어 하는 인간들이 너무 많거든. 눈에 빤히 보여, 언제 시간 날 때 카드 점을 봐줄게."

노파는 브루노이어 등 뒤에서, 머리 위에서, 손목에서, 주머니에서 카드를 꺼내는 마술을 보여주었다. 브루노이어는 오랜만에 소리 내어 웃었다.

노파는 브루노이어의 뺨을 만지며 지금쯤 딸이 살아 있다면 당신과 같은 나이가 됐을 거라고 슬프게 말했다.

"얼마나 마음이 아프세요."

브루노이어는 노파의 손을 잡아 주었다. 누군가를 위로할 수 있다는 것도 마음의 평안을 가져다주었다.

"가끔 딸아이에게 들려주던 이야기가 생각나."

"제가 딸이라 생각하고 들려주시면 안 돼요?"

"어려울 것도 없지."

"원래 사막에는 두 왕조가 있었어. 두 왕조는 평화를 위해 혼인을 맺기로 했거든. 왕자는 공주를 데려오기 위해 낙타 이백 마리의 등에 가득 황금을 싣고 오기로 되어 있었어. 공주의 아버지는 그 황금을 고대하고 있었지. 왕자가 황금을 주고 공주를 데려간 날, 날이 저물자 황금이 모래 덩어리로 변해버린 거야. 공주의 아버지는 너무 화가 나서 빨리 왕자를 잡아오라고 명령을 내렸지. 하지만 왕자의 일행을 쫓던 군사들에게 전갈이 왔어. 모래 덩어리가 황금으로 변했다는 거였어, 하지만 군사들이 돌아왔을 때는 황금은 다시 모래덩어리로 변했지. 공주의 왕은 종잡을 수가 없었어. 그동안 왕자는 공주를 데리고 사라지고 왕은 황금을 이곳에 내다버렸지."

노파는 뾰족한 턱으로 창밖의 사막을 가리켰다.

"저 모래 바다에 황금이 지천으로 깔려 있을지 몰라."

노파는 얼굴 가득 주름을 만들며 씩 웃었다. 그러면서 브루노이어의 가슴에 걸린 블루 다이아몬드 목걸이를 훔쳐보았다. 사막 전체가 황금이라도 저것과는 비교가 안 되지. 노파는 생각했다.

잿빛 도로를 따라 달려오는 차가 있었다. 오전에 출발했던 버스였다. 브루노이어는 벌떡 일어나 밖으로 나갔다. 노파의 말대로 막심은 그녀에게 달콤한 냄새가 풍기는 안개꽃 다발을 선물했다.

해거름이 지나 호텔에 새로운 손님들이 도착했다. 기타를 든 거인과 소녀였다. 이곳을 가끔 들려서인지 직원들은 오래전부터 그들을 알고 있는 것 같았다. 거인과 소녀는 호기심의 대상이 되었다. 그들은 인종도 다르고 나이 차가 많이 났다. 부녀 사이도 아니고 부부 사이로 보기도 어려웠다. 호텔 직원은 그들이 전국 각지를 돌아다니며 웨딩 송을 불러주는 가수라고 말했다.

이튿날 저녁 식사 자리에서 거인과 소녀를 볼 수 있었다. 두 사람은 조용히 들어와 식사 자리에 앉았다. 거인은 뚱보의 두 배는 되어 보였고 의자에 앉았을 때는 살들이 출렁거리며 밑으로 흘러내렸다. 그는 화려한 꽃무늬 셔츠에 원색의 구슬로 만든 여러 겹의 팔찌와 목걸이를 하고 있었다. 둥근 테이블에 막심과 브루노이어와 앙카, 거인과 소녀가 앉았다. 또 다른 둥근 테이블에는 올더스와 더먼 형제, 노파가 앉았다. 더먼의 뚱보는 어제 자기에게 요요를 던진 버릇없는 아이들의 이야기를 했다. 올더스는 뚱보의 이야기를 신중하게 듣는 척하고 있었지만 사실은 딴 생각에 골몰해 있었다. 노파는 브루노이어가 있는 자리에 끼지 못해 화가 난 얼굴이었다.

호텔 주인 앙카는 이렇게 손님들이 모두 모여 식사를 할 때 노래를 불러 주면 어떻겠느냐고 거인과 소녀에게 정중하게 제안했다. 거인과 소녀는 식사를 마치고 앞으로 나갔다. 소녀는 의자를 가져와 거인을 앉게 했다. 거인은 기타를 품에 안고 줄을 퉁겼다. 거인의 몸에 비해 터무니없이 작은 기타에서 청명한 소리가 났다. 그리고 이어서 거인의 목소리가 들렸다. 손님들은 모두 놀랐다. 거인의 목소리는 가늘고 맑게 식당 안에 울려 퍼졌다. 저런 몸에서 그리움과 아련함이 묻어나는 노랫소리가 나온다는 게 신기할 뿐이었다. 소녀는 노래를 부르지 않고 훌라춤을 추었다. 허공으로 뻗어 부드럽게 물결치는 손끝은 정말 파도 같았다. 팔과 다리의 동작은 하늘과 땅의 기운을 하나로 합치는 지휘자 같았다. 노래가사는 지금 막 결혼한 사람들이 세상의 모든 축복을 받고 행복하게 살길 바란다는 내용이었다.

소녀의 춤은 파도 같았고, 거인이 두툼한 손가락으로 기타 줄을 퉁기며 부르는 노래는 파도 위에 떨어지는 영롱한 빗물 같았다. 그들이 주는 환상은 너무나 견고해서 빠져나올 수가 없었다. 걱정과 근심은 사라지고 포근함과 따뜻함이 밀려왔다.

거인과 소녀가 결혼식에 초대를 받아 떠돌 수밖에 없는 것은 다 이유가 있었던 것이다. 그들이 웨딩 송을 불러주면 평생 서로 사랑하고 행복하게 산다는 소문이 세상에 널리 퍼졌기 때문이다. 첫 곡이 끝나자 정적이 흘렀다. 그리고 박수소리가 이어졌다. 두 사람은 얼굴이 붉어졌다. 박수소리가 끝나지 않았다.

거인은 수줍은 듯 다시 기타 줄을 퉁겼다. 리듬이 빠른 노래였다. 소녀의 춤도 빨라졌다. 팔과 허리는 더욱 부드럽게 움직여 테이블 사이로 걸어왔다. 거인도 기타를 들고 일어나 노래를 부르며 소녀의 뒤를 따라왔다. 춤을 추던 소녀는 거인의 목걸이를 빼서 앙카에게 걸어주고 다시 브루노이어에게 걸어주었다. 테이블에 둘러앉은 사람 모두에게 거인의 구슬 목걸이를 빼서 걸어주었다. 소녀에게 목걸이를 받은 브루노이어는 소녀의 뺨에 입을 맞추었다. 신랑 신부는 없었지만 모두는 결혼식 하객이 된 기분이었다.

"이렇게 감동적인 노래를 들려주신 두 사람에게 감사드립니다."

앙카는 거인과 소녀를 포옹했다.

"정말 귀한 노래를 들으신 거예요. 저희 호텔에 일 년에 한 번 들릴까 말까한 손님들이거든요. 내일 일찍 다시 길을 떠나야 한답니다."

거인과 소녀는 식당에 왔을 때처럼 조용히 물러났다.

손님들은 밤바람을 맞으러 모두 호텔 밖으로 나왔다. 하늘에 무수한 별이 가득했다. 앙카는 손님들을 위해 아껴 두었던 포도주를 내왔다. 아직도 귀엔 거인이 부르던 웨딩송의 여운이 남아 있었다. 사람들은 포도주 잔을 들고 멀리 가지 못해도 이리저리 거닐었다. 온통 검은 대지일 뿐이었지만 두려움 없이 애잔하게 바라볼 수 있었다.

올더스가 막심에게 다가왔다.

"언제 다시 우니 시로 가볼 생각입니까?"

"아직 결정한 것이 없어요."

"아주 사소한 거라도 조심해야 돼요. 우니 시에는 정보를 사고파는 스파이들이 많아요. 벌써 우니 시에 와서 배표를 구한다는 사람이 있다는 정보를 입수한 사람이 있을지 몰라요."

"전 일개 의사에 불과해요. 제가 무슨 중요한 인물이라고 제 행동을 감시하겠어요?"

"그건 모르는 일이죠. 놈들은 너무 많은 죄를 저질렀기 때문에 늘 예민해 있어요."

막심은 올더스의 말을 이해할 수 없었다. 그는 침묵으로 일관하다 가끔 자기 말만 던지고 돌아서곤 했다.

호텔 직원이 폭죽을 가지고 나왔다. 무수한 별 사이로 폭죽이 날아가 터졌다. 사람들은 취한 듯 모래사장에서 휘청거리고 브루노이어는 이 순간이 꿈이 아니길 바랐다. 호텔의 외등이 꺼지고 로비의 불도 희미해졌다. 각자 방으로 돌아갈 시간이었다.

앙카는 자신의 방에서 손님들을 내려다보았다. 저들은 이곳이 아주 오래전 바다였다는 것을 아는 것처럼 보였다. 검은 바다를 유랑하던 앙카의 배에 손님들이 하나둘 돌아오고 있었다.

노인이 죽자 그의 아들 트룰로스가 돌아왔다. 그는 개선장군처럼 들이닥쳐 주인행세를 했다. 앙카에게 호텔을 떠날 것을 요구했다. 앙카는 보관했던 결혼증명서를 꺼내 트룰로스에게 보여주었다. 그는 결혼증명서를 보자마자 그 자리에서 찢어버렸다. 얼굴의 화상을 가리기 위해 뒤덮은 수염은 그를 더욱 험악한 인상으로 만들었다. 자신만이 노인의 재산을 차지할 권리가 있다고 주장했다. 그는 행패를 부려 손님들을 내쫓고 카지노 영업을 하려고 했다. 노인이 죽기 전 돈을 빌렸던 로제 장군이 트룰로스를 뒤에서 조정하고 있었다. 트룰로스는 호텔을 빼앗기 위해 수단과 방법을 가리지 않고 앙카를 위협했다.

　어느 날 밤 앙카의 자는 방에 괴한이 침입했다. 괴한은 그녀를 제압해 손과 발을 묶고 입에 재갈을 물려 자루에 넣었다. 앙카는 발버둥쳤지만 소용이 없었다. 자루는 차에 실려 어디론가 떠났다. 어렴풋이 새 소리와 뱃고동 소리를 들었다. 자루는 뱃전에 내동댕이쳐졌다. 앙카는 바다에 버려질 것이라고 생각했다. 앙카는 신을 믿지 않았지만 기도를 했다. 자루는 깊은 바다 한가운데 던져졌다. 차가움이 덮치고 더 이상의 희망은 없었다. 억울하고 화가 나고 두려웠던 감정들이 잠잠해지고 의식의 문이 서서히 닫히기 시작했다. 앙카는 죽음에 항복하려 했다. 자매들과 강에서 물놀이하던 때로 돌아가고 있었다. 벗은 등을 따갑게 내리 쪼이는 햇볕에 눈이 부셨다. 아이는 어느새 자라 사막을 달렸다. 그리고 붉은 머리카락이 모래 폭풍에 휘날리며 파란 눈동자를 마주했다. 두 사람의 눈동자가 하나의 까만 점으로 합쳐졌다. 그리고 모든 의식을 먹어치우기 시작했다. 그건 자루의 겉과 속을 뒤집는 것과 비슷했다.

　바다 깊이 내려가던 자루가 턱하고 걸렸다. 그리고 낚싯줄에 걸린 것처럼 위로 끌어 올려졌다. 바다 위로 떠오른 자루는 작은 어선에 들려 올라갔다. 자루가 열리고 의식을 잃은 앙카가 죽은 듯 늘어졌다. 그녀를 묶었던 줄을 풀고 재갈도 빼냈다. 누군가 그녀의 입에 숨을 불어 넣어주고 심장이 뛰도록 가슴을 눌렀다.

　앙카는 숨을 쉬고 물을 토해냈다. 오돌오돌 떨기 시작했다. 두 사람이 그녀를 내려다보고 있었다. 한 사람은 검은 말 부족이었고 하나는 낯선 사내아이였다. 검은 말 부족은 낯이 익었다. 노인의 시신을 사막에 버린 부족장이었다. 그는 어부들에게 소리를 질러 배를 돌리게 했다. 그는 앙카에게 어떤 말도 하지 않았다. 낯선 사내아이가 앙카를 돌봐주었다. 사내아이는 파란 눈을 가지고 있었다. 앙카는 그가 누구냐고 부족장에게 물어도 대답해 주지 않았다. 부족장은 앙카에게 오랜 친구라는 말만했다.

배는 해협에 도착해 세 사람을 내려주었다. 그곳에는 검은 말 부족이 그들을 기다리고 있었다. 부족장은 앙카에게 말 한 필을 주었다. 파란 눈의 소년도 의젓하게 말에 올라타 있었다. 그들은 앙카를 남겨두고 떠났다. 파란 눈의 은빛 머리카락 소년도 말머리를 돌렸다. 앙카는 그들을 따라가고 싶었지만 그러지 않았다. 앙카는 가슴이 울렁거리고 쏟아지려는 눈물을 참았다. 앙카는 말을 타고 호텔이 있는 사막으로 돌아왔다.

호텔로 돌아온 앙카는 트룰로스와 결전을 다짐했다. 트룰로스는 호텔 소유권을 가려달라는 재판을 신청했다. 세 명의 감찰관이 나와 호텔의 증거와 자료들을 수집해 갔다. 앙카는 자신의 결혼증명서와 자신을 협박하고 살해하려던 증거를 모았다. 반면 트룰로스는 앙카는 아버지의 부인이 아니라 일개 하녀에 불과하다고 줄기차게 주장했다. 감찰관은 호텔을 공동 소유하라는 제안을 내놓았다. 하지만 두 사람은 불복했다.

두 사람은 순회 판사가 오기를 기다렸다. 반도 북부는 지형적인 조건 탓에 치외법권 지역이나 마찬가지였다. 지역 특색에 맞는 로컬 룰이 있었다. 그건 바로 결투였다. 분쟁 당사자 간에 합의가 불가능하고 재판에 드는 시간과 비용을 추정할 수 없을 때 순회 판사 입회하에 결투를 했다. 결투에는 총과 칼 둘 중 하나를 선택할 수 있었고 앙카와 트룰로스는 총을 택했다. 드디어 순회 판사가 도착했다.

장소와 시간은 감찰관이 결정했다. 아침 열 시 산중턱에 사람들이 모여들었다. 이런 일은 흔치 않아 사람들의 구경거리가 되었다. 순회 판사와 감찰관 셋, 당사자 두 사람, 양측 법률대리인과 의사가 모였다. 감찰관은 양측 법률대리인을 불러 생명을 잃어도 책임을 묻지 않겠다는 것과 지는 사람이 호텔 소유권을 포기한다는 내용에 서명하게 했다.

감찰관 한 사람은 양측이 가져온 총을 검사했다. 총알은 두 개만 사용할 수 있었다. 앙카의 총은 노인이 준 장총이었고 트룰로스는 화력이 좋은 총을 새로 구입했다.

앙카와 트룰로스는 등을 대고 돌아섰다.

"여기서부터 열 발짝을 떼고 돌아서서 총을 쏜다. 만약 열 발짝을 떼지 않고 돌아서 총을 쏜다면 결투는 취소되고 패소하는 것으로 결정된다. 첫 발을 명중시킨 사람의 두 번째 총알 사용은 자유에 맡기며 이에 따른 책임도 묻지 않는다. 이의가 있는 사람이나 결투를 취소하고 싶은 사람은 지금 말해도 된다."

누구도 입을 열지 않았다.

"출발."

감찰관은 큰 소리로 수를 세었다.

"하나, 둘, 셋, 넷, 다섯, 여섯, 일곱, 여덟, 아홉, 열."

두 사람은 동시에 돌아서서 총을 발사했다. 산중턱에 총소리가 울리고 새들이 날아올랐다. 사람들은 숨을 죽였다. 트룰로스 총알은 앙카의 뺨을 스쳐가고 앙카의 총알은 트룰로스의 심장을 관통했다. 앙카는 두 번째 총알을 쏘기 위해 쓰러진 그에게 다가갔다. 그는 피를 쏟으며 심장이 튀어나올 듯 헐떡거렸다. 눈은 가득 겁을 집어 먹었다. 사람들은 침을 삼켰다. 의사가 그의 상태를 살폈다. 의사는 가망이 없다는 듯 고개를 가로저었다. 앙카는 두 번째 총알을 꺼내 바닥에 던졌다. 앙카의 법률대리인이 달려와 서류에 죽어가는 트룰로스의 손도장을 찍었다. 감찰관은 결투가 끝났다고 선언했다. 광경을 목격한 사람들은 중인이 될 것이라고 명령 했다. 트룰로스는 병원으로 가는 도중 사망했다.

앙카는 가끔 악몽을 꾸기도 했다. 바닷물에 던져졌을 때의 섬뜩함과 차가움이 꿈속에서 도 생생하게 느껴졌다. 총소리에 놀라 눈을 뜨기도 했다. 이렇게 잠이 깬 날이면 좀처럼 잠이 들지 않았다. 그녀는 방 안을 서성이다 밖으로 나와 돌집 앞 소파에 앉았다. 그녀는 깊은 수렁 같은 사막을 마주했다. 이 자리에 앉았던 순간들을 떠올렸다. 그녀는 자신의 운명을 받아들인 듯 눈을 감고 깊은 잠에 들었다.

막심은 배표를 구하지 못했다는 이야기를 브루노이어에게 했다. 언제까지 이곳에 머물게 될지 알 수 없다는 말도 했다. 브루노이어는 막심의 말에 놀라거나 실망하지 않았다. 오히려 그를 위로했다.

"노파가 그러는데 우리는 떨어질 수 없는 운명이래요. 걱정은 운을 좋지 않게 한다고 그랬어요. 우리 희망을 가져요."

막심은 조심스럽게 브루노이어에게 하고 싶은 말을 했다.

"나는 노파가 당신 주위를 맴도는 게 맘에 걸려요. 좋은 사람 같아 보이지 않아서, 당신에게 해를 끼칠까 두려워요"

"막심, 어머니 같은 분이세요. 딸이 살아 있다면 제 또래쯤 됐을 거라고 말했어요. 절 웃게 만드는 유일한 분이세요. 막심도 그분을 따뜻하게 대해 주면 안 돼요?"

"우린 노파에 대해 아는 게 없잖소?"

"노파도 우리에 대해 아는 게 없어요. 당신은 마음에 상처를 받는 게 어떤 건지 몰라요. 난 누구한테도 상처 주기 싫어요. 난 노파를 믿어요. 딸에게 들려주었던 이야기도 내게 들려주셨어요."

브루노이어는 애잔한 눈으로 막심을 바라보았다.

"우린 이곳에서 여행자들일 뿐이야. 언젠가는 헤어지게 될 거요. 노파와 그렇게 가까워졌는지 몰랐소."

"걱정 말아요. 막심, 이제 나도 의젓해 보이고 싶어요. 내 말이 무슨 뜻인지 알죠?"

브루노이어는 막심의 얼굴에 두 손을 대고 그의 눈을 들여다보며 입술에 키스를 했다.

올더스는 로비 중앙에 서서 천장의 그림들을 찬찬히 뜯어보았다. 칠이 벗겨져 형상은 희미했지만 그것은 천지창조의 죄와 벌 부분이 분명했다. 그의 동공이 커지고 형상은 더욱 또렷해졌다. 나비 같은 천사와 뿔이 나고 쇠꼬챙이를 든 악마가 인간의 벗은 육신들을 에워싸고 있었다. 발가벗은 인간들은 뱀과 한데 엉켜 있었다. 펄펄 끓는 용광로 속으로 나신이 떨어지고 인간의 원죄를 고민하던 사람은 십자가에 박혀 눈을 감고 고개를 숙였다.

호텔에서의 첫 날밤 올더스는 장중한 파이프 오르간 소리를 들었다. 이곳에 파이프 오르간 대신 천지 창조 그림이 그려져 있다는 것은 우연의 일치라고 보기 어려웠다. 그것은 일종의 계시라고 느껴졌다. 올더스는 순간 어지러웠다. 그는 균형을 잃지 않는 걸음으로 창가 소파에 앉았다. 그리고 심장의 둔중한 짓눌림이 진정되기를 기다렸다. 그는 운명의 힘을 예감했다. 그 힘을 거스른다는 것은 상상할 수 없었다.

그는 자리에서 일어나 방으로 올라가는 엘리베이터를 탔다. 엘리베이터 문이 닫히자마자 온몸에 경련이 일어났다. 자신의 목을 칭칭 감는 뱀이 떠올랐기 때문이다.

호텔은 텅 빈 성처럼 적막했다. 사막에 밤이 찾아오면 사람들은 일찍 잠자리에 들었다. 잠이 오지 않는 사람들은 배회하며 긴 밤을 보냈다. 막심은 깊이 잠들지 못하고 자주 눈을 떴다. 브루노이어는 침대에 조각된 잠의 요정들이 자신을 마차에 태우고 어디론가 데려간 것처럼 잠이 들었다. 막심은 살며시 방을 나왔다.

복도 양 끝 창문에는 검은 모래 바다가 출렁거렸다. 커다란 괘종시계에 벽걸이 전등과 무심히 걷는 막심의 모습이 어렸다. 막심은 긴 복도를 걸었다. 그러다 위로 오르는 계단을 만났고 그는 계단을 따라 올라갔다. 위로 올라가다 보면 옥상이 나올지 모른다고 생각했다. 계단이 끝나는 곳에서 문이 열리며 뜻밖에 앙카와 마주쳤다. 그들은 서로 놀랐지만 웃으며 비껴났다.

"웬일이세요. 주무시지 않고?"

앙카는 낮고 힘 있는 목소리로 물었다.

"잠이 오지 않아서 산책을 나가려다가 그만 여기까지 왔네요."

막심은 그녀도 자신처럼 잠 못 이루고 깨어 있었다는 걸 느낄 수 있었다.

"손님들은 처음엔 적응하기가 어려워요. 대개 잘 주무시지 못하죠. 가끔 한밤중에 저와 이렇게 부딪치기도 합니다. 냉방장치나 환기가 대도시 호텔처럼 섬세하질 못하죠. 불편하신 게 있을 겁니다."

"그렇지 않습니다. 여긴 묘한 매력이 있는 곳이죠. 편안하게 지내고 있어요."

"옥상으로 가려던 길이었나요? 그럼 절 따라와요."

앙카는 막심을 데리고 옥상으로 향했다. 옥상의 간판은 그대로 켜져 있었다. 간판에 부딪치는 바람 소리가 크게 들렸다. 검은 바다가 한눈에 그대로 들어왔다. 앙카의 흰 머리카락이 흔들렸다. 잔뜩 웅크린 돌집과 어두운 골짜기들의 구비치는 능선은 세상이 단 두 가지 색으로 존재하는 듯 엄숙하게 보였다.

"저도 오랜만에 올라와 보네요. 우니 시에 나가 배표를 구하지 못했다는 이야길 들었어요. 전쟁이 끝났어도 불안하긴 마찬가지죠. 대륙에서 좋지 않은 소문들이 계속 들려와요. 사람들이 탈출하고 있다는 말도 들리고, 배를 타는 걸 신중하게 생각하셔야 할 겁니다."

"저도 연방정부가 승리를 눈앞에 둔 상황에서 서둘러 정전협정을 체결한 걸 두고 사람들이 이상하게 생각한다는 걸 알아요. 전 단지 브루노이어가 걱정이에요. 여행에 지쳐 있거든요."

"박사님이 부인을 얼마나 사랑하는지 알아요. 사랑하는 사람을 행복하게 해주고 싶은 마음은 당연한 거죠. 부인이 부럽군요. 시간이 빨리 흐른다는 것을 명심해요. 사랑 앞에서 주저할 필요는 없어요. 불안해 할 필요도 없고."

"다시 우니 시로 나가 볼 생각입니다. 대륙의 소식도 알아보고 배편 말고 다른 방법이 없는지 찾아볼 생각입니다."

"이곳에서 누군가와 타협한다는 건 부질없는 짓이에요. 조급하면 할수록 판단이 흐려져요. 시간을 두고 때를 기다릴 필요가 있어요."

두 사람은 말없이 멀리 시선을 주었다.

"이렇게 내려다보니 이곳이 아주 비현실적인 곳 같아요. 여러 가지 시간이 공존하는, 길을 잃은 사람들이 불시착한 곳 같아요."

"박사님 말이 틀리지 않아요. 도처에 지난 시간의 제 분신들이 보일 때가 있어요. 난 그들이 사라지기 전까진 몽유병 환자처럼 호텔을 떠돌죠. 그러다 이렇게 박사님을 만났잖아요."

앙카는 빙긋 웃으며 농담처럼 말했다.

"이제 그만 내려갑시다. 부인께서 찾을지도 모르잖아요."

철자가 빠진 옥상 간판 위로 바람이 소리를 내며 지나갔다. 호텔은 검은 바다에 뜬 망루처럼 흔들리는 것 같았다.

마른하늘에서 천둥소리가 들렸다. 날씨는 우중충했다. 막심과 올더스는 우니 시로 나갈 준비를 했다. 호텔에 먼지를 뽀얗게 뒤집어쓴 고물차 한 대가 도착했다. 막심은 브루노이어 뺨에 입을 맞추고 차에 올랐다. 브루노이어는 잿빛 도로를 올라탄 고물차가 한참을 달려 지평선에서 완전히 사라질 때까지 자리에서 움직이지 않았다. 천둥소리가 들릴 때마다 그녀의 긴 속눈썹이 파르르 떨렸다. 그녀는 막심을 따라가겠다고 했지만 그는 허락하지 않았다.

"나도 우니 시에 가보고 싶어요."

"거긴 당신이 가기엔 위험한 곳이야. 긴 여행 중의 마지막 관문이에요. 걱정하지 말고 기다려요. 금방 돌아올 테니까."

브루노이어는 차에 오르는 막심의 손을 쉽게 놓지 못했다. 그녀는 방에 혼자 들어가기 싫었다. 좀 걷고 싶었다. 호텔을 돌아 검은 돌집으로 향했다. 처음 이곳에 왔을 때부터 누군가 유폐돼 살고 있다는 느낌이 들었다. 돌집 앞에는 낡은 소파가 벽에 기대 있고 숫자가 멈춰진 연료 충전기가 아무렇게나 포개져 있었다. 안을 들여다보려고 했지만 굳게 덧문이 닫혀져 있었다. 막심은 호텔 주인 앙카가 돌집 앞에 앉아 있는 걸 본 적이 있다고 말했다. 브루노이어는 그녀가 앉았던 자리에 앉고 싶었다.

불쑥 그녀의 뒤에서 노파의 말소리가 들렸다.

"여기서 뭐해? 드디어 저들이 떠났나?"

"이 돌집에 누가 갇혀 있는 것 같지 않아요? 밤에 내려다보고 있으면 누군가 달려가는 소리가 들리고 울음소리가 들리는 것도 같아요."

"다 요상한 바람 소리 때문이야. 나도 베개로 귀를 막고 잘 때가 있어. 이리 와봐, 점을 봐주겠다는 약속을 지킬 테니까."

두 사람은 마주 보고 앉았다. 노파는 테이블에 카드를 쭉 펼치며 브루노이어에게 석 장의 카드를 뽑으라고 했다. 그녀는 석 장의 카드를 뽑아 노파 앞으로 밀었다.

노파는 신중한 얼굴로 카드 하나하나를 뒤집었다. 노파는 섣불리 입을 열지 못하겠다는 듯 안타까운 얼굴이 되었다. 브루노이어는 마음이 조급해졌다.

"점괘가 나쁘게 나왔나요?"

노파는 침을 삼키고 뾰족한 손톱 끝으로 카드 한 장을 가리키며 말했다.

"당신의 사랑에 큰 시련이 닥쳐, 운명의 수레바퀴에 악마가 매달려 있어. 잘 굴러가질 않아."

노파는 크게 한숨을 내쉬었다.

“다음 카드가 더 문제야.”

카드에는 긴 코트를 입은 남자가 홀로 가는 뒷모습이 그려져 있었다.

“그는 어디론가 정신없이 가고 있는데 당신은 없네?”

“남자가 막심이란 말인가요?”

노파는 크게 뜬 눈을 끔벅거렸다.

“막심이 당신을 버리고 떠날 수도 있다는 생각을 해보지 않았나?”

브루노이어는 고개를 절레절레 흔들었다.

“그는 절대 날 떠날 사람이 아니에요. 혹시 점괘가 틀린 적은 없나요?”

브루노이어는 간절한 눈빛으로 노파의 주름진 입을 바라보았다.

“전혀.”

“그럼 전 어디에 있는 거죠?”

마지막 카드는 피 흘리는 검이 땅에 꽂혀 있는 그림이었다.

“그건 몰라. 하지만 방법이 있을 거야. 내가 찾아보지. 하지만 돈이 많이 들고 위험해.”

노파는 비열한 웃음을 지으며 마지막 카드를 다른 카드와 섞어 버렸다.

브루노이어는 자리에서 일어났다.

“전 점을 믿지 않아요. 막심은 당신이 생각하는 그런 사람이 아니에요.”

“마음대로 해.”

노파는 합죽한 턱을 위로 치켜들었다.

 우니 시는 며칠 사이 변해 있었다. 보이지 않던 플래카드가 도처에 걸려 있고 경계는 더욱 삼엄해졌다. 막심과 올더스는 여러 번 불심검문을 당했다. BLT 완공을 눈앞에 두고 세계 각지에서 축하사절단을 보낸다고 했다. 우니 시는 그들을 맞을 만반의 준비를 했다. 특히 거물급 회동이 예고되어 있었다. 또한 전범 재판에서 풀려난 우구로스와 케몬티니가 오기로 되어 있었다. 그들은 유배되어 있던 섬에서 호화생활을 하고 있다는 지탄을 받아 왔다. 두 사람은 과격단체로부터 사형선고를 받고 여러 번 테러 공격을 당했다. 케몬티니는 암살 기도로 한쪽 눈을 잃었다. 인류의 숫자를 반으로 줄인 두 사람은 재산을 헌납하고 평화주의자가 되었다.

 우니 시의 정보를 팔고 사는 스파이들은 우구로스와 케몬티니의 암살 음모가 있다는 첩보를 입수했다. 연방정부도 테러분자들이 대거 잠입했다는 정보를 접했다. 우니 시에서 그들의 색출 작업이 이루어졌다. 혐의가 있는 사람들을 밤낮으로 고문해 그 배후를 밝혀 몇몇 과격단체 이름을 알아냈다. 우니 시의 세 사람들 중 하나는 암살자가 아니면 살인청부업자라는 말이 나돌 정도였다. 사복 경찰이 시민들을 감시하고 부랑자들은 도심 밖으로 내쫓았다. 도시는 한결 정돈된 듯한 느낌이었다.

 올더스와 막심은 우니 시에 도착한 이후 바로 헤어졌다. 막심은 대류과 통화가 가능한 호텔로 들어갔다. 호텔 일 층에는 통화할 수 있는 부스들이 늘어서 있었다. 호텔 안에는 부유한 옷차림의 사람들이 눈에 띄게 많았는데 일찍 도착한 축하사절단이었다. 그들은 중세시대에서 타임머신을 타고 날아온 귀족 같았다.

막심은 대륙에서 일자리를 주선하겠다는 사람과 연락을 취했지만 연결되지 않았다. 여러 번 시도했지만 잡음만 심하게 들릴 뿐이었다. 다른 어느 곳과도 연결되지 않았다. 막심은 당황스러웠다. 그는 수첩을 뒤적거렸지만 자신을 도와줄 사람은 없었다. 다시 번으로 돌아갈 수는 없었다. 대륙으로 들어간다는 계획은 잠시 미뤄둬야 할 것 같았다.

부스 유리벽에서 구인광고를 보았다. 시립 병원의 의사를 구한다는 광고였다. 막심은 종이를 떼서 주머니에 넣었다. 병원을 찾아가 볼 생각이었다. 그는 전차를 타고 두 블록을 지나 내렸다. 좁은 도로를 따라 오르막길을 걸었다. 높은 담장 안에 병원 건물이 있었다. 그는 병원 입구에서 제지당했지만 광고지를 보여주며 원장과의 면담을 알아봐 달라고 부탁했다.

문을 두드렸다. 삼십 대 초반의 군의관이 피곤한 기색으로 문을 열어 주었다. 그는 막 잠을 청하려던 사람 같았다. 원장은 난처한 듯 머리를 긁었다.

"오래전에 붙인 건데 늦게 보셨나 봅니다. 지금은 자리가 찼어요. 하지만 곧 다시 자리가 비게 될지 모릅니다. 다들 온다간다 말도 없이 사라지니까요. 대학 병원에서 일하셨다고요. 저희로서는 영광이지만 당장은 일자리를 드릴 수가 없네요. 연락처를 주시면 저희가 따로 보관해놓겠습니다. 늘 의사가 부족하지만 예산을 늘려주진 않아요.”

원장은 시계를 들여다보았다. 다음 수술이 잡혀 있다는 것이었다. 그는 피곤에 절은 얼굴로 자리에서 일어났다. 막심은 그의 뒤를 따라 병동을 걸어 나왔다. 환자들이 가득한 병실에는 소음과 연기로 가득했다. 휠체어를 탄 사람이 막심과 부딪칠 뻔했다. 간호사는 다급히 어디론가 달려가고 버썩 마른 환자 하나가 중얼대며 같은 길을 왔다 갔다 했다. 막심은 수도 번에서의 병원생활이 떠올랐다. 시립병원의 복도는 무수히 오가던 대학병원 복도와 다를 바가 없었다. 변한 것은 오로지 자신뿐이었다.

시립병원을 나와 높은 담장을 끼고 걸었다. 누가 따라오는 것 같아 자꾸 뒤를 돌아보았다. 담장 안은 보기 드물게 무성한 나무가 넘실거렸다. 멀리 전차역과 신호등 앞에 늘어선 고물 자동차들이 보였다. 그때였다. 누군가 막심의 뒤통수를 내리쳐 그 자리에 쓰러졌다. 그는 후미진 곳으로 질질 끌려가 지갑을 도둑맞고 버려졌다.

올더스는 모텔과 여인숙을 돌아다녔지만 방을 빌려주는 곳은 한군데도 없었다. 시 정부가 따로 지시를 내릴 때까지 손님을 받지 말라고 했다는 것이다. 화물터미널마저 적막해졌다. 부두 노동자들도 보이지 않았다. 텅 빈 시멘트 광장에 햇볕이 쏟아지고 기름띠를 두른 바다는 번들거리고 모든 배들은 항구에 묶여 있는 것처럼 보였다.

올더스는 좀 더 높은 지대로 올라갔다. 부두 노동자들이 숙소로 쓰는 모텔이나 여인숙은 더 이상 보이지 않았다. 허름한 판잣집들이 들어차 있었다. 항구의 전경이 한눈에 들어왔다. 높이 날아가는 새와 함선에서 내뿜는 흰 연기가 보였다. 이곳에서 올더스가 원하는 방은 구할 수 없을 것 같았다. 다시 내려가 모텔과 여인숙을 자세히 살펴볼 생각이었다. 그는 생각지도 않게 황토색 기와를 얹은 판잣집들 사이에서 붉은 벽돌 건물을 발견했다. 일 층 유리창에 숙식제공, 여관이라고 쓰여 있었다. 올더스는 일단 들어가 보기로 했다.

안은 어두컴컴했고 프론트 같은 것은 없었다. 올더스는 사람을 불렀다. 뚱뚱한 여자가 쿵쿵 소리를 내며 위층에서 내려왔다. 여자는 올더스를 빤히 쳐다보았다.

"무슨 일이죠?"

"방을 하나 얻었으면 해서요."

"우라질 놈의 인간들이 방을 내주지 말래요. 있는 손님도 내보내라는 판인데. 방을 빌려줬다 걸리면 영업할 생각을 말래나."

"일주일치 방값을 선불로 드릴게요. 제대로 배가 들어올 때까지 꼼짝없이 이곳에서 지내야 되거든요."

주인여자는 왜소하고 남루한 중년 사내를 살펴보았다. 발목이 드러나는 짧은 바지에 꼭 맞는 양복 상의를 입고 나비넥타이에다 가방까지, 꼭 늙은 피노키오 같았다. 문제를 일으킬 만한 위인이 아니라고 판단했다. 일주일치 선불은 여자에게 큰 유혹이었다.

"방이 하나 있긴 한데, 비밀 다락방이라고 할까. 한번 보실래요?"

올더스는 주인여자의 펑퍼짐한 엉덩이를 따라 가파른 계단을 올랐다. 맨 꼭대기 다락방 문을 열었다. 그곳은 청소도구나 잡동사니를 넣어두는 곳 같았다. 주인여자가 물건들을 헤치고 안으로 들어가 매트리스 하나가 덩그마니 깔린 공간을 보여주었다. 매트리스와 창 턱 위에 새똥이 널려 있었고 거미줄이 나달거리는 깨진 유리창 밖으로 바다가 시원스레 내려다보였다. 올더스는 방이 맘에 들었다. 여자는 올더스의 눈치를 살피고 청소를 해주겠다고 했지만 올더스는 방을 빌려주는 것도 고마운데 그런 수고를 끼칠 수 없다고 사양했다. 그는 그 자리에서 일주일치 방값을 주인여자에게 주었다.

여자는 횡재한 얼굴로 돈을 받았다.

"저한테 신경 쓸 것은 아무것도 없습니다. 며칠 있다 제 짐을 가지고 오지요."

그는 야산에 빼꼭히 들어찬 판잣집 사이를 걸었다. 골목마다 아이들이 낯선 이방인을 주목했다. 아이들이 올더스를 따라다녔다. 그가 허둥대며 달리자 아이들도 따라 달렸다. 그는 아이들이 따라오는 발소리가 무서웠다. 막다른 골목에서 올더스를 가로막는 아이가 나타났다. 콧물을 흘리는 까만 눈동자의 아이가 손을 내밀었다. 그는 아이를 밀치려다가 아이의 손바닥에 동전을 올려 주었다. 아이가 길을 내주었다. 까마득한 내리막길 저편에 쓰레기 산이 보였다. 아이들이 꼬챙이를 들고 쓰레기 산을 찌르며 뭔가 찾고 있었다. 올더스는 도주로 같은 것은 생각해보지 않았다.

막심은 젖은 보도 위에 정신을 잃고 쓰러져 있었다. 그가 눈을 뜬 것은 깊은 밤이었다. 그는 휘청휘청 밤길을 걸었다. 높은 철책과 바리케이드가 도시를 점령했다. 그는 어디로 가야 할지 몰랐다. 중무장한 군인들이 도시를 통제하고 있었다. 머리에선 피가 나고 군인들에게 발각되지 않기 위해 어둠 속에 몸을 도사렸다. 하지만 곧 군인들에게 발각되고 말았다. 그들이 내뿜는 빛 아래 두 손을 번쩍 치켜들었다. 군인들이 그에게 달려들어 바닥에 눕히고 몸수색을 했다. 그에게 무기가 나오지 않자 이민국으로 넘겨버렸다. 가장 손쉬운 처리 방법이었다.

그날 밤 올더스만 혼자 돌아오자 브루노이어는 불길한 예감에 휩싸였다. 그녀는 앙카를 찾았지만 마침 호텔을 비우고 없었다. 막심에게 무슨 일이 생긴 것이 아닌지 그와 함께 가지 못한 게 후회가 되었다. 호텔 직원에게 연락 온 것이 없는지 여러 번 물었다. 그녀는 다급하게 노파의 방문을 두드렸다.

노파는 침대에 앉아 싸늘한 시선으로 브루노이어를 맞았다.

"웬일이지?"

"막심이 돌아오지 않고 있어요. 무슨 일이 생긴 건 아닌지 불안해요."

"호들갑스럽긴."

노파는 아픈 척 잔기침을 했다. 브루노이어는 노파에게 물을 떠다주었다.

"내게 뭘 알아내고 싶은 게야. 내 말을 믿지 않는다고 했잖아."

"그에게서 아무 연락이 없어요. 우니 시는 위험한 곳이라고 하던데, 불길한 생각이 자꾸 들어요."

"걱정 마. 막심은 잘 있을 거야."

"그걸 어떻게 알죠?"

"저기 내 가방 안에 들어 있는 수정 공을 가져와 봐. 그가 어디 있는지 찾아볼 테니까."

브루노이어는 수정 공을 가져와 노파의 침대에 걸터앉았다. 노파는 그녀에게 수정 공을 가만히 들여다보라고 했다. 수정 공 안은 진공상태였다. 깊은 물속 같았다. 하지만 잠시 후 노파가 주문을 외자 수정 공 안에 눈발 속을 달리는 마차가 보였다. 마차에는 작은 남자와 여자 인형이 타고 있었다.

"잘 봐 그들이 누군지? 당신과 막심 같지 않아? 두 사람은 도망치고 있어. 처음부터 내 눈엔 다 보였다고."

브루노이어는 놀라 입을 막았다.

"이제부터 내가 하라는 대로 따라 해."

노파는 브루노이어가 눈을 감고 숫자를 세게 했다. 브루노이어는 천천히 하나부터 열까지 세었다. 손에 든 수정 공은 차츰 따뜻해지기 시작했다.

"뭐가 보이지?"

"결혼식이에요."

"누구의 결혼식이지?"

"제 결혼식인 거 같아요, 아름다운 목걸이를 한 여인이 있어요. 하지만 여자는 슬퍼 보여요. 혼자 있고 싶어 해요."

"왜지?"

"남편은 절 사랑하지 않았어요."

노파는 브루노이아 가슴에 찬연한 빛을 뿜는 블루 다이아몬드 목걸이에 절로 손이 갔지만 꾹 참았다.

"목걸이 말고 다른 보석은 안 보이나?"

노파는 브루노이어 곁에 바싹 다가앉아 수정 공을 어루만지며 물었다.

"다른 보석은 없어요. 하지만 두 남녀가 춤을 추고 있네요. 행복해 보여요. 저하고 막심 같아요."

노파의 얼굴이 샐쭉해졌다.

"아니지, 막심이 다른 여자와 춤을 추고 있는 거야. 오늘 밤에."

브루노이어는 퍼뜩 눈을 뜨고 수정 공을 내려놓았다.

"그럴 리 없어요. 그는 대학병원의 유명한 외과의였어요. 저 때문에 모든 걸 버리고 이곳까지 온 거라고요."

"마음대로 생각해 나중에 후회하지 말고. 지금까지 막심이 오지 않고 있다는 게 증거야."

브루노이어는 브룩스가 자신보다 뇌를 더 사랑했던 것이 떠올랐다. 뇌와 이야기를 나누고 뇌에게 사랑스런 눈빛을 보냈다. 그녀가 나타나면 입을 다물고 얼굴이 굳어졌다. 괴상하게 생긴 뇌가 그녀의 아름다운 추억과 모든 기억들을 먹어치운 기분이 들었다. 미칠 듯이 뇌를 질투했다. 브룩스의 저택은 사막보다 더 크고 황량했다. 브루노이어는 그때의 감정이 되살아났다.

브루노이어는 더 이상 막심을 기다릴 수 없었다. 그녀는 날이 새는 것이 두렵고 어떡해서든지 밤이 지나가지 않게 시간과 맞서고 싶었다. 그녀는 호텔 직원을 설득해 우니 시까지 데려다 달라고 했다. 호텔 직원은 처음엔 거절했지만 간곡한 부탁과 바로 돌아온다는 조건으로 그녀와 우니 시로 가기로 했다. 노파도 그녀를 따라나섰다.

"늙은 할매라도 다 쓸데가 있어. 혼자보다는 둘이 낫지. 안 그래?"

낡은 지프는 쉬지 않고 사막을 달렸다. 우니 시 관문의 야간 초소에 잠시 멈췄다. 군인들은 여자 둘이 탄 걸 보고 어디로 가느냐고 물었다. 노파는 딸이 아파 병원에 가는 길이라고 했다. 군인들은 브루노이어를 쳐다봤다. 정말 창백하고 아파 보였다. 군인들은 통과 시켜주면서 이드카드 구역의 병원에는 갈 수 없을 거라고 말했다.

도시는 완전히 소개된 듯 조용하고 사람 하나 볼 수 없었다. 군인의 말대로 도시의 중심부에는 들어갈 수가 없었다. 지프는 산등성이의 불빛들을 바라보며 같은 길을 두 바퀴 돌았다. 도대체 막심을 어디서 찾아야 할지 막막했다. 호텔 직원은 돌아가는 게 좋을 거라고 말했다. 브루노이어는 불빛들이 모여 있는 곳으로 가보자고 했다. 호텔 직원은 주저했지만 빛들이 몰려 있는 산등성이를 향해 달려 작은 광장에 멈췄다. 버스 정류장이 보이고 문을 닫은 상점들과 빈 수레들이 보였다. 광장 바닥은 질펀했고 시큼한 냄새가 코를 찔렀다. 광장을 가운데 두고 여러 갈래 길이 뻗어 올라가 있었다. 지프는 광장을 한 바퀴 돌았다.

"여긴 위험한 곳이에요. 괜히 우물쩍거리다가 봉변을 당해요."

호텔 직원은 두려운 듯 사방을 둘러보았다.

어디선가 고양이 우는 소리가 들렸다. 노파는 눈을 반짝 뜨고 울음 소리가 나는 쪽으로 고개를 돌렸다. 고양이 한 마리가 풀쩍 뛰어내리 며 광장을 가로질러 샛길로 사라졌다. 노파는 말릴 사이도 없이 차에 서 내려 낮게 휘파람을 불며 고양이가 사라진 좁은 길로 들어섰다. 브 루노이어는 노파를 불렀지만 소용없었다. 그녀는 노파가 더 멀리 가기 전에 붙잡아야 한다고 생각했다. 어느새 노파의 그림자도 휘파람 소리 도 사라졌다.

브루노이어는 노파를 찾아 골목길로 들어섰다. 멀리 광장에 서 있는 차와 달빛에 반사되는 축축한 타일바닥이 보였다. 산등성이의 빛들은 어디서 나오는지 골목은 가로등이 꺼지고 어두컴컴했다. 브루노이어 는 노파를 불렀지만 순식간에 사라진 노파를 어디서도 찾을 수 없었 다. 길을 따라가던 그녀가 돌아봤을 땐 광장은 보이지 않고 이리저리 꺾인 골목어귀만 보였다. 담 위에 반짝이는 것은 고양이 눈이었다. 고 양이는 줄곧 브루노이어를 따라온 것 같았다. 그녀는 가슴을 진정시키 고 왔던 길을 찾아 나섰다. 갑자기 바퀴 굴러가는 소리가 들렸다. 정체 를 알 수 없는 바퀴 소리는 점점 가까워지고 있었다. 그녀는 바퀴 소리를 피해 걸음을 빨리했다. 이제 바퀴 소리는 그녀 등 뒤에서 들려오고 있었다.

브루노이어는 용기를 내어 돌아섰다. 바퀴가 달린 판자 위에는 팔다리 없는 몸통만 있는 남자가 험악한 얼굴로 그녀를 쏘아보고 있었다. 브루노이어는 비명을 질렀다. 그리고 남자를 피해 달리기 시작했다. 바퀴 달린 판자도 달렸다. 판자 뒤로 안개 같은 작은 무리가 따라왔다. 광장 쪽을 향해 눈을 돌렸지만 그녀를 도와줄 수 있는 것은 아무것도 없었다. 몸통뿐인 남자와 안개 같은 무리들에게 잡히는 건 시간 문제였다.

그녀는 작은 공터에서 안개 무리에 둘러싸였다. 공터는 우물이 있는 공동 빨래터였다. 우물 주변에 고양이들이 느른한 표정으로 하품을 했다. 우물 뒤에는 고양이를 따라왔던 노파가 소변을 보고 웅크리고 있었다. 노파는 쥐죽은 듯 어둠 속에 숨어 있었다. 안개 속에서 눈이 빨간 남자와 여자들이 튀어나왔다. 브루노이어는 끔찍한 공포를 느꼈다. 순간 눈을 감았다. 날카로운 단도가 그녀의 목을 찔렀다. 순식간에 벌어진 일은 짧게 끝이 났다. 브루노이어는 막혔던 기억의 혈관이 터지며 과거와 현재와 미래가 하나로 소통되는 짧은 순간을 맛보았다. 그것은 죽음이었다.

강도들은 그녀의 가방과 겉옷을 가져갔다. 안개도 바퀴 달린 판자도 사라지고 빨래터는 적막해졌다. 우물 뒤에 숨었던 노파가 브루노이어 곁에 살금살금 다가와 피투성이 목덜미 사이에서 강도들이 미처 가져

가지 못한 블루 다이아몬드를 발견했다. 노파는 동공이 커지고 썩은 이가 보이게 입이 벌어졌다. 노파는 목걸이를 빼내고 허둥지둥 자리를 떠났다. 연방경찰이 나타나면 자신의 신분이 탄로 날 게 뻔했다. 칼에 찔린 브루노이어는 빨래터에 그대로 방치되었다. 그녀의 시신에 몰려든 고양이들이 그녀를 폴싹 뛰어넘거나 바닥에 흥건히 고인 피를 쿵쿵대며 입맛을 다셨다.

브루노이어와의 이별

장례업자의 도착이 늦어지고 있었다. 브루노이어는 드레스를 입고 두 손을 가지런히 모은 채 관 속에 누워 있었다. 호텔 로비에는 성장을 한 사람들이 암울한 얼굴로 서성거렸다. 막심은 떠돌이 장례업자를 수소문해 찾았다. 사막에서 그녀와 간소한 이별 의식을 치르기로 했다.

브루노이어는 연방 경찰에 의해 발견되고 그녀를 찾아 나선 막심에게 인계되었다. 목에 난 상처를 빼고는 자는 듯 평온해 보였다. 그녀와 같이 우니 시로 갔던 노파는 온데간데없이 사라졌다. 그녀의 블루 다이아몬드 목걸이와 소지품은 모두 강탈당했다. 경찰은 부랑자들의 소행이라고 단정 짓고 수사를 진행하지 않았다. 우니 시에는 하루에도 수십 건의 강도 살인 사건이 일어난다고 했다. 연방경찰에겐 일상적인 사건의 하나일 뿐이었다.

막심은 말과 생각을 잊어 버렸다. 그의 영혼은 브루노이어와 함께 하고 있었다. 막심은 가끔 경련을 일으켰다. 그녀를 이곳에 데려 오는 게 아니었는데, 한 번도 행복하게 해주지 못했다는 자책감에 슬퍼할 자격조차 없다고 생각했다. 그는 말과 생각을 삼켰다. 모든 걸 잃어버린 것 같은 주체할 수 없는 상실감에 부르르 떨었다.

장례업자가 도착했다. 앙카는 막심의 어깨에 손을 얹었다. 로비에 있던 모든 사람들이 일어섰다. 장례업자는 긴 트레일러를 몰고 왔다. 트레일러에는 로켓 하나와 조립식 발사대가 실려 있었다. 트레일러에서 두 남자가 내렸다. 카우보이모자에 청바지를 입은 그들은 마치 소떼를 몰고 막 도착한 목동 같았다. 그들은 성큼성큼 호텔 안으로 들어섰다. 막심은 그들을 정중히 맞이했다.

두 남자는 브루노이어의 관이 있는 곳을 한 바퀴 둘러보았다. 그리고 막심에게 일을 시작한다는 눈빛을 보냈다. 두 남자는 차로 돌아가 그녀의 몸에 맞는 캡슐을 가지고 왔다. 은색 알루미늄 캡슐의 뚜껑을 열고 조심스럽게 브루노이어를 옮겨 몸을 고정한 다음 충전재를 넣었다. 그녀는 마치 거품 욕조 안에 잠들어 있는 듯 보였다. 두 남자가 뒤로 물러났다.

그녀의 마지막 얼굴을 볼 수 있는 기회였다. 사람들은 준비한 꽃을 그녀의 가슴에 올려놓았다. 어디선가 흐느낌 소리가 들렸다. 앙카는 브루노이어 뺨을 어루만졌다. 막심의 차례였다. 그는 웨딩 송을 불러주는 소녀가 주었던 꽃목걸이를 걸어주고 설탕으로 만든 안개꽃 다발도 손에 쥐어 주었다. 그리고 그녀의 이마와 눈과 입술에 키스를 했다. 그는 그녀를 다시 볼 수 없다는 생각은 떠오르지 않았다. 어떤 이별의 말도 하지 않았다.

캡슐의 뚜껑이 닫혔다. 두 남자가 캡슐을 트레일러에 옮겨 실었다.

막심과 앙카가 탄 선도 차량을 따라 트레일러와 나머지 사람을 태운 지프가 달렸다. 날씨는 맑고 하늘엔 구름 한 점 없었다. 장례업자에겐 날씨가 중요했다. 차량 행렬은 사막을 가로질러 달렸다. 습한 바람이 불어왔다. 오늘따라 사구의 능선들은 거대한 분묘 같았고 가끔 기묘한 암석들과 절벽이 지나갔다. 점점 더 사막의 깊은 곳으로 가고 있었다. 앙카는 브루노이어와 헤어질 좋은 장소를 알고 있었다. 날이 점차 어두워지기 시작했다. 라이트를 켠 차량 행렬은 모래바람을 일으키며 거침없이 달렸다.

사구의 능선이 사라지고 거칠 것 없는 평원이 나타났다. 머리 위로 검은 천장엔 무수한 별들이 뿌려놓은 듯 반짝거렸다. 차량 행렬이 멈추었다. 사람들이 모두 차에서 내리고 장례업자는 분주하게 움직였다. 예전에 그들은 일감이 많았다. 별자리 가까운 곳으로 시신을 쏘아 보내는 장례식이 한때 유행이 된 적이 있었다. 지금은 우주 쓰레기가 가득해서 지구 밖으로 시신을 쏘아 보내는 일은 불법이 되었다. 앙카는 유성이 떨어지듯 우주 쓰레기가 산화하며 사막에 추락하는 것을 종종 보았다.

장례업자는 불을 환하게 밝히고 조립식 발사대를 세워 원통형 로켓을 안착한 다음 브루노이어의 시신을 담은 캡슐을 가져왔다. 로켓의 텅 빈 안이 드러났다. 두 남자는 캡슐을 빈 공간 안으로 밀어 넣었다. 그들은 모든 일을 수작업으로 했다.

한 남자가 차로 뛰어 들어가 복잡한 모니터와 계기판과 단추가 달려 있는 자리에 앉았다. 그는 손가락을 놀려 버튼을 누르고 모니터를 응시했다. 로켓이 실린 트레일러에서 큰 소리가 났다. 로켓의 추진체가 열을 받으려면 시간이 필요했다. 장례업자의 일이 백 프로 성공할 보장은 없었다. 그들의 장비가 노후해서 일이 실패한 적이 여러 번 있었다. 추진체가 시동이 걸리지 않거나 하늘로 날아올라 가다 바로 곤두박질 치기도 하고 예상한 궤도에 진입하기도 전에 폭발해버리기도 했다.

큰 소리와 함께 흰 연기를 내뿜던 로켓이 잠잠해졌다. 두 남자가 달려와 로켓의 하단부를 열어 연료와 추진체를 점검했다. 그런 일이 두 번 더 반복되었다. 막심은 아무 말 없이 그들이 하는 일을 지켜보았다. 드디어 로켓 엔진의 뜨거운 열기가 사막으로 번졌다. 진동도 멈추고 연기도 사라졌다.

막심의 얼굴에 긴장감이 역력했다. 올더스는 자주 회중시계를 들여다보았고 더먼 형제는 이제 곧 놀라운 광경이 펼쳐지길 기대하며 입을 다물지 못했다. 앙카는 로켓이 날아갈 허공에 눈길을 주었다. 한 남자가 사막에 흩어져 있던 사람들을 로켓 주변으로 불러 모았다. 다른 한 남자는 차에 들어가 무전으로 동료와 교신했다.

남자가 스피커로 곧 로켓이 발사될 거라며 카운트다운을 시작했다. 로켓 추진체에 불이 붙고 압력은 폭발하듯 커졌다. 카운트다운이 곧 시작되었다. 오, 사, 삼, 이, 일, 화이어.

발사대를 밀어내며 로켓이 푸른 불꽃을 매달고 허공으로 솟구쳤다.

사람들이 눈을 의심할 정도로 눈 깜짝할 사이 로켓은 검은 하늘로 달려 올랐다. 더먼의 뚱보는 하마터면 박수를 칠 뻔했다. 불꽃은 검은 하늘에서 쉽게 사라지지 않았다. 장례업자 두 남자는 고무된 표정이었다. 지금까지는 성공적이었다고 할 수 있었다.

한 남자가 막심을 차 안으로 들어오라고 했다. 그는 모니터에서 날아가는 로켓의 모습을 보여주었다. 그래도 아직까지는 안심할 수 없다고 말했다. 로켓은 단지 캡슐을 우주로 이동시켜 주는 수단에 불과하며 자동적으로 모든 부분이 떨어져나가고 캡슐만 우주로 항해하게 된다고 말했다.

"이제 돌아가셔도 돼요. 저희들은 남아서 캡슐이 지정한 궤도에 안정적으로 진입하는지 지켜봐야 됩니다."

막심은 그들과 같이 사막에 남겠다고 말했다. 사막의 장례식에 따라온 사람들이 돌아가며 막심을 굳게 안아주었다.

막심은 야영을 했다. 가끔 차에 들어가 레이더의 깜박이는 불빛을 확인했다. 두 남자는 번갈아 잠을 청하고 로켓의 상태를 점검했다. 막심은 작은 모닥불을 피웠다. 사막의 밤은 서늘했다. 그는 웅크려 앉아 깜박 잠이 들었다. 잠결에 자신을 부르는 브루노이어의 목소리를 들었다. 막심, 막심.

그는 눈을 뜨고 몸을 일으켰다. 사위는 고요했고 트레일러만이 덩그렇게 평원을 지키고 있었다. 하늘의 무수한 빛들, 녹슨 별들은 차갑게 빛났다. 그는 브루노이어의 이름을 외쳐 불렀다. 되돌아오지 않는 메아리가 밤공기 사이로 밀려갔다. 그는 평원에 두 무릎을 꿇었다. 더 이상 브루노이어가 곁에 없다는 것은 우주만큼 큰 공허 속에 내던져져 한량 없는 외로움을 서품 받은 것이나 마찬가지였다. 그녀의 모든 것, 사소한 것 하나하나가 운명을 예감하고 있었다. 친구 부인이자 동료였던 브루노이어, 파편화된 단서를 가지고 태어나 짧은 생을 마감한 브루노이어, 그들은 나누어질 수 없으며 누구라고도 정의할 수도 없었다. 하지만 막심은 그녀를 사랑했다. 그의 꿈을 이룰 수 있는 사람은 브루노이어뿐이었다. 막심은 어깨를 들썩이며 소리 없이 울음을 삼켰다.

두 남자는 캡슐이 예상 했던 궤도에 진입해 순항하고 있다고 말하고 브루노이어의 좌표가 적힌 작은 펜던트를 막심에게 주었다.

BRUNO GJP 56도 124분

막심은 펜던트를 목에 걸었다.

더먼 형제가 BLT로 떠나는 날이 되었다. 송출인력들을 태우고 떠날 버스들이 도로 한쪽에 대기하고 환송회가 진행되었다. 회사대표는 떠나는 노동자들에게 마지막 행운의 기회를 잡은 사람들이라고 치켜세웠다. 이제 더 이상 BLT에 보낼 사람들을 모집하지 않는다고 말했다. 노동자들이 차에 오르고 그들을 배웅하러온 가족과 친구, 지인들과 이별의 정을 나누었다. 누군가는 눈가를 훔친 손수건을 흔들고 창밖으로 잡은 손을 놓지 않으려고 했다. 막심과 올더스는 더먼 형제를 배웅했다. 노동자들로 꽉 찬 버스들이 움직이기 시작했다.

더먼 형제가 올더스와 막심을 보고 손을 흔들었다. 그들의 눈가가 붉어진 것도 같았다.

더먼의 뚱보가 창문을 열고 소리쳤다.

"박사님 힘내세요."

뚱보의 목소리는 소란스러움에 묻혀 막심과 올더스에게 제대로 전달되지 않았지만 두 사람은 더먼 형제와 눈을 맞추며 사람들과 함께 움직이는 버스를 따라갔다. 버스가 하나둘 대로에 올라서고 도심을 가로질러 달리기 시작했다. 모여 있던 사람들이 흩어지고 환송식을 치렀던 자리는 공터로 변했다. 막심과 올더스도 각자 볼 일을 보기 위해 헤어졌다.

막심은 브루노이어 사건을 알아보기 위해 연방경찰국에 들렀다. 사건 담당자는 자리를 비우고 없었다. 그는 담당자가 올 때까지 기다리기로 했다. 경찰국 일 층은 쉴 사이 없이 사람들이 오가고 현행범으로 잡혀온 사람들과 피해자들, 민원인들과 무장한 경찰들로 분주하게 돌아갔다.

사건 담당자의 책상엔 서류철들이 산더미처럼 쌓여 있고 뽀얗게 먼지로 뒤덮인 캐비닛 위로 지명 수배자 사진들이 줄줄이 붙어 있었다. 담당자가 돌아왔다. 그는 산처럼 쌓인 서류더미에서 서류철 하나를 꺼냈다. 그는 막심을 보는 둥 마는 둥 하며 자리에 앉았다.

"목격자를 찾고 있는데 진전이 없어요. 여긴 하루에도 수십 건의 강도 살인사건이나 상해사건이 일어나요.”

그의 얼굴에 미간 주름이 잡혔다 풀어졌다. 그건 막심에게 서로 시간 낭비하지 말자는 뜻으로 비쳤다. 담당형사는 불현듯 생각났다는 듯이 사진 한 장을 꺼내 보여주었다.

“부인과 같이 있다 사라진 노파가 이 사람 맞나요?”

막심은 사진을 들여다보며 그렇다고 대답했다. 두려움이 가득한 눈 아래 검은 그늘이 지고 합죽하게 입을 다문 모습이 젊었을 때 노파가 분명했다.

“노파를 추적하고 있는데 흔적을 남길 리가 없어요. 부인께서 왜 그런 사람과 우니 시 사람들도 가길 꺼려하는 우범지대에 들어갔는지, 노파가 유인하지 않았나 하는 생각도 듭니다. 부인께서 운이 좋질 않았어요.”

형사는 서류에서 노파의 전과를 읽어나갔다. 살인, 살인미수, 방화, 절도, 전과 다수. 그는 다 읽은 서류를 한쪽에 던져놓고 어깨를 으쓱했다.

“노파가 직접 부인을 살해했다고 단정할 수는 없지만 최소한 살해 현장에 같이 있었다고는 볼 수 있어요. 아니면 관여했거나 방관했을지도 모르고. 없어진 다이아몬드 목걸이가 당장 시장에 장물로 나올 가능성은 희박해요. 아마도 팔기 쉬운 곳으로 가지고 나갈 확률이 높죠.”

막심은 담당 형사의 말이 자신은 아무것도 할 수 있는 일이 없다는 뜻으로 들렸다.

"제가 도울 수 있는 게 있다면 말씀해 주세요."

"일단 돌아가 계세요. 심정은 이해하지만 기다릴 수밖에 없어요. 수사에 진척이 있으면 연락을 드릴 겁니다."

담당형사는 노파의 사진을 캐비닛 위 지명 수배자들 사진 옆에 붙였다. 그것으로 할 일을 다 했다는 얼굴로 막심을 돌아보았다.

막심은 쉽게 일어설 수가 없었다. 그녀가 먼 곳까지 자신을 따라와 무참하게 죽은 이유를 알고 싶었다. 그녀의 죽음을 잊고 싶지 않았다.

"노파의 사진을 주시면 안 되겠습니까?"

"안 될 것까지 없지만 개별 행동은 위험합니다. 곧 우니 시에 세계의 거물들이 모여 들어요. 그들이 돌아갈 때까진 수사는 뒤로 미뤄질 수밖에 없어요."

담당형사는 노파의 사진을 막심에게 건넸다.

막심은 경찰국 밖으로 나왔다. 노천카페에 앉아 차를 마시는 사람들의 모습이 보였다. 막심은 노천카페에서 그녀와 함께 차를 마시고 싶었다. 브루노이어가 살아서 그의 주위를 맴도는 것 같았다. 저 노천카페 어딘가에 홀로 앉아 막심이 오기를 기다리고 있다는 착각이 들었다. 노파를 가까이 하지 못하게 했어야 했는데 그는 회한의 감정이 복받쳤다.

막심은 번화가 보석상으로 발길을 돌렸다. 그는 보석상마다 들러 노파의 사진을 보여주며 블루 다이아몬드에 대해 물었다. 어쩜 형사의 말처럼 노파는 우니 시를 진작 빠져나갔거나 사건이 잠잠해질 때까지 숨어 있을지 몰랐다. 보석상 주인들은 몰래 물건을 팔아달라고 가져오는 손님들도 있지만 블루 다이아몬드나 사진 속의 노파는 보지 못했다고 말했다.

막심은 정류장에 우두커니 서 있었다. 그는 이제 어디로 가야 할지 갈피를 잡을 수가 없었다. 막심은 차를 한 대 잡아타고 브루노이어가 살해된 장소로 떠났다.

빈민가의 광장에 내렸다. 광장에 경찰차 한 대가 대기하고 있었고 코흘리개 아이들이 벽에 기대 막심을 좇고 있었다. 좁은 골목길을 따라 그녀가 발견된 우물가로 걸었다. 사람과 마주친 적은 한 빈도 없었다.

텅 빈 공터에 우물이 나타났다. 그녀가 흘린 피의 흔적들이 바닥에 남아 있었다. 막심은 주저앉아 바닥을 만졌다. 고양이 한 마리가 그의 주위를 어슬렁거렸다. 살해된 순간 그녀의 떨림과 공포가 느껴졌다. 막심의 표정이 굳어지며 브루노이어의 감정이 이입된 듯 고통으로 일그러졌다. 피에 젖은 몸을 내려다보는 검은 안개와 체념하듯 스르르 눈을 감는 그녀의 모습이 생생하게 떠올랐다. 막심은 전율했다. 온몸에 소름이 돋는 것 같았다. 막심은 고양이에게 돌을 던져 내쫓았다.

막심과 헤어진 올더스는 항구로 돌아왔다. 대형 상선 두 척이 접안을 기다리며 바다에 떠 있었다. 올더스는 선술집에 들어가 독주를 마셨다. 사내들은 커다란 목소리로 시끄럽게 떠들거나 동전을 넣은 게임기 앞에 매달려 도박을 했다. 사내들은 BLT 축하사절단 때문에 항구 전체가 폐쇄되고 인부들의 일감이 끊어져 죽을 맛이라고 투덜거렸다. 올더스는 사내들의 이야기를 귀담아 들었다.

전범재판에서 케몬티니와 우구로스를 제거하지 못한 것은 큰 잘못이라고 서로 목청을 높였다.

"죽으려고 작정한 거 아니야? 어디를 활개치고 돌아다녀. 평화사절단, 웃기고 있어."

"말조심해. 며칠 전에도 사람들이 줄줄이 잡혀 갔다고 하던데. 정보원들이 우니 시에 얼마나 많이 들어왔는지 아무도 몰라. 그리고 알다시피 정보를 팔아 먹고사는 놈들이 있다고. 아무나 찔러주고 돈을 타 먹는 악질들이 여기도 없으란 법은 없지."

한 사내가 주변 사람들을 훑어보다 올더스와 눈이 마주쳤다. 올더스는 이곳에서 이방인이나 다름없었다.

"혹시 당신 아니야?"

모두의 시선이 올더스에게 쏠렸다. 그들은 그저 장난을 치고 싶었을 뿐인데 올더스는 몸에 숨긴 총이 걱정되었다.

"난 아니야. 괜한 사람 잡지 말라고."

그는 독주를 마저 비우고 일어섰다.

"처음 보는 사람인데 수상하긴 해. 당신 어디서 왔어?"

올더스는 그들의 말을 무시하고 화장실로 가는 척하며 뒷문으로 빠져나왔다. 사내들의 킬킬대는 웃음소리가 들렸다.

"어디 간 거지? 냄새가 나."

"난 멍청이로 보이던데."

"그런데 왜 도망친 거야?"

"우리가 무서운가 보지."

올더스는 밖으로 나와 방을 빌린 삼각지붕의 벽돌 건물 쪽으로 눈을 돌렸다. 술기운으로 얼굴에 열이 올랐다. 사내들의 비웃음은 아무래도 좋았다. 세상이 내 것이 될 날이 멀지 않아 보였다. 시간이 서서히 다가오고 있었다.

앙카와 막심, 올더스는 식탁에 둘러앉았다. 올더스가 내일 호텔을 떠나기로 되어 있었다. 식당의 불빛은 아득했고 따뜻했다. 유리창에 비친 검은 바다엔 세 사람의 옆 모습이 비쳤다. 앙카는 막심에게 경찰국에 다녀온 이야기를 물었다. 막심은 노파에 관한 나쁜 소식을 전했다. 앙카도 올더스도 노파에 관한 좋지 않은 느낌들을 떠올리고 방관자처럼 브루노이어 곁에 노파를 내버려둔 것을 자책하는 표정을 지었다.

막심은 빵을 찢으며 형사의 말을 그대로 전했다. 브루노이어는 운이 좋질 않았어요.

그 말에 누구도 쉽게 입을 떼지 못했다.

올더스는 냅킨으로 입가를 닦으며 조심스럽게 입을 열었다.

"전 내일 아침 일찍 호텔을 떠납니다. 항구가 폐쇄되기 전에 배를 타야 하거든요. 다시는 이곳에 돌아오지 못할지도 몰라요. 하지만 앙카 여사님의 환대를 잊지 못할 겁니다. 호텔도 마찬가지고요."

올더스는 앙카를 향해 정중히 고개를 숙였다. 앙카는 걱정스런 눈빛으로 올더스를 바라보았다.

"어떤 배를 타고 가는지 몰라도 밀항을 한다면 말리고 싶네요. 악명 높은 두 장군이 우니 시를 다녀간 이후에 이곳을 떠나는 게 현명할 것 같아요. 우리 호텔에도 수상한 사람들이 없느냐며 정보원들이 다녀갔어요. 그들은 미심쩍은 사람이 투숙하면 바로 연락을 달라고 했어요. 막심 박사님도 사건 단서를 찾으려고 우니 시로 나가는 걸 뒤로 미뤘으면 해요."

"전 그들과 상관없이 떠날 작정이에요. 모든 건 다 때가 있거든요."

올더스는 다소 긴장한 목소리로 말했다.

유리창에 비친 세 사람의 그림자가 어디론가 밀려가고 있었다.

앙카는 우니 시 경찰국이 모든 사건을 수사하지는 않는다고 말했다.

"그 말은 사실이에요. 전 많은 죽음을 목격했어요. 당연히 많은 장례식에도 참석했지요. 하지만 브루노이어를 떠나보낸 날처럼 아름답고 신비로운 장례식은 처음 보았어요. 사람들은 진실을 받아들이기를 두려워해요. 언젠가는 헤어진다는 것, 우리가 유한한 생명을 가지고 있다는 걸 까맣게 잊죠. 비록 돌아가셨지만 막심 박사님을 늘 지켜보리라 믿어요."

앙카는 막심의 손을 잡아주었다. 저녁 식사를 마친 세 사람은 식당 밖으로 나왔다. 올더스와 헤어질 순간이 다가왔다. 앙카는 올더스의 양 볼에 입을 맞추었다.

"행운을 빌게요."

　방으로 돌아온 올더스는 짐을 쌌다. 그는 속옷 차림으로 누워 벽을 향해 총 쏘는 자세를 취했다. 그리고 빵 하는 소리를 냈다. 총알이 심장과 뇌수를 뚫고 지나가는 상상을 했다. 그는 가슴이 심하게 요동쳐 진정시키느라 그대로 엎드려 있었다.

　그는 세 개의 총을 점검했다. 특히 가방에서 꺼낸 거금을 주고 산 망원렌즈와 음속기가 달린 카빈총은 그의 든든한 후원자였다. 그리고 늘 양말 속에 넣고 다니던 소형 권총은 군대에서 훔쳐온 것으로 그에게는 분신과도 같은 것이었다. 그것보다 조금 큰 나머지 권총 한 자루는 이제 쓸모가 없을 것 같았다. 그는 그 총을 막심에게 주고 싶었다. 그에게도 복수를 위해 총이 필요할 것 같았기 때문이다.

　올더스는 막심의 방문을 두드렸다. 올더스는 권총을 이별의 선물로 주었다.

　우니 시로 돌아온 올더스는 여인숙으로 향했다. 그는 가는 도중 약간의 먹을거리와 마실 걸 샀다. 올더스를 검문하는 사람은 없었다. 예약한 여인숙에 도착했다. 주인여자는 보이지 않았다. 그는 아무도 만나지 않고 다락방까지 올라갈 수 있었다. 창고 안쪽의 다락방 문을 열자 새들이 놀라 달아났다. 다락방은 처음 봤을 때 그대로였다. 이불 하나가 매트리스 위에 올라와 있을 뿐이었다. 그는 이 공간을 얼마나 그리워했는지 몰랐다. 그대로 매트리스 위에 쓰러져 잠이 들었다. 얼마나 잠이 들었을까, 그가 눈을 떴을 때 비둘기가 방 안을 날아다니고 있었다. 그는 새를 쫓기 위해 새처럼 퍼덕거렸다. 그는 깨진 유리창을 대신할 것을 찾았다. 액자 하나를 찾아 막았다. 다락방은 완전한 어둠의 공간이 되었다. 액자를 조금 밀자 빛이 들어왔다. 빛을 조절할 수 있어 다행이었다.

언제 그들이 항구에 도착할지는 아무도 예측할 수 없었다. 올더스는 창 밑으로 매트리스를 밀었다. 그리고 누워서도 항구를 볼 수 있게 거울을 비스듬히 창틀에 세웠다. 그는 한시도 눈을 떼지 않았다. 그러다 보니 방 안에서 모든 걸 해결할 수밖에 없었다. 썩은 걸레를 담은 양동이에 소변을 보았다. 신은 자신이 필요한 모든 것을 다락방에 갖춰놓았다고 생각했다.

그는 총을 지지대에 받쳐놓고 망원렌즈와 소음기를 달았다. 그리고 두둑이 탄창을 끼웠다. 아직 확정된 것은 아무것도 없었다. 장소와 거리, 바람, 습도와 온도 모든 것이 총에 영향을 미쳤다. 그러므로 불확실한 모든 것에 대비해야 했다. 올더스는 늘 잠이 부족해 머리가 무거웠다.

새로 정박한 배는 보이지 않았다. 가끔 허기를 달래고 부족한 잠을 채우기 위해 아주 짧은 시간 눈을 붙였다. 그는 눈을 뜨자마자 창틀에 기대 새로운 배가 들어왔는지 확인했다. 그런 시간들이 반복되었다. 그는 매트리스에 누워 있다 고개를 들어 거울에 비친 항구를 올려 보았다. 그러다 거울에 비친 자신의 얼굴을 볼 때가 있었다. 처음 보는 심판자의 얼굴이었다. 볼 살이 빠져 광대뼈가 두드러지고 눈은 움푹 들어가 그늘에 감싸여 있었다. 턱엔 지저분하게 수염이 자라 있었다. 그리고 몸 어디선가 고약한 냄새가 났다.

주인여자는 한 번도 다락방 문을 열지 않았다. 먹을 것도 떨어지고 시간이 어떻게 가는지도 모르게 흐르고 있었다. 그는 목표물도 없이 검은 구멍에 눈을 대고 방아쇠에 손가락을 걸었다. 총구 앞을 새들이 가로막을 때도 있었다. 그는 손을 휘젓고 소리를 질러 새를 몰아내기도 했다. 이 항구 말고는 그들이 들어올 다른 방법은 없다고 확신했다.

저녁 다섯 시가 넘어 그는 망원렌즈로 항구를 살폈다. 크루즈 한 척이 항구 앞 바다에 도착해 있었다. 크루즈에선 어떤 움직임도 없었다. 물살을 일으키며 빠르게 다가오는 배가 보였다. 배에는 정장차림의 건장한 남자들이 타고 있었다. 그들은 모두 이어폰을 끼고 있었다. 항구에 리무진과 경호원들이 탄 차량이 대기하고 있었다. 건장한 남자들이 크루즈 배 위로 올라가 문을 닫았다. 올더스는 가슴을 진정시키느라 여러 번 숨을 골랐다. 그가 낀 동그란 은테 안경에 자꾸 김이 서려 앞이 보이지 않았다.

크루즈 배 문이 열리고 건장한 남자들 틈 사이에서 두 노인네가 나타났다. 중절모를 쓴 케몬티니와 지팡이를 짚은 우구로스였다. 두 사람은 사람들 틈에 섞여 재빨리 건장한 남자들이 타고 온 고속정에 올라탔다. 배는 빠른 속도로 항구를 향해 달렸다. 올더스는 침을 삼켰다. 그는 이 순간을 즐기고 싶었다. 그들은 올더스의 망원렌즈에서 달아날 수 없었다. 그는 훈장을 받은 특등사수였다.

배는 빠른 속도로 항구를 향해 달렸다. 안경에 다시 김이 서리기 전에 그는 어릴 때 들었던 기도문을 외웠다. 그리고 망원렌즈의 빨간 표식을 케몬티니의 정수리와 우구르스의 목에 맞추고 방아쇠를 두 번씩 당겼다. 간격이 일정하게 발사된 총 두 발이 표식을 향해 정확히 날아갔다. 배가 항구에 닿을 때쯤 두 장군이 쓰러지고 고속정 배 안은 아수라장이 되었다. 건장한 남자들이 총을 빼들었지만 어디로 발포해야 할지 몰라 우왕좌왕했다.

올더스는 총을 거두고 짐을 싸기 시작했다. 빠른 걸음으로 여인숙의 계단을 내려왔다. 그는 밖으로 나오자 잠시 망설였다. 회색 시멘트 바닥에 자신의 그림자가 기우는 쪽으로 걷기 시작했다. 벌써 비밀경찰과 정보원들이 모텔과 여인숙을 뒤지며 언덕을 올라오고 있었다.

그들은 유유히 걸어 내려오는 올더스를 발견해 그 자리에 멈추라고 소리쳤다. 올더스는 들고 있던 가방을 떨어뜨리고 두 손을 위로 버쩍 치켜들었다. 그는 전쟁 중에 포로로 잡힌 적이 있었다. 그때도 이렇게 손을 위로 치켜들었었다.

그는 멀리 시선을 던져 산허리 전체에 다닥다닥 붙은 빈민촌의 지붕을 내려다보았다. 자신을 따라왔던 아이들과 동전을 달라고 손을 내밀었던 아이의 눈동자가 떠올랐다. 꼬챙이로 뒤적거리는 쓰레기 산도 생각났다. 그의 치켜든 손엔 이미 소형 권총이 들려 있었다. 올더스는 망설임 없이 소형 권총으로 자신의 머리를 쏘았다. 총성이 항구 전체에 크게 울렸다.

우구로스는 그 자리에서 사망했고 케몬티니는 곧바로 병원으로 후송되어 수술을 받았다. 장군들을 기다리던 만찬은 취소되었다. 케몬티니는 수술을 받고 일단 위험한 고비를 넘겼지만 생명 유지 장치를 달았다.

죽은 올더스는 차가운 스테인리스 침대에 누워 있었다. 그의 시신은 부검되었다. 특별한 단서는 나오지 않았다. 그의 위는 비어 있었고 어떤 약물이나 마약에 관한 특별한 반응이나 소견은 없었다. 그를 생포했더라면 상황은 달라졌을 것이다. 연방경찰과 정보부는 배후를 밝힐 수 없어 난감했다. 그가 남긴 소지품이라고는 퇴역군인 증명서와 지폐 몇 장, 위조된 여행증명서와 훈장뿐이었다. 그들은 우니 시에서 올더스가 접촉한 사람이 있는지 찾기로 했다.

연방정부는 암살 사건에 대해 성명을 발표했다. 사건은 퇴역군인인 정신질환자의 소행으로 일단락되었지만 그 배후는 의구심을 가지고 계속 수사 중이라고 했다. 몇몇 과격 테러단체들이 자신들의 소행이라고 나섰다. BLT 완공 축하사절단은 규모가 축소되고 일정은 흐지부지되었다. BLT 완공이 계획보다 늦어진 것도 이유 중 하나였다.

우니 시의 축하사절단 환영 만찬에 중상을 입었다던 케몬티니의 목소리가 흘러나왔다. 그는 아직도 병원에서 치료를 받고 있다고 했다.

"일주일 전 저는 죽을 고비를 넘겼습니다. 암살 첩보를 입수한 우니 시에서 일정을 조종하거나 취소해도 좋다는 말을 들었지만 저는 제 뜻을 굽히지 않았습니다. 수많은 죽을 고비를 넘긴 케몬티니가 어떤 죽음을 두려워하겠습니까. 저도 이제 노인이 되었습니다. 세계평화와 공영을 위한 대규모 역사 진행 중인 BLT에 가질 못할 이유가 없습니다. 전쟁난민과 고아들, 집과 고향을 잃은 피난민을 위해 씻지 못할 죄를 지은 저로서는 당연히 동참해야 합니다. 비록 몸은 BLT에 가지 못하지만 마음속으로 축하와 기원을 보냅니다. 몸이 회복 되는대로 곧 방문할 것입니다. 감사합니다.”

케몬티니의 메시지는 열렬한 박수를 받았다. 그의 목소리에 진정성이 느껴졌다. 암살 사건으로 몸을 사린 축하사절단은 다시 용기를 내서 BLT를 방문하기로 결정했다. 만찬장에 손님들이 모여들기 전 폭약 탐지견 두 마리가 화려하게 장식된 테이블 밑을 샅샅이 훑고 다녔다. 손님들도 몸수색을 당하고 검색대를 통과해야 입장할 수 있었다.

케몬티니의 목소리가 만찬장에 울려 퍼질 때 병실의 케몬티니는 가족들이 지켜보는 가운데 생명유지 장치를 떼고 눈을 감았다. 육성 메시지는 조작된 거였다.

비밀경찰 두 사람이 앙카 호텔에 나타났다. 앙카를 만난 그들은 올더스에 관해 집요하게 물었다. 앙카는 동요 없이 차분하게 대답했다. 비밀경찰은 최근에 호텔에 숙박한 사람들의 명단을 가져오라고 요구했다. 호텔 직원이 숙박부를 가져왔다. 올더스가 숙박부에 기재한 내용은 다 사실이었다. 다른 손님 명단도 의심 갈만한 사람이 보이지 않았다. 비밀경찰은 같은 날 호텔에 숙박한 사람들은 어디 갔느냐고 물었다. 그들은 모두 떠나고 얼마 전 불행한 일을 당한 한 손님만 남았다고 앙카는 대답했다.

"올더스와 특별히 친하거나 어울린 사람은 없었습니까?"

"없었어요. 그는 사람들과 어울리지 않고 혼자 있길 좋아했어요. 골똘히 자신의 생각에 빠져 있었던 것 같아요. 그가 저지른 일은 저한테도 큰 충격입니다."

"혹시 그를 찾아오거나 만난 사람은 없었습니까?"

앙카는 대답 없이 회의적인 눈빛을 보냈다.

"이건 아주 중요한 문젭니다. 그는 분명 호텔에서 누군가와 모의를 하거나 공모자와 연락을 취했을 겁니다. 잘 생각해 보십쇼."

비밀경찰은 위압적인 목소리로 말했다. 하지만 앙카는 올더스가 어떤 조직의 사주를 받고 일을 저질렀을 거라고는 상상할 수가 없었다. 앙카에게 올더스는 그저 남루한 중년 사내로밖에 기억되지 않았다.

"호텔은 손님들이 많질 않아요. 그가 특이한 일을 했다면 당장 남의 이목을 끌었을 겁니다. 그는 대륙으로 들어갈 배를 기다린다고 했어요. 호텔을 떠날 때도 대륙으로 들어갈 배편이 준비되었다고 말했어요."

비밀경찰은 예리한 눈빛으로 앙카의 말 하나하나를 유심히 듣고 있었다.

"그럼 혹시 그가 총을 가지고 있다는 걸 아셨나요?"

"몰랐어요. 손님들 중에는 개인 총을 소지한 사람들이 많아요. 죄를 짓고 도망 다니는 사람이나 살인용의자들, 지명수배자들이 손님으로 올 때도 있죠. 그들은 거의 총을 가지고 있어요. 하지만 호텔에서 문제를 일으키지 않는 이상 그들의 총을 빼앗을 순 없어요."

비밀경찰은 직원을 따로 불러달라고 했다. 그들은 앙카의 말을 믿지 못하고 있었다.

방으로 불려온 직원은 잔뜩 겁을 먹었다. 말 한마디라도 잘못하면 비밀경찰에게 끌려가 어떤 일을 당할지 알 수 없었다.

"지금 호텔에 누가 남아 있지?"

"의사 선생님 한 분이 남아 계세요."

"그가 올더스 하고 같이 호텔에 투숙한 사람인가?"

"네."

비밀경찰은 직원의 말을 더 신빙성 있게 듣고 있었다.

"두 사람이 자주 어울리거나 하진 않았나?"

"친한 사이는 아니지만 우니 시에 같이 다녀온 적은 있어요."

비밀경찰의 눈이 빛났다. 이제야 그들이 원하는 것을 찾았다는 눈빛이었다.

"그는 지금 어디 있지?"

"호텔엔 없어요. 부인이 얼마 전에 죽었거든요. 그 일 때문에 우니 시에 갔을 거예요."

"올더스가 호텔에서 이상한 행동을 하는 일은 없었나?"

"그는 로비 천장의 그림에 대해 궁금해했어요. 언젠가는 로비 중앙에 서서 뚫어지게 천장을 올려보았는데 그러다 들고 있던 우산 끝으로 천장을 찌르는 거예요. 그땐 이상하다 생각했죠."

비밀경찰은 올더스에 대해 구미가 당기는 단서를 찾을 수 없었다. 그들의 수첩을 가득 채울 정보가 없었다. 그들은 호텔을 나가기 전 로비 천장을 올려보았다. 칠이 벗겨지고 무수히 금이 간 천장 그림은 무엇인지 알아 볼 수 없이 흐릿했다. 그들은 올더스가 어떤 그림을 보았는지 상상할 수 없었다.

막심은 보석상 거리에서 젊은 여자와 실랑이를 벌이고 있었다. 베일을 쓴 여자가 보석상 이곳저곳을 돌아다니고 있었는데 자꾸 의심이 들었다. 참지 못한 막심은 여자를 붙잡고 품속에 숨긴 물건을 보여 달라고 요구했다. 놀라고 당황한 여자는 손수건에 쌓인 은반지를 보여주었다. 빛이 없는 얇은 은반지 두 개였다. 여자는 막심을 강도로 아는 것 같았다. 그녀는 슬프고 황망한 표정으로 막심을 보았다. 막심은 손수건을 소중히 접어 여자에게 돌려주었다.

그는 이 도시에 가득한 부랑자들과 자신이 다를 것이 없다고 생각했다. 그들이 자신의 미래처럼 보였다. 막심은 그들에게 노파의 사진을 보여주고 보지 못했느냐고 물었다. 그들은 사진을 힐긋 보고 바닥에 침을 길게 뱉거나 귀찮은 듯 얼굴을 외면했다. 도시에 해가 지고 있었다. 그는 올더스를 떠올리며 항구를 향해 걸었다.

갑자기 낯선 차 한 대가 막심을 가로막으며 사내들이 내려 막심을 차에 밀어 넣었다. 건장한 사내들은 막심의 팔을 묶고 눈을 가렸다.

"당신들 누구야? 날 어디로 데려가는 거지?"

"당신 친구 올더스 때문에 왔지."

"난 암살사건 하고 아무 연관이 없어요."

"그건 나중에 우리가 밝힐 일이고."

막심은 말문이 막혀버렸다. 그들에게 어떤 이유도 통하지 않았다.

막심은 눈을 가리고 묶인 채 오랫동안 독방에 방치되었다. 시간이 얼마나 흘렀는지 알 수 없었다. 문이 열리고 사람들이 들어오는 소리가 들렸다. 그들은 막심의 상의를 벗기고 혈압과 심장을 체크했다. 그들 중 흰 가운을 입은 남자는 작은 상자를 열어 세 가지 색깔의 약물을 확인했다. 막심은 그들이 자신에게 어떤 짓을 하려는지 알지 못했다. 전쟁 기간 중에 고문기술은 날로 진화되었다. 정전협정엔 어떠한 형태의 고문도 금지한다는 내용이 실려 있었다. 하지만 이곳 취조실에서는 한낱 휴지조각에 불과했다.

막심의 바로 곁에 서 있던 남자가 서류를 넘기며 물었다.

"아무튼 이런 일로 만나게 돼서 유감스럽습니다. 유명한 외과의께서 왜 이곳에 오시게 되었는지 우선 궁금하군요."

"난 대륙으로 가는 배를 타기 위해 여기 온 거요."

"같이 왔던 여자는 누구죠?"

막심은 바로 대답할 수가 없었다. 그들이 아무 상관도 없는 브루노이어를 입에 올리는 것에 화가 났다. 그는 자신이 도망칠 수 없는 곤란한 지경에 처해 있다는 걸 실감했다.

"아, 대답하지 않아도 알아요. 친구 부인과 도피행각을 벌이신 겁니까?"

"테러분자를 후원하십니까? 올더스를 언제부터 알게 됐죠?"

남자는 막심에게 대답할 기회를 주지 않고 빠르게 질문했다.

"난 그 일과 아무 상관없어요. 그와는 같은 버스를 타고 온 일행일 뿐이오."

"올더스와 우니 시에 여러 번 왔었다는데 어딜 들렸죠? 평소 그와 어떤 대화를 나눴습니까."

막심은 그들의 질문에 대답하는 게 무의미하다는 것을 느꼈다. 그들이 이 방에 들어오기 전 이미 모든 스토리가 짜여져 있다는 걸 알았다.

남자 하나가 기계를 밀고 들어왔다. 막심 몸에 두 개의 기계를 부착했다. 하나는 거짓말 탐지기였고 다른 하나는 기억재생영상장치였다. 기계장치에서 여러 개의 전선들을 끌어다 막심의 이마와 머리에 그리고 가슴에 부착했다. 흰 가운의 남자가 고무장갑을 끼고 주사기를 노란 약물 병에 꽂았다. 주사기의 눈금을 면밀하게 들여다본 다음 다시 빨간 액체를 빨아들였다. 두 가지 색의 약물은 서로 섞이지 않았다. 남자들이 막심에게 달라붙어 팔을 잡았다. 흰 가운의 남자가 주사기를 막심의 팔에 꽂았다. 두 가지 색의 약물이 그의 몸에 흘러들었다. 그는 처음엔 몸부림쳤지만 곧 잠잠해졌다. 기계장치의 전원을 켜고 약물 효과가 나타나길 기다렸다. 시계를 들여다보던 흰 가운의 남자가 막심의 눈꺼풀을 열었다. 막심의 눈동자가 보라색으로 변해 있었다. 툭 떨어진 그의 머리를 똑바로 세우고 기억재생장치 모니터를 주시했다. 파장만 일으키고 칙칙 소리를 내던 모니터에 반짝이는 지느러미를 가진 작은 물고기들이 나타났다. 지느러미들이 수평과 수직으로 일사분란하게 움직이며 화면에 빛과 색을 골랐다. 막심은 바닷가에 쓰러진 조난자처럼 의식을 잃었다.

모니터에 젊은 막심이 강의를 듣고 있는 모습이 나타났다. 젊은 브룩스와 브루노이어의 모습도 보였다. 막심이 환자를 수술하는 모습이 연이어 나타났다. 막심과 브룩스, 브루노이어가 어울려 식사를 하고 파티를 하는 장면도 나왔다. 홀로 앉아 깊은 생각에 빠진 막심의 얼굴도 비쳤다. 영상은 영화처럼 길게 이어지진 않았다. 단편적이 장면들이 연속적으로 지나가고 있었다.

그러다 하염없이 달리는 버스의 검은 차창에 두 남녀의 모습이 비쳤다. 막심과 브루노이어였다. 둘은 말없이 서로를 바라보며 손을 꼭 잡고 있었다. 그들은 예전의 막심과 브루노이어가 아니었다. 약물은 막심의 모든 의식과 무의식을 자유롭게 휘젓고 있었다.

수술실 풍경이었다. 브룩스가 메스를 들고 있었다. 수술대에 누워 있는 사람은 인형처럼 아름다웠다. 브룩스는 메스로 머리를 열고 두개골을 꺼내 물고기가 노니는 어항에 풍덩 떨어뜨렸다. 피는 한 방울도 보이지 않았다. 두개골이 없는 인형처럼 아름다운 여자는 브루노이어였다. 브룩스는 막심이 어항 속의 뇌를 꺼내지 못하게 했다. 그녀는 뇌가 없어도 꿈을 꾸는 듯 눈동자가 이리저리 움직이고 입가의 미소도 머금었다. 안녕 막심, 보고 싶었어. 아, 브루노이어.

약물이 두 사람을 대화하게 만들었다. 시간과 공간의 좌표 속에서 두 사람은 우연히 만났다. 두 사람은 찬 바닷바람을 맞으며 부둥켜안았다. 심문을 받는 막심의 눈가에 눈물이 흘러내렸다.

두 사람은 바닷가 기슭에 모포를 깔고 앉아 석양을 바라보고 있었다. 등대는 누군가에게 신호를 보내고 있는 것처럼 깜박거리고 두 사람은 밀어를 속삭였다. 그녀의 부드러운 머리카락과 입맞춤의 촉감이 생생했다. 그녀의 눈동자에 등대 불빛이 여전히 반짝였다. 그러다 순간 휑한 바람이 불고 모든 빛이 사라졌다.

올더스와 전차를 타고 가다 부둣가에 내려 헤어지는 장면이 나왔다. 더먼 형제를 인파 속에서 배웅하는 장면도 등장했다. 올더스의 암살사건에 막심이 연루됐다는 증거는 어디서도 찾을 수 없었다. 흰 가운의 남자는 마지막 파란색 약물을 막심에게 투여했다. 해독제였다. 때를 놓치면 약물 부작용으로 바보가 되거나 기억상실증 증상이 나타나게 되었다.

기억재생 모니터에 다시 물고기 지느러미들이 나타나 선의 파장 속으로 사라지고 잡음이 들렸다. 흰 가운의 남자는 막심의 동공을 들여다보았다. 그의 눈동자는 다양한 색깔로 채색되어 있었다. 그는 금방 깨어나지 못했다. 꿈을 꾸고 있는 것처럼 보였다.

그는 독방에 감금되었다. 그는 귀청이 찢어질듯 울리는 종탑에서 떨어지는 꿈을 꾸었다. 브루노이어가 그의 머리를 들어 가슴에 안았다. 이대로 영원히 그녀의 품에 있고 싶었다. 하지만 그곳은 언젠가 가본 적이 있는 공원 묘지였다. 메마르고 헐벗은 나무들의 낙엽이 쌓인 묘지, 잿빛 하늘, 브루노이어는 어느새 사라지고 막심 혼자 누워 있었다. 그의 손에 설탕꽃이 들려 있었다. 막심은 설탕꽃을 들고 조그맣게 보이는 푸르스름한 지구를 내려다보았다. 막심은 브루노이어의 캡슐을 발견했다. 캡슐의 열린 창으로 브루노이어의 모습이 보였다. 막심은 아무리 노력해도 그녀 곁으로 갈 수가 없었다. 두 별은 스쳐 지나갈 뿐이었다.

앙카는 막심을 비밀정보부에서 빼내기 위해 백방으로 노력했다. 그가 정보부 건물에 감금되어 있다는 사실도 알게 되었다. 정보부가 그를 살려둘 것인지 없애버릴 것인지 결론을 내지 못할 때였다. 앙카는 손을 써 정보부에서 그를 빼냈다. 정보부는 그가 무용지물이 되었다고 판단했다. 앙카는 막심이 고문을 받았다는 사실을 입 밖에 내지 않겠다고 약속했다.

앙카는 막심을 호텔로 데려왔다. 몰라보게 얼굴이 상한 막심은 몇날 며칠을 혼수상태에 빠져 있었다. 앙카는 그를 아기처럼 돌봐주었다. 그는 약물 부작용으로 자주 발작을 일으키고 헛소리를 했다. 기억상실 징후도 나타났다. 앙카는 사막 원주민의 민간요법을 써보기로 했다. 주술사는 그를 데려오라고 했다. 주술사는 막심의 의식을 돌아오게 하는 의식을 집전했다. 막심이 현실보다 몽롱한 환상에 사로잡혀 있음을 알았기 때문이다.

의식은 두 시간 이상 계속 되었다. 막심은 신성한 나무를 태운 매운 연기를 마셨을 때 눈물을 흘렸다. 얼음처럼 차가운 물이 정수리에 흐를 때는 부들부들 몸을 떨었다. 등대 불이 꺼진 보라빛 바다와 핏빛 하늘의 세상에서 막심은 천천히 걸어나왔다.

앙카는 저만치 떨어져 안타까운 심정으로 막심을 보았다. 마지막 의식으로 막심에게 도마뱀과 전갈을 달여 만든 물약을 먹이고 태양의 열기가 남아있는 모래로 덮어주었다. 막심은 깊게 잠이 들었다. 모래가 식어갈 즈음 그가 깨어났다. 주술사는 해가 뜨기 전에 돌아가는 게 좋겠다고 말했다.

앙카와 막심은 호텔로 돌아가기 위해 검은 말을 타고 사막을 지났다. 막심은 모래바람 하나도 세심하게 느껴졌다. 바람에 죽은 자의 혼령이 깃들어 있다고 생각했다. 영혼이 씻긴 느낌이었다. 앙카의 말 발자국 뒤로 막심의 말 발자국이 따라갔다. 모래 언덕에 두 사람의 그림자가 길게 누웠다. 대기는 가벼웠고 사막은 폭신한 카펫처럼 펼쳐져 있었다. 가끔 앞서 가던 앙카가 되돌아와 막심의 말을 끌고 가기도 했다.

막심은 앙카의 설득으로 당분간 호텔에 머물기로 했다. 우니 시 관리가 나와 호텔을 파는 것이 어떠냐는 의견을 물었다. 앙카는 대답할 가치도 없다는 듯 관리를 돌려보냈다. 그는 수용할 수 있는 좋은 조건을 가지고 다시 오겠다고 말했다. 시 정부는 앙카에게 호텔을 사들이면 북부 사막의 동태를 파악할 수 있다고 생각한 모양이었다. 앙카는 단호한 목소리로 그런 일은 절대 없을 거라고 못 박았다.

점차 몸이 회복된 막심은 호텔 일을 도와주었다. 직원들과 같이 청소도 하고 보수할 곳을 찾아 손 봐주기도 했다. 식재료를 사기 위해 앙카와 멀리 가기도 했다. 그는 경찰국이나 보석상 거리를 찾지 않았다. 그렇다고 브루노이어를 잊은 것은 아니었다. 그녀가 원하는 것이 복수가 아닐 거라는 생각이 들었기 때문이다. 앙카가 수도 번으로 돌아가 다시 의사생활을 하는 게 어떻겠냐고 물은 적이 있었다. 그는 바로 고개를 저었다. 그건 브루노이어와 영원히 헤어지는 일이었다.

케몬티니와 우구로스의 암살 사건으로 뒤늦게 출발한 BLT 축하사절단은 사막의 호전적이고 잔인하기로 유명한 신족의 공격을 받아 귀중품을 빼앗기고 목숨을 잃는 사태가 벌어졌다. 살아남은 사람들은 몸값을 주고 간신히 풀려나 자국으로 돌아갔다. 신족의 주도세력은 대대로 쿠데타에 실패한 반정부군과 각종 불법사업에 손을 대거나 테러의 배후로 지목당한 정치적 변질을 계속한 군부들이었다.

사막 횡단을 포기한 축하사절단은 비행기로 BLT에 도착했다. 하지만 기념일에 해일이 몰아닥쳐 행사장은 물바다가 되었고 사람들은 높은 곳으로 허겁지겁 피신했다. 공사를 다 마치지 못한 시설들이 바다로 떠내려갔고 바닷가 천막촌도 사라졌다. 많은 인명피해가 발생했다. 인력시장에서 모집된 노동자들이 총동원되어 복구공사에 나섰다.

앙카 호텔에 예고도 없이 손님들이 들이닥쳤다. 군인들의 호위를 받으며 미니버스 한 대가 도착한 것이다. 차에서 아이들 넷과 보모, 매니저와 젊은 여자가 내렸다. 호텔 분위기가 갑자기 술렁거렸다. 직원 하나는 꿈인지 생시인지 구분하려고 자신의 팔을 꼬집어봤다. BLT로 가는 도로 산중턱마다 서 있는 대형 광고판의 여주인공은 바로 그녀, 당대 최고 여배우 타냐였다. 타냐가 앙카 호텔에 나타난 것이다.

여배우 타냐 일행은 기진맥진한 모습으로 들어와 방을 달라고 했다. 직원은 그녀에게 홀린 듯 멍청이 서 있다 한 층 전체를 내어달라는 매니저의 말에 정신이 돌아왔다. 타냐는 칭얼거리는 아이들을 달래고 서둘러 객실로 올라갔다. 반바지에 헐렁한 셔츠차림의 그녀는 지친 기색이 역력했지만 영화에서처럼 아름답고 몸매는 가냘펐다.

결혼을 하지 않은 타냐는 아이 넷을 입양해 키우고 있었다. 모두 전쟁고아들로 인종과 피부색이 달랐다. 그녀는 자신이 가는 곳이면 어디든지 아이들을 데리고 다녔다. 한 층을 통째로 쓰던 삼 층은 처음엔 쥐 죽은 듯 조용했다. 아이들이 모두 잠든 것이다. 그러나 타냐의 방에서 누군가와 싸우는 소리가 들렸다. 타냐와 매니저의 목소리였다.

"나하고 한 마디 상의도 없이 왜 무리한 스케줄을 잡은 거죠? 이러다 아이들에게 무슨 일이 생기면 당신이 책임질 거예요?"

타냐의 목소리가 높아졌다. 매니저는 타냐의 짜증을 참아주는 데 이골이 난 것처럼 심드렁하게 말했다.

"이건 내가 잡은 스케줄이 아니죠. 정부에서 일방적으로 떨어진 명령이에요. 그들에게 미운 털이 박히면 더 이상 영화에 출연할 수 없어요. 저들이 원하는 걸 들어줘야 돼요. 타냐가 BLT에 다녀갔다는 게 그들에겐 중요해요. 몇 가지 일정만 소화하면 간단하게 일이 끝나요."

타냐는 더 이상 참을 수 없다는 듯 소리를 질렀다.

"언제까지 꼭두각시 노릇을 해야 되는 거죠. 막내 아이가 열이 있어요. 아이들이 여행을 견딜 수 있을까 걱정이 된단 말이에요."

"그러니까 제가 아이들을 데려오지 말자 했지 않습니까?"

"그 말이 지금 나와요? 빨리 BLT로 갈 수 있는 방법을 생각해봐요. 헬기라도 동원할 수 있는지 알아보란 말이에요."

매니저는 한숨을 쉬고 말했다.

"여긴 전쟁터나 마찬가지예요. 헬기에 적십자 깃발이라도 달면 봐주는 줄 알아요? 대공포에 격추될 수도 있어요."

타냐는 매니저 말에 대꾸하고 싶지 않았다.

똑똑 문 두드리는 소리가 들렸다. 보모가 타냐의 방문을 열었다.

"무슨 일이에요?"

"막내가 열이 바짝 오르고 식은땀을 흘려요. 아무래도 병원에 가야 할 것 같아요."

"내가 우니 시에 내렸을 때 병원에 가자고 했잖아요. 그런데 좀 더 지켜보자고 한 사람이 보모잖아요. 왜들 다 내 말을 듣지 않는 거죠?"

타냐는 서둘러 아이들의 방으로 갔다. 얼굴에 열꽃이 핀 막내 아이는 가쁘게 숨을 몰아쉬고 있었다. 타냐는 아이의 뜨거운 이마부터 짚었다. 타냐의 가슴이 철렁 내려앉았다. 지금은 한밤중이고 망망대해 같은 사막의 낯선 호텔에 있는 것이다. 그녀는 어떻게 해야 할지 몰랐다. 그녀는 일단 매니저에게 차를 대기시키라고 말하고 보모에게도 아이에게 옷을 입히라고 했다. 타냐는 밤거리를 헤맬 결심을 했다. 뒤에서 어물쩍거리며 눈치를 살피던 호텔 직원이 타냐 일행 앞으로 나섰다.

"호텔에 의사 선생님이 계세요. 전에 아주 유명한 의사였다고 들었거든요."

타냐는 그 말이 깜짝 놀랄 정도로 반가웠다.

"정말이에요? 그분을 만나게 해주세요. 지금 아이가 너무 아파요."

직원은 타냐의 말에 막심의 방으로 달려가 힘차게 문을 두드렸다. 막심은 직원 뒤에 서 있는 타냐를 보았다. 타냐는 막심에게 아이가 아프니 가서 봐달라고 정중히 부탁했다.

막심은 아이의 얼굴을 살피고 열을 재고 배를 눌러 보았다. 아이 몸의 붉은 반점도 확인했다.

"일사병이라기보다 상한 음식을 먹은 것 같아요. 제 방에서 약을 가져다 드릴게요. 한 이틀 지나면 안정이 될 겁니다. 그전에 여행은 무리예요. 특별히 걱정할 부분은 없습니다."

타냐는 막심의 말을 믿지 못하는 것 같았다. 그렇다고 다른 방도가 있는 것도 아니었다. 막심은 약을 가져와 아이의 입에 넣어주었다. 그리고 잠시 곁에 앉아 지켜보았다. 아이는 열이 떨어지고 고른 숨소리를 내며 잠이 들었다.

막심이 방을 나오려고 하자 타냐는 문밖까지 따라 나왔다.

"감사해요. 이대로 보내드리면 예의가 아닌 것 같아서 어떻게 사례를 해야 되는 건지 알려 주세요."

"어떤 대가를 바라고 한 일이 아닙니다. 어떤 의사라도 다 할 수 있어요. 사례는 받지 않습니다."

타냐는 막심의 말에 부끄러웠다.

다음 날 호텔 복도는 아침부터 시끄러웠다. 아이들이 뛰어다니며 호텔의 물건들을 마구 만졌다. 어제 아팠던 아이도 형제들 뒤를 졸졸 따라다녔다. 호텔은 오랜만에 활기가 넘쳤다.

이틀이 지나고 타냐 일행을 호위하던 군인들이 돌아왔다. 타냐는 호텔에 하루 더 머물고 싶었지만 BLT 방문 일정 때문에 떠날 수밖에 없었다. 타냐는 매니저에게 짜증을 부렸다.

"아이도 다 낫지 않았는데 꼭 출발해야 돼? 의사가 당분간 여행은 힘들거라고 말했잖아."

타냐의 목소리 톤이 높아졌다. 아이들도 호텔에 더 머물고 싶은 것 같았다.

"우린 정해진 스케줄대로 움직여야 돼요. 하루속히 본토로 돌아가 찍던 영화를 마무리해야죠. 군인들도 자기 부대로 복귀해야 하고요."

"당신이나 본토로 돌아가 제작자들 비위나 맞춰요."

"타냐, 곧 대규모 합작영화가 진행될 텐데, 외톨이가 되고 싶어 그래

요? 일이 없으면 아이들을 어떻게 키울 작정인데요? 이번 합작 영화
만 성공하면 당분간 영화를 찍지 않고 아이들과 보낼 시간이 많을 거
예요. 알았어요? 타냐."

타냐는 매니저와 더 이상 입씨름하기 싫었다. 매니저의 말이 틀린
것도 아니었다.

"어제 그 의사만 동행해 준다면 한시름 놓을 것 같은데, 아이들도 돌
봐주고 내 주치의도 돼주고 그가 그러겠다고 할까? 당신이 가서 말해
봐요. 돈은 충분히 지불하겠다고 말해요."

타냐는 서둘러 짐을 꾸렸다.

매니저가 돌아왔다. 막심의 동행할 수 없다는 말을 전했다. 타냐는
그의 거절에 자존심이 상했다. 자신의 제안을 거절한 사람은 극히 드
물었다. 자신이 직접 설득해 보기로 했다. 타냐는 무작정 그의 방을 노
크했다.

막심은 새벽에서야 겨우 잠이 들었는데 매니저가 깨웠고 이제는 또
다른 방문객이 문을 두드리고 있었다. 그는 무겁게 몸을 일으켜 방문
객을 맞았다. 눈앞에 사파리차림의 아름다운 여인이 상기된 얼굴로 서
있었다.

타냐는 시간이 없어 빠르게 용건만 말했다.

"아침잠을 깨워 죄송해요. 우리는 오늘 출발할 거예요. 부탁드릴 게
있어요. 여행 중에 우리 아이들을 돌봐주시면 안 될까요? BLT에 도착
해 행사만 마치면 우린 곧바로 대륙으로 들어갈 겁니다. 그 여행 동안

만 우리와 동행해주세요. 부탁합니다.”

“매니저 분에게 제 의견을 말씀드렸는데.”

타냐는 막심을 간절한 눈빛으로 쳐다보았다.

막심은 어떻게 결정해야 할지 몰랐다. 타냐 뒤로 보모가 아픈 아이를 안고 있었고 다른 아이들도 두 사람을 지켜보고 있었다. 많은 눈들이 자신의 입만 바라보고 있었다. 그중엔 앙카도 있었다.

“생각할 시간을 많이 드릴 수가 없어요. 우린 바로 떠나야 되니까요.”

앙카가 나서서 타냐의 편을 들었다.

“저들은 진심으로 박사님을 원하고 있어요. 그들을 따라가 돌봐주세요. 보지 못한 세상이 얼마나 넓은지 모르시잖아요. 전 박사님이 잘 해내리라 믿어요. 일이 끝나고 다시 호텔로 돌아오셔도 좋아요.”

막심은 자신의 마음을 바꿀 수 밖에 없었다.

“알겠습니다. 곧 떠날 준비를 하죠. 내려가 계세요.”

타냐의 얼굴이 환해지고 보모는 박수를 쳤다.

“애들아 의사 선생님이 가신단다. 빨리 차에 타야지.”

아이들은 보모 뒤를 따라가며 노래를 불렀다.

“감사합니다. 저도 차에서 기다릴게요.”

미니버스는 앙카와 호텔 직원들의 전송을 받으며 출발했다. 아이들은 창밖으로 손을 흔들었다. 호위차량이 앞서 달렸다. 미니버스에는 타냐와 매니저, 보모와 막심, 아이들 넷, 모두 여덟 명이 타고 있었다.

타냐는 대륙의 암살롬에서 태어났다. 그곳은 군수산업공단 지역으로 대부분의 사람들이 공장에서 일을 했다. 타냐 역시 그곳에서 일하는 부모님 밑에서 태어났다. 타냐도 자라면서 자신의 운명이 이곳에서 벗어나지 못할 거라는 생각을 했다. 하지만 언젠가는 보수가 좋은 일자리를 찾아 이곳을 떠나겠다는 결심을 했다.

그녀의 미모는 어렸을 적부터 단연 돋보였다. 사람들은 군수공장에서 일하기엔 너무 아깝다고 말했다. 그녀도 자신의 처지에 굴복하지 않고 이곳을 떠날 기회를 엿보고 있었다. 군수공장은 대륙 본토의 미디어 재벌 쿡샥 가문의 것이었다. 타냐는 시찰 나온 쿡샥 가문 아들의 눈에 띄었다. 타냐는 신중하게 자존심을 지켰지만 쿡샥 가문의 아들은 타냐를 설득해 대륙 최대 도시 우굴라로 데려왔다. 전쟁이 막바지였지만 우굴라는 전혀 다른 세상의 도시였다. 정치, 경제, 사회, 문화, 환락과 예술의 중심이었다.

타냐는 처음엔 정신을 차릴 수가 없었다. 세상에 이런 곳이 있다는 것이 믿어지지 않았다. 우굴라는 백 층이 넘는 초고층 빌딩이 즐비하고 화려하게 치장한 온갖 종교사원들과 백화점의 쇼윈도들, 호텔, 영화관과 전시관, 다국적 은행들의 커다란 유리 회전문은 쉴 사이 없이 돌아갔다. 거리에는 화가나 광대들, 연주가들이 많았고 영화관 앞에는 늘 사람들이 장사진을 치고 있었다. 전쟁 중이라고 생각하는 사람은 없는 것 같았다.

쿡샥의 아들은 타냐에게 반했고 그녀를 영화배우로 만들려고 했다.

그녀는 아름다웠고 당돌했으며 감정이 풍부했다. 타냐는 연기 학교에 다니게 되었다. 타냐도 배우라는 직업에 점차 마음이 끌렸다. 자신의 숨어 있는 감정을 끄집어내 다른 사람이 되는 일은 희열과 만족감을 주었다. 그녀는 최고의 배우가 되겠다고 결심했다.

처음에 그녀는 단역부터 시작하게 되었다. 첫 단역에 연기력을 인정받아 바로 주인공에 발탁되었다. 물론 그녀의 뒤에 미디어 재벌 쿡샥의 아들이 있다는 소문이 돌기는 했었다. 그녀는 연이어 주인공을 맡게 되었고 영화는 흥행에 성공했다. 그녀는 곧 유명 스타가 되었다. 타냐는 어린 소녀에서 노인까지 소화하지 못하는 역할이 없었다. 어린 여자아이들은 타냐를 본뜬 인형을 가지고 놀았다. 이제 타냐는 부와 명예를 스스로의 힘으로 얻게 되었다. 그녀는 백 층이 넘는 마천루 꼭대기 스위트룸에서 살았다.

통조림 공장이나 군수공장에서 일하던 타냐가 아니었다. 그녀는 늘 사람들에게 둘러싸여 살았다. 타냐는 마천루 꼭대기 방에서 뿌연 안개가 자욱한 지상을 내려다보았다. 아득한 저 멀리 사람들이 개미처럼 움직였다. 그들과 자신이 유리되고 세상과 동떨어져 살고 있다는 생각에 자부심을 느꼈다.

타냐는 쿡샥 가문 아들의 청혼을 받아들였다. 그들은 서로 사랑하고 있다고 굳게 믿었다. 타냐의 입지는 더욱 탄탄해지게 되었다. 하지만 곧 타냐에게 불행이 닥쳤다.

타냐가 출연한 영화의 시사회가 있던 날이었다. 그녀는 연인 쿡샥과 함께 자신이 출연한 영화를 보고 있었다. 시사회가 있던 영화관의 마천루 외벽에도 거대한 스크린을 부착해 길가는 시민들 모두 영화를 볼 수 있게 했다. 마천루 외벽 스크린에 아름답고 신비로운 타냐의 모습이 비쳤다. 타냐는 왕국을 위해 자신을 희생하는 테살리아 역을 맡았다. 그녀가 당당하게 처형당하는 장면이 압권이었다.

원래 우굴라는 비행금지 구역이었다. 마천루 스크린의 황홀경에 빠져 있던 우굴라 시민들은 적기가 날아왔는지도 몰랐다. 곧이어 대륙의 전투기들이 등장하고 우굴라 상공에서 공중전이 벌어졌다. 도시는 순식간에 아수라장이 되었고 시민들은 대피하기 위해 이리저리 흩어졌다. 수세에 몰린 적기는 요격당해 우굴라 한복판에 추락했고 도망치던 적기 한 대는 불운하게도 타냐의 영화가 상영되는 마천루 스크린으로 뛰어들어 자폭했다. 마천루는 곧 화염에 휩싸이고 검은 연기가 지상으로 솟구쳤다.

영화를 보고 있던 타냐와 쿡샥은 천지개벽하는 소리를 들었다. 영화는 꺼졌고 암전상태에 빠졌다. 사람들은 비명을 지르고 밖으로 나가기 위해 필사의 탈출을 시도했다. 비상구를 찾을 수 없었다. 사람들은 엘리베이터가 있는 곳으로 몰려갔다. 엘리베이터를 보자 서로 먼저 타려고 다툼을 벌였다. 타냐와 쿡샥은 손을 꼭 잡고 엘리베이터에 올랐다. 누군가 다 살려면 질서를 지켜야 한다고 외쳤지만 소용없는 일이었다. 타냐와 쿡샥이 탄 엘리베이터는 초고속으로 하강했다. 하지만 전혀 예상치 못한 일이 벌어졌다. 마천루는 적기 폭발로 충격을 받아 무너지기 일보 직전이었다. 엘리베이터는 줄이 풀린 듯 그대로 추락했다. 쿡샥과 타냐는 부둥켜안았다. 사람들은 지옥으로 가는 급행열차를 탄 듯 비명을 질렀다. 그리고 먼지와 건물 잔해 속에 함몰당했다.

타냐는 어둠속에서 짓눌린 채 깨어났다. 의식이 가물가물 돌아왔다. 그녀는 죽은 쿡샥의 손을 꽉 잡고 있었다. 처음엔 공포에 질려 울부짖었다. 살아 있다는 게 불운처럼 느껴졌다. 그녀는 건물 더미에 깔려 조금밖에 움직이지 못했다. 이것은 영화나 꿈속의 장면이 아니었다. 현실이었다. 타냐는 절망했다. 시시각각 다가오는 죽음의 공포와 싸워야 했다. 그녀는 처음으로 자신의 생명을 갈구하는 기도를 드렸다. 시간은 무참하게 그녀를 밟고 지나갔다. 의식이 점차 흐려졌다. 유명한 배우였다는 허울 좋은 가면은 온데간데없고 가장 미천하고 낮은 생명 하나로 존재할 뿐이었다.

구조대가 마천루의 잔해 더미 속에서 실종자를 찾았다. 그들은 첨단 계기로 살아 있는 생명의 신호를 접수했다. 대규모 수색대가 차근차근 시멘트와 철근 덩어리 사이에서 시신과 생존자를 찾아냈다. 타냐는 희미한 소리를 들었다. 그녀는 있는 힘을 다해 구조 신호를 보냈다. 사람들의 목소리와 철근을 해체하는 불꽃을 보았다.

타냐는 잔해 더미 틈바구니에서 산도를 빠져나온 아기처럼 구조되었다. 그녀의 구조 소식은 전 세계로 알려졌다. 타냐는 긴 슬럼프에 빠졌다. 사랑했던 쿡샥이 죽고 그녀는 홀로서기를 해야 했지만 어떤 것에서도 의미를 찾을 수 없었다. 그녀는 긴 칩거의 시간을 보냈다.

대중들은 타냐를 잊지 않았다. 영화 출연 제의가 들어오고 그녀는 자신을 추슬러 조심스럽게 세상 밖으로 나왔다. 타냐는 연달아 두 편의 전쟁 영화와 한 편의 자전적 영화를 찍었다. 영화 평론가들은 그녀의 눈빛이 깊어졌으며 한결 성숙한 연기를 선보였다고 호평했다. 그녀는 영화 촬영으로 가게 된 수용소에서 전쟁고아를 입양하게 되었다. 그 이후로 인종과 피부색이 다른 세 아이를 더 입양했다. 아이들을 돌보는 것은 그녀에게 큰 힘과 용기를 주었다. 타냐는 어디를 가든 아이들을 데리고 다녔다.

타냐 일행을 태운 미니버스는 쉬지 않고 달렸다. 실개천 같은 BLT 도로는 어느새 사라지고 황량한 대지와 모래 능선을 돌아나갔다. 출발할 때 들떠 있던 아이들은 지쳐 잠이 들었다. 미니버스를 호위해 주던 군인들이 돌아갔다. 운전을 하던 매니저는 쉴 곳을 찾았지만 마땅한 곳을 찾을 수 없었다. 매니저 곁에 탄 막심은 이곳이 아주 위험한 곳이라는 말을 앙카에게 들었다.

잠에서 깬 아이들은 자주 물을 찾았고 칭얼거렸다. 그늘을 찾아 쉬어 가는 게 좋겠다고 타냐가 말했다. 막심은 운전하는 매니저에게 산등성이 아래를 가리켰다. 차는 천천히 울퉁불퉁한 길을 따라 방향을 틀었다.

막심과 매니저가 먼저 내려 주위를 살폈다. 공기는 건조했지만 바람이 다소 불었다. 산등성이 아래 바위가 처마처럼 튀어나온 그늘로 옮겨

갔다. 나무도 숲도 없는 민둥산이지만 그늘은 시원했다. 타냐와 보모가 아이들을 데리고 차에서 내렸다. 아이들은 차에서 내리자마자 붉은 흙을 밟고 뛰어다녔다. 흙에 아이들의 발자국이 선명하게 찍혔다. 보모는 아이들에게 물과 간식을 나눠주고 멀리가면 안 된다고 타일렀다.

매니저는 망원경으로 주변을 둘러보았다. 사방은 듬성듬성 솟은 바위뿐이었다. 매니저에게 망원경을 건네받은 막심도 멀리 내다보았다. 바위 꼭대기에 올라앉아 아이들을 내려다보고 있는 야생동물들을 발견했다. 열 마리가 넘어 보였다. 거친 털에 주둥이가 뾰족하고 꼬리와 다리가 짧았다.

"저것 봐요. 여기서 오래 지체하지 못할 것 같군요."

매니저도 야생동물을 확인하고 씹던 담배를 멀리 던졌다. 보모와 타냐는 서둘러 아이들을 차에 태웠다. 미니버스는 산등성이를 빠져나와 광야 한가운데로 달렸다. 바위산에서 내려온 야생동물들은 아이들이 찍은 발자국 위를 어슬렁거렸다.

미니버스는 오늘밤 묵기로 한 작은 마을이 나타날 때까지 쉬지 않고 달렸다. 해가 지자 타냐는 아이들이 걱정되기 시작했고 무모한 여행을 결정했다는 후회감이 밀려왔다. 모두 말이 없었다. 자동차 엔진소리밖에 들리지 않았다. 타냐의 얼굴은 점점 어두워졌다. 보모가 아이들을 재우는 자장가를 나지막이 불렀다.

멀리 빛들이 몰려 있는 곳이 보였다. 미니버스의 빛 속으로 들어갔다. 간이 역사 같은 것이 보였다. 허름한 건물 밖으로 한 남자가 나와 미니버스를 기다렸다. 매니저는 창문을 내리고 숙박할 수 있는 곳을 물었다. 남자는 팔을 뻗어 투박한 목조 건물 하나를 가리켰다.

막심은 마을 앞마당에 굵게 파인 자동차 바퀴 자국이 마음에 걸렸다. 막심은 타냐에게 차에서 내리기 전 얼굴을 보이지 않는 게 좋겠다고 말했다. 타냐와 보모는 스카프로 얼굴을 가리고 아이들을 안고 내렸다. 목조건물 안은 여러 개의 방이 있었는데 안에는 카펫이 깔려 있을 뿐 아무것도 없었다.

선택의 여지가 없었다. 타냐는 이런 곳에서 하룻밤을 보낼 생각을 하니 온몸에 벌레가 스멀스멀 기어 다닐 것 같았다. 타냐는 마룻바닥에 깔린 더러운 카펫을 걷어내고 옷을 대신 깔았다. 보모는 양쪽으로 아이들을 끼고 누워 코를 골며 잠들었다. 타냐는 잠이 오지 않아 뒤척거리다 바람이 숭숭 들어오는 마룻바닥 사이로 눈을 들이댔다. 누워 있던 마룻바닥 밑에는 수많은 해골들이 나뒹굴고 있었다. 타냐는 하마터면 비명을 지를 뻔했다. 그녀는 자신의 두 손으로 입을 막았다. 놀란 가슴을 진정시키기 위해 매니저에게서 빼앗은 술을 병째 마셨다. 날이 밝는 대로 빨리 이곳을 떠날 생각을 했다.

오른쪽으로 거대한 산맥이 등장했다. 산 정상에 흰 눈이 얼어붙어 있었다. 타냐는 아이들을 깨워 웅장한 산의 모습을 보여주었다. 그동안 보이지 않았던 도로가 다시 나타났다. 도로는 산맥과 가까워졌다 멀어졌다 하며 굽이굽이 이어졌다. 너무 이른 출발을 한 탓에 아이들은 창밖 풍경에 금방 싫증을 느끼고 서로 기대 잠이 들었다. 뜬눈으로 밤을 지샌 타냐도 시트에 기대 눈을 붙였다.

갑자기 얼굴이 굳어진 막심은 운전하는 매니저의 팔을 툭 쳤다. 어느 순간부터 정체모를 지프들이 따라오고 있었기 때문이다. 지프는 차마다 원색의 깃발을 달고 기관단총으로 무장한 사내들이 타고 있었다.

"어떻게 하죠?"

매니저는 다급하게 묻고는 일단 달아나고 보자는 마음으로 최대한 속도를 올렸다.

"아무래도 신족들 같아요. 저들은 강도단이나 마찬가지라고 들었어요."

미니버스가 속도를 내자 지프는 양쪽으로 갈라져 따라오기 시작했다. 막심은 저들이 총을 쏘지 않을까 걱정되었다. 지프들은 미니버스를 희롱하듯 따라왔다. 미니버스는 출렁거리며 차 안에 있던 사람들을 마구 흔들었다.

"무슨 일이에요?"

타냐가 물었다.

"강도들한테 걸렸어요."

"뭐라고요?"

막심은 타냐에게 반도 북부 사막에서 가장 악명 높은 신족에 대해 말해주었다.

"그들에게 인질로 잡히면 몸값을 주기 전에는 우릴 풀어주지 않을

거요. 신분을 숨기는 게 좋을 것 같아요. 여기서 도망친다는 건 불가능
해요.”

　신족들은 사냥감을 손에 넣은 듯 경적을 울리고 소리를 질렀다. 미
니버스는 결국 포위되고 차를 세울 수밖에 없었다. 영문을 몰라 하는
아이들은 보모의 품속으로 파고들었다. 누군가 총의 개머리판으로 차
의 문을 사정없이 두드렸다. 문이 열리자 얼굴에 검은 칠을 하고 닭볏
처럼 머리를 세운 사내들이 들어왔다. 그들은 최신형 기관단총과 장검
을 허리에 차고 가슴엔 여러 겹의 탄띠를 두르고 있었다. 그들은 위협
적인 얼굴로 차 안을 휘둘러보았다. 두 사내는 매니저와 막심에게 총
구를 들이대고 알아들을 수없는 말을 지껄였다. 자기네들의 명령대로
하라는 말 같았다. 미니버스를 둘러싼 지프가 움직이기 시작하자 총으
로 매니저의 등을 쿡쿡 찔렀다. 같이 움직이라는 말 같았다.

　아이들 중 하나가 울음을 터뜨리자 다른 아이들도 덩달아 따라 울었
다. 신족 사내는 홱 돌아 아이들에게 무서운 표정을 지었다. 보모와 타
냐는 아이들을 달랬다. 신족들은 타냐 일행을 자신들의 은신처로 데려
가고 있었다.

　이 상황을 어떻게 대처해야 할지 누구와도 이야기를 나눌 수 없었
다. 해질 무렵 골짜기의 작은 마을에 도착했다. 마을은 토굴로 이루어
졌고 타냐의 일행은 모두 차에서 내려 그들이 이끄는 대로 움직여 토
굴 앞으로 몰려갔다. 신족들은 데려온 인질들을 남자와 여자로 분리해
가두었다.

저녁 식사라며 소쿠리에 삶은 감자와 물을 가지고 왔다. 신족들은
더 이상 타냐 일행을 거들떠보지 않았다.

다음 날 신족들은 통역을 하는 사람을 데리고 왔다. 그는 신족이 아
니고 반도 사람 같았다. 통역은 먼저 남자들을 만났다. 왜 이곳을 지나
게 되었느냐고 통역이 물었다. 막심과 매니저는 타냐의 신분이 탄로
나면 일이 순탄치 않을 거라고 생각했다. 그들은 BLT로 친척을 만나러
간다고 했다. 통역은 그들의 말을 믿지 않는 것 같았다. 신족이 원하는
것은 거액의 몸값이었다.

신족과 통역은 여자와 아이들이 갇힌 토굴로 들어갔다. 타냐와 보모
는 이곳 여자들처럼 얼굴을 거의 가렸다. 신족 하나가 타냐에게 다가
와 그녀의 얼굴에 두른 스카프를 벗겼다. 그녀의 긴 금발머리가 흐트
러지며 얼굴이 드러났다. 통역은 놀라는 얼굴이었다. 신족들 중 누군
가도 어디서 본 적이 있다는 듯이 고개를 갸우뚱했다. 그들은 산등성
이마다 이따금 서 있는 대형 광고판을 본 적이 있었다.

통역은 신족의 우두머리에게 타냐에 대해 말해주었다. 신족 우두머
리 얼굴이 순식간에 변했다. 신족 우두머리는 타냐에게 다가와 얼굴을
들여다보았다. 자신도 믿기지가 않는다는 표정이었다. 타냐는 일이 심
상치 않게 돌아가고 있다는 걸 직감했다.

타냐는 통역을 붙잡고 간절하게 말했다.

"지금이라도 늦지 않았어요. 우리는 개인적인 일로 여행하는 사람
들이 아니에요. 나라에서 하는 일을 도와주기 위해 온 거라고요. 우리

들이 납치된 걸 알면 대륙에서 가만히 있지 않을 거예요. 우리를 그냥 보내주세요.”

통역은 빤히 타냐를 노려보며 듣고 있었지만 신족들에게 제대로 전달해주지 않는 것 같았다. 통역에게 말을 전해들은 신족들은 바보같이 웃었다. 타냐는 자신의 신분이 탄로 났다는 것을 막심과 매니저에게 알리고 싶었지만 따로 감금되어 있어 할 수 없었다.

옆 토굴에 갇힌 막심과 매니저는 큰 소리로 괜찮으냐고 물었다. 타냐도 큰 소리로 대답했지만 신족들이 들어와 막는 바람에 더 이상 대화를 나눌 수 없었다.

하루에 두 번 이곳 여자들이 삶은 감자와 기름이 둥둥 뜬 걸쭉한 국물을 가져다주었다. 여자들은 신족 남자와 같은 복장을 하고 총과 탄띠를 둘렀다. 단지 얼굴만 보이지 않게 가렸을 뿐이다. 아이들은 입에 맞지 않는 음식에 고개를 돌렸지만 시간이 지나자 배가 고파 먹지 않을 수 없었다. 보모는 아이들이 놀라지 않도록 잘 돌보았다. 아이들과 같이 노래도 부르고 게임도 했다. 신족여자들이 시끄럽다고 윽박질러도 그녀는 기가 죽지 않았다.

어느 날 아침 신족들이 비디오카메라를 가지고 토굴로 들어왔다. 그들은 우선 타냐와 아이들 모습을, 나중엔 막심과 매니저의 핼쑥한 모습을 찍어갔다.

신족들은 찍은 비디오를 대륙으로 보내 거액의 몸값을 요구할 생각이었다. 그들은 타냐의 일행을 석방시켜 주는 조건으로 감옥에 갇힌 자신들의 동료와 거액의 몸값을 요구했다.

대륙의 연방 정부는 신족들이 보낸 메시지에 즉각 반응하지 않았다. 연방 정부는 기자회견을 통해 그들이 억류한 사람들이 여배우 타냐 일행이 아니라고, 타냐 일행은 벌써 BLT에 도착해 있다고 발표했다.

신족들은 어안이 벙벙했고 나중엔 화가 났다. 강경파들은 남자들을 처형하는 장면을 보내야 한다고 소리를 질렀다. 타냐 일행은 그들이 싸우는 소리를 들었다.

신족들이 토굴 안으로 들어와 막심과 매니저를 끌고 나갔다. 비디오 카메라가 모든 모습을 촬영했다. 그들은 처형 장소로 이동했다. 타냐는 통역을 애타게 불렀다.

"제발, 내 말 좀 들어줘요. 그들을 죽여봐야 아무 이득 될 게 없어요. 한 번만 기회를 줘요. 당신들 원하는 대로 움직이게 만들 방법이 있어요."

통역은 타냐의 말을 신족들에게 전했다. 신족들은 둘로 나뉘어 큰 목소리로 싸웠다. 강경파는 당장 남자들의 참수한 목을 보내줘야 한다고 흥분했고 다른 쪽의 남자들은 죽이는 건 언제든지 할 수 있으니 기회를 노리자고 설득했다.

결국 타냐는 혼자 비디오카메라 앞에 섰다.

"전 배우 타냐예요. 아직 BLT에 도착하지 못했어요. 이곳에 아이들과 보모, 매니저 그리고 주치의 한 분이 억류되어 있어요. 오늘 제 매니저와 주치의가 처형당할 뻔 했어요. 전 한 번만 더 기회를 달라고 매달렸어요. 그들은 어쩌면 자신들의 목적을 위해 아이들을 죽일지 몰라요. 아이들이 언제까지 이곳에서 버틸지도 알 수 없어요. 제발 저들의 제안을 받아주세요.”

타냐의 눈에 눈물이 그렁거렸다. 화장기 없는 그녀의 얼굴은 공포와 두려움으로 가득 차 있었다. 통역은 신족이 정해준 기한에 대해 말해주었다. 타냐는 앵무새처럼 통역의 말을 그대로 따라했다. 자신들이 정해준 시간을 넘기면 먼저 남자들부터 처형하고 나중엔 아이들까지 희생양이 될 거라고 말했다.

비디오카메라는 타냐의 얼굴과 아이들의 얼굴을 하나씩 클로즈업했다.

막심과 매니저는 토굴로 돌아왔다. 탈출 기회를 엿보았지만 무장한 신족들이 토굴 앞에서 진을 치고 있었다.

타냐는 잠을 설치는 아이들을 토닥여 주었다. 아이들 얼굴은 꾀죄죄하고 눈가에 눈물 자국이 남아 있었다. 밖은 신족들이 모두 잠들었는지 웅성거리던 소리는 더 이상 들리지 않았다. 타냐는 잠이 오지 않아 뒤척였다. 대륙의 연방정부가 쉽게 신족들과 협상하지 않을 거라는 생각이 들었다. 어쩌면 장기전이 될 수도 있었다.

해가 뜨지도 않았는데 밖은 소란스러웠다. 갑자기 신족 여자들이 토굴 안으로 들어와 타냐와 아이들을 깨웠다. 지프들이 열을 지어 떠날 준비를 하고 있었다. 신족들이 이곳에서 철수하기로 결정한 모양이었다. 그들은 토굴과 움막에 불을 붙였다. 타냐와 보모 아이들은 신족이 운전하는 미니버스에 올라탔다. 막심과 매니저는 손이 묶인 채 지프에 태워졌다. 지프의 행렬이 아직 해가 뜨지 않은 어두운 골짜기를 빠져 나왔다.

아이들 중 하나가 타냐에게 물었다.

"우리들을 죽이려는 건 아니죠?"

"그럼. 그럴 리가 있나."

태양이 중천에 뜨도록 지프 행렬은 멈추지 않고 달렸다. 타냐 일행은 자신들이 어디로 가고 있는지 알 수 없었다. 해가 뜨자 차 안이 더워지기 시작했다. 아이들은 덥다고 칭얼거리고 신족은 창문을 열지 못하게 했다. 보모는 아이들의 옷을 벗기고 부채질을 해주었다. 지프 행렬은 돌출된 암석 사이를 달렸다. 조금만 벗어나도 천길 낭떠러지였다. 가파른 절벽을 따라 돌무더기가 미끄러져 내렸다. 타냐는 매몰되었을 때 어둠과 사투를 벌이던 자신의 모습이 문득 떠올랐다. 시련이 수레바퀴처럼 돌고 돈다고 생각했다.

지프의 행렬이 돌산을 오르고 있었다. 미니버스는 지프를 따라 울퉁불퉁한 돌산을 기어올랐다. 바퀴가 헛도는 소리가 요란하게 들렸다. 마른 먼지가 차 안으로 밀려들고 아이들은 기침을 했다. 장애물이 자주 나타났다. 신족들은 길을 가로막는 돌덩이와 동물의 사체를 벼랑 밖으로 밀어냈다.

하늘을 가로지르는 굉음이 들렸다. 폭우가 떨어지기 직전의 천둥소리 같았다. 지프의 이동이 빨라졌지만 길 없는 곳을 우왕좌왕할 뿐이다. 콩 볶는 총소리가 들렸다. 미니버스의 차량에도 총알이 박혔다. 타냐는 아이들을 데리고 바닥에 납작 엎드렸다. 신족들은 하늘을 향해 기관단총과 휴대용 미사일을 날렸다. 전투기는 높이 솟구치며 미사일을 피했다. 다시 돌아온 전투기는 신족들을 향해 무수한 총알을 퍼부었다. 지프 하나가 공중으로 튀어 오르며 폭발했다.

지프에서 내린 신족들은 돌산으로 흩어졌다. 막심과 매니저는 묶인 채 앞세워 끌려갔다. 신족들은 원래 게릴라전에 능했다. 그들은 전열을 가다듬고 전투기를 향해 휴대용 미사일로 조준 발사했다. 미사일에 맞은 전투기는 돌산 위에 추락했다. 검은 화염이 천지를 뒤덮었다.

차를 몰던 신족이 밖으로 나간 사이 타냐는 아이들과 보모를 데리고 차 밖으로 나왔다. 하지만 금방 발각되어 신족이 소리치며 따라왔다. 하늘에서 낮게 날아온 전투기에서 총알이 쏟아졌다. 타냐는 아이들과 납작 엎드렸다. 쫓아오던 신족들은 피격되었다. 타냐와 아이들은 총격전이 벌어지는 반대쪽으로 움직였다. 막심과 매니저는 타냐의 달아나는 모습을 보았다. 전투기는 신족들을 돌산에서 나오게 유인했지만 그들은 더 깊은 돌산으로 들어갔다. 폭격 맞은 지프들은 찢겨져 날아가고 차에 걸렸던 원색 깃발들이 핏자국처럼 돌산을 장식했다. 전투기 한 대는 계곡 틈바구니에 걸려 공중 폭발했다. 신족들은 그 광경을 보고 혀를 날름대며 자축의 소리를 냈다. 그들은 후퇴하는 척하며 날카로운 공격을 펼쳤다. 전투기들의 소강상태를 이용하려는 술책이었다. 막심과 매니저는 지금이 마지막 기회라고 생각했다. 그들은 차에서 뛰어내려 무작정 달렸다. 신족은 도망치는 막심과 매니저를 향해 총을 쏘았다. 도망치는 두 사람 뒤로 파편이 튀어올랐다.

두 사람은 무작정 달려 암벽 뒤에 몸을 숨겼다.

하지만 타냐와 아이들은 신족에게 다시 잡히고 말았다. 신족들은 타냐와 아이들을 앞세우고 걸으면서 전투기들이 따라오지 못하게 했다. 신족들은 빨리 움직이라며 타냐와 아이들의 팔을 거칠게 잡아끌었다. 보모는 걸음을 빨리 할 수 없었다. 하늘에서 반사되는 빛 때문이었다. 보모는 손으로 빛을 막고 산 정상을 향해 고개를 들었다. 보모는 자신의 눈을 의심했다. 그리고 손으로 입을 막았다. 하늘에 검은 말을 탄 천사가 보였던 것이다. 그들이 들고 있던 총신 끝이 태양보다 강한 빛을 내뿜고 있었다. 검은 말 부족이었다.

말울음 소리가 들렸다. 신족들이 위를 쳐다볼 사이도 없이 검은 말 부족은 가파른 벼랑을 순식간에 내려와 신족들과 대결했다. 신족들은 갑자기 나타난 새로운 적에게 놀랐다. 신족과 검은 말 부족의 뿌리는 같지만 한 번도 친구였던 적은 없었다. 이미 전세가 한풀 꺾인 신족들은 이렇다 할 공격을 할 수 없었다. 검은 말 부족은 총을 쏘려는 신족들을 향해 높이 말발굽을 쳐들었다. 검은 말 부족은 신족이 끌고 가려는 아이들과 보모를 낚아채 말 잔등에 태웠다. 가끔 총격전이 벌어지기는 했다. 신족들은 끝까지 타냐를 포기하지 않았다. 하늘에 전투기가 보이지 않는 것을 확인한 신족들은 나머지 전열을 수습해 탁 트인 광야로 나왔다. 그들의 지프는 모래바람을 일으키며 달렸다.

검은 말 부족이 신족을 추격했다. 그중에 앞서 달리던 검은 말이 타냐를 강제로 태운 지프를 따라갔다. 신족의 기관총이 검은 말을 향해 내뿜었다. 하지만 검은 말은 속도를 늦추지 않았다. 거의 지프와 나란히 달렸다. 칼을 빼든 신족이 검은 말을 향해 몸을 날렸지만 이미 늦었다. 그는 검은 말이 휘두른 칼에 먼저 맞아 바닥에 나뒹굴었다. 타냐는 검은 말 주인과 눈이 마주쳤다. 그의 휘날리는 은빛 머리카락을 보았다. 그가 달리는 말에서 손을 뻗었다. 타냐는 용기를 낼 수 없다는 눈빛을 보냈지만 곧 지프 밖으로 손을 내밀어 그의 손을 잡았다. 그녀는 거부할 수 없는 힘으로 검은 말 위로 딸려 올라갔다.

신족은 가속페달에서 발을 떼지 않았다. 오직 검은 말에 올라탄 타냐를 충혈된 눈으로 좇고 있을 뿐이었다. 바로 앞 소금결정체로 만들어진 암석이 버티고 있다는 걸 보지 못했다. 신족은 이미 피할 길이 없었다. 그대로 들이받고 말았다.

흩어졌던 검은 말 부족이 하나둘 몰려들었다. 타냐는 아이들과 보모, 막심과 매니저를 그들 사이에서 발견했다. 타냐는 아이들 하나하나 볼에 입을 맞추고 보모의 뺨에도 입을 맞추었다. 영화를 많이 찍었지만 이런 극적 장면은 처음이었다.

타냐는 검은 말 부족에게 감사의 마음을 표현하고 싶었지만 그들은 말없이 타냐 일행을 호위해 주었다. 막심은 타냐에게 앙카에게서 들은 이야기를 해주었다. 사막의 검은 말 부족은 온화하고 신념에 흔들림이 없으며 약자의 편에 선다는 이야기였다.

하룻밤을 그들과 같이 보냈다. 모닥불 주위에 검은 말 부족이 독수리처럼 웅크리고 잠이 들었다. 그들은 대장을 칸이라고 불렀다. 칸은 멀리 떨어져 말 아래 앉아 있었다. 잠을 자지 않는 것 같았다. 그는 작은 소리에도 눈을 뜨고 귀를 기울였다. 타냐 일행은 오랜만에 편히 잠들 수 있었다. 막심과 매니저도 달빛 아래 잠들었다. 가끔 아이 하나가 몸서리치며 잠에서 깨어나 울었다. 무서운 꿈을 꾼 것 같았다.

타냐 일행은 BLT로 가는 여행을 계속했다. 타냐는 가끔 칸이라는 남자를 눈여겨보았다. 검은 말 부족은 모두 같은 모습을 하고 있어서 누가 누군지 알 수 없었다. 타냐는 매일 숨바꼭질 하듯이 그들 중에서 칸을 찾기도 하고 금방 놓치기도 했다. 그의 말에 올라타기 직전의 그의 눈빛, 휘날리는 은빛 머리카락, 그의 부드럽고 강한 힘이 그리워졌다.

타냐는 딱 한번 그와 헤어지기 싫어 여행이 더 길고 더 멀리 이어졌으면 좋겠다고 생각한 적이 있었다.

BLT 표지판이 보이기 시작했다. 타냐가 주인공인 대형 광고판도 언덕에 등장했다. 헤어질 시간이 다가온 것이다. 검은 말 부족은 소리 없이 돌아갔다. 칸은 인사도 없이 가버렸다. 타냐는 바람 속에서 칸의 모습을 찾았다.

멀리 높은 망루와 접시 모양의 레이더들이 보였다.

회색 얼룩무늬 군복에 고글을 쓴 연방군이 하나둘 나타났다. 장교가 타냐 일행에게 다가와 악수를 청했다.

"기다리고 있었습니다. BLT에 오신 걸 환영합니다."

BLT

    장교는 타냐 일행이 왔다는 걸 무전으로 상부에 알렸다. 타냐 일행은 잠시 초소에 들러 신분을 확인하는 형식적인 절차를 거쳤다. 장교는 지붕에 붉은 십자가가 그려진 납작한 군용차량을 가지고 왔다. 타냐 일행을 태운 군용차량은 선도 차량을 따라 달렸다. BLT에 가까워질수록 파라다이스니 지상낙원이니 하는 선전 문구가 눈에 띄었다. 구릉 지대를 지나자 바닷냄새가 났다.

    차는 직선 도로를 달렸다. 도로 양쪽으로 시야를 가리는 높은 철책이 이어졌다. 철책 너머에서 파도 소리는 들리는데 바다는 볼 수 없었다.

    "저것 좀 봐요?"

    타냐의 아이 하나가 철책 사이로 빠져나온 손을 먼저 발견했다. 고사리 손들이 차를 향해 흔들고 있었다. 차를 따라 달리는 아이들의 그림자가 비쳤다. 차는 속도를 줄이지 않고 내달렸다.

    철책이 사라지자 왼쪽으로 해안가가 나타났다. 그리고 해안가에 끊임없이 펼쳐진 천막촌의 모습이 드러났다. 누군가의 입에서 탄성이 새어 나왔다. 얼룩덜룩한 천막촌이 도로 양쪽으로 해일처럼 밀려왔다. 이곳은 지상 최대의 난민촌이었다. 난민촌 너머 바다가 있다는 게 믿기지 않았다. 빨랫줄과 온갖 전선들로 뒤엉킨 누더기 같은 천막촌은 끝이 보이지 않고 바다와 연결되어 있었다. 흰 포말도 보이지 않았다. 웃옷을 벗은 검은 피부의 아이들이 햇볕을 쬐며 쪼그리고 앉아 있었다.

막심은 이 많은 사람들이 어디서 왔는지 궁금했다. 차는 여러 관문을 지나 시야가 탁 트인 푸른 초지 위로 달려 올라갔다. 해안가와 인접한 가파른 절벽에는 휴양지 별장 같은 집들이 박혀 있었다. 운전을 하던 장교는 목적지에 거의 도착했다고 말했다.

자동차는 붉은 십자가 깃발이 달린 흰 건물 앞에 멈췄다. 건물 앞에는 여러 명의 사람들이 서 있었는데 타냐의 일행을 기다리고 있었던 것 같았다. 차에서 내린 장교가 절도 있는 동작으로 경례를 하더니 타냐 일행을 그들 앞으로 데려갔다.

장교는 그들 중에서 군복 입은 남자를 먼저 소개해 주었다.

"BLT 총사령관 카메론 장군이십니다."

사령관은 자세가 곧고 눈빛이 형형했으며 무릎까지 오는 긴 가죽장화를 신고 있었다. 그는 뒷짐을 지고 한 손으로 타냐와 악수를 했다.

"BLT에 무사히 도착하신 걸 환영합니다. 이렇게 만나 뵙게 되어 영광입니다."

사령관은 막심과 매니저와 악수를 하고 줄줄이 서 있는 네 명의 아이들과 보모와도 손을 잡았다.

"꼬마 손님들이 이렇게 많은 줄 몰랐습니다."

아이들은 모두 씻지 않아 더럽고 지저분했다. 타냐는 장교가 소개하는 병원장과 부사령관, 관료 두 사람과도 차례대로 악수를 나누었다.

"오시느라 고생 많으셨습니다. 좋지 않은 소식이 들려 걱정을 많이 했습니다만. 이제 쉬서야죠. 제 부관이 여러 분들을 게스트 하우스로 안내해 드릴 겁니다."

사령관은 자신이 할 일은 모두 끝났다는 듯이 뒷짐 진 손을 풀어 초지 아래 보이는 바다를 가리켰다.

"저 거친 풍랑을 보십시오. 당장이라도 우릴 삼켜 버릴 것 같지 않습니까. 그게 이곳의 매력이죠."

타냐 일행은 사령관의 말을 듣고 비로소 바다를 내려다보았다. 잿빛 공간 아래 바다는 풍랑이 일고 있었다. 방파제 끝에는 흰 등대 하나가 서 있었다. 막심은 어디선가 본 듯한 인상을 받았다.

"참, 오늘 저녁 조촐한 환영 만찬을 준비했습니다. 다들 참석해 주시기 바랍니다. 바람이 차네요. 부관, 어서 모시도록 해."

장교는 타냐 일행을 이끌고 흰 건물 옆으로 난 좁은 길로 접어들었다. 야트막한 담 안쪽에 고풍스런 저택들이 늘어서 있었다. 낙엽이 수북이 쌓인 정원엔 사람의 그림자는 보이지 않았다. 좁은 길 가운데 조각상들이 전시되어 있었다. 주로 팔과 다리가 떨어져 나간 벌거벗은 토르소였다. 이십 미터쯤 내려갔을까 삼 층 건물이 나타났다. 건물 앞에

요리사 복장을 한 남자와 앞치마를 두른 여자 둘이 대기하고 있었다.

게스트 하우스에 들어간 타냐 일행은 방명록에 이름을 적었다. 실내는 약간 어두웠지만 아늑했고 바다가 내려다보이는 테라스를 가지고 있었다. 아이들은 신이 나서 뛰어다녔고 보모는 양떼를 몰듯 방으로 데려갔다.

방에 들어간 타냐는 침대에 쓰러지듯 몸을 뉘였다. 욕조의 따뜻한 물에 몸을 담그고 싶다는 생각이 들었지만 그대로 잠이 들었다.

막심은 창문의 커튼을 열어 방파제 끝에 서 있는 등대를 바라보았다. 등대 불빛이 깜박이고 있었다. 파도는 아까보다 더 거세져 있었다. 막심은 꿈속에 들어와 있는 느낌이 들었다. 등대는 막심에겐 너무 익숙했다. 막심은 가끔 꿈을 꾸었다.

모래사장에 모포를 깔고 앉은 두 사람이 있었다. 두 사람은 석양이 비치는 커다란 유리잔에 포도주를 마시고 한곳을 응시했다. 그것은 수평선 너머로 다가오는 무언가를 향해 끊임없이 신호를 보내는 등대였다. 아무리 기다려도 수평선 너머 나타나는 것은 없었지만 두 사람은 행복했다. 잔을 부딪쳐 포도주를 마셨다. 브루노이어의 머리카락에선 향기로운 냄새가 났다. 그녀의 발그레한 볼에 입을 맞추었다.

빛과 바다와 브루노이어가 사라진 광대한 공간에서 막심은 그녀를 소리쳐 부르다 잠이 깼다.

막심은 천천히 옷을 벗고 욕실로 들어갔다. 샤워꼭지를 틀어 머리부터 발끝까지 그동안 지친 흔적들을 씻어 내렸다.

장교는 저녁 만찬을 위해 일곱 시까지 데리러 온다고 했다. 아직까지 두 시간이 남았다. 그는 시트 밑으로 들어가 눈을 붙였다. 방은 그리 춥지도 덥지도 않았다. 그는 스르르 눈을 감았다. 현실과 꿈의 경계가 모호해지는 시점을 지나 방랑자가 되었다. 얼핏 파도 소리가 들렸다.

노크 소리가 커지더니 누군가 문을 꽝꽝 두드렸다. 막심은 금방 몸을 일으키지 못했다. 그는 간신히 일어나 문을 열었다. 앞치마를 입고 머리에 프릴을 두른 여자가 연미복을 들고 서 있었다.

"사령관님이 보내셨어요."

옆방의 매니저도 연미복을 받고는 막심을 돌아보고 있었다.

"우리도 뭔가 유니폼이 필요한가 보죠."

사령관은 여자들과 아이들에게도 저녁 만찬 드레스를 보내준 것 같았다.

벌써 로비 테라스에 장교가 기다리고 있다고 했다.

사람들은 약속 시간에 맞춰 모두 로비에 모였다. 타냐는 어깨가 드러나는 머메이드 드레스를 입고 사령관이 선물한 티아라와 목걸이를 했다. 그녀는 영화배우로 돌아간 것 같았다.

보모와 아이들은 모두 같은 분홍색의 정장과 드레스를 입었다. 장교는 모두의 모습에 만족한 듯 보였다.

"이제 출발하도록 하죠. 모두 저를 따라 오십시오."

사령관저는 게스트하우스와 가까운 곳에 있다고 했다. 장교는 앞서 걸어 내려갔다. 저녁 바람이 조금 심해 여자들의 드레스자락이 몸에 휘감겼다. 담장 안쪽의 출렁대는 나무들에서 낙엽이 떨어져 길가로 흩뿌려졌다. 골목길이 넓어질수록 길 가운데 장식된 조각상들은 점점 더 커지고 대담해졌다. 활시위를 당기거나 칼을 들고 싸우는 전사, 여신의 무릎에 얼굴을 묻고 있는 전사의 조각도 있었다. 반인반수의 전사는 비장한 얼굴로 바다를 내려다 보고 있었다.

아이들은 신이 나서 골목길을 달려 내려갔다. 웅장한 철문 앞에 도착했다. 철문은 열려 있었고 장교는 안으로 사람들을 안내했다. 잘 정돈된 정원에 분수대가 있었고 가로등은 사령관저를 은은하게 비추었다. 대리석 건물 전면에 신전 같은 기둥들이 늘어서 있었다. 중세 옷에 긴 가발을 쓴 집사가 나타나 고풍스럽게 장식된 문을 열고 안으로 들여보내 주었다. 현관문 앞으로 세 방향으로 뻗은 우아한 계단이 나타났다. 천장은 한없이 높았고 크리스털을 주렁주렁 매단 샹들리에가 곳곳에 늘어져 있었다.

집사를 따라 중앙계단으로 올라갔다. 집사는 소란스런 아이들을 향해 입술에 손가락을 대고 쉿 소리를 냈다. 바닥에 깔린 양탄자는 너무 두껍고 털이 길어서 둥둥 떠가는 느낌이었다.

"자 여깁니다. 사령관님이 아까부터 기다리고 계세요."

사령관은 접견실의 큰 가죽 소파에 앉아 있었다. 그는 군복을 벗고 뒤가 긴 연미복을 입고 있었다. 사령관은 정중하게 타냐의 손에 입을 맞추고 막심과 매니저와 악수를 했다.

"여배우님께서 보시기에 부족하지만 나름대로 공을 들인 집입니다.”

사령관은 처음 만났을 때 바다를 가리킨 것처럼 한 손을 허공으로 뻗었다.

접견실 벽에는 온통 초상화 그림으로 가득했다. 그들은 모두 음침한 옆얼굴로 방문객들을 노려보고 있었는데 개중에는 왕관을 쓰거나 개를 안고 있고 담배나 파이프를 물고 있기도 했다.

“자, 이제 식사 준비가 다 된 것 같으니 연회실로 이동합시다.”

연회실에선 조용한 왈츠가 흘러나오고 음식 냄새가 진동했다.

모두는 연회실의 긴 직사각형 식탁에 둘러앉았다. 연회실에도 접견실과 마찬가지로 많은 초상화 그림들이 걸려 있었다. 그림들은 관객처럼 식탁에 앉은 사람들을 내려다보고 있었다. 식탁에는 은제 식기가 세팅되어 있었고 은촛대에도 작은 불꽃이 매달려 있었다.

집사가 돌아가며 어른들에겐 포도주를 아이들에겐 주스를 따라주었다. 사령관이 잔을 들어 건배를 했다.

“BLT에 오신 여러분 환영합니다.”

여기저기에서 잔을 부딪치는 소리가 들리고 아이들도 서로 잔을 부딪쳤다.

“우리 요리사가 여러분들을 위해 특별히 신경을 많이 썼다고 합니다. 다 같이 맛을 음미하죠.”

식사가 차례대로 나오기 시작했다. 싱싱한 야채와 과일, 바삭하고 따뜻한 빵과 스프, 고기와 생선, 해산물 요리, 고급 포도주, 모두 대륙에서 공수해 온 것들이었다.

"이곳에 오신 소감이 어떻습니까?"

사령관은 막심과 눈을 맞추며 물었다.

"해안가의 난민촌은 생각보다 훨씬 규모가 크더군요. 그것 말고는 아직 둘러보지 않아서 모르겠습니다."

사령관은 실망하는 표정이 되었다.

"맞는 말이긴 합니다. 하지만 이곳을 단지 난민들의 수용소, 범죄자와 정치범들의 독방처럼 생각하시면 안 됩니다. 잠재적으로 응축된 힘을 주목하셔야 할 겁니다. 미래의 후손들은 이곳을 지구 역사상 최대의 역작이라고 기록할지 모릅니다."

사령관의 말에 누구도 반론을 하거나 질문을 하지 않았다. 사람들은 열심히 칼질을 해 생선살을 발라 입에 넣었다. 조용한 왈츠에 식사하는 소리와 아이들의 수선거림이 섞여 들었다. 촛불 아래 타냐는 영화의 어느 여주인공보다 아름답게 빛났다. 그녀의 헬쑥한 얼굴은 음영이 드러나 더욱 신비스럽게 보였다. 사령관은 그녀의 아름다움과 영화의 업적에 대해 칭송했다. 타냐는 사령관에게 개인적인 질문을 했다.

"가족들은 어디 계신가요?"

"전 결혼한 적이 없습니다. 그러니 당연히 가족도 없겠지요. 하지만 후회하지 않습니다. 저를 찾아오는 손님들이 이렇게 많고 과업은 언제나 제가 고독하기를 원하지요."

사령관이 술잔을 비우자 뒤에 서 있던 집사가 그의 잔에 다시 포도주를 따라주었다.

"이곳에 오기까지 힘든 일도 많았지만 사령관이 이렇게 저희를 환대해주셔서 모든 게 눈 녹듯 사라졌어요. 감사합니다."

타냐는 잔을 들어 그에게 경의를 표했다.

아이들은 작은 스푼으로 아이스크림을 떠먹었다. 매니저는 술에 얼굴이 달아올라 있었고 막심은 벽에 걸린 초상화 그림들을 훑어보고 있었다. 초상화들은 공통점이 있었다. 모두 위정자들로 왕과 여왕, 대제, 교황과 추기경, 대륙의 정복자들이었다. 막심은 사령관이 어떤 사람인지 궁금했다.

"식사가 거의 끝난 것 같군요. 여러분들을 위해 다음 파티가 기다리고 있습니다. 그곳으로 가시죠."

집사는 아이들과 보모를 장난감이 가득한 방으로 데려갔다. 사령관은 타냐와 막심, 매니저를 자신의 서재로 데려갔다. 흰 건물 앞에서 만났던 남자들을 볼 수 있었다. 그들은 타냐 일행이 식사가 끝나기를 기다리고 있었던 것 같았다. 그들은 술을 마시고 있었는데 정중하고 예의 바르게 타냐 일행을 대했다. 대화의 주제는 이곳 날씨와 타냐가 출연한 영화 이야기였다.

서재의 전면은 유리창으로 되어 있었고 넘실대는 검은 바다가 내려다보였다. 게스트 하우스와 마찬가지로 사령관의 관저도 깎아지른 암벽에 지어졌다. 파도는 암벽을 기어오를 듯한 기세로 밀려왔다 닿기도 전 사그라졌다. 술잔을 든 사람들은 음울한 시선으로 밖을 내다보았다. 유리창에 하나둘 긋기 시작한 빗방울이 어느새 굵어졌다.

사령관이 서재에서도 들리는 왈츠의 볼륨을 높였다. 그는 혼자 춤을 추듯 움직이다 벽에 숨겨둔 스위치를 눌렀다.

"우리도 장난감이 필요할 때가 있지요."

서재의 두 개의 벽이 열리더니 성장을 한 밀랍인형들이 쏟아져 나왔다. 밀랍인형들은 접견실과 연회실의 벽에 걸렸던 초상화 인물들과 닮아 있었다. 밀랍인형은 모두 역사적인 인물들이거나 사건에 연루된 사람들이었다. 타냐 일행은 놀라서 입을 다물 수가 없었다. 밀랍인형은 일사불란하게 두 개의 원을 만들어 마주보았다. 밀랍인형들의 파트너가 정해졌다. 사령관은 타냐에게 한쪽 무릎을 살짝 굽히며 정중하게 춤을 청했다. 사령관과 타냐는 두 개의 원 속으로 들어가 왈츠의 포즈를 취했다. 타냐는 드레스 자락을 살짝 들어 올리고 사령관의 손을 잡았고 사령관은 타냐의 허리에 손을 올렸다. 그들은 음악에 맞춰 오른쪽으로 돌기 시작했다. 밀랍인형들도 파트너들의 손을 잡고 사령관을 따라 춤을 추었다.

밀랍인형들은 파트너와 눈을 마주치지 않고 우아한 표정으로 춤을 추다 다른 상대와 조금이라도 부딪치면 입가에 어색한 미소를 띠며 실례합니다. 미안합니다, 라는 말을 반복했다. 그들은 모두 센서로 움직이고 있었다. 과장된 미소와 영혼이 빼앗긴 눈을 달고 있었다.

원의 방향을 바꾸자 파트너가 모두 바뀌었다. 그들은 파트너가 누구든 상관없는 것 같았다. 왈츠가 빨라지기 시작했다. 사령관과 타냐는 음악에 맞춰 빙글빙글 춤을 추었다. 사령관은 춤에 도취된 듯 보였고 타냐는 그의 품에서 헤어 나오지 못하는 난처한 얼굴을 하고 있었다. 왈츠는 점점 빨라졌다. 굵은 빗방울은 어느새 폭우로 변해 있었다. 파도는 더 거세져 관저 밑까지 높이 치솟았다 사라졌다. 바다에는 흰 눈발 같은 것이 내리고 있었다.

점점 빨라지는 음악에 맞춰 춤을 추던 밀랍인형에서 연기가 났다. 그들은 파트너와 헤어져 우왕좌왕하다 서로 부딪쳐 미안합니다, 실례합니다, 란 말을 연달아 했다. 왈츠는 결국 길게 늘어지더니 꺼져 버렸다. 사령관은 타냐의 손을 놓았다.

서재 안은 갑자기 서 버린 밀랍인형들로 가득했다. 사령관이 센서를 누르자 밀랍인형들은 그들이 나왔던 문으로 끌려들어 갔다. 사령관은 어깨를 으쓱했다.

"내 장난감들은 더 손을 봐야 할 것 같군요. 역사적 영웅들과 춤을 출 기회를 드리고 싶었는데 다음을 기대해 봅시다."

타냐는 숨이 찼고 빨리 사령관과 헤어지고 싶었다. 사령관은 바다를 만지듯 유리창에 손을 댔다.

"저놈들이 우릴 먹어치우기 전에 이 방을 나가야 할 것 같군요. 덕분에 오늘 즐거운 시간을 보냈습니다. 이제 돌아가도 좋습니다. 내일 일정은 제 부관이 알려드릴 겁니다."

하늘에 두 개의 전극이 부딪쳐 스파크가 튀며 바다에 내리꽂혔다. 순간 엎드려 있던 바다의 등을 보았다. 누구도 올라타 다스릴 수 없는 거대한 등이 꿈틀대고 있었다.

관저 밖에 두 대의 마차가 대기하고 있었다. 폭우를 뚫고 좁은 언덕 길을 올라 게스트하우스 앞에 내려주었다.

강렬한 아침 태양이 떠올랐다. 일찍부터 장교가 로비에 대기하고 있었다. 그는 매니저를 만나 오늘 중요한 공식 일정에 대해 설명했다.

타냐 일행은 서둘러 게스트 하우스로 나와 BLT 중앙본부실로 향했다. 사령관은 아직 출근하지 않고 있었다. 장교는 벽에 걸린 지도를 짚어가며 BLT가 어떻게 구성되어 있는지 알려 주었다.

BLT는 총 일곱 군데로 나뉘어져 있었다. 제1블록에서 제3블록까지는 해안가 난민촌으로 가장 넓은 지역을 차지했다. 장교의 설명에 의하면 세계대전이 끝나고 각 나라의 국경에 몰려 있던 전쟁난민들을 수용한 것이라고 했다. 강제 이주의 주장은 날조라고 덧붙였다. 그곳 사람들에게 공평한 배급을 주고 능력에 맞는 일자리를 만들어주었다는 것이다.

4블록은 작은 규모로 아직 완성되지 않은, BLT의 마무리 공사를 진행하고 있는 관리 감독과 기술자들의 숙소라고 했다.

5블록은 교도소와 정치범 수용소가 있는 곳으로 특별 관리 통제구역이었다. 5블록에 수용된 사람들은 얼마나 되는지는 질문을 받지 않겠다고 말했다. 하루 일정량의 운동과 노동이 주어진다고 했다.

6블록과 7블록은 연구동이었다. 반도 북부 지대에서만 유일하게 생산되는 광물질을 캐내고 가공하는 일을 한다고 했다. 하지만 그것이 무엇이고 어디에 쓰이는지 장교는 설명하지 않았다. 해안가 절벽에 지은 관저와 병원은 어떤 블록에도 포함되지 않았다.

매니저는 장교의 말을 듣는 둥 마는 둥 하며 타냐가 참석할 학교 기공식 행사의 연설문을 작성했다. 막심은 난민촌 사람들이 언덕 위 흰 병원을 이용할 수 있는지 묻고 싶었지만 그럴 기회가 오지 않았다.

타냐의 첫 번째 일정은 학교 기공식에 참석하고 다음은 이곳에 주둔한 대륙의 연방군을 위문하고 세 번째 일정은 난민촌에서 아이 둘을 입양하기로 되어 있었다.

타냐는 반바지에 사파리 점퍼를 걸치고 화장기 없는 얼굴을 태양 아래 고스란히 노출시켰다. 태양은 어제의 날씨를 무색하게 했다. 콧잔등에 땀이 송송 맺힌 그녀는 어느 때보다 건강하고 아름다워 보였다.

어제 저녁 사령관 서재에서 같이 술을 마셨던 남자들이 보였다. 타냐는 그들과 같이 테이프를 자르고 삽으로 흙을 떴다. 사병 한 사람이 타냐를 따라다니며 사진을 찍었다. 사람들이 서로 타냐를 보겠다고 앞으로 밀려 나왔다. 이러다 압사 사고라도 날 지경이었다. 군인들이 사람들을 해산시키느라 애를 먹었다.

"첫 번째 애인이 죽어서 한동안 슬럼프였는데 이젠 괜찮은가 보지."

"원래 금발이었나? 요번에 찍은 영화의 남자 주인공과 연인 사이라는데 사실이야?"

"고문 받는 장면에서 진짜로 살을 태웠다는데 상처를 문신처럼 만들었대.”

사람들은 그녀를 만지려고 했고 문신을 보여 달라고 소리를 질렀다. 군인들은 몰려든 사람들을 통제할 수 없었다. 일정은 시간을 다 채우지 못하고 끝이 났다. 돌아가는 타냐를 향해 야유를 보내고 흙을 집어 던졌다. 여운이 긴 총성 두 발이 울리기도 했다.

타냐는 잠시 쉬었다 옷을 갈아입고 사병들이 모여 있는 무대로 올라갔다.

병사들은 환호성을 지르고 휘파람을 불었다.

타냐는 그곳에서 자신이 출연한 영화의 주제곡을 무반주로 불렀다. 한 병사가 무대 위로 올라와 같이 노래를 불렀다. 타냐는 사병들과 단체 사진을 찍기도 했다. 연방 정부는 타냐를 이용한 홍보 효과를 톡톡히 볼 셈이었다. 그녀는 군인들 사이에 식판을 들고 서 있었다. 그리고 그들과 어울려 식사를 하기도 했다.

그녀는 짧은 휴식 시간을 가졌다. 긴 의자에 발을 뻗고 누웠다. 파란 바다, 해변을 가르는 철책들, 바람에 흔들리는 나무들과 천막들, 그 사이를 온갖 피부의 아이들이 뛰어다니고 그녀는 이곳이 진짜 파라다이스인지 모른다고 생각했다.

타냐는 인솔자를 따라 보모와 아이들을 데리고 아동보호시설로 갔다. 그곳은 전쟁고아와 부랑아들을 수용하는 시설이었다. 타냐는 이곳에서 아이 둘을 입양하는 공식행사를 치르기로 했다.

행사장 무대 위로 타냐와 아이들이 나타나자 열렬한 환영이 쏟아졌다. 타냐는 미리 준비한 짧은 연설을 했다. 잠시 후 미리 뽑아 놓은 입양할 아이 둘이 행사요원의 손을 잡고 무대 위로 올라왔다. 머리가 꼽슬꼽슬한 검은 피부의 남자아이와 그보다 두세 살은 어려보이는 여자아이였다. 타냐는 들고 있던 꽃다발을 그들에게 안겨주었다. 타냐의 아이들도 새로 입양한 두 아이에게 준비한 선물을 주었다. 남자아이는 감흥 없는 골이 난 얼굴을 하고 모래밭의 아이들을 노려보았고 여자아이는 머쓱한 표정으로 타냐의 품에 안겨 있다 졸려서인지 타냐의 어깨에 얼굴을 비볐다.

모래밭에 앉은 아이들은 박수를 치고 장난을 치지만 뽑힌 두 아이가 부러운 시선이었다. 타냐는 새로 입양한 남자아이의 볼에 입을 맞추고 머리를 쓰다듬어 주었다. 비디오카메라가 그녀의 모습을 여전히 찍고 있었다.

공식 일정을 마친 타냐는 막심을 기다리다 먼저 게스트하우스로 출발했다. 장교는 막심이 사람들을 해산하는 과정에서 같이 섞여 떠밀려 나갔을지 모른다고 말했다. 하지만 곧 찾아 게스트하우스로 모시겠다는 말을 했다.

한 무리의 아이들이 타냐의 차를 따라 달렸다. 그들 중에는 자신을 데려가 달라고 소리치는 아이들도 있었다. 차가 속도를 내자 점차 아이들이 멀어져갔다. 아이들은 포기하고 멀거니 차의 뒤꽁무니를 쳐다봤지만 한 아이만이 줄기차게 달려오고 있었다. 점점 멀어지는 거리 같은 것은 상관없다는 듯이 달리고 있었다.

갑자기 질주하던 차가 멈췄다. 그리고 달려오는 아이를 기다려 차에 태웠다. 타냐는 아이를 하나 더 입양하게 되었다. 달려오던 아이의 발자국이 모래사장에 또렷이 남아 있었다.

막심은 행사장 인파에 휩쓸려 다닥다닥 붙은 천막촌 안으로 밀려왔다. 그는 질척한 땅 위를 길을 잃은 듯 걸었다. 천막촌 난민들의 초라하고 궁핍한 살림살이가 들여다보였다. 사람들은 기진한 얼굴에 시멘트로 투박하게 지은 공중 화장실 벽에 기대거나 삼삼오오 몰려 앉아 잡담을 하고 앙상한 뼈에 얹은 피부를 가려운 듯 긁었다. 막심은 아이에게 젖을 물리고 있는 젊은 여자와 눈이 마주쳤다. 여자의 홀쭉한 가슴에 매달린 아기는 빈 젖을 빨고 있는 것처럼 보였다. 난민촌 사람들은 직감으로 이방인을 알아보았다. 막심은 자신을 쳐다보는 눈빛을 느꼈다.

막심은 코트 깃을 올리고 모자를 깊이 눌러썼다. 군인들을 만나 돌아갈 길을 찾고 싶었지만 그들은 보이지 않았다. 천막촌의 빨랫줄과 온갖 전선들 사이로 뒤엉킨 지붕에서 흰 연기가 올라오기 시작했다. 저녁밥을 지을 시간이 된 것이다.

막심은 뜻밖에도 천막촌 사이에서 모노레일을 발견했다. 그는 간이역이 나타날 때까지 모노레일을 따라 걸어갔다. 간이역에는 모노레일이 여러 방향으로 뻗어나갔다. 모노레일 저쪽에는 텅 빈 객차들이 몰려 있었다. 마침 불을 밝힌 객차가 간이역으로 진입해 들어오고 있었다. 막심은 뒤로 물러났다.

도착한 객차에서 작업복에 연장통을 든 남자들이 내렸다. 그들은 하나같이 지친 기색이었다. 후줄근한 옷차림에 얼굴은 시커멨다. 갱도에서 일하고 돌아오는 광부들 같았다. 모노레일 객차가 출발하자 간이역의 불이 꺼졌다. 막심은 그들을 따라갔다. 그들 중 한 사람을 붙잡고 어디서 오는 길이냐고 묻고 싶었다. 하지만 그들은 곧 천막촌에 들어서자 흩어지고 막심은 누군가의 뒤를 따라가 말을 걸려는 순간 작업복을 입은 남자들이 갑자기 나타나 그를 에워쌌다.

"당신 누군데 우릴 미행하는 거지?"

"난 BLT에 잠시 머물다 갈 사람인데 길을 잃었소."

어디선가 웃음소리가 들렸다. 주머니칼을 만지작거리던 남자가 힐끗 막심을 올려보며 말했다.

"우리 동태를 파악하려고 사령관이 보낸 스파이 아냐?"

"무슨 오해가 있나 본 데, 난 배우 타냐 아이들의 주치의 자격으로 이곳에 온 사람입니다. 길을 잃었을 뿐이오."

"그런데 왜 여기서 얼쩡거리는 거야? 배우 타냐도 연방정부 놈들과 똑같아. 우리를 기만하는 데 앞장섰어. 연방정부의 꼭두각시에 불과하지."

"타냐는 이곳의 실상을 몰라요. 파라다이스 광고를 찍은 것도 여기 온 것도 다 연방정부가 시켜서 한 일일 거요."

"파라다이스? 이 양반 말 들었어?"

작업복 입은 남자들은 단번에 막심에게 달려들어 폭력을 쓸 기세였다.

"우린 매일 땅속 깊이 들어가 독가스를 마시면서 중노동을 한다고. 벌써 한 달째 배급도 끊기고 돈도 주지 않았어."

누군가 땅에 침을 뱉는 소리가 들렸다.

"이곳에선 강제 노역이 없다고 들었는데."

"다 거짓말이야."

"날 돌아가게 해줘요. 곧 날 찾으러 군인들이 올지 모릅니다."

"스파이를 이대로 보내면 안 돼."

"타냐 아이들의 주치의라고 하잖아. 일이 커지면 곤란해."

천막촌 사람들이 몰려들어 무슨 일이냐며 웅성거렸다. 사내들 뒤로 귀에 익은 목소리가 들렸다. 사내들과 같은 작업복에 마스크를 목에 건 땅딸막한 남자였다. 그 옆에는 훌쩍 키가 큰 남자도 있었다. 더먼 형제의 뚱보 목소리였다. 뚱보는 울음이 터질 것 같은 얼굴로 덥석 막심을 끌어안았다. 막심도 우연치 않게 만난 그들이 너무 고맙고 반가웠다.

"이분은 우리가 잘 알아. 스파이가 아냐, 아주 유명한 의사선생님이란 말이야."

"제 동생 말이 맞아요. 이분을 믿어야 할 겁니다. 돌려보내 드려야 돼요."

더먼의 형이 사내들을 둘러보고 침착하게 말했다.

"비켜, 비키란 말이야."

사내들은 주춤주춤 길을 열어주었다. 몰려든 사람들도 별일 아니라는 듯 무관심하게 등을 돌렸다.

"여기서 이렇게 만날 줄 몰랐어요."

"잠시 저희 집에 들렀다 가요. 여기서 가깝거든요. 경계초소까지 우리가 모셔다 드릴게요."

막심은 더먼 형제를 따라 질척한 길을 걸었다. 집에 돌아온 더먼 형제는 졸졸 흐르는 수도꼭지에서 물을 받아 몸을 씻었다. 그들의 막사에는 음식을 만들 수 있는 조리대와 취사도구가 있었다. 더먼 형제는 물을 끓이고 숨겨놓은 구호품 상자에서 과자와 차를 꺼냈다. 그들의 저녁 식사 같았다. 세 사람은 머리를 맞대고 앉아 딱딱한 과자를 깨물었다.

"사람들이 불만이 많아요. 언제 폭발할지 모르죠."

더먼의 형이 먼저 입을 열었다.

"선전했던 것과는 많이 달라 보이죠?"

막심은 전적으로 더먼의 말에 동의한다는 듯 고개를 끄덕거렸다.

"처음 천막촌에 올 때만 해도 하루에 수십 대의 비행기가 날아와 보급품을 줄줄이 뿌리고 갔어요. 사람들은 보급품을 몇 상자씩 차지하고도 남아 뒤로 빼돌리기도 했어요. 지금은 아예 비행기를 본 적이 없어요. 벌써 한 달이 훨씬 넘었어요."

"그럼 임금은요?"

"돈은 받아본 적이 없어요. 아직 우리가 채굴하고 있는 것이 실용화

되질 못 했대요. 지하 벙커에 비밀 연구실이 있는데 우리가 깨낸 것이 그곳으로 흘러간다는 말이 있어요. BLT에 물자를 풍족히 공급해준다는 말은 거짓말이에요.”

“어떤 일을 하는지 자세히 말해줄 수 있어요.”

“우리는 지하 갱도로 내려가 부드럽고 연한 액체를 꺼내요. 색깔은 금과 비슷하지만 전혀 다른 성분 같아요. 간부들의 말을 슬쩍 들었는데 신물질이라고 불렀어요.”

“형, 우린 사기 당한 거야. 우리도 막심 박사님이 떠날 때 같이 떠나자.”

더먼의 뚱보는 형과 막심의 말 사이에 불쑥 끼어들었다.

“원한다면 자유롭게 떠날 수 없나요?”

“BLT 당국은 사람들을 철저히 통제하고 있어요. 그들의 허락 없이 이곳을 떠나는 건 불가능해요. 도망치다 걸리면 변을 당하거나 감옥에 가요. 신물질을 몰래 가져 나오려다 걸려도 마찬가지예요. 처형당했다는 말을 들었어요.”

“그들이 그걸 가지고 뭘 하려는지 궁금하군요.”

“무기를 만들려는 건 아닐까요.”

“그럴 가능성이 있긴 해요.”

막심은 몸을 일으켰다.

“돌아가야 할 것 같군요. 나를 찾으려고 군인들이 돌아다니고 있을지 몰라요.”

"형, 우리도 돌아가자. 차라리 레슬러가 되는 게 더 낫겠어."

"우리에겐 어떤 곳이나 마찬가지야."

더먼의 형은 동생을 진정시키려고 그의 어깨에 두 손을 얹었다.

"우린 늦어도 이틀 후면 여길 떠납니다. 부탁할 게 있어요. 위험한 일인 줄 알지만 당신들이 일한다는 작업장에 가보고 싶어요. 여기 와 보니 저들이 어떤 목적을 갖고 사람들을 집단으로 수용시켰다는 느낌이 들어요. 그리고 동생이 원한다면 우리가 떠날 때 데려갈게요."

막심은 두 형제를 번갈아 보며 말했다. 더먼의 형은 막사를 열어 주변을 살피고 막심과 만날 시간과 장소를 약속했다.

더먼 형제는 막심을 블록 경계선까지 데려다 주었다. 막심은 그곳에서 군인들을 만나고 다시 절벽의 게스트 하우스로 돌아갔다. 타냐는 초조한 얼굴로 매니저와 함께 일 층에서 막심을 기다리고 있었다.

"걱정했어요. 별일 없으신 거죠?"

"괜찮아요. 정신을 딴 데 팔다 인파에 휩쓸려 들어갔어요."

"잘못하면 우리한테 피해를 입힐 뻔했어요. 여길 떠날 때까진 독자 행동은 안 돼요. 사령관이 어떤 사람인지 봤죠? 꼭 미친 사람 같아요. 여긴 그 사람의 말이 법이라고요. 우릴 붙잡아두고 장난감으로 만들어 버릴지 몰라요. 춤추는 밀랍인형 안에 죽은 사람이 들어있을지 누가 알아, 생각만 해도 오싹해요."

매니저는 부르르 떠는 시늉을 했다.

“아이들 입양 행사는 잘 치렀나요?”

“네, 하지만 마음이 예전처럼 기쁘지 않았어요. 진정으로 내가 그들을 선택할 자격이 있나 처음으로 의문이 들었어요. 난 아이들을 입양하고 키우면서 자기만족에 빠졌었나 봐요. 아이들을 키우면서 내가 성숙해진다는 건 어쩜 위선 같아요.”

“그렇지 않아요. 타냐. 당신이 이 먼 곳까지 아이들을 데리고 온 걸 보면 알잖소.”

타냐와 막심은 테라스로 나와 거친 파도가 넘실대는 바다를 내려다보았다. 방파제 끝 등대 불빛은 여전히 깜박대고 있었다.

밤새도록 폭풍우가 몰아쳤다. 바다는 중력을 끊어낼 듯 몸부림쳤다. 파도는 목줄이 묶인 사나운 짐승처럼 절벽을 핥아 올라갔다 질질 끌려 내려왔다. 절벽 위의 저택들은 언제 쓸려내려 갈지 몰라 위태로워 보였다. 등대는 수도 없이 파도에 삼켜졌다 되살아났다. 막심은 간신히 잠이 들어 어지러운 꿈을 꾸었다.

막심은 언덕 위에 눈을 부릅뜨고 서서 거대한 난민촌의 잔해들이 바다 위에 둥둥 떠 있는 것을 내려다보고 있었다. 바다 위에 빨간 십자가 깃발이 둥실 떠올랐다. 어디선가 나타난 수많은 사람들이 빨간 십자가 깃발로 모여들었다. 철책 사이로 흔들렸던 아이들의 손처럼 바다 위로 떠오른 사람들의 손이 깃발을 잡기 위해 허공을 휘저었다. 막심은 그것이 꿈인 줄 알고 부릅뜬 눈을 감았다. 꿈에서 헤어 나오려고 선잠을 깼다. 여운이 길게 남았다. 꿈과 현실의 모호한 경계에서 뒤척거렸다. 창이 바람에 심하게 흔들렸다.

태풍이 완전히 사라지고 적막이 그를 깨웠다. 창밖의 또 다른 세계가 안개로 가려져 있었다. 그는 이른 새벽 게스트하우스를 빠져나와 해안가로 내려갔다. 해안가로 내려가는 계단에 무수한 낙엽과 쓰레기가 나뒹굴었다. 사령관 관저는 불빛도 없고 가로등도 꺼져 있었다. 바다의 안개는 벼랑의 저택들을 이미 점령했다.

해안가는 어젯밤 태풍을 잊은 듯 말쑥했다.

막심은 긴 해변가를 걸었다. 바람은 여전히 채찍소리를 내고 목덜미를 파고들었지만 빠져나간 파도는 소리 없이 밀려갔다 밀려왔다. 어스름 속에 바다와 하늘이 하나가 된 것처럼 보였다. 막심은 광대한 영역을 마주했다. 그리고 언젠가 본 적이 있는, 언젠가 숨결을 느낀 적이 있는 공간을 떠올렸다. 막심은 바람결에 브루노이어의 소리를 들은 것 같았다. 막심은 사방을 휘둘러보았다. 바람 소리뿐 아무것도 없었다.

막심은 멀리서 달려오는 마차를 보았다. 그는 환영이라고 생각했다. 깃털 달린 모자를 쓰고 화려한 문양의 천을 늘어뜨린 말들이 달려오고 있었다. 장식과 단추가 많이 달린 옷을 입은 마부도 보였다. 달려오던 마차가 막심 앞에서 멈췄다. 마차의 문이 열리고 사령관의 얼굴이 나타났다. 그는 밤새 잠을 못 잔 피곤한 얼굴로 막심을 보고 있었다.

"나처럼 이른 새벽 바닷가를 산책하는 사람이 있을 줄은 몰랐네요. 어서 타시죠. 다시 폭우가 쏟아질지 아무도 몰라요."

막심은 마차에 올라탔다. 사령관에게서 술 냄새가 나는 것 같았다.

"새벽마다 마차를 타고 산책하십니까?"

"매일이라고는 할 수 없고, 나도 막심 박사님처럼 혼자 걸을 때도 많아요."

사령관은 군복 상의를 풀어 헤치고 신발도 마차 바닥에 벗어놓았다. 그는 자신의 흐트러진 모습 따윈 신경 쓰지 않고 흐릿한 눈길을 막심에게 보냈다.

"난 마차를 타고 나와 잠시 눈을 붙이지. 이런 시간에 당신을 만난 건 우리가 친구가 될 수 있다는 좋은 징조 같아. 그렇지 않나?"

막심은 그의 말에 반박할 생각이 없었다. 그도 환영에 사로잡힐 수가 있었다. 막심은 새벽에 만난 안개도 마차도 사령관도 모두 신기루라고 생각했다. 사령관은 이제야 잠이 몰려오는지 크게 하품을 했다.

마차는 바닷가를 달리고 있었다. 파도를 밟는 말발굽 소리가 들렸다. 두 사람은 마차의 흔들림에 몸을 맡겼다. 마차 밖에는 시간이 멈추거나 거꾸로 흐르는 것 같았다. 사령관에게 돌아가고자 하는 시간이 어디쯤인지 묻고 싶었다.

"묻고 싶은 게 있어요?"

눈을 감고 있던 사령관이 눈을 떴다.

"뭐죠?"

사령관은 나지막한 목소리로 물었다.

"이곳 BLT에서 무엇을 하려는 거요?"

사령관 얼굴에 희미한 미소가 지나갔다.

"당신의 얼굴에 의문이 가득해. 슬퍼 보이기까지 하네, 이곳은 아주 쓸쓸하고 외로운 곳이라 생각이 많아지죠. 사람들은 진실에 다가갈수록 나약해져요. 인간이 나약하듯 말이오. 나는 자기 최면과 다를 바 없는 거짓투성이 역사에 진절머리가 나요. 고장 난 회전목마에 올라 탄 기분이죠. 그래서 늘 머리가 아파요."

"회전목마를 세울 생각이신가요?"

"역시 박사님은 예리하시네, 내일 타냐 배우와 박사님이 떠나는 게 아쉽네요. 우린 많은 대화를 나눌 수 있는 사이가 됐을 텐데."

마차는 절벽을 오르는 계단 앞에 멈췄다.

사령관은 마차에서 내리는 막심을 향해 손가락 두 개를 붙여 경례를 하고는 반쯤 벗은 군복을 턱밑까지 끌어올리고 웅송그리며 눈을 붙였다.

홀로 남겨진 막심은 달려가는 마차의 뒤를 바라보았다. 바람이 그의 머리카락을 마구 휘저었다. 다시 파도가 거세졌다.

타냐와 매니저는 말다툼을 벌였다. 매니저는 날씨만 좋다면 당장 떠나는 게 일정이 수월할 거라고 말했다. 타냐는 이곳 날씨는 불안정해서 한 치 앞도 내다볼 수 없다는 BLT 장교의 말을 전했다. 아이들이 쉬지 않고 이동하는 것이 마음에 걸렸기 때문이었다.

매니저는 본토 영화사와 연락을 하려고 했지만 어젯밤 태풍으로 통신시설이 쓰러졌다는 말을 들었다. 매니저는 하루속히 이곳을 떠나고 편안한 일상으로 돌아가고 싶었던 것이다. 비가 또 내리기 시작했다. 타냐의 말이 옳았다. 이곳의 일기예보는 틀린 경우가 많았다. 숙소에 음식 냄새가 진동했다. 요리사와 아이들이 어울려 빵과 쿠키를 만들었다. 아이들이 뛰어다니는 소리와 웃음이 게스트하우스에 가득했다. 새로 입양한 아이들도 허물없이 어울려 놀았다.

간식을 먹고 아이들이 낮잠 잘 시간이 되었다. 아이들은 침대에 들지 않으려고 했지만 밖은 대낮인데도 어둡고 천둥소리가 들렸다. 아이들은 겁을 먹고 보모가 시키는 대로 침대에 누웠다.

보모는 커튼을 치고 침대에 누워 있는 일곱 아이들을 하나씩 들여다보고 자리에 앉았다. 그녀는 아이들이 잠드는 동안 뜨개질을 하는 대신 옛날이야기를 들려주었다. 보모는 낮은 목소리로 이야기를 시작했다.

북쪽 아주 추운 얼음나라에 거인 문지기가 살고 있었어. 얼음나라엔 보슬보슬한 흰 양털 옷을 입은 작은 눈사람들이 살고 있었지. 혹시 너희들 중에 눈사람을 본 적이 있니? 아이들은 모두 고개를 가로저었다. 아무도 없구나. 눈사람들은 얼음으로 만든 집에서 살고 흰 양털 옷을 벗으면 투명한 얼음 몸뚱이가 드러나. 그들은 너무 착해서 싸움을 모르고 살았단다. 어느 날은 해가 반짝 떠. 그러면 눈사람들은 서로 몸을 꽁꽁 합쳐 그날을 보낸단다. 그들은 평소에도 서로를 한 몸처럼 아끼고 지냈다.

그런데 해가 반짝 뜨는 날이 점점 길어지기 시작했어. 하루가 가고 이틀이 가고 어느새 일주일이 지나갔어. 해는 점점 크고 뜨거워졌어. 그래서 눈사람들은 해를 치우기로 결정했지. 눈사람들은 거인 문지기 에게 그의 어깨를 타고 올라가 해를 치우게 해달라고 부탁했지. 물론 거인 문지기는 승낙을 했어. 눈사람들은 거인 문지기의 어깨를 타고 올라가고 또 타고 올라가도 태양에 닿질 않았어. 계속 눈사람들의 키 가 작아졌거든. 어떻게 됐겠어? 하늘로 높이 올라간 눈사람들이 쿵 하 고 옆으로 쓰러졌지. 그 소리가 얼마나 큰지 태양이 저만큼 달아났대.

“거짓말이다.”

“재미없어.”

“아니야 참말이야.”

“그럼 얼음나라는 어떻게 됐어요?”

“녹지 않으려고 서로를 더욱 아끼고 사랑했지. 뜨거운 해가 뜨면 거 인 문지기는 눈사람들을 어깨에 태우고 발끝을 세워 이리저리 움직였 어. 그러다 넘어지면 세상은 그들이 입은 양털 같은 눈이 내리지.”

아이들은 이야기를 듣다 하나둘 잠이 들었다. 이야기를 마친 보모도 코를 골고 잠이 들었다.

막심은 더먼과 약속한 장소로 가기 위해 게스트 하우스를 몰래 빠져 나왔다. 그들이 타고 온 군용차의 키를 슬쩍 빼돌렸다. 막심은 난민촌 에서 그를 둘러쌌던 사내들의 모습을 잊을 수 없었다.

탐조등 불빛이 BLT 전체를 물샐틈없이 구석구석 비쳤다. 막심은 빠른 속도로 차를 몰고 해안가 철책을 따라 달렸다. 교도소가 있는 5블록을 지날 때 막심은 어둠 속에 숨어 있을 수밖에 없었다. 쇠사슬에 묶인 죄수들이 트럭에서 내려 돌아오고 있었다. 군인들은 삼엄한 경비를 했다. 죄수들이 야간작업에 동원되는 것 같았다. 여러 대의 트럭에서 내린 죄수들이 조용히 암흑 속으로 사라졌다.

막심은 시계를 보았다. 더먼과의 약속 시간이 얼마 남지 않았다. 막심은 뒤를 생각하지도 않고 바닷가 암석 사이를 달렸다. 탐조등은 바다와 해안가, 철책 사이사이를 샅샅이 훑고 지나갔다. 막심은 탐조등의 백색 구멍을 피하기 위해 어둠에서 어둠으로 이동했다. 더먼과 만나기로 한 모노레일 환승역 B6가 목적지였다. 모노레일 환승역 B6이 모든 선로의 중심이 되는 곳이라고 했다.

막심은 차를 허름한 건물 뒤에 숨겼다. 기둥마다 B6라고 쓰여 있었고 환승역은 텅 비어 있었다. 어지럽게 이어진 선로 위에 빈 객차들이 몰려 있었다. 막심은 기둥 뒤에 몸을 숨겼다. 군인들이 언제 순찰을 돌지 알 수 없는 일이었다. 막심은 약속 시간보다 십 분 일찍 도착했다. 숨을 고르고 더먼이 나타날 때까지 기다렸다. 키 큰 그림자가 보였다.

"더먼이오?"

"네."

"혹시 길을 못 찾았나 걱정했어요."

"이제 어디로 가면 되죠?"

“절 따라와요.”

두 사람은 선로를 따라 뛰기 시작했다. 더먼이 미리 보아 둔 객차 한 량으로 뛰어올랐다. 막심도 그와 같이 움직였다. 더먼이 객차를 작동시켰다. 소리 없이 객차가 역을 빠져나갔다.

“가다가 들키지만 않는다면 갱도 앞까지 갈 수 있을 거예요.”

더먼이 어둠 속을 노려보며 말했다. 선로는 지그재그로 산으로 뻗어 있었다.

“오다가 죄수들이 일을 마치고 돌아오는 걸 봤어요. 그들이 어디서 일하는지 알아요?”

“그들과 한 번도 같이 일한 적이 없어요. 아마 우리보다 힘들고 은밀한 일을 하는 건 분명한 것 같아요.”

“갱도에 도착하면 중앙통제 구간을 지나쳐야 돼요. 그곳에서 신분 확인이 안 되면 들어갈 수 없어요. 다른 길을 찾아야 할 겁니다. 아니면 수로를 따라 갈 수도 있을 거예요.”

“수로요?”

“처음에 이곳에 와서 바닷물을 끌어들이는 수로 공사를 했거든요. 아마도 수로가 갱도까지 연결될 확률이 높아요.”

산 그림자가 나타났다. 산의 숭숭 뚫린 구멍으로 밝은 빛이 새어나왔다. 모노레일로 산 가까이 갈 수는 없었다. 두 사람은 모노레일에서 내려 걷기 시작했다. 야광투시경이 달린 총을 들고 있는 군인들이 순찰을 돌고 있었다. 어디선가 개 짖는 소리도 들렸다. 중앙통제구역은 철저한 보안시스템으로 이루어져 침입자가 들어오면 순식간에 진공 상태가 되어버린다고 더먼이 말했다. 두 사람은 빛이 흘러나오지 않는 구멍으로 다가갔다. 허리를 깊게 숙이고 구멍 안으로 들어갔다. 얼마쯤 들어갔을까 갑자기 매운 연기가 몰려왔다. 두 사람은 심하게 기침을 했다. 눈이 따갑고 피부가 화끈거렸다. 구토를 하며 눈물을 흘렸다. 빨리 연기가 사라지길 기다렸다. 두 사람은 푸른 연기 속에 갇혀 허우적거렸다.

쏟아져 나오던 연기가 그쳤다. 막심과 더먼은 바닥에 드러누워 쌕쌕거렸다. 서로에게 괜찮으냐고 묻고 싶었지만 말을 할 수 없었다. 두 사람은 마냥 지체할 수만 없었다. 다시 연기가 나오기 전에 이곳을 벗어나야 했다.

연기가 나오던 환기구를 향해 달렸다. 공기는 여전히 숨쉬기가 어려웠다. 환기구가 끝나는 곳에 거대한 프로펠러 날개가 달려 있었다. 막심과 더먼은 프로펠라 날개 사이로 얼굴을 들이밀었다. 밖은 끝을 알 수 없는 낭떠러지였다. 그리고 한 번도 상상해 보지 않은 놀라운 광경이 펼쳐졌다.

까마득한 절벽 밖, 수직으로 뻗은 지하 동굴에는 수십 대의 엘리베이터가 줄을 타고 하강하거나 상승하고 있었다. 그것들은 줄기에 매달린 열매 같았고 거대한 주름 같았다. 엘리베이터는 물자나 사람을 나르는 이동 수단으로 보였다. 비현실적인 광경이 두 사람을 압도했지만 마음속 의구심은 시간이 갈수록 증폭되고 있었다.

더먼은 환기구 가까운 곳에 문이 열린 채 매달려 있는 엘리베이터를 가리켰다. 환기구로부터 거리는 이 미터쯤 되어 보였다. 난간을 딛고 한 발짝만 점프하면 닿을 거리였다. 하지만 허공에 매달린 엘리베이터는 부담스러웠다. 만약 실수라도 한다면 천 길 낭떠러지로 추락할 것이다.

위험하다는 말은 누구도 하지 않았다. 선택의 여지가 없었다.

"제가 먼저 뛸게요."

더먼이 먼저 나섰다. 그는 난간에 서서 심호흡을 하고 열린 엘리베이터 문 안을 향해 점프했다. 그가 엘리베이터에 닿자 줄이 심하게 흔들리며 기우뚱거렸다. 조심해, 막심이 외쳤다. 더먼의 몸이 반쯤 엘리베이터에 걸쳐져 있었다. 엘리베이터는 좌우로 흔들리고 그는 있는 힘을 다해 기어 올라갔다.

막심의 차례였다. 더먼은 엘리베이터가 흔들리지 않게 다리를 벌려 수평을 맞추었다. 막심도 호흡을 가다듬고 엘리베이터를 향해 몸을 날렸다. 막심의 발이 허공을 디딘 것 같았다. 더먼은 본능적으로 엘리베이터를 앞으로 밀고 나가 공중 곡예 하듯 막심의 팔을 잡아챘다. 엘리베이터가 심하게 출렁거렸다. 더먼은 한 팔로 엘리베이터를 지지하고 다른 한 팔로는 막심의 팔을 잡고 있었다. 두 사람은 공중 그네를 타듯 흔들렸다. 더먼은 목에 힘줄을 세우고 고통스런 얼굴로 막심을 천천히 끌어올렸다. 덜커덩 엘리베이터가 움직였다. 그리고 하강하기 시작했다. 두 사람은 엘리베이터 안으로 굴러 떨어졌다.

엘리베이터는 광활한 공간을 빠른 속도로 내려갔다. 두 사람은 새로운 세상에 온 기분이었다. 저 아래 하얗고 둥근 지붕들이 내려다보였다. 공룡 알처럼 보이던 흰 지붕이 가까워지자 가늠할 수 없을 정도의 큰 실체를 드러냈다. 지상으로 내려온 엘리베이터는 컨베이어 벨트 위로 기울어져 막심과 더먼을 떨어뜨렸다. 컨베이어 벨트는 용광로로 이동하고 있었다. 용광로의 화기는 먼 곳에서도 느낄 수가 있었다. 안에 굴러 떨어진 것을 순식간에 녹였다. 막심과 더먼은 움직이는 벨트에서 무작정 뛰어내려 데굴데굴 굴렀다.

두 사람은 정체 모를 흰 지붕 밑으로 굴러 내렸다. 흰 지붕은 고인돌처럼 납작했고 우주선 같기도 했다. 두 사람은 밀도 낮은 공기 때문에 제대로 숨을 쉴 수가 없었다. 몸을 낮추고 흰 지붕 주위를 돌았다. 입구도 사람들의 흔적도 없었다. 외계에서 온, 불시착한 UFO을 이곳에 끌어다놓은 건지도 모른다고 막심은 생각했다. 크기가 다른 흰 지붕들이 두 개나 더 있었다. 하지만 막심과 더먼이 미처 보지 못한 것들이 있었다. 그것은 바닥에 호스처럼 널브러져 있는 기계손들이었다. 갈고리 같은 기계손이 흰 지붕 위에서 그대로 멈춘 것도 있었다. 이곳에서 오랜 시간을 보낼 수는 없었다. 돌아갈 길도 막막했다.

"여기서 우주선을 만드는 것 같아요."

더먼이 말했다.

"왜 아무도 모르게 이곳에서 우주선을 만드는지 이유를 알 수가 없어요."

“연료 때문이 아닐까요.”

“그럴지도 모르죠.”

연속적인 부저가 울렸다. 보안 시스템은 기류와 먼지 한 톨의 움직임도 잡아냈다. 허공을 오르내리던 엘리베이터가 일제히 멈췄다. 컨베이어 벨트도 멈췄다. 부저는 그치지 않고 울렸다. 막심과 더먼은 빨리 몸을 숨겨야 했다. 몸을 움직일수록 바닥의 고운 입자가 먼지처럼 일어나 호흡을 가로 막았다. 작은 문이 보였다. 사방에서 빛줄기가 날아들었다. 두 사람은 작은 문으로 달려가 힘껏 밀쳤다. 다행스럽게도 문이 열리고 철제 계단이 나타났다. 두 사람은 정신없이 위로 달려 올라갔다.

얼마나 달려 올라왔을까. 두 사람은 숨을 몰아쉬고 소리에 귀를 기울였다. 부저 소리도 따라오는 발소리도 들리지 않았다.

“이제 어디로 가지?”

“우리가 왔던 곳으로 가야지요.”

막심은 고개를 가로저었다.

“너무 깊이 들어온 것 같아.”

“길이 있을 거예요.”

더먼은 막심을 혼자 두고 사라졌다가 돌아왔다.

“이리 와 보세요.”

더먼이 작은 소리로 말했다. 두 사람은 철제계단을 따라 올라가 굳게 닫힌 철문을 지그시 열었다. 열린 문틈으로 내부의 모습을 살폈다.

노란 고무 옷을 입은 사람들이 대형 수조 앞에서 낚시를 하고 있었다. 두 사람은 그들이 무엇을 하는지 지켜보았다. 대형 수조는 핵 연료봉을 보관하는 용수로와 모양이 비슷했다. 세계 각 나라는 인류를 위협하고 환경을 유린하는 핵을 영원히 밀봉시키기로 했다. 어떤 과학적 고찰도 기호도 허용하지 않는다는 선언을 했다.

머리에서 발끝까지 노란 고무 옷을 입을 사람들은 수조의 뚫린 구멍으로 캡슐을 넣거나 빼는 작업을 계속 했다. 수조는 뽀글뽀글 기포가 올라오고 차갑고 투명한 물이 가득했다. 한 점 티끌도 없이 맑았다. 작업하는 사람들의 모습이 또렷이 비쳤다. 자세히 보면 그들이 들고 있는 것은 낚싯대가 아니라 제어봉이었고 수조 안에는 크기가 다른 여러 개의 구멍이 있었다. 중심으로 갈수록 구멍의 크기는 작았고 가장자리는 미사일이라도 들어갈 것처럼 구멍이 컸다.

제어봉으로 수조의 구멍에서 꺼낸 캡슐을 확인하고 다시 제자리에 넣거나 크기가 다른 구멍으로 옮겼다. 그들은 매우 조심스럽게 제어봉을 다뤘는데 물고기를 잡는 낚시꾼보다 더 신중했다. 그들은 수조를 빙빙 돌며 구멍에서 구멍으로 캡슐을 옮겨놓았다.

"저 안에 뭐가 들어 있는 거죠?"

"모르겠어요. 신물질과 우주선, 수조의 캡슐, 잡힐 듯 잡히지가 않는 뭔가가 있어요."

"저 사람들, 죄수가 아닐까요?"

노란 고무 옷 안에 어떤 사람들이 들어 있는지 확인할 길이 없었다.

그들은 한 마리의 물고기도 놓치지 않는 아주 숙련된 낚시꾼들이었다.

철제계단을 빠르게 달려오는 소리가 들렸다. 두 사람은 수조가 있는 방으로 들어갈 수밖에 없었다. 군인들이 곧 들이닥쳤다. 막심과 더먼은 도망칠 곳이 없었다. 그들은 군인들에게 쫓겨 수조 주변을 빙빙 돌았다. 노란 고무 옷을 입은 사람들은 아랑곳없이 일을 했다. 결국 잡히고 말았다. 군인들은 막심과 더먼을 에워싸고 엘리베이터에 올랐다. 엘리베이터는 빠른 속도로 솟구치고 군인들 중 하나가 막심과 더먼에게 액체 스프레이를 뿌렸다.

두 사람은 곧 의식을 잃고 쓰러졌다.

막심은 무거운 눈꺼풀을 들어올렸다. 사방에서 기분 나쁜 음험한 눈초리가 자신을 노려보고 있었다. 머리는 깨질 듯 아팠다. 의식은 돌아오는데 몸은 마음대로 움직일 수가 없었다. 자신을 노려보던 기분 나쁜 눈초리는 벽에 걸린 초상화그림이었다. 이곳은 사령관의 서재 같았다.

어렴풋이 사령관의 모습이 보였다. 그는 해체된 밀랍인형의 머릿속을 들여다보고 있었다. 막심의 인기척을 느꼈는지 그를 돌아보았다.

"이제 정신이 돌아온 거요?"

사령관은 한쪽 눈썹을 치켜세우며 무표정하게 말했다. 그는 안구가 튀어나온 밀랍인형을 들고 있었다.

"박사님을 다시 만나게 될 줄 알았어. 하지만 이렇게 호기심이 많고 충동적인 분이라는 걸 미리 알았으면 좋았을 텐데."

“더먼은 어디 갔어요. 해치진 않았겠지?”

사령관은 턱 끝으로 의식을 잃고 벽에 기대 주저앉은 더먼을 가리켰다.

사령관은 들고 있던 밀랍인형의 머리를 탁자에 내려놓았다. 그리고 장갑을 벗고는 막심에게 다가가 눈을 가까이 들여다보았다.

“날 어쩔 셈이오?”

“난 당신이 무엇을 봤든 상관없어. 더군다나 당신을 해칠 생각은 추호도 없지. 내일 날이 밝는 대로 당신은 타냐와 같이 떠나게 될 테니까 걱정 말아요.”

“그것들은 다 뭐죠. 대체 무슨 일을 계획하고 있는지 말해 봐요?”

“그걸 당신에게 설명한다는 건 지루하고 어찌 보면 비극적인 일일지 몰라요. 그래도 알고 싶소?”

막심은 대답하지 않았다. 그는 카펫에 누워 있는 여러 개의 밀랍인형 중 하나에서 머리를 해체해 회로단자를 꺼냈다.

“당신이 본 것은 환상이나 착각이 아니고 실제 상황이오. 어느 날 이름 없는 과학자 한 사람이 수년 동안 처박힌 자신의 골방을 박차고 나왔어. 그는 허둥대며 누군가를 만나려고 했어요. 대륙의 최고 수반을 만나려고 했죠. 처음엔 문전박대 당했지만 그의 집요한 노력으로 수반을 만나게 됐어요. 그는 자신이 오랫동안 연구한 자료와 데이터를 보여주고 인류의 멸망을 언급하며 횡설수설했어요. 사람들은 그를 미친 사람 취급 했지.”

사령관은 회로단자를 꼼꼼히 들여다보며 말을 계속했다.

"하지만 시간이 지날수록 그가 제시한 보고서는 정확히 들어맞았어. 그가 예견했던 일이 차례대로 일어난 거지. 우리의 시간이 얼마 남지 않았다는 걸 알게 된 거요. 지금도 과학자들은 자기만의 방식으로 지구의 생존 기간을 계산해요. 사람들은 전쟁으로 문명이 파괴되면 지구의 시계가 거꾸로 돌아가는 줄 알지만 그건 바보들의 생각이오. 난 이곳에 노아의 방주를 만들라는 임무를 부여 받았소. 정말 이곳을 파라다이스로 만들고 싶소. 이제 전쟁은 신물이 나요. 여기서 발견한 신물질로 우주 끝까지 유랑할 수 있는 무한 에너지를 개발해 낼 거요. 이제 의문이 풀렸습니까. 헤어질 시간이 다가오는데 내 인형들의 공연을 보여드리지 못해 아쉽군요. 그들의 너무 잦은 고장과 실수는 나를 화나게 하지만."

사령관이 손가락을 튕겼다. 문이 열리고 흰 가운의 남자가 들어왔다. 그는 이곳의 병원장 같았다. 그는 주머니에서 주사기를 꺼내 작은 유리병에 꽂았다. 그리고 조심스럽게 용량을 재더니 막심의 목 뒤에 꽂았다. 막심은 반항할 수 없었다. 올더스의 암살 사건으로 심문 받던 기억이 떠올랐다. 병원장은 쓰러진 더먼에게도 막심과 같은 주사를 놓았다.

사령관은 밀랍인형을 고치는 일을 계속했다.

막심은 머리 위에 폭포가 떨어지는 느낌이 들었다. 의식이 수색당하고 있었다.

게스트 하우스에서 타냐 일행이 떠날 준비를 했다. 날씨는 평온했다. 막심은 늦게 잠자리에서 일어났다. 감기 기운이 있는지 열이 조금 있었다. 장교는 언덕 위 병원 건물 앞에 차를 대기시켜 놓았다. 장교는 사령관이 보낸 메시지를 전달했다.

친애하는 여러분, 모든 일정을 마치고 무사히 돌아가게 되어 기쁩니다. 여러분들이 저희 BLT에 보여주신 열정과 인류애적 사랑과 봉사에 깊이 감사드립니다. 안녕히 돌아가십시오.

"사령관님은 과로가 겹쳐 배웅 나오지 못한 것을 몹시 안타까워 하셨습니다. 다시 뵐 날을 기약한다고도 말씀하셨습니다."

타냐 일행을 태운 차는 군인들의 선도 차량을 따라 BLT를 빠져나왔다. 이곳에 왔을 때처럼 긴 철책과 해안가에 뒤덮은 얼룩덜룩한 천막촌이 끝도 없이 이어졌다. BLT 접경을 지나 황토빛의 낮은 산들이 나타나기 시작했다. 아이들은 이른 잠을 깨어서인지 차를 타자마자 끄덕끄덕 졸기 시작했다. 막심은 목이 붓고 온몸이 으스스 떨렸다. 선도 차량은 사막의 접경지역에서 돌아갔다. 이제부터 스스로 길을 찾아가야 했다.

타냐는 그들이 우니 시까지 데려다주지 않는다고 불평했다. 반도의 북부 사막은 누구의 세력 하에 있다고 말할 수 없어서 작은 화근에서 전투가 촉발될 수가 있는 지역이었다. 군인들이 돌아가자 멀리서 손을 흔들며 달려오는 사람이 있었다. 더먼의 뚱보였다. 그는 뒤뚱거리며 달려오고 있었다.

"누구죠?"

"내가 알던 사람들을 이곳에서 만났어요. 이곳을 떠나고 싶어 하기에 같이 가자고 했어요."

매니저는 막심의 말에 입을 삐죽거렸다. 뚱보가 차에 올라 뒷좌석의 보모 옆에 앉았다. 차는 만원버스처럼 사람들로 가득 찼다.

"형에게 같이 가자고 했지만 혼자 남겠대요. 어제 밤새 어디를 갔다 왔는지 종일 잠만 자서 이별의 인사도 하지 못하고 왔어요."

뚱보 옆에 앉은 보모는 칭얼거리는 아이를 안고 토닥이던 중이었다. 두 사람은 마주보고 겸연쩍게 웃었다. 졸던 아이도 갑자기 나타난 뚱보를 보고 잠을 깼다. 아이 하나가 자신의 코를 누르고 꿀꿀 돼지 흉내를 냈다. 아이들도 하나둘 따라했다. 말려봤지만 소용이 없었다. 차 안에 돼지 흉내 내는 소리가 가득했다. 뚱보와 보모의 얼굴이 사과처럼 붉어졌다.

타냐는 신족이나 떼강도가 나타나 곤욕을 치를까 봐 불안했다.

매니저는 자신이 좋아하는 음악을 크게 틀어놓고 영화 제작사의 성화를 어떻게 무마시킬지 고민했다. 막심은 비몽사몽간 꿈을 꾸었다. 푸른 수조 안에 발을 담그고 물고기를 잡으려고 양 손을 휘젓는 꿈이었다. 물고기는 잡히지 않으려고 요리조리 피해 다녔다. 막심은 발이 얼음장처럼 차가워지는 것을 느꼈다.

뚱보와 타냐는 수줍어서 서로 말도 못했다.

아이들은 한데 어울려 싸우고 장난을 쳤다. 보모는 아이들을 제자리에 앉히느라 애를 먹었다.

갑자기 놀란 타냐가 매니저를 불렀다. 모래 둔덕에 그림자가 나타났기 때문이다. 검은 말 부족의 그림자였다. 그들은 멀리서 타냐의 차를 호위하고 있었다. 타냐는 그들 중에서 칸을 찾았다. 은빛 머리카락의 파란 눈, 타냐는 눈을 조아려 떴다. 그를 찾는 일은 어렵지가 않았다. 그가 머리에 썼던 검은 두건을 벗었다. 그리고 고삐를 말아 쥐고 말의 앞발을 힘차게 차올렸다.

이렇게 빨리 사랑에 빠질 수 있다는 걸 타냐는 미처 몰랐다.

정전협정의 파기

석양이 호텔을 사선으로 갈라놓았다. 잿빛 도로엔 돌풍에 날아온 호텔 간판 하나가 떨어져 있었다. 바람은 신음을 내며 지나가고 사막은 모든 게 정지되어 버린 듯 적막했다. 호텔은 광활한 대지를 향해 눕기 시작했다. 검은 돌집 앞에 늘어뜨린 바람개비꽃이 빙빙 돌고 그것에 매달린 은색 수술들은 파닥파닥 빛을 뿌려댔다. 연료충전기는 누군가가 벗어놓은 오래된 투구 같았다.

앙카는 돌집 앞 낡은 소파에 앉아 있었다. 그녀는 눈을 감고 조용히 숨을 몰아쉬었다. 가끔 고통스러운 듯 이마를 찡그리고 회한에 젖은 미소를 짓기도 했다. 시간을 거슬러 돌아가고 있었다. 그녀는 오랫동안 소파에서 일어나지 않았다.

땀이 송송 맺힌 콧잔등에 한낮 태양이 뜨겁게 내리쪼였다. 차 한 대가 충전기 앞으로 속도를 줄이며 달려와 멈췄다. 도로엔 하루에 차 한 대도 지나가지 않을 때가 많았다. 앙카는 연료충전기 노즐을 힘껏 잡아당겨 연료구멍에 호스를 꼽았다. 충전기는 큰 소음을 내며 차에 기름을 채웠다. 뜨거운 태양은 검은 돌집도 연료충전기도 기름을 넣으려고 멈춘 자동차도 사막도 모두 백지처럼 증발시켰다. 기름을 넣는 짧은 순간에도 그녀의 눈에 태양이 몇 번이나 폭발했는지 모른다. 낯선 사내가 차 밖으로 손을 내밀어 돈을 준다. 사내는 분명 소파 옆에 기대 놓은 장총을 보았을 것이다.

노인의 유조차가 라이트를 번쩍이며 잿빛 도로를 달려온다. 앙카는 맨발로 달리다 하늘을 향해 총을 쏜다. 얼음 깨지는 소리를 내며 유조차는 멈추고 쌍둥이처럼 닮은 두 남자가 내린다. 두 남자가 앙카를 통과해 돌집으로 들어간다.

양가죽 물지게를 진 남자가 슬픈 눈으로 앙카를 바라본다. 돌집 이층에서 음악이 흘러나오고 앙카와 양가죽 물지게를 진 남자가 춤을 춘다. 두 사람은 서로를 가까이 바라보다 따뜻한 입맞춤을 한다.

이제 그들은 모두 앙카에게 시간의 안내자가 되었다.

바람이 애절한 울음소리를 내며 지나간다. 앙카의 치맛자락이 부풀어 오르고 반백의 머리카락이 뺨에 흘러내린다. 앙카는 숄로 몸을 감싸고 몸을 일으켰다. 사막으로 누운 호텔은 짙은 어둠 속에 잠들어버렸다.

타냐 일행은 늦은 오후 앙카 호텔에 들이닥쳤다. 허기가 진 아이들을 위해 호텔은 식사 준비부터 했다. 앙카는 타냐 일행을 반갑게 맞았다. 그녀는 새로 입양된 아이들과 다시 돌아온 뚱보의 뺨에 입을 맞추고 안아주었다. 호텔은 갑자기 분주해지고 소란스러워졌다. 아이들의 놀이터가 된 것 같았다.

보모가 아이들의 뒤를 따라다니고 보모 뒤를 뚱보가 따라다녔다. 호텔 어디서든 쿵쿵대는 두 사람의 발소리를 들을 수 있었다. 뚱보는 보모를 도와주려고 아이들과 놀아주었다. 아이들은 뚱보에게 몰려 그의 등에 기어오르거나 팔에 매달렸다. 뚱보는 아이들의 어떤 장난도 잘 받아주었다. 그는 아이들이 바보라고 놀려도 히죽 웃기만 했다. 보모는 볼수록 뚱보가 마음에 들었다.

본토로 돌아가는 길을 알아보기 위해 우니 시로 나갔던 매니저가 돌아왔다. 그의 얼굴이 먹구름이 걷히듯 환해졌다. 영화사와 연락을 취해 보니 도착해 바로 촬영할 수 있도록 배편을 마련해 주겠다고 했다는 것이다. 타냐는 별 감흥 없는 얼굴이었다. 하지만 그녀는 아이들을 위해 대륙으로 돌아가야 한다는 걸 알고 있었다.

호텔 밖에는 모래 수영장이 있었다. 호텔을 지을 때 수로의 물을 끌어다 수영장을 만들려고 했지만 땅을 파던 중 수십 구의 유해가 발견돼 공사가 중단되었다. 노인은 유해를 들어내고 물 대신 결 고운 모래를 채웠다. 호텔에서 술에 취한 사람들이 그곳에 뛰어든 적이 있었는데 물이 빠지듯 허우적거리다 밖으로 나와선 한 움큼의 모래를 토해내고 샤워장으로 달려갔었다.

아이들이 모래 수영장으로 뛰어들었다. 서로에게 모래를 끼얹고 발

장구를 쳤다. 그리고 모래 속에 파묻혀 팔과 다리를 휘저었다. 아이들의 얼굴과 온몸이 은빛 모래알로 뒤덮였다. 눈꺼풀과 피부의 솜털에도 미세한 모래 알갱이가 달라붙었다.

뚱보와 보모는 앙카가 일러준 장소로 차를 타고 물을 길러 갔다. 물이 가득 찬 양 가죽 포대를 샤워장에 걸었다. 벌거벗은 아이들이 차례로 들어와 양 가죽 포대에서 떨어지는 찬물로 몸을 씻었다. 아이들은 발을 구르고 소리를 질렀다. 수건을 들고 대기하고 있던 보모를 따돌린 아이들은 물을 뚝뚝 흘리며 로비를 도망 다녔다. 아이를 잡으려고 달려가던 뚱보가 벌러덩 넘어졌다. 아이들은 배꼽을 잡고 웃었다. 보모가 다가와 그를 일으켜주고 수건으로 닦아주었다. 보모는 왠지 뚱보가 싫지 않았고 자신과 닮았다고 생각했다. 그를 쳐다보기만 해도 저절로 웃음이 나왔다.

앙카는 저녁을 먹고 사막의 별자리를 보러 가자고 제안했다. 그녀는 브루노이어를 보고 싶어 하는 막심의 마음을 헤아린 것인지도 몰랐다.

차 두 대가 조용히 사막을 달려 나갔다. 막심은 목에 건 펜던트를 만지작거렸다. 그는 브루노이어를 쏘아올린 황량한 벌판과 까만 밤하늘을 떠올리고 앙카와 같이 말을 타고 달렸던 융숭 깊은 밤도 떠올렸다.

그는 암살사건으로 심문을 받고 돌아왔을 때처럼 꿈과 현실의 경계가 모호한 곳에서 문득 잠을 깼다. 브루노이어와 하룻밤을 머문 고대 도시 피아로의 모텔에서 잠든 그가 병원 진료실에 엎드려 있다 눈을 떴다. 흰 가운의 주머니에 두 손을 넣고 병원 복도를 뚜벅뚜벅 걸어 병실 문을 열었다. 눈앞에 바다가 펼쳐졌다. 해변의 암석 사이에서 브루노이어가 그를 손짓해 불렀다. 두 사람은 모포를 깔고 앉아 포도주를 마시고 다정하게 입을 맞추었다. 그녀의 따뜻하고 부드러운 미소에 취해 그녀의 머리카락 냄새를 맡았다. 멀리 등대가 깜박거리고 두 사람은 밀어를 속삭였다. 바람이 거세지고 파도가 해변을 덮쳤다. 막심은 그녀의 손을 잡았지만 깜박거리던 등대 불빛이 사라지자 모든 게 사라졌다. 그는 심문실의 찬 바닥에 버려져 있다, BLT의 게스트 하우스의 침대에 걸터앉아 있었다. 그리고 다시 앙카 호텔로 돌아왔다.

그는 브루노이어 좌표가 적힌 펜던트를 손바닥에 각인되도록 꽉 쥐었다. 브루노이어가 자신을 보면 어떤 말을 할까 생각했다. 막심, 하고 부르던 브루노이어의 목소리가 들리는 것 같았다.

두 대의 차가 사막 한복판에 멈췄다. 하늘에 은하수가 셀 수도 없이 흩어졌다. 저 수많은 별들 중 녹슨 별, 우주 쓰레기가 섞여 있어도 이런 장관을 볼 수 있는 날이 흔치 않다고 했다. 차에서 천체 망원경을 내려 삼각대에 설치했다.

아이들이 천체 망원경 앞으로 몰려갔다. 아이들은 차례대로 한 명씩 천체 망원경으로 다가와 작은 얼굴을 들이댔다. 아이들은 별을 만지려고 팔을 뻗었고 엉뚱한 방향으로 천체 망원경을 돌리려고 했다. 아이들은 별자리 이야기에는 관심이 없었다. 더 이상 천체 망원경에 호기심을 보이지 않는 아이들은 사막을 이리저리 뛰어다녔다.

막심은 아까부터 서쪽 하늘의 연녹색별을 주시하고 있었다. 막심은 천체 망원경으로 연녹색별을 관찰했다. 그 별은 펜던트에 적힌 브루노이어의 좌표와 거의 일치하는 듯싶었다. 연녹색별은 막심에게 말을 거는 것처럼 스스로 밝기를 조절했다. 막심은 연녹색별이 브루노이어일 것이라고 단정했다.

"브루노이어, 당신이 맞아? 보고 싶었어, 당신은 날 늘 지켜보고 있는데 난 그렇지 못한다는 게 미안해. 오늘 많은 친구들을 데려왔어. 당신도 곁에 새로운 친구들이 있겠지? 당신은 외로움을 잘 타잖아. 이젠 안 그랬으면 해."

연녹색별은 막심의 말에 대답이라도 하듯 반짝 빛을 냈다. 막심은 코가 시큰해지고 눈물이 날 것 같았다.

"가끔 당신 꿈을 꿔. 지금도 꿈을 꾸는 것 같아, 당신이 아주 가깝게 느껴지거든."

연녹색 별빛이 수줍게 잦아들었다.

타냐와 아이들은 낯선 행성에 불시착한 우주인처럼 사막에 발자국을 찍었다. 천체 망원경이 사막 가운데 덩그러니 놓여 있고 무수히 흩어진 별빛들은 쏟아질듯 지상 가까이 내려와 있었다. 아이들의 웃음소리가 들렸다. 숨바꼭질을 하는 것 같았다. 보모와 뚱보 뒤에 숨거나 눈을 가리고 사막에 엎드렸다.

앙카의 긴 숄과 흰 머리카락이 밤바람에 흔들렸다. 그녀는 사막의 밤을 인도하는 여신 같았다. 이제 돌아갈 시간이 되었다. 하늘 천체는 어디론가 흘러가고 있었다. 무수한 별무리와 은하수가 여행을 나선 것처럼 숨겨두었던 검은 날개를 펼쳤다. 이제 그들도 유랑의 길로 나선 것일까. 별똥별 하나가 밤하늘에 선을 그리며 지상으로 추락하고 있었다.

타냐 일행이 떠나는 날이 되었다. 호텔 로비는 어수선했다. 아이들은 준비를 마치고 모여 있었는데 보모만 보이지 않았다. 타냐는 높은 목소리로 보모를 찾았다. 보모가 뚱보와 손을 잡고 상기된 얼굴로 나타났다.

"어디 있었던 거죠? 빨리 아이들을 데리고 차에 타세요."

"저는 떠나지 않을 거예요. 이 사람과 이곳에 남겠어요."

타냐는 보모의 말에 자신의 귀를 의심했다. 보모는 언제나 자신의 말에 복종했었다.

"뭐라고요? 지금 제정신이에요. 아이들은 어떡하라고요?"

타냐의 목소리가 점점 날카로워졌다.

"큰 아이들이 작은 아이들을 돌보고, 저보다 좋은 보모가 많이 있을 거예요."

보모는 미안해서 어쩔 줄 모르다 용기를 내어 간신히 입을 열었다.

"듣기 싫어요. 어서 빨리 차에 타요."

보모는 울상이 되었다.

"그럼 더먼도 데려가 주세요. 그가 안 가면 저도 안 갈 거예요."

뚱보는 보모의 손을 꼭 잡고 몸 둘 바를 몰라 하며 타냐의 시선을 피했다.

"더먼을 데려가 달라니 무슨 뚱딴지같은 소리야?"

"우리 두 사람은 결혼할 겁니다."

타냐는 두 손을 허공에 쳐들고 비명을 지르듯 소리쳤다.

"정말 왜들 그러는 거예요. 이러다 배를 놓치면 당신들이 책임 질 거예요? 매니저, 이 사람들 말 신경 쓰지 말고 보모를 데려가세요."

매니저가 뚱보에게서 보모를 떼어놓으려고 하자 뚱보는 매니저를 번쩍 들어 바닥에 내팽개쳤다. 뚱보는 화가 나서 씩씩거리며 다시 또 자기를 화나게 하는 일이 없었으면 좋겠다고 말했다. 타냐는 이 사태를 어떻게 해결해야 할지 난감했다. 두 사람을 설득할 방법이 없어 보였다.

앙카가 나서서 중재역할을 할 수밖에 없었다.

"타냐, 당신이 양보할 수밖에 없을 것 같네요. 보모의 말이 맞아요. 타냐는 돌아가서 좋은 보모를 다시 고를 수가 있지만 사랑하는 사람은 한번 지나치면 다시 만날 수 없잖아요. 그들을 축복해줘요."

타냐는 깊은 한숨을 내쉬었다. 오래 생각할 시간도 없었다.

"여기서 보모와 이별 인사를 해야 할 것 같구나."

눈물이 그렁그렁한 보모는 아이들 하나하나 뺨에 입을 맞추고 타냐와 포옹했다. 아이들은 울음을 터뜨리고 보모와 떨어지지 않으려고 했지만 타냐는 아이들을 달래 모두 차에 태웠다. 타냐는 막심 박사와 악수를 나누었다.

"박사님은 너무 좋은 분이세요. 다시 뵐 날이 있을까요?"

"그럼요. 다시 만날 날이 있을 겁니다."

"더먼, 보모를 행복하게 해줘요. 약속할 수 있죠?"

더먼은 고개를 끄덕거렸다.

"앙카 여사님 저희에게 많은 호의를 베풀어주셔서 감사합니다. 제 마음을 표현할 길이 없네요. 언젠가 다시 호텔에서 뵐게요."

타냐와 앙카는 깊은 포옹을 나누었다. 매니저가 경적을 울렸다. 타냐는 서둘러 차에 올라탔다. 아이들이 차창 밖으로 손을 흔들었다. 호텔 주방장이 달려 나와 떠나는 타냐와 아이들의 폴라로이드 사진을 찰칵 찍었다. 그리고 사진 위에 타냐의 사인을 받았다.

얀 수상이 사망했다는 소식이 전 세계로 타전되었다. 그가 타고 이동하던 열차에 폭발물이 터져 수십 명이 사망하고 얀도 그 자리에서 사망했다는 것이다. 전 세계는 줄줄이 탈선한 객차들과 엿가락처럼 휘어진 철로들을 생생하게 보도했다.

얀은 국제 정세를 자신의 정권을 유지하는데 적절히 이용할 줄 알았다. 그는 무혈혁명을 일으킨 인물이었다. 하지만 누구도 넘볼 수 없는 강력한 권력을 가지고 있었다. 덕분에 반도는 평온했다. 반도 북부를 대륙의 연방군에 팔아넘겼다는 비난에 시달렸지만 사실은 연방군과 팽팽한 긴장을 유지하고 있었다.

누구도 자신들의 소행이라고 나서는 테러집단은 없었다. 연방정부는 얀의 죽음을 애도하고 두 나라 사이의 오랜 우호와 평화적인 관계를 유지 발전시킨다는 짧은 성명을 발표했다. 반도 내정은 복잡하게 돌아가고 있었다. 그동안 핍박 받아온 얀의 정적들은 기회를 놓치지 않고 군벌들과 손을 잡고 얀의 아성을 무너뜨릴 꿈을 꾸었다.

얀은 비상사태를 대비해 자신의 친위대인 이노시안 소령을 계엄사령관으로 임명하는 법을 만들어놓았다. 이노시안은 얀의 의중을 꿰뚫는 인물이었다. 그는 나라를 어지럽히는 작태를 좌시하지 않겠다고 선포했다. 수도 번을 함락하려는 쿠데타 시도를 미리 알아낸 이노시안은 배후의 공모자들을 처형하고 정국의 안정을 도모했다. 그는 다음 지도자가 나타날 때까지 자신의 소임을 다하려고 했다.

하지만 대중들은 젊고 패기 넘치는 이노시안을 지도자로 점찍었다. 그의 인기는 하루가 다르게 올라갔다. 쿠데타는 어떤 명분도 지지도 받을 수 없었다. 얀의 철권통치는 정치와 행정과 경제를 철저히 분리해놓았다.

이노시안은 얀의 암살 사건에 대한 수사 결과를 발표했다.

5월 21일 오전 11시 휴양지 코모나시호 기차역에서 발생한 폭탄 테러 사건은 무기 도입 과정에서 얀 수상과 마찰을 일으켰던 국방 위원의 소행으로 개인적인 친분이 있던 연방정부의 비밀요원의 도움을 받은 것으로 안다. 현재 국방위원의 행적이 묘연하며 소식통에 의하면 연방정부 보호 아래 있다는 것이다. 우리는 연방정부가 하루속히 국방위원을 돌려보내고 테러를 저지른 하수인들은 모두 체포하여 수사할 것을 요구한다. 그리고 얀 수상과 체결한 BLT 관련 모든 법안과 정전

협정을 파기함을 선언한다.

다음 날 연방정부도 성명을 발표했다.

얀 수상의 암살은 매우 유감스러운 일이다. 우리는 그가 세계평화를 위해 기울인 노력들을 높이 평가하며 우리 정부와 우호적인 관계를 유지해 왔음을 밝힌다. 우리 정부는 BLT에 천문학적인 자금과 물자를 쏟아 부으며 종전 이후 후유증을 최소화시키려고 노력했다. 얀의 암살에 우리 정부가 관여했다는 악의적인 모략은 양국 사이에 신뢰를 깨뜨릴 수 있으며 특히 BLT 관련 협정들을 파기한다는 것은 심각한 사태를 초래할 수 있다. 그리고 그 책임은 전적으로 반도의 정부가 져야 한다. 우리는 얀 수상의 암살에 대한 결정적인 증거를 이미 확보해놓았으며 이를 적절한 시점에서 공개할 것이다. 그 관련자들의 말과 행동을 예의주시할 것이다.

얀의 죽음에 대륙의 연방정부가 개입했다는 것을 아무도 믿으려 하지 않았다. 심지어 이노시안 대령이 얀의 반대파들에게 매수당했다고 주장하는 사람도 있었다. 왜 대륙이 얀을 제거하려고 했을까 이해할 수 없었다.

이노시안은 얀의 신임을 받았지만 얀의 대외정책에 대해선 회의적이었다. 얀은 자국의 영토에 외세를 끌어들여 거대한 난민촌을 만들었다는 것에 부정적이었다. 그 점에서 이노시안은 얀과 생각이 달랐다. 얀이 대륙과 맺은 BLT 관련 정책들은 이노시안이 수상이 되는데 걸림돌이 되었다. 얀과 차별화하기 위해 고리를 끊어야 했다. 이노시안은 얀이 죽은 지 두 달 만에 만장일치로 수상이 되었다.

이노시안은 취임연설에서 BLT가 관연 누구의 땅이냐고 대륙에게 물었다.

답이 왔다. BLT는 BLT만의 것이라는 대답이었다. 그 말에 반도의 사람들은 흥분했다. 드디어 우려했던 일이 벌어진 것이다. 사람들은 이제라도 대륙의 연방군을 몰아내고 BLT를 해체해야 한다고 떠들었다. 반도 북부에서 전쟁이 터지는 건 시간문제 같았다.

연방정부는 시간이 지날수록 반도에 지원하던 물자와 자금을 줄이기 시작했다. 그들은 이미 천문학적인 자금을 BLT 공사에 쏟아 부어 더 이상 여력이 없었다. 그리고 BLT도 이제 자생적인 집단이 되어야 한다는 결론을 내렸다. 얀은 연방정부가 약속을 지키지 않는다고 여러 차례 불만을 토로했다.

이노시안은 참모들의 의견에 따라 특사를 보내 철수하지 않으려면 얀 정부 때보다 많은 지원을 해달라고 요구했다. 큰 테이블을 사이에 두고 처음엔 우호적인 분위기였지만 실제 회담에선 날선 대화를 나누었다. 연방정부는 두 가지 전제 조건을 달았다. 하나는 얀의 암살사건 배후로 연방정부를 지목한 것에 공식 사과하고 다른 하나는 BLT 근방에 출몰해 사병을 죽이고 도주한 신족들을 찾는데 앞장 서라는 거였다. 특사는 악수를 하고 웃는 얼굴로 헤어졌지만 합의점은 없었다. 원점에서 맴돈 소득 없는 회담이었다. 이노시안은 마침내 결단을 내렸다. 얀이 집권 내내 비난받았던 연방정부의 속국이라는 오명을 벗어버릴 기회가 온 것이다. 이노시안은 반도의 정부군을 북쪽으로 이동시키고 신족에게도 유화적인 제스처를 취했다. 적이라는 개념은 시시때때로 변했다.

연방군도 무인 정찰기를 BLT 남쪽으로 보내 반도 전체를 감시했다. 두 나라 사이에 긴장이 고조되었다.

지열이 끓는 도로에 수십 대의 군사차량이 줄을 지어 달렸다. 차량들은 대낮인데도 태양보다 눈부신 라이트를 밝혔다. 차량 행렬이 사막을 달려 앙카 호텔 앞에 멈췄다. 선도 차량에서 장교가 내려 서류봉투를 들고 호텔 안으로 뛰어 들어갔다. 장교는 다급한 목소리로 호텔 주인이 누구냐고 물었다. 당황한 직원이 장교를 앙카의 방에 안내했다. 장교는 방에 들어서자 거수경례를 하며 서류 한 장을 앙카에게 내밀었다.

앙카는 서류를 읽어 내려갔다.

서류는 연방정부 사령관의 직인이 찍힌 차출 명령서였다. 군이 지목한 것을 내어주고 통제를 받아야 한다는 내용이었다.

"난 허락할 수 없어요. 이런 종잇조각이 무슨 효력이 있단 말이에요. 호텔을 전쟁 중심지로 만들고 싶지 않아요. 제발 부탁이에요. 난 누구의 편도 아닙니다. 당장 여길 떠나주세요."

"우리는 여사님의 허락을 구하지 않습니다. 지금은 전시 상황이죠. 난 사령관의 명령을 전할 뿐입니다."

장교는 앙카의 감정이나 판단 같은 것은 개의치 않겠다는 얼굴이었

다. 벌써 차에서 내린 병사들은 사막에 짐을 풀고 막사를 짓기 시작했
다. 한 무리의 군인들이 호텔 안으로도 들어왔다. 장교는 직원에게 호
텔 도면을 가져오라고 했다. 엘리베이터는 장교 말고는 사용할 수 없
으며 옥상도 출입금지구역이라고 말했다. 옥상엔 통신 레이더와 발칸
포가 설치되었다. 호텔은 난데없는 불청객들로 가득했다. 이제 호텔은
작전지휘본부와 장교들의 숙소로 변했다.

앙카는 창밖을 바라보았다. 다시 전쟁이 시작하려는 걸까? 바삐 움
직이는 젊은 병사들을 보자 자신을 향해 휘파람을 불고 물탱크를 지키
던 군인들이 다시 돌아온 느낌이었다. 호텔은 병영 막사와 탱크, 장갑
차로 둘러싸였다.

막심은 열린 앙카의 문을 두드렸다. 그녀가 돌아섰다. 앙카는 근심
스런 목소리로 물었다.

"저들이 언제까지 여기에 머물까요?"

"그리 오래 걸리지 않을 겁니다. 반도는 저들과 싸울 힘이 없어요.
군벌들이 자신들의 이득 없이는 북쪽으로 올라오지 않을 겁니다. 그들
도움 없이 정부군 혼자 전쟁을 치르기는 벅차요. 아직 이노시안이 전
권을 장악했다고 장담할 수 없어요. 얀만큼 오래 버티기 힘들지도 몰
라요. 그럼 다시 내전이 일어날 가능성이 크죠. 과연 대륙과 전쟁을 할
까요? 미지수죠."

"사막 밑에는 수천 년 전에 사라진 왕국의 금은보화가 묻혀 있다는
전설이 있어요. 사막의 부족들과 전설을 믿는 사람들이 사막 깊이 파

내려갔지만 나오는 건 미라뿐이었어요. 우리 호텔이 미라처럼 될까봐 두려워요.”

“앙카 여사님이 계신 이상 그럴 일은 없어요.”

“막심 박사님도 여길 떠나시겠죠?”

“언젠가 떠나야겠지만 지금은 아니에요. 호텔에 남을 겁니다.”

“고마워요. 저는 박사님이 떠나지 않았으면 하고 바라지만 제 욕심만 채울 수는 없죠. 길을 찾아 떠나세요. 어디로든요”

“누구도 여사님에게서 호텔을 빼앗아 가진 못할 겁니다.”

앙카는 빙긋이 미소 지었다.

호텔 주방장이 앙카의 방으로 숨을 몰아쉬고 달려왔다.

“무슨 일이 있어요?”

“오늘 저녁부터 장교 식사를 준비해달라는데 식재료가 거의 떨어졌어요. 손님도 없고 버티는 데까지 버티다가 말씀드리려고 했는데.”

주방장은 난처한 듯 더듬더듬 말했다. 주방장 뒤를 따라온 뚱보와 보모도 쭈뼛거리며 서 있었다.

“군인들이 가져온 식량이 있을 겁니다. 그걸 가져오게 하거나 스스로 해결하라고 하세요. 그들의 일방적인 요구를 다 받아줄 수는 없어요.”

“물론 그렇게도 이야기 해봤지만 호텔에 먹을 게 없다는 걸 믿지 않아요. 아까워서 주기 싫다고 느끼나 봐요. 지하 창고에 봐둔 비상식량이 있는데 상하지만 않았다면 충분한 양이 될 것 같아요. 가서 한번 확인해 보려고요.”

앙카를 따라 막심과 주방장과 뚱보와 보모가 비상계단으로 연결된 지하창고로 내려갔다. 지하창고로 가는 길엔 자물쇠로 굳게 채워져 있는 두 개의 커다란 문이 있었다. 뚱보가 호기심을 이기지 못하고 잠긴 문 사이로 눈을 들이댔다.

“거긴 예전에 도박장이었어요.”

앙카의 말에 뚱보의 눈이 휘둥그레해졌다. 테이블과 의자, 도박기기들이 모두 흰 천을 뒤집어쓰고 웅크리고 있었다. 먼지가 가득한 기묘한 세계였다. 벌어진 틈새로 왁자지껄한 소음이 들리는 것 같았다. 뚱보는 얼른 눈을 뗐다.

지하창고에 들어서자 곰팡이 냄새가 코를 찔렀다. 먼지가 가득 내려앉은 포대자루가 천장에 맞닿아 있었다. 포대자루의 절반은 밀가루였고 나머지 절반은 빵이었다. 올리브기름과 포도주 상자도 여러 개 눈에 띄었다. 주방장은 포대자루에서 밀가루 한 줌을 집어 색깔과 냄새를 확인했다. 밀가루는 완전히 분해되고 썩어 검푸르게 변해 있었다. 빵도 흰 포자가 피어 있었다. 주방장은 희망이 없다는 듯 고개를 절레절레 저었다. 올리브기름과 포도주는 생각보다 나쁘지 않았다. 앙카는 그것들이 어떻게 이곳에 들어오게 되었는지 곰곰이 생각했다. 카지노에서 돈을 잃은 사람은 자신의 물건을 맡기고 돈을 빌려 다시 도박을 했다. 이곳 창고에 돈을 빌리려고 맡긴 물건들이 가득 차 있던 것이 생각났다.

"일단 빵을 밝고 통풍이 잘 되는 곳에 가서 봅시다. 올리브기름과 포도주는 괜찮을 것 같아요."

빵을 모두 주방으로 옮겨놓았다. 주방장은 빵을 꼼꼼히 들여다보고 냄새를 맡더니 먹을 수 있다는 결론을 내렸다. 주방장과 뚱보와 보모는 모여 앉아 빵에 핀 포자를 수세미로 박박 닦아 냈다. 수세미로 빵을 닦던 뚱보가 빵을 한 입 베어 물었다. 빵은 돌보다 딱딱해 이빨이 들어가지도 않았다. 빵에 올라가 발로 밟아도 빵이 부서질 것 같지 않았다. 칼로 썰려고 해도 뜻대로 되지 않았다. 주방장이 전기톱을 가지고 와 용접용 안경을 쓰고 빵을 자르기 시작했다. 빵의 파편이 사방에 튀었다. 다행히도 전기톱은 두꺼운 껍질을 지나 말랑한 속살을 보여주었다. 주방장은 두꺼운 껍질을 걷어내고 속살만 발라냈다. 발라낸 속살을 다시 네모지게 잘라 샌드위치 빵으로 만들었다.

떼어낸 빵 껍질도 잘게 잘라 올리브기름에 튀겨 설탕을 뿌렸다. 실상 버릴 것이 없었다. 간식거리는 순식간에 동이 났다. 사막에 병영을 만든 군인들은 취사병이 만든 식사를 했는데 호텔에서 제공하는 식사를 하는 사병들을 부러워했다.

어두컴컴해질 무렵 군인 하나가 급하게 사막으로 달려가 쪼그리고 앉았다. 호텔에서도 배를 움켜쥔 장교들이 화장실 문을 거칠게 두드렸다. 보초를 서다가도 참지 못하고 어디론가 달려가 변을 보았다. 간이 화장실 앞에 길게 줄을 선 사병들이 하나둘 사막으로 달려가 서둘러 허리춤을 풀고 쪼그리고 앉았다. 사막 여기저기에 용변을 보는 군인들이 늘어났다. 밤하늘에 별은 반짝이고 사병들의 뱃속에선 천둥 번개 치는 소리가 났다. 울룩불룩 두드러기가 나고 고열에 시달린 사람도 있었다.

주방장은 문책 당했고 주방 전체 음식을 소각하라는 명령을 받았다. 전기톱으로 썰다 만 빵은 전량 폐기되었고 맛과 향이 변한 포도주와 올리브기름은 모래사막에 뿌려졌다. 취사병이 주방을 장악했다. 주방 장은 그들의 감시를 받게 되었다.

호텔을 점거한 연방군은 작전명령이 떨어지길 기다렸다. 그들은 아 침 해가 뜨면 최신예 장비와 무기를 들고 순찰을 나갔다. 그들은 종종 사막의 부족들과 마주치기도 했지만 적대적인 행동을 취하진 않았다. 그들은 서로 멀찌감치 떨어져 바라보기만 했다.

사막의 막사에서 래퍼의 노랫소리가 들렸다. 이곳은 오래전 바다였 다. 황금피라미드를 옮기던 배는 해적선에 약탈당하고 침몰했다. 정찰 을 나선 병사들이 뼈대만 남은 앙상한 폐선을 발견했다. 황금피라미드 와 수장된 병사들의 해골 위에 그대들이 머리를 두고 잔다. 래퍼가 속 삭이듯 노래했다. 눈을 떠, 미라들이 그대들의 목을 베기 전에 눈을 떠.

보초병들이 하루 종일 지루하게 마주했던 지평선이 사라지자 야간 순찰을 돌기 위해 탱크 두 대가 출발한다. 병사들의 한쪽 눈엔 야광투 시경이 달려 있었다. 야광투시경 안으로 낡은 차 한 대가 개천에 빠져 있었다. 야광투시경은 주변을 살폈다. 수염을 길게 기른 남자가 차 밑을 들여다보고 있었고 차에는 여자와 아이들이 타고 있었다. 그들은 가족같이 보였다. 아이들은 탱크의 출현에 놀란 얼굴이었다. 탱크에서 병사들이 내렸다. 병사들은 한밤중에 오도 가도 못하는 사막의 부족 가족을 도와주고 싶었다. 야광투시경 안에 수염을 길게 기른 남자가 두 손을 위로 올리고 입을 벌려 히죽 웃고 있었다. 어느새 여자와 아이들은 보이지 않았다. 탱크에서 내린 병사들은 예감이 좋질 않았다. 기분 나쁜 더운 바람, 이방인의 짙은 냄새를 맡았다.

맹렬한 총소리가 났다. 앞서 걷던 병사 둘이 모두 쓰러졌다. 어둠 속에 매복되었던 적들이 연방군을 향해 총을 난사했다. 그들은 휴대용 미사일로 탱크를 공격했다. 무방비 상태로 공격을 당한 탱크는 둔하게 몸을 돌려 적을 향해 포를 발사했다. 연방군을 공격한 적들은 기동성 있게 움직였다. 탱크는 고장 난 장난감처럼 사방으로 빙빙 돌며 포를 쏘았다. 매복한 적들은 휴대용 미사일로 탱크를 명중시키고 도망가는 다른 탱크의 뒤를 쫓았다. 야광투시경 속에 적들은 알록달록한 닭벗 모양의 장식을 머리에 달고 있었다. 신족들이었다.

사막의 병영에 비상 사이렌이 울렸다. 잠을 자던 군인들이 모두 일어나 전투태세에 돌입했다. 탱크를 뒤따라오던 신족들은 군대가 출동하기 전에 모두 도주했다. 연방정부는 야간순찰을 나갔던 탱크 한 대가 전소되고 심각한 인명피해를 입었다. 드디어 상부에서 명령이 떨어졌다. 신족들의 예상 도주로를 따라 부대를 이동시키기로 한 것이다. 호텔은 몇몇 군인들만 남게 되었다. 연방군은 크게 화가 났으며 복수를 다짐했다. 신족들은 주로 소규모 게릴라전에 능수능란했다. 정규군과 맞붙으면 미꾸라지처럼 빠져나갔다. 독버섯 같은 신족들은 아무리 싹을 잘라도 새로 자라 올라왔다. 연방군은 이번엔 끝까지 쫓아가 뿌리를 뽑겠다고 벼렸다. 연방군은 첩보 위성을 통해 신족의 아지트를 알아내려했다.

군인들이 떠난 호텔 로비에 선풍기가 느리게 돌아갔다. 한바탕 손님을 치른 호텔은 여기 저기 손 볼 곳이 많았다. 병사들이 남긴 흔적을 지우기 위해 침대 시트와 커튼을 빨고 유리창과 가구를 닦고 흐린 전등도 갈고 타일의 때도 벗겼다. 호텔은 며칠 동안 아주 바쁘게 돌아갔다. 호텔은 새롭게 탈바꿈된 듯싶었다.

더운 선풍기 바람이 휑한 로비를 가로 질렀다. 아주 더운 날씨였다. 실개천 같은 잿빛 도로는 신기루 같은 아지랑이가 가물거렸다. 도로에는 며칠째 차 한 대도 지나가지 않았다. 세상 모두가 사라진 듯 고요했다. 뚱보는 주방에 앉아 무거운 머리를 밑으로 떨어뜨리고 졸고 있었고 보모는 청소를 하다 말고 침대에 누워 깜박 잠이 들었다. 더운 선풍기 바람이 막심이 읽다만 책 페이지를 한 장 두 장 넘겼다.

앙카는 뜨거운 태양빛 아래 앉아 있었다. 바람 한 점 불지 않는 날씨였다. 검은 돌집은 태양빛 아래 붉게 달아올랐고 호텔 유리창에 반사된 빛들이 폭발했다. 경계선이 없는 하루하루가 지나고 있었다. 저 멀리 잿빛 도로에 딱정벌레 같은 차가 달려오고 있었다. 벌써 보모와 뚱보가 달려 나와 손차양을 하고 지켜보았다. 뜻밖의 손님들이었다. 딱

정벌레 차에서 내린 사람들은 웨딩 송을 불러주는 거인과 소녀였다.

모두가 달려 나와 거인과 소녀를 반갑게 맞았다. 그들은 남쪽 섬을 여행하고 돌아오는 길이라고 했다. 그래서 그런지 두 사람의 피부가 검게 그을려 있었다. 다시 어디로 여행할 건지는 이야기하지 않았다. 뚱보는 두 사람에게 보모를 소개하고 대뜸 물었다.

"우리 결혼식에 노래를 불러주실 수 있나요?"

"우린 이틀 뒤에 여길 떠나요. 우리가 떠나기 전에 결혼할 수 있다면 웨딩 송을 불러줄 수 있어요."

소녀는 뚱보와 보모를 번갈아 쳐다보며 말했다.

"그런데 아직 청혼도 못했어요."

뚱보는 수줍게 머리를 긁적이며 말했다.

"그렇다면 지금 이 자리에서 하셔도 되잖아요."

소녀는 두 사람의 손을 마주잡게 하고 서로의 눈을 들여다보게 했다. 소녀는 뚱보에게 신호를 보냈다. 뚱보는 울렁이는 가슴을 진정시키고 간신히 입을 열었다.

"뚱뚱하고 바보인 나와 결혼해 주겠소."

얼굴이 발그레해진 보모는 고개를 끄덕거렸다.

"정말요?"

"네."

뚱보는 호텔이 떠나가도록 소리쳤다.

"전 이제 결혼해요. 보모와 결혼할거라고요."

그는 너무 행복해서 자신의 볼을 꼬집어보고 싶었다. 뚱보는 보모를 안고 빙빙 돌았다. 앙카와 막심, 주방장과 호텔 직원이 나와 두 사람을 축하해부었다. 태어나서 이런 축하를 받아 본 적은 처음이었다.

거인과 소녀가 떠나기 전 날 뚱보와 보모의 결혼식을 치르기로 했다. 앙카는 보모를 위해 자신이 입었던 옷을 내주었다. 앙카는 밤새 바느질해 보모의 몸에 맞게 고쳐주었다.

"이 옷을 입을 때가 가장 행복한 때였나요?"

보모가 물었다. 앙카는 빙긋이 웃었다.

"너무 오래 돼서 생각이 나질 않네."

드레스는 섬에서 결혼사진을 찍기 위해 산 옷이었다. 그때 말고는 이 드레스를 입은 기억이 없었다. 드레스를 입은 보모가 거울 앞에 섰다. 앙카에 비해 키도 작고 땅딸막했지만 통통한 어깨를 드러낸 풍성한 레이스는 그녀의 허리를 잘록하게 보이게 만들었다. 드레스는 보모의 몸에 꼭 맞춘 듯했다. 그래도 몇 군데 고칠 데가 있었다. 드레스 길이를 줄이고 헐거워진 단추를 동여맸다.

앙카는 보모의 어깨를 잡고 거울 속을 들여다보았다.

"세상의 누구보다도 아름다워요."

보모는 앙카의 볼에 키스를 했다.

뚱보와 보모의 조촐한 결혼식이 식당에서 진행되었다. 촛불로 장식된 단상 앞으로 두 사람이 손을 잡고 천천히 걸었다. 단상에는 기타를 든 거인과 꽃바구니를 든 소녀가 서 있었다. 주례 같은 것은 없었다.

거인은 기타 줄을 튕기며 천상의 목소리로 노래를 불렀다. 긴 여행을 떠나는 두 사람의 앞날을 축복하는 내용이었다. 사랑은 하나의 강물로 흐른다. 비록 다른 길로 돌아가도 고향으로 돌아가듯 만나게 된다. 신랑은 배를 저어 조용히 강물을 거슬러 올라간다. 신부는 따뜻하고 빛나는 강물에 손을 담근다. 소녀가 두 사람에게 키스를 하라고 한다. 뚱보와 보모는 다정하게 입을 맞춘다. 소녀는 춤을 추며 두 사람의 머리 위에 꽃가루를 뿌린다.

거인의 노래가 계속되었다. 흥겨운 리듬에 앉아 있던 하객들이 일어나 춤을 춘다. 막심은 앙카의 손을 잡고 주방장은 직원의 손을 잡고 춤을 춘다. 작은 댄스파티가 벌어졌다. 붉은 노을이 사막의 바다를 물들였다.

그날 밤 뚱보는 늦도록 잠을 자지 않았다. 만약 잠이 들어 아침에 깨어나면 모든 게 물거품처럼 사라질 것 같았다. 보모는 뚱보의 걱정을 아기처럼 들어주었다.

"내일 아침 거인과 소녀가 북쪽으로 떠나. 나도 그들과 같이 북쪽으로 가고 싶어. 세상구경을 하고 싶단 말이야. 이곳은 너무 더워. 먹을 것도 없고."

"이곳에 남아 앙카 여사님을 도와주자고 한 것은 어떡하고요?"

"나도 그러고 싶지만 호텔에 손님이 없잖아. 아무리 호텔을 쓸고 닦아도 누가 와야지 헛수고를 하고 있는 것 같아."

"앙카 여사님이 들으면 슬퍼하실 거예요."

“나도 그 점이 가슴 아파.”

“두 사람이 우릴 데려가려고 할까요?”

“그건 모르지. 처음 그들을 만났을 때 얼음나라 이야길 들었어. 개들이 끄는 썰매를 타고 커다란 성에 초대를 받았대. 세상의 맛있는 음식이란 음식은 죄다 나오고 몇날 며칠 파티를 한다나. 그리고 손님들에게 금화 한 자루를 나누어준대. 사막은 지긋지긋해. 그런 곳에 가서 살고 싶어.”

보모는 뚱보의 마음을 외면할 수 없었다. 두 사람은 조용히 방을 나와 거인과 소녀의 방문 앞에 섰다. 그리고 문을 두드렸다. 잠시 후 소녀의 목소리가 들렸다.

“누구세요?”

“저희들이에요.”

방문이 열리고 거인과 소녀의 모습이 보였다. 두 사람의 잠을 깨운 것 같았다.

“주무시는데 죄송해요. 할 말이 있어서요. 지금밖에는 시간이 없을 것 같아서.”

“들어오세요.”

두 사람은 거인과 소녀의 방으로 들어갔다.

“하고 싶은 말씀이라는 게 무엇인지?”

“내일 아침 저희도 데려가주세요.”

뚱보는 흥분을 가라앉히고 또박또박 말했다. 거인과 소녀는 놀라며 말을 잃고 서로를 쳐다보았다.

"우린 아주 긴 여행을 해요. 초대 받은 곳이면 어디든지 가지만 아주 위험하고 힘든 여정이기도 해요. 물론 도착하면 환대를 받고 노래를 부를 수 있지만 우린 또 그곳을 떠나 고단한 여정을 계속해야만 해요."

"당신들을 따라다니겠다는 게 아니에요. 북쪽까지만 저희들을 데려다 주세요. 세상의 모든 길을 다 돌아다녀 보셨으니 길을 잃지 않게 도와줄 수 있잖아요."

거인은 뚱보의 말에 크게 웃었다.

"저희도 여행 때마다 길을 잃어 헤매기 일쑵니다."

뚱보는 간절한 눈빛으로 거인을 바라보았다. 옆에 있는 보모는 기도하듯 두 손을 마주 잡고 있었다. 소녀는 그들의 마음이 자신에게 전해지는 것 같았다.

"같이 가도록 해주세요. 정말 우리를 따라 나서고 싶은가 봐요. 언젠가 길동무가 있었으면 좋겠다고 말한 적이 있잖아요."

뚱보는 얼굴이 환해졌다. 거인은 난처한 표정을 지었다. 이 방에서 거인의 편은 아무도 없었다.

"내일 일찍 출발할 겁니다. 가서 주무세요. 갈 길이 멀거든요. 같이 떠나기로 합시다."

뚱보는 뛸 듯이 기뻤다. 자신이 생각하는 모든 것이 이루어지는 날이라고 생각했다.

이른 아침 차량 한 대가 호텔 밖에서 손님을 기다리고 있었다. 거인과 소녀, 뚱보와 보모가 차에 짐을 실었다. 뚱보와 보모는 어제 받은 꽃목걸이를 그대로 목에 걸고 있었다. 막심과 앙카는 네 사람을 배웅했다.

"앙카 여사님, 막심 박사님 감사해요. 혹시 제 형을 만나게 되거든 제가 북쪽으로 갔다고 말씀해주세요."

차에 탄 뚱보가 소리를 질렀다. 거인과 소녀는 다시 호텔에 돌아올 날이 있을 것이라고 말했다. 도로를 따라 기우뚱하게 달리던 차가 시야에서 점점 멀어져 이윽고 사라졌다.

앙카는 숄로 몸을 감쌌다. 바람이 서늘하게 느껴졌다.

"박사님과 저만 남았네요."

앙카와 막심은 나란히 걸었다.

"이제 박사님도 자신의 길을 찾아 떠날 때가 됐어요."

"절 쫓아내시는 건가요. 여사님 혼자 남게 되잖아요."

"전 호텔이 있고 박사님보다 더 좋은 손님이 찾아 올 수도 있잖아요. 돌아가신 부인도 그걸 바라실 거예요."

앙카는 막심의 어깨에 손을 올려놓았다.

"인생을 일찍 단정 짓는 건 포기하는 것과 같아요."

"여사님은 한 번도 이곳을 떠날 생각을 안 해보셨나요?"

"모르겠어요. 시간에도 관성의 법칙 같은 것이 있나 봐요. 내겐 그걸 거스를 힘이 없었던 거죠."

두 사람의 등 뒤로 사막의 바다에 돛대 같은 호텔의 그림자가 표류하고 있었다.

새로운 연방군 부대가 호텔에 도착했다. 신족의 뒤를 쫓던 부대는 두 번의 치열한 전투를 치렀다. 신족들은 치고 빠지는 신출귀몰한 전술을 구사했다. 물불을 안 가리는 그들은 죽음을 무서워하지 않고 달려들었다. 사망자와 부상자가 속출하고 전력의 손실을 입었다. 무작정 신족의 뒤를 쫓느라 남하할 수도 없었다. 잘못하면 반도의 정부군과 교전이 벌어질 수도 있었다. 신족들은 그 점을 이용했다. 호텔에 도착한 부대가 앞서 출발한 부대의 공백 상태를 메우고 신족들의 보급로를 차단해 다시 북쪽으로 밀어붙일 작전을 갖고 있었다.

전투헬기들이 호텔 상공을 지나고 부대는 출발 준비를 했다. 어젯밤 늦게 부상병들과 전투에 지친 병사들이 들이닥쳤다. 위중한 병사들은 본토로 호송되고 응급처지를 받은 부상병들은 출발하는 부대에 다시 합류했다. 호텔은 마치 야전 병원을 방불케 했다. 앙카는 병사들의 식사와 잠자리를 마련해주느라 분주하게 움직였다.

전선으로 이동하는 부대 차량이 대오를 이루고 출발 준비를 했다. 막심은 간단히 자신의 짐을 챙겼다. 막심은 앙카에게 작별 인사를 하러 갔다.

"떠날 결심을 하신 건가요. 잘 생각했어요."

"여사님께 많은 신세를 졌어요. 어떻게 갚아야 할지, 이곳에 다시 들를 날이 있을 겁니다. 건강하세요.”

“어서 빨리 가봐요. 몸조심하고요.”

막심은 앙카의 뺨에 키스를 하고 열을 지어 떠나는 마지막 차량에 올라탔다. 앙카는 차량을 따라 걷다 우두커니 서서 그를 향해 손을 흔들었다.

부대는 이틀 밤낮을 쉬지 않고 달려 주둔지에 멈췄다. 가끔 포탄이 떨어지는 소리가 들렸다. 소규모로 흩어져 움직이는 신족들이 언제 어디서 기습 공격해올지 긴장을 늦출 수가 없었다. 어디선가 연방군과 신족들이 혈전을 벌이고 있을 것이다. 반도의 정부군은 이따금 국경선 너머 광활한 대지로 포탄을 날려 보냈다. 누구도 더 이상 땅을 침범하지 말라는 의미였다.

주둔지에 추적추적 비가 내렸다. 긴 우비를 입은 병사들이 얼굴을 보이지 않고 유령처럼 움직였다. 그들은 뜨거운 차를 마시고 총을 닦았다. 막심은 막사 구석에 몸을 뉘였다. 밤이 지나고 있었다. 아주 오래된 노래가 빗소리 사이로 들렸다. 홀리데이, 당신은 나와 함께 멀리 떠나요. 태양을 갈망하면서. 축축한 맨땅에 습기가 올라와 온몸이 비에 젖는 것 같았다. 홀리데이 노래가 그가 떠나온 호텔의 사막으로 이끌었다.

다음 날 아침 부대는 주둔지를 떠날 준비를 했다. 막심은 이곳에서 부대와 헤어지기로 했다. 그는 떠나는 군 차량을 뒤로 하고 조용히 산길을 내려갔다. 여전히 비는 내리고 산길은 험하고 미끄러웠다. 이파리가 없는 나무들은 거의 말라 죽어 있었고 바닥은 질척거렸다. 사람의 흔적이나 인가는 없었다. 막심은 종일 굶어 배가 고팠고 몸은 으슬으슬 추웠다. 산을 내려가면 작은 마을이라도 있을 것 같았다. 그는 걸음이 느려지고 비틀거리다 엉덩방아를 찧어 주르륵 미끄러졌다. 두서없이 휘청거리며 나무 사이를 빠져나갔다.

잠시 숨을 고르고 쉬고 있는데 나무들 사이로 작은 시골 마을이 언뜻 내려다보였다. 그리고 그곳으로 내려가는 오솔길을 발견했다. 그는 벌떡 일어나 오솔길로 뛰어 내려갔다. 마을은 근처에서 전쟁 중이라는 것이 믿기지 않을 정도로 평온해 보였다. 나지막한 울타리에 빨갛고 파란 지붕, 카페 라고 쓴 간판과 창틀에 놓인 꽃 화분들, 그것은 마치 사막의 신기루와 비슷했다. 하지만 사람들의 모습은 볼 수 없었다.

카페 안쪽에 불이 들어와 있었다. 막심은 카페 문을 밀고 들어갔다. 격자무늬 식탁보가 테이블마다 씌워져 있고 꽃병에 노란 꽃은 아직 시들지 않았다. 안엔 아무도 없었다. 막심은 사람을 불렀지만 누구도 대답하지 않았다. 어디선가 음식냄새가 나는 것도 같았다. 막심은 젖은 옷을 의자에 걸치고 사람을 찾아 나섰다. 카운터의 벨을 눌러도 소용이 없었다. 그는 주방 쪽으로 다가가 문을 밀쳤다.

그는 눈앞의 광경에 놀라움을 감추지 못했다. 카페 주방은 완전히 사라지고 불탄 집들이 분화구 같은 거대한 웅덩이를 만들어 함몰되어 있었다. 포탄이 마을에 떨어진 것 같았다. 막심이 본 것은 마을 외곽의 몇몇 농가뿐이었다. 인명피해도 컸을 것 같았다. 사람들은 대피시켰을까. 막심은 웅덩이 안을 들여다보았다. 그 안에는 각종 살림살이와 집기들이 뒤섞여 아수라장이었다. 사람의 신발도 여러 개 보였다. 이곳에 묻힌 사람도 있을 것이었다. 막심은 순간 지옥으로 변했을 마을을 상상했다. 사람들의 아비규환, 울부짖음 그도 분화구 속으로 빨려들어갈 것 같은 착각이 들었다.

"누구시죠?"

막심은 사람의 소리에 놀라 돌아섰다.

웬 남자가 김이 나는 냄비를 들고 서 있었다. 음식 냄새가 났던 이유를 알 것 같았다.

"이곳 마을이 폭격당했다는 걸 모르셨나요?"

막심은 고개를 끄덕거렸다.

"비를 맞고 서 계시지 말고 안으로 들어오세요."

두 사람은 카페 테이블에 마주 앉았다. 남자는 접시를 찾아와 스프를 덜어주었다.

"주방이 날아가서 먹을 것이 없더라고요. 이것밖에 못 찾았어요."

남자는 배가 고팠는지 맛있게 스프를 떠먹었다. 막심도 그가 건넨 스프를 묵묵히 입에 가져갔다.

"누가 이 작은 농가 마을을 폭격 했을까요?"

"둘 중에 하나겠죠. 연방군 아니면 정부군. 아니면 오발 사고든지."

남자는 대수롭지 않다는 듯 말했다.

"아참, 제가 누군지 궁금하시죠?"

남자가 목에 건 기자 카드를 내밀었다.

"간단하게 말해서 종군기자라고 생각하시면 됩니다. 소속이 없는 프리랜서죠. 그냥 잭이라고 불러도 돼요."

남자가 잠시 침묵했다. 상대방의 정보도 달라는 뜻처럼 느껴졌다.

"난 막심이오. 여행 중이에요."

남자는 막심의 말을 믿지 못하겠다는 듯이 고개를 갸웃거렸다.

"여행 중이요? 어디, 어디를 다니셨는데요?"

"북쪽 사막과 우니 시에 잠시 머물렀어요."

"저도 우니 시에 가보고 싶었는데 분쟁 지역만 따라다니다 보니 기회가 없었어요. 우니 시는 여행자들에게 무시무시한 곳이라고 하던데. 매일 삼십 명 가량이 살해되고 화장터엔 발가락에 번호표를 단 시신들이 줄을 서 있다면서요. 이젠 어디로 가실 거죠?"

"아직 정하지 못했어요."

막심은 비를 맞고 있는 마을을 무심히 바라보았다.

"이곳에서 하룻밤 묵을 생각이었는데 들어와 보니 마을이 쑥대밭이 되었네요. 저기 뒤쪽에 제 차가 있어요. 당신이 원한다면 같이 타고 갈 수도 있어요. 이곳에서 삼십 킬로미터 떨어진 곳에 작은 도시가 있어요. 그곳으로 갈 생각입니다. 거기도 위태위태하기는 마찬가지지만."

"전쟁이 점점 확대될 거라고 생각하세요?"

"그건 모르죠. 힘 있는 자가 어떤 생각을 할지에 따라 달라지겠죠. 제 생각에 전쟁은 흐지부지 될 공산이 많아요. 목숨을 걸 명분이 없거든요.”

막심은 기자 잭과 같이 차를 타기로 했다. 잭의 말대로 그의 차에는 복잡한 방송 송출장치가 있고 취사도구가 갖춰져 있었다.

“집을 떠난 지 오래돼서 엉망진창이죠.”

차는 젖은 도로를 달렸다. 연방군은 보이지 않고 반도의 정부군이 큰 도로에 바리케이드를 치고 검문을 했다. 그들은 신분증을 요구했고 차 안을 샅샅이 뒤졌다. 기자 잭은 차를 세우기 전 카메라에 필름을 빼서 시트 밑에 숨겼다. 촬영한 필름을 빼앗긴 적이 있다는 것이다. 도로에 피난민 차량이 스쳐 지나갔다.

도시는 작은 불빛조차 없었다. 거대한 수도원처럼 침묵했다. 잭은 천천히 차를 몰고 시내로 진입했다. 차는 작은 모텔 앞에 멈췄다. 모텔 창문으로 어슴푸레한 불빛이 새어나오고 있었다. 안에 분명 사람이 있었다. 현관문이 잠겨 있어 잭은 꽝꽝 문을 두드렸다. 밖을 내다보는 눈과 마주쳤다.

마지못해 문이 열리고 노인이 나타나 주위를 둘러보고는 두 사람을 안으로 들여보냈다.

“영업은 안 하는 겁니까?”

“대체 어디서 온 거요. 소식도 못 들었어요?”

막심과 잭은 어안이 벙벙한 표정이 되었다.

“도시 전체에 공습경보가 떨어졌어요. 사람들은 거의 다 도시를 떠났어요. 오다가 못 봤소? 우리도 막 떠나려던 참인데.”

“우린 여기서 하룻밤 묵을 생각이었는데, 식사도 해야 돼요.”

“주방에 먹을 것이 있어요. 더운 물로 목욕을 할 수도 있고, 그건 당신들 마음대로 해요. 우린 떠나니깐.”

노인은 뒷마당에 세워 둔 차에 짐을 싣고 가족들과 함께 떠나버렸다.

잭은 주방에서 먹을 것과 술 한 병을 찾아 기분 좋은 얼굴로 소파에 길게 누웠다. 도시는 깊은 정적에 휩싸여 있고 오직 두 사람만이 남아 있었다. 잭은 카메라에 찍힌 사진들을 들여다보며 낮게 콧노래를 불렀다. 막심은 바닥에 떨어진 오래된 신문들을 읽었다. 두 사람의 눈꺼풀이 점점 무거워졌다. 흐릿한 전등을 끄고 잭과 막심은 소파 하나씩을 차지하고 모로 누웠다.

막심은 문득 눈을 떴다. 무의식 속에 날카로운 섬광 하나가 스쳤기 때문이다. 막심이 잭을 깨울 사이도 없이 천지를 뒤흔드는 소리가 났다. 도시에 연속적으로 미사일이 날아와 꽂혔다. 도시의 하늘 위로 검붉은 연기가 치솟았다. 불은 바람을 타고 급속도로 번졌다. 두 사람은 서둘러 모텔을 나와 차에 올랐다. 호텔 주인 말이 괜한 소리가 아니었다. 잭은 필사적으로 차를 몰았다. 미사일은 마치 잭의 차를 따라오듯 도로에 구멍을 냈다. 차 위로 흙더미와 파편이 우수수 떨어졌다. 잭은 도시를 빠져나와 산등성이로 올라갔다. 안전지대는 아니었다. 차에서 내린 잭은 불타는 도시를 향해 거침없이 카메라 셔터를 눌렀다.

“이제 어디로 갈 거죠?”

막심이 잭에게 물었다.

"전선을 따라 이동해야죠."

타냐를 태운 비행기는 사막의 상공을 날고 있었다. 하늘엔 흰 새털 구름이 넓게 퍼져 있었다. 타냐는 헬멧에 낙하산 배낭까지 메고 비행기 난간을 딛고 서 있었다. 이것은 영화촬영 장면이 아니고 실제 상황이었다. 그녀는 비행기를 타기 전에 간단한 낙하 교육을 받았다. 그녀는 고소공포증이 있었지만 지금은 신기하게도 아무 문제가 되지 않았다. 까마득한 저 아래 몸을 던질 각오를 하고 있었다. 한 남자가 다가와 그녀에게 크게 소리를 질렀다.

"준비 다 됐습니까?"

"네."

타냐는 큰 목소리로 대답했다. 남자는 카운트다운을 시작했다. 하나, 둘, 셋, 타냐는 주저 없이 허공에 몸을 던졌다. 그녀는 자신이 미쳤다거나 용감하다고 생각하지 않았다. 그를 만나야 한다는 것밖에 생각나지 않았다. 칸, 그에게 돌아갈 수밖에 없는 것이 그녀의 운명이었다. 그녀는 무서운 속도로 떨어져 내렸다. 황량한 사막은 넘실대는 파도 같았다. 낙하산이 활짝 펼쳐졌다. 바람은 그녀를 점점 깊은 사막으로 데려갔다. 그녀의 풍성했던 낙하산이 쪼그라들고 뒤뚱대며 모래 둔덕에 착륙했다. 사막은 천지사방을 가늠할 수 없을 정도로 눈부셨다.

낙하산을 모래 둔덕에 파묻고 짐을 어깨에 멨다. 타냐는 비행기를 타기 전 조종사에게 그녀가 착륙할 지점을 설명했다. 그곳은 칸과 처음 만났던 장소와 멀지 않았다. 타냐가 그를 먼저 찾기 전에 칸이 먼저 타냐를 찾을 확률이 높은 곳이었다. 타냐는 그렇다고 믿었다.

방향을 읽는 일은 쉽지 않았다. 기억 속의 사막은 어떤 안내도 하지 않았다. 기온은 계속 올라가고 가져온 물을 아껴 마시려고 노력했다. 그녀는 하염없는 먼 길을 보지 않으려고 고개를 들지 않았다. 그에게 가는 한 걸음 한 걸음이 행복하다고 생각했다. 의문이나 부정은 이제 소용없었다. 타냐는 눈만 내놓고 옷으로 몸 전체를 가렸다. 사막의 부족들과 별달라 보이지 않았다.

타냐는 사막에서 영화를 찍었을 때가 생각났다. 노예로 끌려가는 장면이었다. 입술이 부르트고 태양에 머리카락이 바스러진 것 같은 분장을 했었다. 정복자의 노예였지만 사랑을 쟁취하고 전쟁을 승리로 이끄는 역할을 맡았다.

영화와 현실을 혼돈할 수도 있었다. 지금이 영화의 한 장면이었으면 얼마나 좋을까. 촬영이 끝나고 집으로 돌아와 욕조에 몸을 담그면 얼마나 좋을까. 타냐는 지금 그런 생각을 하지 않았다. 영화 속의 주인공은 모두 허구였다. 이것은 스스로 선택한 진짜 삶의 시작이었다. 후회 같은 것은 없었다. 칸을 만나기 위해서라면 어떤 고난도 이겨낼 자신이 있었다.

BLT에 다녀온 후 그녀의 삶은 흔들리기 시작했다. 촬영이나 특별한 행사가 아니면 밖으로 나가지 않고 아이들과 많은 시간을 보냈다. 아이들이 늘어나 일거리가 많았다. 전 같으면 보모나 다른 사람들에게 맡겼을 텐데 직접 아이들을 돌보았다. 타냐는 대륙의 특별시 우굴라의 마천루 꼭대기 스위트룸에서 살았다. 우굴라에는 백 층이 넘는 초고층 마천루들이 많았다.

타냐는 막내 아이를 안고 창밖을 내려다보았다. 까마득한 아래를 내려다보며 타냐는 현기증을 느꼈다. 곁에서 놀고 있는 아이들이 허공에 떠 있는 것처럼 위태로워 보였다. 유리창에는 아이들의 손자국이 나 있었다. 신선한 바깥 공기를 마셔본 지가 언제인지 몰랐다. 마천루는 시스템에 의해서 정화된 공기를 입주민들에게 공급했다. 타냐는 바람도 흙도 모래도 만질 수 없었다. 유리 울타리에 갇혀 있다고 생각했다.

그녀는 영화계에도 염증을 느끼고 있었다. 늘 만나던 사람들과 판에 박힌 농담과 가식, 질투, 스캔들, 그녀는 점점 지쳐가고 있었다. 영화 속 인물에게도 몰입하지 못했다. 그녀의 가슴속에는 거대한 사막과 한 남자, 칸밖에 없었다.

타냐가 슬럼프에 빠졌다는 소문이 돌았다. 풍토병에 걸렸다는 말도 들렸다. 그녀는 이곳을 떠나기로 결심하기까지 오랜 시간이 걸리지 않았다. 주변을 정리하고 아이들을 찾으러 올 때까지 맡아줄 사람을 물색했다. 그녀가 누려왔던 모든 걸 버려도 아까울 것이 없었다. 뉴스에 타냐의 실종 소식이 전해졌다. 누군가 돈을 노리고 납치했을 가능성이 크다고 보도했다. 사랑의 도피 행각이라고 떠벌리는 사람도 있었다. 그 뒤 온갖 억측이 난무했다. 하늘과 땅을 길게 연결한 돌풍이 몰아닥쳤다. 돌풍은 반경을 넓히며 점점 다가왔다. 타냐는 반대방향으로 달리다 바닥에 납작 엎드렸다. 돌풍은 지상의 모든 걸 연통처럼 빨아올렸다. 타냐는 얼굴을 모래 바닥에 묻고 손을 깊이 파묻었다. 대지는 그녀를 허락한 듯 붙잡아주었다. 세찬 바람이 그녀를 밟고 지나갔다. 그녀는 죽은 듯 꼼짝도 하지 않았다. 대지를 부여잡고 놓치지 않았다.

날카로운 암벽으로 이루어진 골짜기가 나타났다. 사람이나 문명의 발자취가 없는 태곳적 땅 같았다. 그녀는 홀로 밤을 보냈다. 불을 지피고 가져온 식량과 물로 허기를 달랬다. 그녀는 경계심 가득한 눈으로 보이지 않는 적들을 방어 했다. 그녀는 뜬눈으로 밤을 지새웠다. 칸의 꿈을 꾸었다. 소리 없이 다가온 그가 타냐를 내려다보았다. 눈을 뜨자 칸은 말고삐를 돌려 어둠 속으로 사라졌다. 그를 부르며 따라갔지만 다시 나타나지 않았다. 타냐의 눈가에 눈물이 고였다.

사막으로 그를 찾아오지 않았다면 지금 이 시간쯤 무엇을 하고 있었을까. 욕조에서 찬 샴페인을 마시고 있거나 푹신한 침대에 곯아떨어졌을 것이다. 마천루의 공기정화시스템은 수면에 알맞은 최적의 온도와 습도를 제공해 주었다. 그녀는 마음이 약해지는 것을 느꼈다. 몸에선 냄새가 나고 피부는 검게 타고 버석거렸다. 날이 선 산봉우리들은 점점 뒤로 물러나는 것 같았다. 하지만 희망은 굴복하지 않았다. 갈수록 걸음이 느려졌지만 나침반이 가리킨 곳을 따라 묵묵히 나갔다.

밤이 오면 죽은 동물의 사체와 덤불, 나뭇가지를 모아 불을 지폈다. 흰 연기가 모락모락 검은 하늘로 올라갔다. 그녀는 노래를 불렀다. 고

향에서 아기 때 들었던 노래였다. 울보 아기, 잠투정하는 아기, 혼자
자기 무서워하는 아기를 요정이 돌봐주러 온다는 자장가였다. 타냐는
가끔 잠을 못 자고 칭얼대는 아이들에게 노래를 불러주곤 했다. 세운
무릎에 얼굴을 대고 모닥불을 뒤적거리며 자장가를 불렀다. 그러다 깜
박 잠이 들었다.

　타냐는 사막을 지나며 물과 식량을 아끼는 방법을 배웠다. 그녀의
눈과 귀는 예민해지고 민감해졌다. 사소한 것 하나도 놓치지 않았다.
작은 소리, 냄새, 바람, 구름, 별빛, 살면서 한 번도 느껴보지 않았던 것
들을 접하게 되었다. 짐 가방이 가벼워질수록 마음이 가벼워진 것 같
았다. 그녀는 짐승처럼 본능에 충실하게 움직였다. 밤이면 자신을 따
라오는 눈빛이 있다는 것을 알게 되었다. 자신이 지쳐 쓰러지면 여우
의 먹잇감이 될 게 뻔했다. 그녀는 어둠 저편을 향해 침을 뱉었다. 사
막의 밤은 쉽게 익숙해지지 않았다.

　수통에 물이 얼마 남지 않았다. 그녀는 계속 걸어 나갔다. 그녀가 남
긴 긴 발자국이 꼬리처럼 따라왔다. 홀린 듯 앞으로 나아갔다. 그녀는
허물이 벗겨지는 고통을 맛보았다. 최고의 배우라는 영예를 사막에 버
렸다. 그것은 가장 무거운 짐이기도 했다.

　검은 말 부족이 일정한 거처 없이 움직인다면 칸을 눈앞에 두고 술
래잡기를 할 수도 있다는 생각이 들었다. 칸을 만나다는 건 그들이 모
시는 영험한 신의 허락 없이는 불가능할지도 몰랐다. 그들 신의 뜻대
로 따르기로 했다.

그녀는 행군 중 비행기 소리를 들었고 빠른 속도로 이동하는 연방군 부대를 보았다. 전차와 탱크, 병사들을 가득 태운 트럭이 전투기의 호위를 받으며 지나고 있었다. 다행스럽게도 연방군과 타냐가 가려는 방향이 달랐다. 그녀는 몸을 숨기고 부대가 지나가길 기다렸다. 어쩜 그를 만날 날이 멀지 않았다는 징조 같기도 했다.

물도 비상식량도 떨어졌다. 얼마나 시간이 흘렀는지 잊어버렸다. 터벅터벅 걷던 타냐가 갑자기 쓰러졌다. 그녀는 쉽게 몸을 일으키지 못했다. 신기루를 두 번이나 보았다. 오아시스에 쉬고 있는 화려한 낙타 행렬과 BLT 광고판에 나오는 바닷가였다. 타냐는 신기루 속으로 빠져들어가고 싶었다.

그녀의 부르튼 입으로 물이 흘러들어오고 있었다. 그녀는 눈을 뜨고 싶지 않았다. 이대로 신기루 속에 머물고 싶었다. 사람들의 웅성거림이 들리고 말 울음소리와 북소리도 들렸다. 여전히 입이 말랐지만 의식은 돌아오려고 애를 썼다. 그녀는 눈을 떴다. 남자들이 드문드문 몰려 앉아 있고 구름이 걷힌 투명한 하늘이 보였다.

타냐는 투명한 하늘이 파란 눈동자로 변하는 걸 보았다. 은색 머리카락이 흐트러진 반듯한 이마와 단단한 턱과 입술이 보였다. 그녀는 저절로 칸의 이름을 불렀다. 타냐는 현실이라고 믿지 않았다. 하지만 이건 꿈이 아니라고 칸의 그림자가 말하고 있었다. 눈을 감았다 뜨자 칸의 모습이 또렷하게 다가왔다. 내가 당신을 찾은 거예요?

타냐의 이마에 손을 얹은 칸은 말을 아꼈다. 그녀는 애달픈 눈동자로 칸을 쳐다보고 자신의 마음을 몰라준다고 생각했다.

"당신은 무모한 짓을 저지른 거예요. 이제 그만 돌아가요."

"난 돌아가지 않아요. 당신을 만나려고 온 거예요. 칸, 당신과 같이 있고 싶어요."

칸은 고개를 절레절레 흔들었다.

"칸은 부족을 지키는 전사요. 한 여자의 남자가 될 수 없어요."

"나도 당신과 같이 사막을 지킬 수 있어요."

"당신은 너무 지쳤어요. 쉬어야 돼요."

칸은 그녀 옆에 웅크리고 앉았다. 북소리는 여전히 들리고 검은 말 사내들의 그림자가 모닥불에 일렁거렸다.

다음 날 타냐와 칸은 말을 같이 타고 길을 떠났다. 검은 말 부족은 단단히 무장을 했다. 타냐는 칸에게 어디로 가느냐고 묻지 않았다. 그들은 미끄러지듯 흔적 없이 움직였다. 타냐는 칸에게 며칠 전 연방군을 보았다고 말했다. 칸은 알고 있다고 대답했다. 연방군은 검은 말 부족을 신족과 같이 생각했다. 검은 말 부족은 누구와도 마주치지 않기를 원했다. 칸은 부하들을 멀리 보내 길을 살폈다.

능선을 타고 태양이 따라왔다. 검은 말 부족은 쉬지 않고 달렸다. 암벽으로 이루어진 계곡이 나타나고 그들은 험한 길을 주저 없이 들어섰다. 암석을 딛는 말발굽 소리가 요란했다. 그들은 타냐를 보호하려고 지름길을 택한 것이다. 해가 뉘엿뉘엿 질 때쯤 계곡 사이로 부족 마을이 나타났다. 마을 사람들은 칸을 환대했다. 여자와 아이들도 보였다.

마을 사람들은 타냐를 보고 놀라는 것 같았다. 칸은 나이든 부족 여자에게 타냐를 인도했다. 여자는 그녀를 집으로 데려가 보살펴 주었다. 타냐는 며칠 동안 일어나질 못했다. 여자는 악귀를 몰아낸다며 짚을 태운 연기를 마시게 했다. 타냐는 심하게 기침을 했다. 어느 날 타냐는 자리에서 일어났다. 칸은 어디에서도 볼 수 없었다. 누구도 타냐에게 관심을 보이지 않았다. 다른 부족여자들처럼 일거리가 주어졌다. 제대로 일을 따라 하지 않으면 호되게 야단을 맞았다.

연방군의 흰 독수리 연대는 남쪽으로 진군했다. 신족들의 파상공세에 연방군은 당황했다. 특히 신족의 자살특공대는 연방군의 기세를 꺾어 놓았다. 신족들의 자금과 무기는 대대로 이어져 내려오는 반도의 군벌 세력에게 받고 있었다. 그들은 신족들과 거래를 트기도 하고 때로는 방관적인 태도를 취하기도 했다. 흰 독수리 연대는 신족들의 무차별 자살 공격으로 꺾인 사기를 올리고 미꾸라지처럼 빠져 달아나는 놈들을 쓸어버릴 계획을 세웠다.

막심과 기자 잭은 우연히 흰 독수리 연대와 합류하게 되었다. 연대는 두 사람이 부대 홍보에 도움이 된다고 생각했다. 두 사람의 행동에 제한을 두지 않았다. 막심과 잭은 병사들과 어울려 지냈다.

부대는 전투에서 잡힌 신족 포로들을 데리고 다녔다. 신족 포로들은 무장해제 된 채 속옷 바람으로 작은 울타리에 갇혀 지냈다. 그들에게는 하루 한 끼 식사만 제공되었다. 병사들은 포로들에게 닭처럼 소리를 내게 하거나 한 발을 들고 서 있으라고 했다. 기자 잭은 털 빠진 닭처럼 서 있는 포로들의 사진을 찍었다. 잭이 포로들에게 관심을 보이자 부대는 포로들에게 옷을 입히고 울타리 너머 화장실에 다녀오게 했다.

흰 독수리 연대는 반도의 국경수비대와 충돌했다. 두 나라 정부는 확전되는 걸 원치 않았다. 얀이 권력을 잡고 있는 동안 반도는 안정된 생활에 길들여져 있었고 대륙도 실익이 없는 전쟁을 하고 싶어 하지 않았다. 두 나라는 아무 일도 없었던 것처럼 돌아섰다. 신족들은 동쪽으로 밀려나고 있었다. 흰 독수리 연대의 최종 목표는 쿠미라 산맥 아래 신족의 본거지를 초토화하는 것이었다.

흔들리는 트럭 안에서 잭은 막심을 찍고 있었다. 그는 막심에게 궁금한 점이 많은 모양이었다.

"가족들에게 영상 메시지를 보내시죠."

"난 가족이 없어요. 결혼하려던 사람이 있었는데 우니 시에서 살해당했어요. 이게 그 사람의 증표요."

"죄송합니다. 그런 사연이 있는 줄 몰랐어요."

잭은 그래도 그에게서 카메라를 거두지 않았다.

"여행 전에는 무슨 일을 하셨죠?"

"날 취재하는 거요?"

"그렇다고 해두죠. 뭐."

"대학병원에서 의사로 일했어요."

"그럴 줄 알았어요. 그런 냄새가 났거든요. 다시 의사로 돌아가실 건가요?”

“아뇨. 돌아가지 않을 겁니다. 아직 뭘 할지는 결정하지 못했어요.”

막심은 이제 그만 카메라를 거두라고 손을 내저었다.

“혹시 아실지 모르지만 수도 번의 대학병원에서 두 사람의 뇌를 결합하는 수술이 있었어요. 사람들의 비상한 관심을 모았죠. 결과는 비극으로 끝났지만, 수술을 받은 원장이 합병증으로 며칠 만에 사망했거든요. 방송에서 연일 떠들었죠.”

막심은 브룩스가 스스로의 연구에 희생양이 될 거라는 걸 진작부터 알고 있었다. 그의 곁을 지키지 못했다는 자책감이 들었다. 그는 잭에게 자신의 속내를 드러낼 수는 없었다.

트럭은 계속 덜컹거리고 병사들은 꾸벅꾸벅 졸았다. 이번에는 막심이 잭의 얼굴을 찍었다. 막심은 잭의 가족에 대해 물었다.

“아내가 딸아이를 데리고 살아요. 일 년에 한두 번 볼까 말까죠. 딸아이는 아빠가 송출한 기사와 사진을 꼭 챙겨본다고 하더라고요.”

“딸에게 하고 싶은 말이 있으면 지금 해요.”

“에이미, 아빠다. 아빠는 지금 새로운 전선으로 이동 중이야. 내 걱정은 안 해도 돼. 에이미와 엄마도 아빠처럼 잘 지냈으면 좋겠다. 다시 만날 때까지 건강하고 굿 바이.”

잭은 손바닥에 키스를 날렸다. 그의 얼굴은 딸에 대한 애정으로 가득했다. 막심과 잭은 나란히 얼굴을 맞대고 손가락으로 V자를 그리며 셀프 카메라를 찍었다.

부락에 홀로 남은 타냐는 누구도 거들떠보지 않았다. 그들은 이방인을 무관심하게 대했다. 그녀는 부락에서 제일 나이 많은 할머니와 살았다. 하루 종일 할머니 뒤를 따라다니며 일을 했다. 공동 식사 준비를 하고 밭에 물을 주는 일을 했다. 하루하루가 반복되어 빠르게 흘렀다. 칸은 볼 수가 없었다.

밤에는 제법 서늘한 바람이 불었다. 부락 사람들은 울큰이라는 기하학적 무늬가 그려진 담요를 지붕에 덮었다. 지붕의 한 모서리도 보이지 않게 담요가 덮여 있으면 신분이 높은 집을 의미했다. 타냐가 묵는 집은 담요 한 장도 덮여 있지 않았다.

칸이 돌아왔다. 칸은 원색의 울큰 담요를 겹겹이 덮은 원로 집을 방문했다. 칸은 타냐와 결혼하고 싶다고 원로에게 말했다. 원로는 긴 담뱃대에 불을 붙여 깊게 들이마시고는 생각에 잠겼다. 그러다 주문을 외며 신에게 칸의 의사를 전달했다. 원로의 집은 담배 연기로 가득했다. 원로는 신통치 않은 답변이 나왔는지 담배 연기를 코로 뿜으며 다시 주문을 외고 기도를 했다. 칸은 원로가 입을 떼기 전에 어떤 말도 할 수 없었다. 원로가 칸을 힐끗 보며 말했다.

"신이 노여워하시네. 이방인 여자를 아내로 둘 수 없다고 하시네."

칸의 얼굴이 굳어졌다. 엄중하게 눈을 내리 깔았던 원로가 갑자기 표정을 바꾸며 작은 목소리로 말을 이었다.

"하지만 내치지는 말라고 하시네. 우리에게 황금을 가져다 줄 여자라고. 우리 부족에도 칸과 결혼하고 싶어 하는 여자들이 많아. 왜 하필이면 이방인과 결혼하려는 거지? 다시 혼인을 해야 되는 일이 벌어지면 그때는 우리 부족여자와 하겠다고 약조하면 다시 신께 졸라보지.”

칸은 원로의 뜻밖의 대답에 무릎을 꿇고 머리를 조아렸다. 이것은 허락받은 것이나 다름없었다. 칸은 곧바로 타냐를 만나러 갔다. 타냐는 칸을 보자 저절로 눈물이 났다. 칸은 탸냐를 말에 태우고 부락을 벗어났다. 부락 마을이 한눈에 대려다 보이는 골짜기로 올라갔다. 부락 마을은 조용히 잠들어 있었다.

“당신을 혼자 둬서 미안해요. 멀리 피크워크보데 산까지 갔었어요. 우리의 신이 그곳에 모셔져 있거든요. 우리 부족에겐 엄마 품속 같은 곳이죠.”

“나도 가보고 싶어요.”

“언젠가 당신과 같이 갈 날이 있을 거예요. 그것은 타냐가 상상할 수 없는 울창한 숲으로 이루어졌어요. 지금껏 보지 못했던 온갖 진기하고 신비로운 동물과 식물들이 살고 있어요. 밤이면 하늘에 두 개의 원이 떠올라요. 해와 달이죠. 두 개의 텅 빈 원이 동시에 가득차면 신의 계시를 받을 수 있다고 해요. 나는 타냐와 사랑을 허락해 달라고 간구했어요. 나는 빛이 들거나 들지 않거나 숲에 자란 모든 것들이 물기가 걷히며 햇살이 자줏빛 융단처럼 펼쳐지는 것을 보았어요. 나는 자줏빛 융단을 밟고 신이 안내하는 길을 따라갔어요. 커다란 샘물에 해와 달이 동시에 비쳤어요. 그리고 황금빛 투구를 쓴 타냐와 많은 아이들이 보였어요. 우리들의 미래죠.”

타냐는 얼굴을 돌려 칸에게 키스했다.

"부족장이 우리 결혼을 허락했어요. 당신도 날 받아줄 거죠?"

"난 당신의 이런 말을 기다렸어요."

칸은 자신의 목에서 긴 숫자가 적힌 은색 줄을 꺼내 타냐의 목에 걸어주었다.

"내가 태어나면서부터 가지고 있던 거래요. 나 역시 이곳에선 이방인이었어요. 부족들에게 갚을 수 없는 커다란 은혜를 입었지요. 나는 부족을 위해 최선을 다할 겁니다."

"나도 칸만큼 강한 사람은 아니지만 당신 뜻을 따를 거예요."

"당신은 내 아내가 될 자격이 충분해요. 그리고 언젠가는 부족의 어머니가 되겠죠. 나와 결혼하면 모든 걸 돌이킬 수 없어요."

"전 돌아가지 않아요. 절대."

두 사람은 서로를 깊이 껴안았다.

검은 말 부족은 칸의 결혼식을 경건하게 준비했다. 부족은 전사의 후예들이 아니었다. 그들은 유목민으로 모성을 존중했다. 피는 모성을 의미했다. 가축을 잡아 그 피로 칸과 타냐의 몸을 적셨다. 그리고 두 사람의 앞날을 축복하는 의미의 축문을 불태워 그 재로 피를 씻었다. 두 사람이 하나 되었음을 하늘과 땅, 신과 부족에게 천명했다.

첩보 위성과 무인 정찰기가 신족의 위치를 파악했다. 그들은 공격을 받으면 손가락 사이로 모래알 빠지듯 달아났다. 그들에게 함부로 덤벼

들면 실패로 끝나기 일쑤였다. 유사 이래 반도에서 가장 호전적인 족속이었다. 그들은 독립된 국가를 원했지만 애초부터 불가능했다. 자존심이 강했고 누구와도 타협하지 않았다.

신족들은 반도 북부에 자신들 만의 영역을 구축했다. 하지만 반도의 정세가 혼란스러워질 때마다 전권을 빼앗긴 군부와 실력자들이 신족과 손을 잡으려 했다. 그들은 재기하려고 신족과 손을 잡았지만 정권을 탈환하진 못했다. 신족은 그들과 공생하면서, 때로는 적이 되기도 하면서 시간이 흘러갔다.

전투기로 신족의 근거지를 급습했다. 신족들은 사막 지하로 뚫어놓은 땅굴로 재빨리 이동했다. 연방군은 피라미 한 마리도 놓치지 않겠다고 호언장담했지만 가소롭기만 했다. 땅굴을 빠져나온 신족들은 수십 대의 지프에 나눠 타고 기동성 있게 움직였다. 지프에는 최신 화기가 달려 있고 휴대용 미사일도 장착되어 있었다. 그들은 여러 겹의 탄띠를 두르고 허리엔 칼과 손도끼가 매달려 있었다.

매복한 연방군이 신족들을 노리고 있었다. 상관의 명령이 떨어지길 기다렸다.

"화이어!"

연방군의 모든 화기가 불을 뿜었다. 신족들의 달리는 지프 사이로 폭탄이 터졌다. 직통으로 폭탄을 맞은 지프는 뒤집어지며 허공으로 날아올랐다. 신족들은 달리는 지프에서 손도끼를 들고 몸을 날렸다. 연방군의 헬멧이 깨지고 두개골이 터졌다. 신족은 공격하면 흩어지고 돌아서면 달려드는 그들의 전통적인 전술을 구사했다.

강력한 화기와 육탄전의 대결이었다. 신족은 전차 안으로 뛰어들었다. 휘두른 도끼에 맞아 유혈이 낭자한 군인의 머리를 치우고 대신 포를 쏘았다. 전차 안의 다른 군인들이 신족을 제압했다. 신족은 파랗게 칠한 혀를 날름거리고 빨갛게 칠한 눈자위 가운데 동공을 끔벅거렸다. 그러더니 자신의 몸에 두른 폭탄의 핀을 뽑았다. 전차는 터져버리고 안에 탄 군인들과 신족은 흔적도 없이 사라졌다. 신족은 그런 식으로 몇 대의 전차를 날려버렸다.

근래에 가장 격렬한 전투가 벌어졌다. 신족들은 일단 후퇴하는 길을 택했다. 연방군은 도망치는 신족들 뒤에다 무차별 공격을 퍼부었다. 군인들이 사냥꾼처럼 변했다.

신족들이 누렇게 침하된 퇴적층 지대로 숨어들었다. 죽을 놈은 죽고 도망갈 놈은 도망 가, 지금 살아남은 신족들은 골수 중의 골수였다. 그들의 꿈은 일당백으로 장렬한 최후를 맞는 거였다. 신족들은 겨드랑이에 날개가 달린 듯 수색하는 연방군을 향해 뛰어내렸다. 퇴적층 암반 사이로 콩 볶는 총소리가 한참 동안 울렸다.

마지막 저항을 하던 신족들이 연방군의 총탄 세례로 벌집이 되었다. 연방군은 숨어 있는 신족을 찾기 위해 구석구석 총부리를 겨누고 돌아다녔다.

의료 진지로 구축된 막사에 부상병들이 쏟아져 들어왔다. 중상자들이 많았다. 막심은 자동적으로 몸이 움직였다. 군의관과 의무병을 도와 부상병을 치료했다. 지혈을 하고 응급환자를 가려냈다. 약도 치료 도구도 턱없이 부족했다. 의료진의 치료가 더뎌졌다. 신음만 내지르다 고통스럽게 죽는 병사도 있었다. 막심은 더 이상 다친 병사들이 막사에 들어오지 않길 빌었다. 그는 수술 장갑을 끼고 병사의 몸속 깊이 박힌 총알을 꺼냈다. 그의 옷은 피범벅이 되었다.

기자 잭은 생명의 위험을 무릅쓰고 전투 장면을 촬영했다. 당장 이곳을 떠나라는 명령을 받았지만 그는 촬영을 멈추지 않았다. 그는 차로 돌아가 간단한 전투 장면을 송출하고 가장 많은 돈을 제시하는 방송국과 계약했다. 그가 촬영한 전투장면이 실시간 생방송으로 중계될 예정이었다. 잭은 대어를 낚은 것이다.

그는 운이 좋게도 다리에 가벼운 총상을 입고 전투의 전 과정을 생생하게 찍었다. 그는 편집을 하지 않고 그대로 송출했다. 전쟁에서의 선은 승리뿐이었다. 승자가 모든 걸 독식하고 편집도 승자 편이 할 수 있었다. 잭은 연방군이 신족의 부상병들을 사살하는 장면도 찍었다.

연방군은 단호한 결정을 내렸다. 하늘에 무수히 뜬 녹슨 별, 그중 첩보위성이 신족의 도주로와 땅굴, 아지트를 속속들이 찍어 보냈다. 연방정부가 자랑하던 정밀 타격이 카운트다운을 시작하고 미사일 두 개가 연속적으로 출발했다. 그리고 쿠미라 산맥 아래 거대한 버섯구름 두 개를 만들어냈다. 하늘로 퍼진 먼지와 돌풍이 수십 킬로미터 밖까지 밀려왔다. 신족들은 완전히 궤멸했다. 그래도 살아남은 자들이 있다면 신의 뜻이었다.

전투를 마친 흰 독수리 연대는 본거지로 이동했다. 막심과 잭은 부대를 따라 사막 한복판을 지났다. 막심은 실개천 같은 도로가 나타나고 총알 자국이 무수히 박힌 BLT 광고판을 보았다. 막심은 도로를 따라 가다보면 앙카 호텔이 나온다는 것을 알고 있었다. 부대는 우니 시 쪽이 아니라 BLT가 있는 북쪽으로 이동할 계획이었다. 막심은 부대에 더 이상 머물 필요가 없다고 생각했다. 더 이상의 전투도 없고 부상병을 치료할 일도 없었다. 이제 기자 잭과 이별할 때가 왔다.

"살아 있다면 언젠가 다시 만나겠지요."

막심과 잭은 아쉬운 이별의 악수를 했다.

막심은 우니 시의 표지판이 있는 곳에서 부대와 헤어졌다. 잿빛 도로는 황사 바람이 여전했다. 처음에 도착했을 때나 지금이나 달라진 것은 없어 보였다. 그는 앙카 여사를 만날 생각에 가슴이 벅찼다. 자신이 겪은 전쟁 이야기를 어떻게 해야 할지, 분명 자신의 말을 주의 깊게 들어주고 무엇보다 군복 입은 모습에 놀랄 것이다.

잿빛 도로는 거의 파손되어 있었고 그 사이로 무성한 잡초가 올라와 있었다. 빨리 호텔과 앙카 여사를 보고 싶었다. 모래바람 사이로 아련하게 호텔의 정경이 떠올랐다. 그는 호텔을 향해 달렸다. 그러다 막심은 멈칫 서 버렸다. 그가 알던 호텔의 모습이 아니었다. 그는 자신이 잘못된 장소에 온 것처럼 사방을 둘러보았다. 광활한 사막과 실개천 같은 잿빛 도로, 막막한 지평선, 한껏 웅크린 검은 오두막, 그가 다른 곳에 올 리 없었다. 하지만 호텔은 폐허로 변해 있었다. 폭격을 당한 것 같았다. 그는 눈을 감고 호텔이 무너지는 상상을 했다. 지붕이 날아가고 유리창이 산산조각 나고 벽이 쓰러지고 안에 있는 모든 것들이 순식간에 사라지는 상상을 했다. 그는 흠칫 놀라 눈을 떴다.

그는 무너진 호텔의 잔해 속으로 들어갔다. 바닥에 검게 탄 집기들이 밟혔다. 카운터 앞의 로비, 창가에 기댄 소파와 테이블, 식당으로 가는 두 개의 문, 아침마다 황금빛 사막을 보게 해주던 커다란 유리창, 작은 엘리베이터, 천장의 빛바랜 그림, 어느 것도 기억해 낼 수 없었다.

막심은 앙카가 이곳에 남아 있을 거라는 생각이 퍼뜩 들었다. 그녀가 검은 돌집 앞에 앉아 있던 모습을 여러 번 보았었다. 막심은 앙카를 소리쳐 불렀다. 그는 돌집으로 발걸음을 옮겼다. 그는 안도했다. 그의 생각처럼 앙카는 검은 돌집 앞 소파에 앉아 있었다. 앙카는 막심을 보고 희미하게 미소 짓는 것처럼 보였다. 앙카에게 달려가던 막심의 걸음이 느려졌다. 앙카는 숄을 몸에 두르고 오래전부터 신었던 가죽부츠를 신고 미동도 하지 않고 앉아 있었다. 소파 옆에는 장총이 기대져 있었다. 그녀의 흰 머리카락은 푸른 목덜미와 홀쭉하고 창백한 뺨에 흘러내리고 마주 잡은 두 손은 무릎에 놓여 있었다. 그녀는 오랜 잠을 자고 있는 것처럼 보였고 바람을 음미하고 한껏 숨을 참고 있는 것처럼 보이기도 했다.

막심은 그녀 앞에 주저앉았다. 그녀의 찬 손을 잡았다.

모래바람이 검은 돌집을 덮쳤다. 낡은 주유기에 말려 있던 바람개비 꽃이 죽은 앙카의 등 뒤에서 춤을 추었다.

카니발

비밀리에 진행되었던 BLT 우주선 발사 계획은 실패로 끝이 났다. 궤도를 벗어나지 못하고 대양에 추락한 우주선 잔해 속에서 신물질이 나와 대륙이 핵무기에 버금가는 가공할만한 무기를 만들었다는 비난을 받았다.

연방정부의 수상은 BLT 사령관과 과학자들을 본토로 소환했다. 우주선 발사 실패에 대한 책임을 물을 작정이었다. 수상은 우주선 발사 실패는 세계대전 이전의 상황으로 돌아갈 수 있다고 운을 뗐다.

"과업을 성공시키지 못하면 지구의 시계를 거꾸로 돌려놓으시든지."

사령관과 과학자들은 종교재판을 받는 심정이었다.

"사령관은 책임을 통감해야 합니다. 정부는 그대들에게 물적 인적 자원을 아끼지 않고 지원해 왔소. 당신들이 더 잘 알겠지요. 그대들이 원하는 대로 모든 가능성과 의문을 해소하기 위한 무한정의 실험을 허락했소, 실패에 대한 당신들의 해명은 날 설득시키지 못해요.”

누구 한 사람은 입을 떼어야 했다.

“과학의 진보는 수많은 실패와 좌절 위해서 이루어졌습니다. 시간과 경험이 더 필요합니다. 조급하면 할수록 더 많은 실패를 하게 됩니다.”

“시간이 많질 않다는 게 문제지요. 매일 내 책상에는 지구의 생존 기간을 계산한 보고서들이 올라옵니다. 애석하게도 아직 새로운 학설이나 가설은 나오질 않고 있어요. 부관, 오늘 아침 내게 가져온 보고서를 읽어보게.”

부관은 수상 옆에 서서 보고서를 읽었다.

“지구는 중심부의 열이 식어 대추처럼 쪼그라듭니다. 자원이 고갈되고 숲과 물이 사라지면 모든 생명체가 말라죽어 갑니다. 중력을 잃은 지구는 떠돌이별이 될 겁니다. 그전에 이미 지구상에 남은 생명체는 없겠지요. 그다음을 논의한다는 것은 무의미하지만 떠돌이 지구는 다른 행성이나 혜성과 충돌해 산산조각 날 겁니다. 영원히 소멸되는 겁니다. 늘 반복되었던 생성과 탄생, 소멸의 과정 중 하나지요. 그러기 전, 인류는 지구를 탈출해 다른 행성으로 이동해야 합니다. 우리가 안착할 새로운 행성은 지구의 태초라 불렸던 때와 비슷할 겁니다.

우리가 오랜 시간 진화를 거듭했듯 새로운 행성에서 환경에 맞게 진화를 할 겁니다. 우리가 알던 인류가 아닌 전혀 다른 종으로 변할 수도 있습니다.”

사령관과 과학자들은 심각한 얼굴로 듣고 있었다.

"시간 낭비 말고 진심을 털어놓으세요. 이 보고서의 내용이 신빙성이 있습니까?"

누군가 입을 열었다.

"절대 허무맹랑한 이야기는 아닙니다. 우린 우주를 오랜 시간 여행해 새로운 행성에 도착할 수 있어요. 비록 첫 단추는 잘못 끼웠지만 실망해서는 안 됩니다. 다시 한 번 기회를 주세요. 완벽을 보장하는 실패는 진정한 실패라고 할 수 없습니다. 실패 원인을 면밀하게 분석해 다시 도전해 볼 겁니다."

수상은 사령관과 과학자들을 둘러보고 마음이 수그러들었다. 채찍보다 당근이 필요할 때라고 생각했다. 부관을 불러 포도주를 가져오라고 했다. 포도주가 나오기도 전에 수상은 천식 발작을 일으켰다. 이곳 우굴라의 지독한 스모그 현상 때문이었다. 수상은 숨을 쉬지 못하고 바닥에 쓰러졌다. 부관과 비서들이 달려와 소파에 편히 뉘이고 산소마스크를 씌웠다. 그리고 마천루에 걸려 있는 누런 안개가 보이지 않게 창문의 커튼을 닫았다. 수상은 곧 발작이 가라앉고 편히 잠들었다. 사령관과 과학자는 수상 관저에서 물러나 가까운 호텔에 짐을 풀었다.

우굴라는 백 층이 훨씬 넘는 마천루들이 들쑥날쑥 하늘을 찔렀다. 마천루 사이로 고색창연한 성당과 교회, 사원 모스크들이 박혀 있었다. 이곳은 정치, 경제, 군사, 교육, 문화 모든 것의 중심이었다. 우굴라는 종교 특구를 만들어 비싼 세금만 내면 종교 활동을 보장해 주었다.

이것이 오히려 사이비 신흥종교의 확산을 막아주었다. 짙은 스모그 현상과 소음공해, 높은 인구 밀도, 하늘을 찌르는 마천루들, 세상 어디서도 찾아 볼 수 없는 도시였다.

비가 부슬부슬 내렸다. 사령관은 호텔을 나와 과학원에서 일하는 친구를 만나기로 했다. 도로는 차들로 꽉 막히고 거리엔 사람들로 넘쳤다. 우굴라에도 부랑자들이 있었다. 부랑자들은 말쑥한 옷차림의 사람들에게 다가가 손을 내밀었다. 사람들은 부랑자들을 외면하고 걸었다. 사령관에게 부랑자가 모자를 내밀었다. 그는 모자 안에 동전 여러 개를 떨어뜨렸다.

친구가 카페에 모습을 드러냈다. 오랜만에 만난 두 사람은 악수를 나누고 자리에 앉았다. 비는 조용히 떨어지고 차를 마시던 두 사람은 일어나 밖으로 나왔다. 친구가 사령관을 자신의 연구실로 데려가기로 했다. 젖은 보도 옆으로 허름한 건물들이 이어지더니 동물원이 나타났다. 그 안에 친구가 일하는 과학원이 있었다. 바이러스 전염병 때문에 동물원은 오래전에 폐쇄되었다. 동물들을 수용했던 텅 빈 공간들을 지나자 과학원 건물이 나타났다. 두 사람은 건물 안으로 들어갔다. 친구는 사령관을 자신의 방으로 안내했다. 문을 열고 불을 켜자 소란스런 동물들의 울음소리가 들렸다. 대부분이 우리 안에 갇힌 원숭이들이었다. 방에선 고약한 냄새가 진동했다.

"점심은 먹었다고 했고, 차는 마셨고, 여기선 마땅히 대접할 게 없네."

친구는 사령관을 보고 쓸쓸하게 웃었다. 친구는 사령관보다 나이가 많아 보였다. 주름도 많고 머리숱도 별로 없었다. 그는 원숭이들을 조용히 시켰다.

"우주선 발사가 실패한 것에 너무 낙심 말아. 첫 술에 배부를 순 없지. 정부도 내심 큰 기대를 안 했을 거야. 물론 실패를 각오해야 돼, 우주와 인간이 어떻게 탄생되었는지 생각하면 아무것도 아니지만."

"난 이곳에서 신선놀음하는 자네가 부러워."

"그럴지도 모르지. 난 자네처럼 지위나 명예가 없잖나. 얼마나 홀가분 한지 몰라. 내가 좋아하는 일을 남의 눈치 안 보고 실컷 할 수 있거든. 하지만 세상에 공짜는 없어. 자유만큼 큰 대가를 치루는 것도 없지."

친구는 구석진 서랍에서 술병을 꺼냈다.

"오랜만에 만났는데 한 잔은 해야지."

그는 실험용 비커에 술을 따랐다.

"자넨 변한 게 아무것도 없어. 그게 가장 맘에 들어."

"너도 마찬가지야. 지나친 야심은 심장에 무리가 돼. 명심해."

두 사람은 비커를 눈까지 들어 올려 건배를 했다. 잠잠했던 원숭이들이 다시 소리를 지르기 시작했다.

"왜 날 만나자고 한 거지?"

"나와 같이 BLT로 돌아가서 일해 볼 생각은 없나?"

"내가 그곳에서 무슨 쓸모가 있겠어?"

　"난 네가 이곳에서 무슨 연구를 하고 있는지 잘 알아. 그 연구가 BLT 에서도 필요해. 날 도와줄 수 없나? 우주선이 대규모의 사람을 태우고 날아가는 여객선이 될 수 없다는 걸 깨달았어. 목적지도 알 수 없고 시간이 얼마나 걸릴지 예측할 수도 없는 여행이 될 거야. 미지의 무한 지평을 개미가 기어가는 속도로 통과하는 거지. 가장 충격을 덜 받고 오래 살아남는 것은 사람이 아니라 유전자와 세포의 핵들뿐이야. 포자를 뿌리듯 인간의 핵을 우주로 날려 보내는 거지, 세포의 핵에는 인류 역사와 유전자의 지도가 포함되어 있어야 해. 어떤 환경과 유전자의 충돌에도 살아남는 지도가 필요한 거야. 지금도 우리는 자신들이 누군지 잘 몰라. 어느 소멸된 혹성에서 날아온 세균이나 유충일지 누가 알아? 네가 연구하는 것도 인간의 지도를 만드는 거잖아."

　"너는 군인보다 과학자나 철학자가 되어야 했어. 지금까지 내 연구의 결과를 말하지. 인간 지도의 핵은 수천 수만 겹으로 꽁꽁 싸여 있어. 그리고 그 안에 놀랄 만한 것이 들어 있다고 장담할 수도 없네. 늘 답보 상태지."

　"네 연구가 끝나게 도와줄 수 있어."

　"대가들과 어울려 내 연구를 초라하게 만들고 싶지 않네. 나는 인류가 어떤 형태로 살아남든 말든, 우주의 한 모퉁이를 차지하든 말든 관심 없어. 난 신을 믿지 않지만 영혼을 부정하지도 않아. 영혼 없는 샘플을 만들어 우주선에 탑승시켜야 한다면 넌센스야. 세상은 나 없이도 잘 돌아가."

친구는 비커의 술을 비웠다. 우리의 원숭이 한 마리가 손을 뻗어 빈 술병을 당겨 주둥이로 빨았다.

"이곳은 연구하기에 너무 외로운 곳이야. 사람들도 불친절하고 치안도 불안해. 언제 강도가 들이닥쳐 자네와 원숭이들을 해칠지 알 수가 없네. 조심해야 할 거야."

사령관은 실험실을 빙 둘러보고 빈 비커 잔을 내려놓았다. 원숭이들은 호기심 가득 찬 눈으로 사령관을 빤히 쳐다보았다. 친구를 이 실험실에서 빼낼 방법이 없어 보였다.

"비가 그치길 기다렸는데 그만 가봐야 할 것 같아. 아무튼 반가워."

사령관은 친구에게 손을 내밀었지만 친구는 악수 대신 그를 안고 등을 두드렸다.

"우글라는 비가 그쳐도 해가 보이질 않아. 멀리서 성공을 빌어 주지. 아직도 인형 놀이 해? 자네보다 그게 더 보고 싶었는데."

수상 관저에서 만찬이 있었다. BLT 사령관과 과학자들은 만찬에 초대 받았다. 만찬에는 대륙의 유명한 인사들과 각국의 대표가 초대되었다. 수상은 건배를 제안하며 우주선 발사에 대한 가벼운 농담을 던졌다.

"나를 어린아이 취급하는 사람들은 과학자들밖에 없습니다. 다른 사람들은 나를 보면 두려워 입을 굳게 다물어버리는데 저들은 나를 어린왕자처럼 우주선에 태워 식민지별에 보내주겠답니다. 얼마나 웃겨요. 나는 내가 타고 갈 우주선은 아주 널찍하고 튼튼해야 할 거라고 말했어요. 그렇지 않으면 우주선이 요강에 빠진 엉덩이처럼 주저앉아 버릴 테니까요.”

만찬장의 사람들은 모두 수상을 따라 웃었다.

“우리가 비밀 핵 실험을 하고 있다고 엉뚱한 소리를 하고 다니는 사람이 있는데 믿으시면 안 됩니다. 다 헛소리죠. 우리 인내심은 특별합니다. 우굴라만 봐도 아실 겁니다. 얼마나 다양한 인종과 종교와 문화가 어울려 있습니까. 종교와 사상이 다르고 인종이 다르다는 이유로 많은 전쟁이 있었어요. 우굴라는 그런 자들을 결코 용납하지 않습니다.”

BLT 사령관은 빳빳하게 다린 군복에 훈장까지 달았다. 그는 여느 때보다 강건해 보였고 젊은 병사처럼 패기에 넘쳐 보였다. 그는 수상과 독대할 기회를 노렸다. 수상은 많은 사람들에 둘러싸여 있었다.

사람들의 대화는 주로 우글라에 떠도는 소문들이었다. 천문학적인 가격으로 산 미술품이 가짜로 판명됐으며 재선을 노리는 수상과 이를 저지할 정적들의 끊임없는 암투도 이야깃거리였다. 여배우 타냐에 관한 소문도 있었다. 타냐가 실종된 이후 그녀가 입양한 일곱 아이들도 감쪽같이 사라졌다는 것이다. 연방 경찰은 타냐와 아이들의 실종에 대해 어떤 수사 결과도 발표하지 않았다.

수상이 천식 발작을 일으켜 급하게 만찬장을 떠났다. 사령관은 서둘러 수상의 방에 몰래 숨어들었다. 수상은 응급처치를 받고 소파에 누위 있었다. 주치의가 그를 지켜보다 조용히 돌아갔다.

사령관은 커튼 뒤에 몸을 숨겼다. 등 뒤로 유리창의 찬 기운이 느껴졌다. 그는 까마득한 나락을 등지고 있는 것 같았다. 만약 BLT 과업이 실패로 끝난다면 저 나락으로 추락할 게 뻔했다. 그는 심호흡을 하고 자신의 생각을 정리했다.

수상의 인기척이 들렸다. 그는 머리통을 감싸고 구부정히 앉아 있었다. 갑자기 나타나면 암살범이라고 오해할 수도 있었다. 하지만 물러설 수도 없었다. 그는 커튼 뒤에서 나와 사령관 앞에 나섰다. 수상은 놀란 얼굴로 사령관을 올려 보았다.

"각하 접니다. 카메론 대령입니다."

"대령이 왜 내 방에 숨어 있다 나타나는 겁니까?"

수상은 유사시를 대비한 비상벨을 누를 수도 있었다. 수상은 섣부른 판단을 하지 않았다.

"드릴 말씀이 있습니다."

"내게 하고 싶은 말이 뭐지?"

"우주선 발사 실패에 대한 책임을 통감합니다. 만회할 기회를 갖고 싶습니다. 우리의 목적이 평화라는 것도 알릴 필요가 있습니다. 그래야만 계획이 차질 없이 진행될 겁니다. 이번 실패로 BLT 무용론이 일어나면 철수하라는 공세에 시달릴지도 모릅니다. 반도에서 국지전이 일어날 가능성이 높다는 걸 아시잖습니까?"

"그래서 어쩌자는 건데? 난 지금 매우 피로한 상태야."

"간단히 말해서 BLT에서 세계 최대의 축제를 여는 겁니다. 우리의 결집된 힘과 포용력으로 세계를 끌어안으려 한다는 걸 보여주는 겁니다. 우리가 세상을 뒤흔들 가공할 무기를 만든다는 오해를 불식시킬 기회도 되지요."

수상은 화가 났다.

"대령, 술에 취했나? 무슨 헛소리야. 내가 당신을 과대평가 했나봐. 실망스러워 돌아가."

"각하는 지금도 정적들에게 공격을 당하지 않습니까. 막대한 투자를 해서 파시스트에게 놀이터를 만들어줬다는 비난을 듣지 않습니까. 각하와 제가 처음 만나 BLT를 만들자고 했을 때도 각하는 제 생각에 반대하셨습니다. 하지만 제 생각을 따라주셨잖습니까. 제가 옳았다는 걸 아시잖아요. 우리는 어떤 반대도 무릅쓰고 공사를 강행했습니다. 사리사욕을 채우기 위한 출발이 아니었지요."

"세계의 이목을 집중시키고 축제의 마당을 여는 겁니다. 마술과 신세계, 판타지의 파노라마가 밤낮없이 펼쳐지는 지상 최대의 쇼를 벌이자는 거지요. 전쟁의 종식을 확인하고 BLT가 핵실험을 위장한 쓰레기 더미가 아니라는 걸 보여줘야 합니다. 그래야만 이 차 우수선 발사 계획이 차질 없이 진행될 겁니다."

수상은 깍지 낀 두 손을 책상에 얹고 깊은 생각에 잠겼다가 입을 열었다.

"그대는 BLT로 가서 몽상가로 변했나? 그러다 폭동이라도 일어나면 누가 책임을 지지?"

"BLT를 개방하고 스스로 축제에 참여할 기회를 준다면 그런 우려들은 사라질 겁니다. 폭동 직전까지 갈 수 있는 에너지와 도취를 역으로 이용할 수 있어요. 오히려 막혔던 물꼬를 터줄 기회가 될 겁니다. 만약 어떤 음모와 기도가 있다면 바로 색출해 내야죠. 아마도 카니발이 피를 부르는 일은 없을 겁니다."

"사령관은 너무 호언장담하는 것 같아. 그럼 내게 원하는 게 대체 뭔가?"

"일 년 후 BLT에 카니발을 개최한다는 선포를 해주시면 됩니다. 세부 사항과 일정 등은 추후에 보고 드릴 겁니다."

"알았네. 사령관에게 주는 마지막 기회야. 난 좀 쉬어야겠어. 당신 때문에 다시 발작이 일어날 수도 있으니까."

수상은 보좌관을 불렀다.

"BLT 사령관을 정중히 모시고 나가게. 그가 필요한 것이 무엇인지 수시로 내게 보고해 줘."

막심은 BLT로 잠입했다. 바다와 면한 끝없는 철책의 행렬은 타냐 일행과 같이 왔을 때와 다를 바가 없었다. BLT는 엄격한 출입 통제가 이루어졌지만 시간이 지날수록 절차에 따르지 않는 사람이 많았다. 그들은 난민촌 사람들과 은밀하게 거래를 하고 물건을 사고팔았다. 연방정부는 BLT에 자급자족을 명령했다. 토지의 사유재산은 인정하지 않았지만 농사를 짓기 위해 땅이 필요하다면 BLT 당국에 신청해 땅을 사용할 수 있었다. 스스로 생필품을 만들어 물물교환을 하고 여자들은 일을 하기 위해 탁아소와 공동 작업장을 만들었다. 막심은 더먼의 형을 만났다. 더먼은 지하갱도에서 일을 하고 있었고 당분간 그와 같이 기거하기로 했다. 막심은 난민촌에 의료시설이 없다는 걸 알았다. 사령관저가 있는 언덕의 병원은 관리들과 군인들이 이용했다. 막심은 작은 진료소를 열고 싶었다. 그는 BLT 국경을 넘나드는 상인을 만나 가지고 있던 돈을 전부 주고 의약품과 간단한 의료기기를 사다 달라고 부탁했다. 얼마 지나지 않아 진료소 문을 열었다.

일이 없어 배급표를 받지 못한 사람들은 해안가 쓰레기더미를 뒤졌다. 그들은 멀리서 보면 쓰레기더미에 앉은 갈매기나 바다 새처럼 보였다. BLT의 모든 하수도가 바다로 향해 있어 바다는 늘 썩는 냄새가 났다. 아이들은 그곳에서 뛰어놀았다. 그래서인지 피부병 환자들이 많았다. 전염병이 한 번 돌면 아이들이 줄줄이 쓰러졌다.

막심은 외과의였지만 이도 뽑고 아이도 받았다. 진료소 안은 늘 사람들로 꽉 찼다. 의약품은 부족했고 상인은 더 이상 막심을 만나주지 않았다. BLT 당국 몰래 차린 진료소는 한계에 부딪쳤다. 막심은 사령관 면담을 신청했다. 막심의 갑작스런 등장에 사령관이 어떤 반응을 보일지, 감옥으로 바로 끌려갈지 알 수 없었다. 면담신청은 며칠이 지나도 답이 오지 않았다. BLT를 떠나 도시로 나가 의약품을 구해 볼 생각이었다.

이른 아침 군인들이 들이닥쳐 막심을 연행했다. 사령관이 막심을 기다리고 있다는 것이다.

"당신이 여기 와 있을 줄을 미처 생각 못했어. 이렇게 빨리 만나게 될 줄 몰랐는데. 얘길 들어보니 난민촌 안에 진료소를 차렸다면서요. 우리의 허가 없이 의료 활동을 하는 것은 불법인데. 더군다나 날 만나자고 했다면서요."

사령관은 집무실 중앙의 커다란 책상 앞에 앉아 막심을 빤히 쳐다보며 물었다.

"진료소를 합법적으로 운영하게 해주세요. 의약품도 지원해 주길 바랍니다. 치료 받아야 할 사람들이 많아요."

"BLT엔 아시다시피 큰 병원이 있어요. 당신이 아니더라도 돌볼 사람들은 많소."

"BLT 거주자들 중에 관리 동의 병원을 이용한 사람은 하나도 없어요. 그곳에 의사가 상주하고 있는지, 의료시설이나 제대로 갖춰놓았는지 난 의문이오."

"날 자극하려고 만나자고 한 건가?"

"난 순수한 마음으로 사령관님께 제안을 한 겁니다. 나는 이곳에서 사령관과 싸울 힘도 이유도 없어요. 그저 아픈 사람들을 치료하고 싶을 뿐이에요. 사령관님이 우려되는 어떤 일도 일어나지 않을 겁니다. 약속 할 수 있어요."

"내가 왜 막심 박사의 제안을 받아들여야 하지?"

"절 두려워하지 않는다면 제안을 받아들이시겠지요."

"우리가 새벽 바닷가에서 마차를 같이 탔던 걸 기억해요? 난 당신들을 이곳에 붙잡아둘 수도 있었어. 하지만 돌려보냈지. 왜 그런 줄 아나? 다시 제 발로 돌아올 줄 알았기 때문이지."

막심은 어떤 말도 하지 않고 사령관이 결심을 하길 기다렸다. 사령관은 펜을 만지작거리며 생각에 잠기는 듯했다. 그가 입을 열었다.

"난 본토로 들어오라는 소환명령을 받았어. 수상을 만나게 될 거요. 이 자리에서 물러날지도 몰라요. 부하들에게 진료소를 운영하도록 허락한다고 말해주지. 필요한 의약품도 지원해 줄 수 있소. 하지만 거기까지요. 진료활동에 국한 되어야 합니다. 그렇지 않으면 바로 추방될 거요."

진료소는 난민촌의 빈 집으로 이사해 다시 문을 열었다. 사령관은 약속대로 의약품과 침상을 보내주었다. 비로소 병원 비슷하게 꾸며졌다. 막심은 세상 부러울 게 없었다. 막심은 자신을 도와줄 간호사를 물색했다. 같은 구역에서 자주 만났던 소녀 베다가 떠올랐다. 베다는 바지런하면서 영민한 아이로 막심을 잘 따랐다. 막심은 베다에게 일을 도와줄 수 있느냐고 물었다. 베다는 흔쾌히 승낙했다. 막심은 베다에게 차근차근 일을 가르쳤다. 베다는 진료소 청소를 하고 환자들이 오면 막심의 잔심부름을 했다. 막심은 시간 날 때마다 베다에게 응급처치법과 주사 놓는 일, 붕대 감는 일, 체온과 맥박 재는 방법까지 알려주었다. 베다는 배운 대로 야무지게 일을 했다.

막심의 진료소가 소문이 나자 아픈 사람들이 몰려들었다. 그들은 진료를 받기 위해 바닥에 쭈그리고 앉아 기다리거나 문밖까지 줄을 섰다. 막심은 하루 종일 진료소 안에서 시간을 보냈다. 하루가 어떻게 가는지도 모르게 빨리 지나갔다. 진료소는 BLT 안에 조용한 파장을 일으켰다.

BLT 변방에 몰려 사는 집시들에게 왕진을 가기도 했다. 집시들은 BLT 철책을 넘나들며 생활했다. 그들은 대개 민간요법으로 빨간 열매를 진통제로 사용했는데 중독성이 강해 끝내는 환청과 환각에 시달리다 병이 깊어 죽었다.

막심과 베다는 낡은 차를 타고 꼬박 하루를 달렸다. 사막은 더 황폐해진 것 같았다. 모래바람에서 화약 냄새가 났고 전투의 흔적들이 거뭇거뭇하게 드러났다. 막심은 입이 말랐고 베다는 오는 내내 졸았다. 막심은 석양을 등지고 달렸다. 언뜻 앙카 호텔의 전경이 나타났다 사라지는 듯했다.

집시 아이는 고열에 시달렸다. 온몸에 열꽃이 피었다. 아이의 볼록한 배는 심하게 오르내렸다. 아이의 열을 내리기 위해 주사를 놓았다. 가족들이 사는 천막엔 바람이 고스란히 쳐들어왔고 바람막이가 된 아이의 엄마는 걱정스런 눈길로 아이를 내려다보았다. 아이가 조금씩 진정되는 것 같았다. 변변한 먹을거리가 없는 가족은 다른 장소로 이동할 게 뻔했다. 막심은 아이 엄마에게 아이가 깨어나면 먹일 약을 주었다. 아이가 열이 떨어지며 깊은 잠이 들었다. 아이 엄마가 기쁜 얼굴로 화로에 주전자를 올렸다. 그들이 아껴 마시던 차를 타주었다. 막심은 그들의 배웅을 받으며 마음이 편치 않았다. 그들이 어디로 흘러갈지 알 수 없었다.

막심은 어둠 속 길 없는 길을 달렸다. 베다는 곤히 잠들었다. 잠시 차를 세우고 막심도 눈을 붙였다. 하늘엔 우주 쓰레기라는 녹슨 별들이 반짝거렸다.

BLT에 신흥종교가 들어와 한물 간 영생권을 팔았다. 주민들은 손수 만든 물건이나 배급표를 영생권과 맞바꾸었다. 막심은 사람들을 설득했다. 대륙에서 영생권을 만들어 팔던 신흥종교 교주가 공개처형 당했다는 사실을 알려주었다. 신흥종교는 교세를 확장하기 위해서 온갖 술수로 사람들을 현혹시켰다. 영생권을 파는 전도사들은 막심을 BLT의 앞잡이라고 몰아세웠다. 사람들의 진료소 출입을 막고 베다의 일을 방해하기도 했다.

"그들에게 넘어가서는 안 됩니다. 밖에서 써먹고 들어온 낡은 사기 수법이에요. 영생권은 천국으로 가는 티켓이 아닙니다. 사령관은 BLT가 자치주가 될 거라고 말했어요. 그들에게서 영생권을 사주면 우리가 바보라는 걸 인정하는 겁니다."

막심은 진료소를 찾아오는 사람마다 자신의 생각을 이야기했다. 전도사들에게 막심은 눈엣가시 같은 존재였다.

어느 날 밤 막심은 숨이 막혀 눈을 떴다. 자신의 방이 매캐한 연기로 가득 차 있었다. 밖으로 나오니 진료실도 불길에 휩싸여 있었다. 나무

판자로 지은 진료소는 순식간에 불길이 번져 활활 타올랐다. 출입구도 불길로 막혀 있었다. 깨진 창문으로 흰 천을 이마에 동여맨 전도사들이 사람들의 접근을 막고 있는 것이 보였다. 베다는 발을 동동 구르고 있었다. 진료소가 무너지면 막심도 무사할 수 없었다. 그는 침착하게 행동했다. 진료실 서랍에서 올더스가 준 권총을 찾았다. BLT에서 무기 소지는 불법이었다. 그는 몇 가지 의약품과 수술도구를 시트에 말고 불길에 휩싸인 출입문 쪽으로 달렸다. 진료소는 붕괴되기 직전이었다. 그는 출입문을 향해 총을 쏘았다. 불붙은 문이 뒤로 나자빠졌다. 진료소가 무너짐과 동시에 막심은 밖으로 뛰쳐나왔다. 불 속에서 튕겨 나온 막심은 불사신처럼 보였다. 전도사들이 막심을 피해 달아났다. 진료소는 완전히 전소되었다.

수상을 만나고 돌아온 사령관은 특별 담화를 발표했다. BLT 구석마다 달려 있는 스피커에서 사령관의 목소리가 쩌렁쩌렁 울렸다.

"친애하는 BLT 가족 여러분, 나는 오늘 중대 발표를 하게 되었습니다. 앞으로 정확히 일 년 육 개월 뒤에 이곳에서 지상 최대의 축제가 열립니다. 왜 이곳을 파라다이스라고 부르게 되는지 증명하게 될 겁니다. 우리의 목표는 명백해졌습니다. 지금껏 보아 왔던 어느 축제 어느 카니발보다 화려하고 웅장함의 극치를 보여줘야 합니다. 앞으로 BLT가 세상 중심의 축으로 돌아가고 포용의 땅이라는 것을 똑똑히 증명합시다. 그리고 축제의 꽃, 퍼레이드에 참가하는 모든 팀에게 사막에 어

마어마한 금이 묻혀 있다는 전설로만 내려오는 보물 지도를 나눠줄 겁
니다."

사람들은 환호성과 야유를 동시에 질렀다. 개중에는 사령관이 미친
것 아니냐고 말하는 사람도 있었고 카니발이라는 말에 엉덩이를 흔드
는 사람도 있었다. 누군가는 보물지도의 금을 찾아 귀환하는 꿈을 꾸
기도 했다.

BLT의 벽마다 카니발을 알리는 포스터가 붙었다. BLT는 카니발 추
진위원회를 만들어 난민들 중에서 대표를 뽑았다. 대표들은 모여서 당
국이 하달한 안건들을 어떻게 처리할 것인지 의논했다. 그들이 처음으
로 회의한 것은 환경과 청소문제였다. 해변 쓰레기 산이 문제였다. 사
령관은 어떤 일이 있더라도 모두 치우라고 명령했다. 카니발 추진위원
들은 머리를 싸매고 고민했다. 그러다 의견이 모아졌다. 불에 태울 것
은 태우고 나머지 것들은 폐선에 쓸어 모아 멀리 대양으로 보낸다는
거였다. 하지만 바다로 멀리 나갈 수 있는 폐선이 많지 않았다. 폐선에
실어 버릴 것은 버리고 남은 쓰레기들은 열기구에 실어 하늘로 날려
보내기로 했다. 수백 개의 열기구가 하늘로 날아올랐다. 대양 위에서
터져버리면 다행이지만 바람을 타고 다시 날아오는 경우도 있었다. 새
똥처럼 사람들 머리 위로 주룩주룩 떨어질 때가 있었다.

해안가 쓰레기 치우는 문제는 그럭저럭 해결되었다. 다음은 천막촌
주거지를 개선할 차례였다. 대개의 천막들은 헤지고 닳아 너덜거렸다.
재생 불가능한 천막은 철거되고 새로운 것으로 교체되었다. 난데없이

천막촌 주변에 꽃씨를 심었다. 하수도를 정비하고 공동화장실도 새롭게 바꾸었다. BLT 관리들은 정기적으로 나와 일의 진척 상황을 점검했다. 일이 없어 빈둥대는 사람들은 공사장으로 불려 다녔다. 여자들은 쓰레기 산을 치운 해안에 긴 빨랫줄을 걸고 해묵은 옷이며 침구를 널었다. BLT 난민들은 자신도 모르게 카니발에 빠져들었다.

영생권을 팔던 전도사들은 카니발이라는 말에 맥을 못 추었다. 마귀에 속고 있다고 떠들었다가는 추방당할 게 뻔했다.

BLT 카니발에 여러 나라의 유명 퍼레이드 팀들이 참석한다는 신청을 했다. 신청서를 내면 보물지도를 준다는 말에 사람들은 코웃음을 쳤지만 BLT의 아이부터 어른까지 퍼레이드 팀을 짜고 연습을 하느라 하루가 어떻게 가는지 몰랐다. 조그마한 공간만 있어도 타악기 소리가 들리고 춤 연습을 했다.

퍼레이드 신청서를 내면 보라색 봉투를 받았다. 그 안에는 금테를 두른 긴 종이가 나왔는데 지도 위로 고대문자가 어지럽게 쓰여 있었다. 대체 어디에 금이 숨겨져 있다는 거야, 사람들은 한참을 들여다보고 고개를 갸웃거렸다.

막심은 더먼의 형이 높은 장대를 타고 걷기 연습하는 것을 보았다. 그는 어릿광대 거인의 옷을 입을 예정이라고 했다. 사령관은 모두를 카니발로 끌어들이는데 성공한 것 같았다.

검은 말 부족은 신족과 부딪치지 않고 쿠미라 산맥 너머 피크워크보데 산까지 순조롭게 이동했다. 칸과 타냐는 결혼을 해 쌍둥이 형제를 낳았고 타냐는 대륙에 남아 있던 아이들을 모두 데려왔다. 칸은 그 사이 얼굴이 많이 달라졌다. 피부가 검게 변했고 턱수염도 길게 길렀다. 하지만 파란 눈동자와 은빛 머리카락은 여전히 칸의 상징이었다. 그들은 산속 깊숙이 들어와 나무들을 베고 집을 지었다. 식구가 많은 사람들은 빨리 집을 지었고 그렇지 못한 사람은 천천히 집을 지었다. 부락이 만들어지고 흙의 정령에 감사하는 제를 올렸다. 그들은 땅에 과일나무와 채소 씨앗을 심었다. 그리고 산꼭대기로 올라가 바다를 내려다보며 고기를 잡을 수 있다는 희망을 가졌다. 바다는 더 이상 그들을 가로막는 벽이 아니라 도전해야 할 목표가 되었다. 배를 만드는 기술을 배우기 위해 사람들을 멀리 보냈다.

아이들은 특별한 교육을 받지 않고 하루 종일 자연과 친구처럼 지냈다. 자연은 그들의 놀이터였다. 나무에 기어오르고, 흙장난을 하고, 숲의 전사처럼 몰려다녔다. 다 큰 아이들은 어른들의 심부름을 하고 물과 불을 다루는 법을 배웠다. 타냐의 아이들은 문명의 편리함을 뒤로하고 산으로 들어왔지만 부족의 생활에 잘 적응했다. 타냐도 화려한 배우 생활을 되돌아볼 새가 없었다. 다른 여자들처럼 식사를 준비하고 아이들을 돌보고 일을 했다.

이따금 타냐와 칸은 아이들 앞날에 대해 걱정했다. 소수민족으로 세상과 동떨어져 사는 것이 옳은 일인가 하는 고민이었다. 아이들이 커서 이곳의 한계를 느끼면 스스로 떠난다는 것을 알고 있었기 때문이다. 칸은 아이들이 더 큰 세상으로 나가길 원했고 세상과 융화된 삶을 살아야 한다고 생각했다.

배를 만들기 위해 자른 나무들이 거의 말라갈 즈음 배를 만드는 기술을 배우기 위해 멀리 나갔던 사람들이 돌아왔다. 그들은 배를 만들 강철과 부품들도 가지고 왔다. 특별히 보물지도 한 장도 가지고 왔는데 BLT에서 지상 최대의 카니발을 개최한다는 소식을 전해주었다. 어느 누구에게라도 문호가 개방되어 있다는 말에 검은 말 부족은 솔깃했다. 하지만 보물지도가 사람들 이목을 끌기 위한 BLT의 술책이라고 생각하고 쓰레기통에 던져 버렸다.

며칠 동안 버려져 있던 보물지도를 원로가 자신의 집으로 가져와 펼쳐보았다. 원로가 알고 있던 몇 개의 고대 문자를 통해 그 내용을 살폈다.

역사는 반복되는 속성이 있다. 강력한 왕권을 가졌던 나라들도 침략을 당하거나 스스로 무너졌다. 생명을 보존하기 위해 자리를 버리고 도망친 왕도 있었다. 왕은 신하들과 식솔들, 자신을 지지했던 국민들을 데리고 반도로 남하했다. 궁에 있던 모든 보물과 진귀한 보석을 낙타에 싣고 대 이동을 시작했다. 정복자의 손이 닿지 않는 황폐하고 열악한 땅에 뿌리를 내리려고 했다.

사막에서 우연치 않게 호수를 발견하고 지하 동굴에 왕궁을 지었다. 최고의 은신처였다. 하지만 정복자의 야욕은 천하를 통일하는 거였다. 도망친 왕의 흔적을 따라 사막으로 온 군대는 아무것도 찾을 수 없었다. 호수를 만났고 호수에 비친 아름다운 왕궁의 모습에 넋을 빼앗겼다. 하지만 그들은 어디로 가야 할지 몰랐다. 병사들이 호수에 뛰어들었지만 왕궁으로 가는 길은 찾을 수 없었다. 호수의 수면에 불을 지르기도 했지만 소용이 없었다. 정복자는 호수의 물꼬를 터 사막으로 물을 흘려보냈다. 오랜 시간이 흘렀다. 정복자는 다른 정복자에게 함락당했고 호수는 초라한 웅덩이로 변해 버렸다. 왕궁이 있던 지하도시는 어디에서도 찾을 수 없었다. 낙타 수백 마리가 옮겼다는 금과 보석은 사막 아래 어딘가에 잠들어 있을 것이다.

원로는 칸을 불렀다. 원로는 칸 앞에 보물지도를 펼치고 신중한 얼굴로 운을 뗐다.

"여기 적힌 고대 문자들은 어떻게 보면 황당한 거짓말일 수도 있어. 하지만 내가 어렸을 적부터 전해 들었던 이야기들과 일치하는 부분이 많아, BLT가 이 지도를 사람들에게 마구 준다고 하더군. 이제 누구도 지하도시의 황금에 대해선 믿지 않을 거야. 기도를 드렸지. 우리가 지나다니던 길 아래 황금이 묻혀 있게 해달라고. 칸이 금을 찾아와야 할 것 같아. 날 미친 노인네라고 생각하면 안 돼."

칸은 원로의 말을 반박하지 않았다. 다음 날 금을 찾는 원정대를 조직하고 어느 곳을 집중적으로 살펴야 할지 의견을 모았다. 우선 연방군이 세계대전 중에 관리했던 수로와 물 저장탱크 위치부터 찾기 시작했다. 그리고 얼마 지나지 않아 수로와 물 저장탱크의 위치가 그려진 서류 한 장을 손에 넣었다.

마침내 원정대가 출발하는 날이 되었다. 원정대에는 타냐가 입양한 이제 막 청년 티가 나기 시작한 두 아들도 합류했다. 원로는 점술가도 데려가라고 했다. 원정대의 긴 여정이 시작되었다. 칸의 머릿속에는 오랜 시간 지나다녔던 사막의 길과 C-1에서 C-5까지 물탱크 지점들이 그려져 있었다. 칸은 저 멀리 야트막한 민둥산과 광활하게 펼쳐진 물결무늬 사막을 둘러보았다. 사막은 소강상태였지만 연방군은 정찰 헬기를 띄우고 장갑차로 순찰을 돌았다. 칸의 원정대는 바람과 맞서며 앞으로 전진했다. 가끔 점술가가 말에서 내려 수맥을 짚었다. 그것은 사막의 심장에서 멀리 떨어진 혈관을 찾는 것과 비슷했다. 사막은 몇 번의 지진과 핵실험으로 거친 땅이 되어버린 지 오래였다. 수맥을 짚던 점술가는 고개를 절레절레 저었다. 점술가는 칸의 머릿속의 지도보다 자신의 신통력을 믿는 것 같았다. 그는 동전을 손바닥에 올리고 피뢰침처럼 서 있었다. 동전이 손바닥에 착 붙고 전율이 오면 물이 있다는 신호였다. 점술가는 어떤 느낌도 받지 않았다. 그건 칸이 제대로 된 길을 가고 있지 않다는 증거였다. 점술가와 칸 사이에 의견 충돌이 있기도 했다.

벌써 피크워크보데 산을 떠난 지 나흘이 지났다. 총탄세례를 받은 대형광고판이 눈앞에 나타났다. 그 앞으로 실개천 같은 도로가 지났다. 칸은 이곳이 어딘지 알 것 같았다. 눈을 뜰 수 없을 정도로 모래바람이 불었다. 말들도 제자리걸음을 하며 휘청거렸다. 도로를 따라 서쪽으로 내려갔다. 시야에 무너진 고성 하나가 들어왔다. 기괴한 암석처럼 보이는 그것은 무너진 건물 잔해였다. 검게 탄 외벽의 황갈색 유리창에 원정대의 모습이 비쳤다.

"이곳에 와 본 적이 있는 것 같아요."

칸의 아들이 말했다.

"그래, 여긴 호텔이었어. 호텔은 너무 고즈넉하고 아름다웠는데, 엄마가 이걸 보면 슬퍼하셨을 거다. 돌아가자 다들 기다린다."

칸의 두 아들들은 기억 속에 있는 호텔을 떠올리며 머뭇거렸다. 아이들에게 호텔은 고단하고 지루한 여행 끝에 도착한 꿈의 궁전일 수도 있었다.

사령관은 막심의 불탄 진료소를 복구해주기로 했다. 다 카니발 덕분이었다. 빨간 코의 광대가 지구 모형을 들고 활짝 웃고 있는 포스터가 BLT 벽에 줄줄이 나붙었다. 자축의 기념으로 오랜만에 수송비행기가 생필품이 담긴 보급 상자를 떨어뜨렸다. 사람들은 너 나 할 것 없이 수송비행기를 따라 해변을 달렸다. 보급 상자를 차지한 사람들은 소리를 지르고 엉덩이를 흔들었다. 축제는 이미 시작된 거나 다름없었다. 막심은 하늘에서 떨어지는 상자 하나를 받으려고 두 손을 벌렸다.

베다는 춤 연습을 하느라 진료소에 늦게 출근하는 날이 많았다. 막심은 베다를 만나기 위해 집으로 찾아간 적이 있었다. 골목 입구부터 시끄러운 북소리가 들렸다. 베다 또래의 남자아이들이 가랑이 사이에 북을 끼고 정신없이 두드리고 있었다. 아이들의 손바닥과 열 개의 손가락은 북소리를 내는 하나의 도구였다. 어린 아이들도 유리병에 모래를 넣어 흔들거나 이 빠진 실로폰을 치고 수저로 냄비를 두드렸다. 아이들은 막심이 지켜보는 줄도 몰랐다.

춤을 추는 여자아이들은 방울이 달린 스카프를 허리에 두르고 있었는데 허리와 엉덩이를 흔들 때마다 찰랑거리는 방울 소리가 들렸다. 막심은 곱슬머리인 베다를 쉽게 찾아냈다. 춤이 절정을 향해 치닫고 있는데 춤과 타악기 화음이 하나로 어우러졌다. 아이들 중에는 발을 구르는 아이도 있었고 하늘을 향해 흰 자위만 보이는 아이도 있었다. 춤을 추던 여자 아이들이 서로의 등을 밟고 올라가 탑을 만들어 대미를 장식했다.

아이들은 모두 땀에 젖어 어른스런 표정을 지었다. 북소리 때문에 귀청이 떨어진다는 어른들의 구박에도 아이들은 더욱 세게 북을 두드리고 방울 소리가 크게 들리게 춤을 추었다. 아이들은 집으로 금방 돌아가지 않았다. 이 구석 저 구석 떠돌다가 화가 난 부모에게 잡혀 들어갔다.

베다가 막심에게 달려왔다.

"일을 소홀히 해서 죄송해요."

베다는 막심의 발을 내려다보며 말했다.

"아직까진 괜찮아. 진료소를 다 고치려면 시간이 좀 걸려. 춤이 너무 멋있다. 퍼레이드에서 베다 팀이 일등 할 것 같아."

"정말요?"

막심은 고개를 끄덕거렸다.

"카니발이 끝나면 진료소 일을 열심히 한다고 약속할 수 있지?"

"그럼요. 걱정 마세요."

베다는 다시 아이들 속으로 달려갔다.

이른 새벽 사륜마차를 타고 해안가를 달리던 사령관은 한 가지 생각에 골몰했다. 드넓게 펼쳐진 해안가를 그냥 내버려두기엔 아깝다는 생각이 들었다. 드라마틱한 장소를 만들고 싶었다. 그날 조찬에 참모들을 집합시켰다.

"해안을 저대로 내버려 둘 순 없어. 떠오르는 좋은 아이디어가 없나?"

사령관은 좌중을 둘러보고 물었다.

"파도가 심하고 조수 간만의 차가 심해서 해변을 이용한다는 것은 무리일 것 같습니다."

참모 중 누군가 의견을 냈다. 사령관 미간에 굵은 주름이 잡혔다. 자신의 아이디어에 불을 지필 사람이 없다는 게 실망스러웠다. 하지만 지금이 속마음을 이야기 할 때였다.

"해변에 놀이공원을 만드는 게 어떨까?"

사령관은 한쪽 눈썹을 올리며 작은 목소리로 물었다.

참모들 머릿속에 방파제를 강타하고 하늘로 찢겨져 올라가는 너울과 파도가 스쳤다.

"난공사가 예상됩니다. 앞으로 일 년도 남지 않았는데 괜한 일을 벌여 시간과 자금을 낭비할 필요가 없을 것 같습니다."

사령관의 동심을 헤아리지 못한 참모가 입을 열었다.

"자네 말도 맞아. 우리가 현실에 굴복한다면 카니발은 그만큼 심심해 질 거야. 사람들을 깜짝 놀라게 해주고 싶어. 놀이공원 전문가들을 데려와야겠어. 그들에겐 묘수가 있을 거야."

하늘에서 내려다본 BLT 난민촌은 알록달록한 조각이불 같았다. 페인트를 지급받아 지붕을 원하는 색깔로 칠할 수 있었다. 길을 넓히고 손님들이 묵을 숙소를 짓는데 사람들이 동원되었다. BLT 전체가 테마공원으로 변하는 것 같았다.

놀이공원 설계자와 기술자들이 지친 기색으로 언덕 위의 게스트 하우스에 짐을 풀었다. 그들은 사령관의 저녁 만찬에 초대를 받아 고대 신전의 조각상들이 즐비한 골목길을 내려가 육중한 철문 안으로 안내되고 두 개의 유선형 계단 중 하나를 올라가 접견실에서 사령관을 만났다. 저녁 만찬을 끝내고 서재로 이동한 다음 사령관은 손님들에게 아끼던 술을 한 잔씩 따라주었다.

사령관은 오늘 따라 더욱 사나워 보이는 바다를 내려다보며 해안에 놀이공원을 만들고 싶다고 말했다.

"전문가다운 조언을 부탁드립니다."

사령관은 내심 자신의 풍부한 상상력을 칭송해 주리라 믿었다.

"지금 확실한 답을 드릴 수 없지만 여기서 볼 때는 파도가 심하고 지반이 약해 보입니다. 시설을 고정시키려면 많은 시간과 인력, 공사비용이 들어갑니다. 그래도 완전하다고 볼 수 없지요."

"불가능하단 말인가요? 이곳은 놀이공원을 지으라고 신이 점지해 주신 곳인데 그런 말을 들으니 가슴이 무너집니다. 하늘 아래 이런 좋은 입지가 또 어디 있습니까? 천국을 지으라고 남긴 땅과 같은 곳인데."

사령관의 목소리가 커졌다. 파도가 가파른 벼랑을 훑고 올라와 서재 유리창을 때렸다. 바다를 괴물처럼 내려다보던 손님들은 물벼락을 맞은 기분이었다.

"정 놀이공원을 만들고 싶다면 다른 곳에 지으세요."

"BLT에서 놀이공원을 세울 자리는 이곳밖에 없어요. 나는 무슨 수를 써서라도 내 서재가 내려다보이는 이곳에 놀이공원을 만들 겁니다. 역사상 가장 위대하고 기억에 남는 대축제를 만들기 위해선 어쩔 수 없는 선택입니다."

사령관은 단숨에 술잔을 비웠다. 손님들은 그의 고집을 꺾을 수 없다는 걸 알았다. 설득할 방법도 없어 보였다. 꿀 먹은 벙어리처럼 서 있었다.

숙소로 돌아온 놀이공원 전문가들은 둘로 갈라졌다. 하나는 돌아가자는 사람들이었고 하나는 남아서 두고 보자는 사람들이었다.

사령관은 떠나지 않고 남은 놀이공원 전문가들을 격려하고 하루속히 공사를 시작할 수 있도록 최선을 다해 달라고 말했다. 그들은 우선 직접 해안으로 내려가 눈으로 살폈다. 상황은 더 나빠 보였다. 놀이공원이 물에 잠기거나 쓸려 내려갈 확률이 높았다. 이것을 극복할 방법을 찾는다면 일 프로의 가능성이 없는 것도 아니었다.

그들은 사령관을 만나 자신들이 밤새 고심 끝에 내린 대안을 설명했다. 놀이공원이 파도나 날씨의 영향을 받지 않게 하기 위해 유리 돔을 씌우자는 의견을 내놓았다. 유리 돔만 확실히 고정시켜준다면 해일이나 지진 등 기상이변에도 끄떡도 하지 않을 것이라고 설명했다. 그들의 의견은 사령관을 기쁘게 했다.

"공사에는 대규모 인원과 재원이 필요합니다. 만약 시행착오가 생기면 천문학적인 비용이 날아갈 수 있음을 각오하셔야 합니다. 놀이공원이 고래가 되어 BLT 전체를 먹어치울 수 있다는 말입니다. 그래도 공사를 시작하실 건가요?"

"그럼요. 인력은 충분합니다. 공사하는데 지장이 없도록 최대한 지원을 아끼지 않을 테니 걱정 말아요. 당장 내일이라도 공사를 시작합시다."

건설 현장에 난민들과 죄수들이 동원되었다. 사령관은 군인들을 데리고 대양으로 나갔다. 대양엔 버려진 석유시추선들이 많았다. 사령관은 석유시추선을 해안 가까이 끌고 와 바다 위에서 해체 작업을 했다. 배를 타고 나간 죄수들과 난민촌 사람들이 석유시추선에 까맣게 달라붙어 분해해 해안으로 끌고 왔다. 작업은 고되고 시간이 많이 들었다. 분해된 시추선은 놀이공원의 자재로 쓰였다. 일하는 도중 바다에 떨어져 죽는 사람이 많았고 부상자가 속출했다. 해안의 모래를 걷어내고 콘크리트 지반을 만드는 공사를 시작했다. 놀이공원을 덮을 유리 돔은 따로 만들어졌다.

막심의 진료소에 다친 사람들이 몰려들었다. 수술을 받거나 응급치료를 받는 사람들이 늘어났다. 베다도 춤 연습을 빠지고 진료소에 나와 일을 했다. 입원하는 환자들도 생기고 진료소는 노동자들의 휴게실 역할을 하기도 했다.

어느날 해가 질 무렵 놀이공원 형태를 갖춘 최초의 모습을 볼 수 있었다. 무엇보다 둥그런 대관람차와 초고속 롤러코스터인 엑스트레인이 눈길을 끌었다. 360도 한 바퀴 회전과 눈물 모양의 드롭, 직각으로 떨어지는 코스는 보기만 해도 아찔했다. 초고속 엑스트레인은 대관람차에서 풀린 실타래처럼 보였다. 공사는 순조롭게 진행되었다. 태풍도 격랑도 없이 잠잠했다. 그래도 하늘은 찌푸린 인상을 펴지 않았다.

놀이공원은 본래의 모습을 드러냈다. 바이킹도 들어서고 회전목마와 급류타기, 동굴 탐험과 같은 어드벤처 공간도 들어섰다. 사파리 공원도 조성될 예정이었다. 야생동물들이 우니 시에서 검역을 마치고 BLT에 입성할 날을 기다렸다.

칸의 원정대는 두꺼운 쇠뚜껑에 덮인 물탱크를 찾아냈다. 물탱크 안은 텅 비어 바짝 말라 있었다. 분명 수로와 물탱크는 연결되어 있을 것 같았다. 수로와 지하도시가 상관관계가 있을지는 미지수였다. 칸의 아들이 밧줄을 잡고 물탱크 안으로 내려갔다. 칸의 아들은 내려가다 말고 다시 밧줄을 잡아 올리라고 소리 질렀다. 물탱크 바닥에 석유가 고여 있다고 말했다. 원정대는 혼선에 빠졌다. 칸의 아들이 나머지 다른 물탱크의 바닥까지 내려갔다 왔다. 점술가는 회의적인 점괘를 내놓았다. 만약 수로와 연관된 지하도시에 금이 있다면 연방군이 가만 둘리가 없었다. 금은 연방군의 차지가 되고도 남았다.

탱크 안에 내려갔던 칸의 아들 목소리가 들렸다.

"여기 벽이 축축해요. 서늘한 바람이 불고 공기가 순환되고 있어요. 어딘가 통로가 있을 거 같아요."

칸의 원정대는 모두 지하탱크로 내려갔다. 물이 꽉 찼던 높이까지 벽돌색이 변해 있었다. 물이 들어왔던 구멍을 발견했다. 모두 흥분된 얼굴이었다. 칸은 벽돌을 하나씩 밀어보았다. 벽돌을 쉽게 걷어낼 수 있었다. 그리고 좁은 틈새가 나타났다. 원정대는 좁은 틈새로 지나가기로 했다. 빛이 곧 사라지고 손전등을 켠 칸이 앞장섰다. 앞서 걷던 칸이 허리를 구부렸다. 머리를 조심하라고 소리쳤다. 허리도 다 펴지 못하고 지하 동굴을 지나갔다. 박쥐들이 특유의 소음을 내며 머리 위로 휙휙 지나갔다. 칸은 두려움을 깊이 눌렀다. 공간이 넓어졌다 좁아지기도 했다. 이곳은 사람에게 허락된 땅 같지 않았다. 결결이 쪼개진 바위들이 파이프 오르간처럼 위로 쭉쭉 뻗어 있었다. 짐승의 아가리 같은 기암괴석들이 불쑥불쑥 나타났다. 지하 동굴에선 아직도 압력과 팽창이 활발하게 일어나고 있었다. 칸은 시간이 갈수록 돌아갈 일을 걱정했다. 금 때문에 가족과 부족들을 희생시킬 수는 없었다. 길을 잃어 돌아가지 못하면 미래를 보장할 수 없었다. 칸은 결정할 순간에 도달했다고 생각했다. 저 멀리 보이는 암흑색 공간이 되돌아갈 지점이었다.

암흑색 공간은 다가갈수록 색감을 잃고 크게 번지며 움직였다. 모두 긴장했다. 지금껏 숨어서 그들을 노리는 낯선 생명체거나 괴물일 수 있었다. 그래도 정체는 알아야 했다. 눈앞에 나타난 것은 놀랍게도 강물이었다. 게다가 낡은 나룻배 한 척이 놓여 있었다. 점술가는 배를 불길한 징조로 받아들였다. 배를 타면 안 된다고 주장했다. 하지만 원정대는 이곳까지 와서 배를 타지 않는다는 것은 금을 포기하는 것과 마찬가지였다. 원정대는 배에 올라탔다. 점술가는 어두운 얼굴로 검은 강물을 바라보았다. 배에 같이 탈 운명이라는 점괘에 승복했다. 칸의 두 아들이 노를 저었다. 강 주변은 암석을 주무른 것처럼 울퉁불퉁했다. 가끔 머리 위에서 물이 뚝뚝 떨어졌다. 나룻배는 강물을 따라 앞으로 나갔다. 칸은 손전등으로 열심히 앞을 살폈다. 지나치면 다시 돌아갈 수 없는 여정에 이르렀다.

BLT 국경에 사람들이 모여 진을 치고 입국절차를 기다렸다. 그들 중에는 트레일러 다섯 대 분량의 서커스단이 포함되어 있었다. BLT 당국은 서커스단을 위해 특별히 야영할 수 있는 장소를 마련해놓았다. 첫 번째로 입국한 서커스단은 언덕의 초지 위에서 자리잡도록 했다.

막심의 불탄 진료소가 완공되었다. 진료소 주변에 심은 꽃씨가 꽃망

울을 피우고 만개했다. 진료소가 완공되었는데 환자는 많지 않았다. 사람들은 온통 카니발에 정신이 팔려 있어 아픈 것도 잊어버린 것 같았다. 여자들은 카니발 옷을 만드느라 바빴다. 의상 상도 있었기 때문이다. 가능한 화려하게 세상의 모든 광채를 옷에 매달고 싶어했다. 이런 여자들의 마음을 어떻게 알았는지 장사꾼들이 몰래 숨어들었다.

　장사꾼들 가운데는 진짜 보석을 파는 사람도 있었고 가짜 보석을 파는 사람도 있었다. 가짜 보석을 파는 사람들은 주먹만 하고 아이 머리통만 한 유색보석들을(다이아몬드, 루비. 에메랄드, 사파이어, 진주, 오팔, 자수정, 호박) 가지고 다녔는데 저울에 달아 손님이 원하는 만큼 잘라 팔았다. 보석을 산 여자들은 전직 세공업자에게 맡겨 장신구로 만들거나 옷에 달았다. 물론 진짜 보석을 원하는 사람들도 있었다. 영생권을 팔아 돈을 번 신흥교주가 그런 사람이었다.

　노파 하나가 난민촌에 흘러들었다. 그는 긴 치맛자락을 끌고 갈퀴 같은 손으로 가방을 움켜쥐었다. 노파는 불만스런 얼굴로 바닥에 침을 뱉었다. 그는 가방 안에 든 보석을 살만한 사람이 없다는 걸 알았다. 카니발 때문에 보석상들이 이곳에 모여들었다는 말은 거짓말 같았다. 그는 꾸역꾸역 어디론가 걸었다. 뾰족한 첨탑 지붕들을 발견했기 때문이다. 그곳은 신흥교주와 전도사들이 살고 있는 집이었다. 노파는 감이 나쁘지 않았다. 이제 애물단지 같은 보석을 팔 절호의 기회가 온 것 같았다.

　그는 가장 큰 문을 두드렸다. 처음엔 인기척이 없었다. 다시 한 번 꽝

꽝 문을 두드렸다. 흰 천을 이마에 동여맨 전도사가 문을 열어주었다. 노파는 전도사를 밀고 무작정 안으로 들어갔다.

"무슨 일입니까?"

전도사가 퉁명스럽게 물었다.

"이곳에서 제일 높은 사람을 만나게 해줘. 좋은 물건을 가지고 왔으니까."

전도사는 노파를 제지했지만 노파는 단상에 앉아 있던 교주와 눈이 마주쳤다. 턱이 두둑하고 배가 나온 교주는 노파를 빤히 노려보았다.

"날 왜 만나자는 거지?"

노파는 은밀한 표정으로 교주를 바라보고 주위 사람을 물릴 것을 요구했다.

"괜찮아. 비밀 따위는 필요 없어. 좋은 물건을 가지고 왔다는데 그게 뭐지?"

노파는 교주에게 다가가 가방을 열어 블루 다이아몬드 목걸이를 보여 주었다. 교주의 매서운 눈빛이 존경과 사랑이 담뿍 담긴 눈빛으로 변했다. 교주는 단번에 다이아몬드 목걸이에 마음을 빼앗겼다. 자신의 위엄에 걸맞은 목걸이라고 생각했다. 노파는 교주의 마음을 간파했다.

흥정이 시작되었다. 노파는 우니 시에서 목걸이를 팔려다 자신이 수배자가 되었다는 걸 알았다. 여러 번 목걸이를 팔 기회가 있었지만 흥정이 깨지거나 목숨을 잃을 뻔했었다. 노파는 빨리 목걸이를 팔고 싶었다. 이런 속마음을 교주에게 들킬 필요는 없었다. 노파는 호기롭게 높은 가격을 불렀다.

"배포 한번 크시군."

교주는 늘어진 배를 출렁이며 웃었다.

"싫으면 관둬."

"어디서 훔쳐가지고 오신 걸 가지고 그런 값을 부르면 됩니까?"

"훔치긴 누가 훔쳤다고 그래."

"얼굴에 쓰여 있는데."

교주는 전도사와 귀엣말을 나누었다. 그리고 전도사는 손가락 다섯을 펴보였다.

"다섯 정도면 교주님께서 살 의향이 있다십니다."

노파는 콧방귀를 뀌었다.

"그럼 내가 벌써 팔아치웠지. 이만 실례해야겠네."

노파는 목걸이가 든 가방을 닫았다. 교주는 실망하는 표정이 역력했고 다이아몬드 광채가 사라지자 세상의 빛이 사라진 것 같았다.

"급하시긴. 흥정을 마저 끝내야지요. 이곳에서 다이아몬드 목걸이를 살 사람은 저밖에 없습니다. 그리고 이곳은 아주 위험한 곳이지요. 무식한 사람들이 많아요. 힘없는 할멈이 거액의 보석을 가지고 돌아다닌다는 것이 알려지면 명을 재촉하는 꼴이지."

노파는 주춤하는 척하며 돌아서 손가락으로 여덟을 만들었다. 교주는 다시 전도사를 불러 귀엣말을 나누었다.

"더 이상 교주님의 자비심을 시험하지 마시오. 진노하시면 목숨을 보전하지 못할 겁니다."

전도사는 손가락으로 칠을 만들었다. 노파는 히죽 웃으며 고개를 끄덕였다. 전도사는 다이아몬드 목걸이를 꺼내 교주의 목에 걸어주었다. 그리고 금고에서 대륙의 지폐를 꺼내 노파의 가방을 가득 채워주었다. 교주는 왕이 된 것처럼 우쭐했다.

목걸이를 판 노파는 거의 달리다시피 난민촌을 빠져나왔다. 들어갈 때는 경비병들에게 뇌물을 주고 철책을 넘었지만 나올 때는 누구도 도와줄 사람이 없었다. 무엇보다도 진짜 블루 다이아몬드 목걸이를 보여주고 가짜를 팔았기 때문이다.

평온하던 날씨가 급작스럽게 변했다. 며칠 동안 폭우가 쏟아지더니 해일이 몰아 닥쳤다. 놀이공원은 순식간에 바닷물에 휩쓸려 내려갔다. 초고속 익스트레인의 플랫폼이 통째로 뽑히고 교각과 레일이 흔적도 없이 사라졌다. 바이킹은 바다로 출항해 멋대로 돌아다니다 방파제와 충돌해 침몰했고 회전목마는 물속에서 허우적거리고 대원형 관람차도 바다로 굴러갔다 되돌아왔다. 놀이공원은 완전히 파괴되었다. 사령관은 무너진 자신의 테라스에 서서 부관에게 말했다.

"다시 시작해야 돼."

폐허로 변한 놀이공원을 복구하기 위한 공사가 시작되었다. 기간을 단축하기 위해 밤에도 일을 하고 푸른 죄수복을 입을 사람들이 총동원되었다. 그들은 힘든 일을 도맡아 했다. 바다에 둥둥 떠 있는 잔해들을 수거하고 모래사장에 누워 있던 대관람차도 일으켰다. 별도의 장소에서 놀이공원을 덮은 유리 돔 조각들이 착착 만들어졌다. 날씨가 언제 그랬느냐는 듯이 온순해졌다. 건기가 시작된 것이다.

칸은 이끌린 듯 지하 동굴 강기슭에 배를 댔다. 전설로만 내려오던 지하도시가 곧 눈앞에 나타날 것 같았다. 배를 따라오던 새떼들은 어느덧 사라졌다. 잔돌이 구르던 비탈길을 오르자 거대한 석상이 앞을 가로막았다. 칼과 창과 방패를 든 석상들이 신전을 기둥처럼 떠받들고 있었다. 석상의 몸은 인간의 형상을 하고 있지만 얼굴은 동물의 모습을 하고 있었다. 날개와 꼬리가 달린 석상도 있었다. 칸의 원정대는 석상 사이를 달려 육중한 문 앞에 도착했다. 칸의 원정대가 모두 달라붙어 힘껏 문을 밀었다. 문이 열렸다.

이곳은 왕의 무덤 같았다. 공기는 텁텁했으며 사향 냄새가 났다. 방마다 왕의 미라가 있었고 그것을 지키는 병사들이 벽에 부조되어 있었다. 칸의 원정대는 안으로 깊숙이 들어갔다. 원정대의 발길이 굳어졌다. 가장 넓은 방 중앙에 황금 피라미드를 발견했다. 황금 피라미드 양쪽에 놓인 항아리엔 금은보화가 가득 들어 있었다. 바닥에는 사람의 유골들과 질그릇들이 흩어져 있었는데 정복자를 피해 이곳에서 마지막 도피생활을 했는지도 알 수 없었다. 원정대는 섣불리 황금에 손을 대지 않았다. 칸의 아들들이 주변을 살폈다. 점술가는 잠든 미라의 영혼을 깨우지 않기 위해 경전을 중얼거리고 가져온 향료를 태워 이방인의 흔적을 지웠다. 원정대는 황금 제단을 무너뜨릴 준비를 했다.

교주는 다이아몬드 목걸이가 가짜라는 걸 알았다. 짙푸른 빛의 파장
이 보이지 않았다. 인조보석과 다를 게 없었다. 교주는 노파에게 속았
다는 걸 알았다. 어쩐지 너무 쉽게 흥정에 응한 것이 마음에 걸렸다.
아직 노파가 BLT 주변을 벗어나지 못했을 거라고 생각했다. 교주는 노
파를 잡아 오라고 명령했다.

노파의 가방은 이중으로 되어 있어 한쪽엔 진짜가 다른 한쪽은 가짜
가 들어 있었다. 처음엔 진짜를 보여주고 가격이 정해지자 가짜를 꺼
내주는 술수를 썼다. 이 시간쯤이면 교주가 가짜를 샀다는 걸 알게 되
었을 것이다. 자신을 잡으러 오기 전 BLT를 떠나야 했다. 노파는 지팡
이를 짚고 집시의 옷을 입었다. 누구도 노파를 거들떠보지 않았다. 차
를 얻어 타려고 했지만 들어오는 차만 있었고 나가는 차량은 보기 힘
들었다. BLT 변방엔 많은 사람들이 몰려 노숙을 하고 있었다. 노파도
그들 사이에 끼어들어 하룻밤을 보냈다.

노파는 홀로 길을 나섰다, 강도들이 여행객들을 공격하는 일이 종
종 있었지만 그렇다고 희망을 잃지는 않았다. 늘 운이 좋아 멍청한 인
간이 나타나 위기에서 구해주곤 했기 때문이다. 자신의 앞에서 모래
먼지를 일으키며 달려오는 차를 발견했다. 차에 탄 사람중에 이마에
흰 두건을 동여맨 사람이 보였다. 노파는 뒤돌아서 도망쳤다.

"저 노파를 잡아."

차에서 내린 사내들이 달려와 노파의 팔을 잡았다. 그리고 노파의 꽁꽁 두른 천을 벗겼다. 노파의 우툴두툴한 목과 가슴에서 블루 다이아몬드 목걸이를 발견했다. 전도사는 일을 빨리 끝내야 했다. 다이아몬드 목걸이와 돈 가방을 빼앗고 노파를 차에 태워 어디론가 데려갔다.

사내들은 낮은 산등성이 외진 곳에 내려 땅을 파기 시작했다. 노파는 전도사들을 회유하려고 했지만 소용없었다. 노파는 얼굴만 내놓고 합죽한 입을 꽉 다문 채 땅에 묻혔다. 나쁜 영혼을 가진 자는 얼굴을 땅에 묻으면 안 된다는 말이 있었다. 태양이 노파의 머리를 내리쪼였다. 꼬리가 뭉툭하고 엉덩이를 하늘로 치켜든 짐승이 다가와 노파를 건드렸다. 노파는 저리 가라고 소리소리 질렀지만 짐승은 꿈적도 하지 않았다. 노파의 얼굴에 긴 발톱 자국을 남겼다. 얼마 후 노파의 머리가 사라졌다.

황금제단은 칸의 원정대 차지가 되었다.황금을 실은 나룻배는 빛을 찾아 하염없이 나아갔다. 지하의 협곡 지대를 지났다. 강물에 햇살이 비치기 시작했다. 칸은 신이 자신들을 선택했다고 생각했다. 눈이 부셨다. 숲이 보이고 지도에도 없는 강이 나타나 배는 무성한 수초와 갈대밭 사이를 헤치며 나갔다. 뱃머리가 땅에 닿았다.

원정대는 부족에게 큰 선물을 가지고 귀환했다. 원로들은 당분간 칸이 가져온 황금에 대해 침묵하기로 했다. 황금을 찾아오면 아이들을 데리고 BLT로 간다는 약속도 지키지 못하게 했다. 검은 말 부족 아이들은 BLT 변방까지 가서 망원경으로 바닷가에 세워진 투명한 유리 돔 안의 놀이공원을 보았다. 아이들에게 그것은 비눗방울 안에 들어 있는 환상의 세계처럼 보였다. 아이들은 칸에게 BLT 카니발에 가게 해달라고 졸랐다.

BLT 국경이 개방되었다. 기다리고 있던 사람들이 북새통을 이루며 쏟아져 들어왔다. 각국의 서커스단도 입성을 기다렸는데 코끼리를 앞세우고 깃털 달린 모자를 쓴 말과 트레일러에 실린 맹수들이 국경을 넘어왔다. 난장이들과 가슴이 세 개 달린 여자도 뒤를 따라 들어왔다. 북쪽에서 온 서커스단은 우산을 쓰고 있었는데 우산 위로 눈이 펑펑 내렸다.

입성한 사람들은 해안을 따라 늘어선 난민촌을 보고 놀랐고 알록달록한 천막지붕을 보고 또 놀랐다. 방문객들은 숙소를 잡기 위해 기웃거렸고 서커스단은 초지 위에 둥지를 틀었다.

퍼레이드에 참석할 난민촌 사람들은 밤새 춤 연습을 했다. 재단사들은 옷을 만들기 위해 정신없이 재봉질을 했다. 옆에선 반짝이는 유리 구슬과 보석을 다느라 바빴다. 젊은 여자들은 하품을 하며 자신의 옷이 완성되길 기다렸다.

베다는 짧은 은색 치마에 은색 탑을 입었다. 은색 치마와 탑에는 스팽글로 팀 이름을 장식했다. 남자아이들은 벗은 상체에 빨간 나비넥타이를 매고 은색 반바지를 입었다. 이곳엔 살찐 아이들이 없었다. 갈

비뼈가 불거진 아이들이 땀을 흘리며 북을 두드렸다. 어쩔 수 없는 것은 낡은 신발이었다. 그들은 맨발로 카니발에 참석하기로 했다.

막심의 진료소는 한산했다. 베다도 며칠째 진료소에 출근하지 않았다. 난민촌 구역에 일반인들의 출입이 허용되고 상인들이 들어와 물건들을 팔았다. 관광객으로 보이는 낯선 사람들이 천막촌 사이를 어슬렁거리며 돌아다녔다. BLT 안의 모든 작업장은 카니발 기간 동안 문을 닫았다. 감옥의 죄수들도 모범수에 한해 외출을 허락했다.

막심의 진료소로 더먼이 찾아왔다.

"대륙의 북반구에 서커스단이 들어왔다는데 혹시 동생 소식을 들을 수 있나 해서요. 같이 가보실래요?"

"동생은 모른다고 해도 웨딩 송을 불러주는 거인과 소녀 이야기를 하면 알 수 있을 거야. 같이 가보세."

두 사람은 서커스단이 머물고 있는 언덕 위 초지로 올라갔다. 서커스단의 트레일러가 흩어져 있고 맹수의 울음소리가 연거푸 들렸다. 젖가슴을 한껏 부풀려 올린 코르셋 차림의 여자가 담배를 피우며 걸어오는 두 사람을 유심히 보고 있었다. 여자는 자신을 상대하지 않고는 안으로 들어올 수 없다는 듯 묘한 눈빛을 보냈다. 달리 말을 걸만한 사람도 보이지 않았다.

"북쪽에서 온 서커스단을 찾고 있는데요."

더먼이 여자에게 물었다. 여자는 담배 연기를 내뿜으며 턱으로 노란 깃발이 달린 곳을 가리켰다. 초지 위에는 서커스 단원들이 늘어져 낮

잠을 자거나 공연 연습을 하고 있었다. 트램펄린을 높이 뛰어 오르거나 자전거를 뒤로 타고, 여러번 텀블링을 했다.

노란 깃발의 서커스단은 규모도 작고 사람도 별로 없었다. 더먼과 막심은 서커스단 천막 안으로 들어갔다. 얼굴을 하얗게 칠한 광대가 색종이를 입안에 쑤셔 넣고 부채질을 하자 갖가지 색깔의 눈송이가 입안에서 뿜어져 나왔다. 천막 안에 눈송이가 가득했다. 막심과 더먼은 박수를 쳤다. 광대는 뜻밖의 손님들을 의아한 눈빛으로 맞이했다.

"여기는 어떻게 오셨는지?"

"제 동생의 소식을 알고 싶어서요."

"저도 고향을 떠난 지 오래돼서, 말씀해 보세요."

광대는 물을 마시고 상자에 걸터앉았다.

"제 동생이 웨딩 송을 불러주는 거인과 소녀를 따라 대륙 북쪽으로 올라갔어요. 혹시 그들에 관한 소식을 들으신 게 없는지?"

"웨딩 송을 불러주는 거인과 소녀의 이야기는 들어본 적이 있어요. 이제 북쪽에는 아무도 살지 않을 걸요. 빙하가 녹아서 대부분 사람들이 집과 땅을 잃어버리고 뿔뿔이 흩어진 지 오래됐거든요. 대륙정부가 정보를 차단하고 있지만 알고 있는 사람들은 다 알아요. 멀쩡한 땅이 스펀지처럼 말라비틀어진다는 말을 들었어요. 동생 분이 살아 있다면 언젠가는 형을 찾아오겠죠."

광대는 더 이상 해줄 말이 없는 것 같았다. 막심은 축 처진 더먼의 어깨를 두드려주었다. 광대가 이번에는 불 쇼를 준비했다. 웃옷을 벗고 한 손에 횃불을 들었다. 입속에 머금고 있는 기름을 분사하고 불을 붙였다. 불길이 길게 옆으로 번지며 치솟았다. 그는 횃불을 맨살에 대는 묘기도 선보였다. 백야가 지속되곤 하는 북쪽에서 불 쇼는 인기가 많았다. 눈이 내린 자리는 불똥이 떨어져 검게 변했다.

카니발을 하루 앞두고 전야제 행사가 열렸다. 세계 최고 추녀대회와 뚱보, 먹보 대회가 열렸다. 추녀 대회 참가자들이 무대에 올라 줄을 섰다. 심사위원들은 카니발추진위원들이었다. 사람들은 휘파람을 불고 환호성을 질렀다. 무대 위로 돌이나 병을 집어던지는 사람도 있었다. 참가자들은 길거나 짧은 드레스를 입고 공작새 같은 속눈썹을 달고 진하게 화장을 했다. 대부분이 뚱뚱하고 삐쩍 마른 여자들이었다. 게중에는 여장 남자도 섞여 있었다. 최종 심사에 다섯 명이 뽑혔다. 일등은 상금과 트로피를 받고 부상으로 휴양도시의 호텔 숙박권을 받게 된다. 심사위원은 우열을 가리기 힘들다고 말했다.

뜸을 들이던 사회자가 봉투를 열어 일등을 발표했다.

"일등은…… 21번 미스…… 로리타 양입니다."

21번 로리타는 기뻐서 무대가 무너질 듯 펄쩍펄쩍 뛰었다. 들창코에다 좁은 이마를 가린 긴 머리엔 꽃을 꽂고 있었다. 그녀는 다섯 명 중 제일 덩치가 컸다. 그녀는 뚱보 대회와 먹보 대회 삼관왕을 노리고 있었다. 다섯 명 중 유일한 여장 남자는 순위에 들지 않았다. 그는 미니스커트를 입고 가끔 관중을 향해 손을 흔들었는데 사람들은 입을 막고 쿡쿡 웃었다.

　연달아 뚱보 대회와 먹보 대회가 열렸다. 저울이 무대 위로 올라왔다. 십 킬로그램씩 추를 달아 몸무게를 재는 저울이었다. 백오십 킬로그램 이하는 예선도 통과하지 못했다. 추녀 대회 우승자는 예선에서 탈락했다. 살이 계단처럼 흘러내리는 남자와 살이 젤리처럼 파동을 일으키는 여자가 공동 우승했다. 그들은 상금과 더불어 평생 먹을 빵을 구입할 식권을 받게 되었다.

　이제 남은 것은 먹보 대회뿐이었다. 무대 위에 긴 테이블이 놓이고 산더미 같은 핫도그가 쌓였다. 사람들이 술렁거렸다. 한쪽 구석에선 요리사가 대기해 혹시라도 모자랄 핫도그를 만들고 있었다. 참가자들이 올라왔다. 다른 대회와 다르게 참가자들이 많아 조 우승자를 뽑고 준결승전과 결승전을 치르기로 했다. 아이들이 대거 참가했지만 조 우승자가 된 경우는 없었다.

　일 분 안에 누가 빨리 먹는지 가리는 예선전은 금방 끝이 났다. 조 우승자 열 명이 남게 되었다. 테이블에 핫도그 부스러기만 남아 있었다. 요리사 한 명이 더 보충되어 손이 보이지 않을 정도로 열심히 핫도그를 만들었다.

　준결승전에 오른 열 명 중에는 세계 대회 챔피언이 있었다. 그중 피죽 한 그릇도 못 먹은 것처럼 삐쩍 마른 남자는 BLT 출신의 다크호스였다. 지역별 대회를 휩쓸고 올라온 알머리 남자도 무시할 수 없는 상대였다. 관중들은 삼파전을 예상하고 있었다. 그들은 내기를 걸었다.

대부분이 전 세계대회 챔피언에게 돈을 걸었다. 관중의 예상대로 결승전에 세 사람이 올라갔다. 잠시 막간을 이용해 한 사람이 나와 구슬픈 세레나데를 불렀다 야유가 터졌다. 그는 끝까지 부르지도 못하고 내려왔다.

먹보 대회 결승전이 벌어졌다. 결승전은 시간제한이 없고 먹다 포기하는 사람이 탈락하는 거였다. 세 사람은 핫도그 무덤 앞에 커다란 물컵을 들고 서 있었다. 휘슬이 울렸다.

챔피언은 관록이 무색하지 않게 핫도그 두 개씩을 입안에 밀어 넣었다. 마치 물건을 입속에 던져 넣는 것 같았다. 그의 앞에 핫도그가 빠르게 사라졌다. BLT 출신 도전자는 한 개씩 입에 넣고 우적거리다 삼키고 다시 우적거리다 삼켰다. 셋 중에 가장 속도가 느렸다. 알머리 남자는 핫도그를 반으로 잘라 입에 넣고 물을 마시며 꿀꺽 삼키는 방법을 택했다. 아무래도 세계 챔피언과 알머리 남자의 대결이 될 것 같았다. 사람들은 환호성을 질렀다. 막상막하였다. 그들이 먹는 속도도 점점 빨라졌다.

그때 갑자기 알머리가 사색이 되더니 핫도그 더미에 얼굴을 박았다. 응급 팀이 올라와 그의 위속에서 소화가 안 된 핫도그를 줄줄이 토해내게 만들었다. 그는 들것에 실려 무대를 내려갔다. 이제 챔피언과 BLT 출신의 남자만 남게 되었다. 관중들은 게임이 끝난 것이나 다름없다고 생각했다. 마른 남자는 처음과 같은 속도로 핫도그 봉분을 무너뜨리고 있었다. 핫도그를 폭풍흡입하고 있던 챔피언이 괴성을 지르고 손에 든 핫도그를 관중을 향해 집어던졌다. 그는 스스로 손을 입에 넣어 먹었던 것을 토해냈다. 그리고 분이 풀리지 않는지 두 손을 불끈 쥐고 괴성을 질렀다.

마른 남자는 도굴꾼처럼 핫도그 봉분을 차분히 파고들었다. 사회자가 다가와 게임이 끝났다고 그만 먹으라고 할 때까지 그는 동요 없이 핫도그를 우적거렸다. 새로운 챔피언이 탄생한 것이다. 사회자는 그의 목에 메달을 걸어주었다. 상금과 더불어 전 세계 호텔 어디서도 무료로 식사할 수 있는 권리를 부상으로 받았다.

전야제가 끝나도 사람들은 집에 돌아가지 않았다. 흥분이 가시지 않은 얼굴로 난민촌을 돌아다녔다. 하늘에 폭죽이 터졌다. 불꽃놀이가 시작되었다. BLT의 바다 위로 별빛 폭포와 꽃다발이 쏟아졌다. 막심은 진료소 마당에서 현란한 불꽃 포자를 구경했다. 막심은 문득 브루노이어가 생각났다. 그녀를 잊고 지낸 시간들이 미안했다. 그녀가 불꽃이 터지는 밤하늘 저편에 있을 것 같았다. 그녀가 사라진 바닷가에 홀로 서 있는 기분이 들었다. 이제 시간은 새벽으로 달리고 검은 장막 위로 구름이 흩어졌다. 구름 사이로 보일 듯 말듯 한 별빛이 눈에 들어왔다. 막심은 틀림없이 브루노이어일 거라고 생각했다. 막심은 눈을 감았다. 그녀의 따뜻하고 부드러운 목소리와 미소, 비록 꿈속이었지만 바닷가에 모포를 두르고 함께 했던 그 순간으로 돌아가고 있었다.

어느 때보다 강렬하고 뜨거운 태양이 BLT에 떠올랐다. 전야제 밤을 꼬박 새운 사람들이 부스스 일어나 식사할 생각도 하지 않고 몸을 씻고 분장을 하고 카니발 의상으로 갈아입었다. 벌써 세상은 너무 시끄러웠다. 나팔소리, 북소리, 경적소리, 거의 벌거벗다시피 한 사람들이 몰려다녔다. 행사장의 붉은 카펫 연단엔 누구도 나와 있지 않았다. 어젯밤 늦게 대륙의 수상과 각국에서 보낸 축하사절단이 전용기를 타고 속속 도착했다. 붉은 카펫 연단에 대륙의 수상과 각료와 장군들, 다국적 기업의 총수들, 유명 인사들이 뒤를 이어 나타났다. 그들은 모두 삼엄한 경호를 받았다. 카니발 기간 동안 불순한 단체의 테러가 있을지 누구도 장담할 수 없었다.

　행사장은 사람들로 인산인해를 이루었다. BLT 사령관이 카니발 개최를 선포했다. 축포가 터지고 팡파르가 울렸다. 하늘에선 전투기 편대가 에어쇼를 펼쳤다. 이제 카니발의 꽃, 퍼레이드가 시작되려는 순간이었다. 참가한 팀들이 백 팀이 넘었다. 퍼레이드팀들은 꽉 막힌 둑처럼 터지기 일보 직전이었다. 퍼레이드 선두 자리는 서커스의 코끼리 행렬이었다. 비단을 두르고 상아 뿔을 장식한 코끼리들이 육중한 걸음으로 행사장 안으로 들어왔다. 다음은 조련사들이 맹수의 목줄을 잡고 행군을 했다. 맹수는 이빨을 드러내고 으르렁거렸지만 조련사에게서 달아날 수는 없었다. 뒤를 이어 침팬지와 말들이 등장하고 광대들과 서커스 단원들이 관중들의 환호를 받으며 지나갔다. 붉은 카펫의 인사들은 두툼한 반지를 낀 손으로 입을 가리고 자기들끼리 이야기를 나누었다.

퍼레이드 팀들이 쏟아져 나왔다. 아슬아슬한 반라 차림의 남녀가 깃털이 달린 과일 모자를 쓰고 행사장 안으로 진입했다. 그들은 미끈한 다리와 엉덩이를 쉴 사이 없이 흔들었다. 퍼레이드 차량에는 풍요의 여신이 서 있었고 그 옆으로 추녀 대회와 먹보, 뚱보 대회의 우승자들이 관중을 향해 손을 흔들었다. 화려하게 치장한 풍요의 여신은 그물에 걸린 인어 같았다. 음악과 모든 소리가 합쳐 쿵쿵 땅을 울렸다.

긴 스커트 자락을 빙글빙글 돌리는 팀이 등장했다. 세 가지 원색으로 이루어진 치마폭을 한쪽으로 돌리다 다시 반대쪽으로 돌렸다. 그들은 팽이처럼 빙빙 돌았다. 내려다보는 관중들은 어지러웠지만 그들은 비틀대거나 쓰러지지 않았다. 대형 풍선 인형들이 등장하고 뒤이어 길로틴과 함께 악마 분장을 한 무리가 지나갔다. 길로틴은 가끔 줄이 풀려 툭하고 떨어졌다.

흰색 타이즈에 꽃을 든 남녀 혼성팀이 전등이 반짝이는 크리스마스트리 옷을 입은 사람들과 함께 등장했다. 퍼레이드 차량에 거대한 산타클로스 인형이 벙긋벙긋 웃고 있었다. 산타클로스 인형은 관중들을 향해 빨간 선물 상자를 던졌다. 대형 전광판에 환호하는 관중들의 모습이 비쳤다. 플래시가 수도 없이 터졌다.

퍼레이드는 끝도 없이 이어졌다. 하늘엔 풍선이 날아오르고 열기구가 둥둥 떠다녔다. 관중들은 소리를 지르고 박수를 치다 퍼레이드에 뛰어들어 같이 춤을 추기도 했다. 거친 관중들과 행사요원들 사이에 쫓고 쫓기는 추격전도 벌어졌다.

붉은 카펫 연단의 유명 인사들은 하품을 하고 시계를 들여다보았다. 대륙의 수상은 벌써 자리를 뜨고 없었다. 그들은 카니발이 결국에는 난장판이 될 거라고 생각했다. BLT를 제때 떠날 수 있을지 그것이 중요했다.

막심은 관중들 틈에서 베다와 더먼의 팀이 지나가길 기다렸다. 많은 팀들이 가지각색의 이미지와 형상을 선보이며 BLT를 관통했다. 막심은 닷새의 카니발이 끝나면 BLT가 어떻게 변할지 궁금했다. 벌써 해가 기울고 있었다. 투명 공들이 굴러 나왔다. 그 안에는 사람이 들어 있었고 놀이공원의 모형과 석유시추선도 들어 있었다. BLT 난민촌의 첫 퍼레이드 팀이었다. 관중들은 일어나 연호했다. 중노동에 시달렸던 죄수들도 발목에 쇠사슬을 걸고 끌려나왔다. 그들은 사람들의 구경거리가 된 줄 알고 관중석을 향해 무섭게 눈을 흘겼지만 야유와 환호성에 손을 흔들기도 했다.

사령관의 밀랍인형들이 퍼레이드에 등장했다. 원시의 북소리에 맞춰 격렬하게 몸을 흔드는 사람들 사이에서 밀랍인형은 우아한 왈츠를 추었다. 더먼의 장대 팀도 뒤를 이었다. 긴 나무 장대에 올라가 한 발 한 발 딛는 사람들은 거인처럼 보였다. 뒤로 갈수록 장대가 길어졌다. 피에로 옷을 입은 더먼은 연습한 대로 성큼성큼 앞으로 걸었다. 더먼은 동생이 이런 모습을 보면 깜짝 놀랄 거라고 말했다.

한 무리의 아이들이 들어왔다. 시작부터 심상치가 않았다. 귀청이 찢어지도록 울리는 북소리와 타악기 소리는 화음과 땀의 합작품이었다. 막심은 베다를 찾았다. 베다는 걸어가면서 춤을 추었다. 막심이 알던 베다가 아니었다. 베다는 성숙한 여인으로 변해 있었다. 춤에 몰입되어 있었다.

축제는 절정으로 치달았다. 붉은 카펫 연단은 이제 텅 비어 있었다. 그들이 없다고 축제의 열기가 식을 수는 없었다. 일찍 출발한 팀은 BLT 변방을 지나 사막에 들어섰다. 거친 함성과 노래와 춤은 원초의 숨을 건드렸다. 끝없는 퍼레이드 행렬이 대지에 양수처럼 흐르고 갓 태어난 아기처럼 자지러지게 울었다.

어른들의 어깨에 올라타 구경을 하던 아이들이 졸려 눈을 비볐다. 귀를 먹먹하게 했던 퍼레이드 함성이 이젠 가슴속에 울려 잠을 잘 수 없을 것 같았다. 관중들이 흥분된 마음을 안고 집에 돌아갈지는 의문이었다. 사람들은 날이 새도록 춤을 추거나 술에 곯아떨어지고 폭력 사태가 발생할 수도 있었다.

스피커에서 마지막 한 팀이 남아 있다고 말했다. 관중들은 발길을 돌리려다 한곳을 향해 집중했다. 어둠 속에는 누구도 보이지 않았다. 달려오는 발소리만 들을 수 있었다. 관중들은 순식간에 조용해졌다.

황금 깃털을 가진 아이들이 달려 나오고 있었다. 아이들은 황금으로 만든 활과 화살을 몸에 두르고 역시 황금으로 만든 마차를 끌고 나왔다. 퍼레이드 경연장은 어느 때보다도 눈부시고 광휘로운 색채로 가득했다. 황금 마차에는 피부처럼 부드럽게 제련한 황금 드레스를 입은 여인이 비스듬히 누워 있었다. 투구를 쓴 여자의 얼굴은 매처럼 그린

짙은 눈매만 볼 수 있었다. 여인은 몸을 일으켜 마차를 끄는 아이들을 향해 채찍을 휘둘러 빛을 뿌렸다. 마차의 속도가 빨라졌다.

세상의 어느 누구도 여인이 배우 타냐라는 것을 상상할 수 없었다. 관중들은 탄성을 질렀다. 서로 바라보고 저들이 어디서 왔느냐고 물었다.

황금마차를 향해 까만 세 줄기 빛이 날아들었다. 하나는 마차의 바퀴에 맞아 튕겨 나가고 두 개의 빛줄기는 황금빛 여인의 등과 가슴으로 향했다. 하지만 황금빛 피부를 뚫고 나가진 못했다. 사람들은 그것이 총탄인지 몰랐다. 까만빛은 하늘과 관중석, 난민촌 구석구석을 살폈다. 목표가 달라지진 않았다.

타냐는 행진을 계속했다. 카니발이 끝나지 않았다고 생각했다. 까만빛들이 타냐에게 돌아오고 있었다. 마차를 끌던 아이들이 황금빛 깃털을 벌려 활과 화살을 꺼내 새처럼 날아올랐다. 까만빛들을 향해 활을 쏘았다. 화살을 맞은 까만빛들은 물 풍선처럼 터져 여기저기 비를 뿌렸다. 허공으로 딸려 올라간 황금마차가 날개를 펼쳤다. 거대한 황금빛 새가 BLT에 그림자를 드리우며 높이 솟구쳤다. 사람들은 모두 꿈을 꾸고 있다고 생각했다.

등단한 지 올해로 십 년이 되었습니다. 십 년이면 강산도 변한다고 하지요. 지나간 시간을 돌아보면 부끄럽고 민망하기 짝이 없습니다. 글을 쓰려고 노력하면 할수록 수렁에 빠져든 시간이기도 했습니다.

마치 주문에 걸린 것처럼 한 걸음도 앞으로 내딛지 못했지요. 이 지난한 소설은 주문을 떨치는 격렬한 몸부림이었습니다.

저는 한 번도 갈아입지 않고 겹겹이 껴입은 허울들을 벗고, 나약하고 아픈 모습을 주저 없이 바라보았습니다. 고통은 또 다른 고통으로 치유될 수 있음을 알게 됩니다.

이 책이 저의 아픈 첫 탈피가 되길 바랍니다.

이 소설에서 저는 때론 영화감독처럼 때론 종군기자처럼 배경과 인물 사이를 헤매고 돌아다녔습니다.

제 열정 때문에 설익은 밥을 지은 것은 아닌지 저를 투영하기 위해 냉정을 잃은 것은 아닌지 돌아봅니다.

　사실 소설의 인물들은 작가의 분신이나 다름없기는 합니다. 여러 인물들이지만 따져보면 하나의 인물이기도 하지요.

　작년 겨울 유난히 폭설이 많이 내렸습니다. 단 하나의 흔적도 없는 하얀 밤길을 걸었습니다. 가로등이 켜지고 신호등 앞에 섰습니다. 영화 가위손의 배우처럼 하늘을 향해 얼굴을 들고 입을 벌렸습니다. 마구 떨어지는 눈발을 입으로 받아먹었습니다. 세상의 비밀을 혼자 세례받는 기분이었습니다. 그것이 바로 소설이 내게 주는 힘입니다.

이 작은 결실을 축복해주시고 격려해 주세요.
늘 부족하지만 사랑한다고 가족들에게 말하고 싶습니다.
이제야 조금 외로움을 견디는 방법을 알 것도 같습니다.
세상을 향해 자꾸 거짓말을 늘어놓고 싶은 용기를 내봅니다.
그러니 쓰고 또 쓸 도리밖에 없겠지요.

2013년 11월 윤인서

이 도서의 국립중앙도서관 출판시도서목록(CIP)은 e-CIP 홈페이지
(http://www.nl.go.kr/cip.php)에서 이용하실 수 있습니다.
(CIP 제어번호 : CIP2013022368)

BLT 여행자들
ⓒ 윤인서, 2013

2013년 11월 9일 초판 1쇄 펴냄

지은이 ｜ 윤인서
펴낸이 ｜ 최병수
편　집 ｜ 권영임 백서윤

펴낸곳 ｜ 예옥
등　록 ｜ 제2005-64호(2005.12.20)
주　소 ｜ (121-816) 서울 마포구 동교동 155-27 홍익인간 오피스텔 921호
전　화 ｜ 3142-4787
팩　스 ｜ 3142-4784

ISBN 978-89-93241-37-2 03810

* 지은이와의 협의에 따라 인지를 생략합니다.